D1366274

BENDITAS
RUINAS

BENDITAS RUINAS

Jess Walter

Traducción de Paula Vicens

GRUPO ZETA

Barcelona • Madrid • Bogotá • Buenos Aires • Caracas • México D.F. • Miami • Montevideo • Santiago de Chile

Título original: *Beautiful Ruins*
Traducción: Paula Vicens
1.ª edición: junio, 2014

© 2012 by Jess Walter
    Publicado por acuerdo con Harper, un sello de HarperCollins Publishers
© Ediciones B, S. A., 2014
    Consell de Cent, 425-427 - 08009 Barcelona (España)
    www.edicionesb.com

Printed in Spain
ISBN: 978-84-666-5513-2
DL B 9703-2014

Impreso por LIBERDÚPLEX, S.L.U.
Ctra. BV 2249 Km 7,4
Polígono Torrentfondo
08791 - Sant Llorenç d'Hortons (Barcelona)

Para Anne, Brooklyn, Ava y Alec

Los antiguos romanos construyeron sus más grandiosas obras arquitectónicas para que en ellas lucharan las fieras.

VOLTAIRE, *Correspondencia*

CLEOPATRA: No voy a amar a nadie como a mi señor.
MARCO ANTONIO: Entonces, no amarás a nadie.

De la accidentada película de 1963 *Cleopatra*

En 1980, Dick Cavett realizó cuatro grandes entrevistas a Richard Burton... Burton, que por entonces tenía cincuenta y cuatro años y era ya una hermosa ruina, resultaba fascinante.

«Talk Story», de Louis Menand,
The New Yorker, 22 de noviembre de 2010

1

La actriz moribunda

Abril de 1962
Porto Vergogna, Italia

La actriz moribunda llegó a su pueblo de la única forma posible: en un bote a motor que entró en la ensenada y dejó atrás dando bandazos la rocas del malecón para acabar chocando contra el final del muelle. Se balanceó un momento en la popa antes de agarrar la barandilla de caoba, sujetándose con la otra el sombrero de ala ancha. Alrededor de ella el sol rielaba en las olas.

Desde una distancia de veinte metros, Pasquale Tursi observaba la llegada de la mujer como si de un sueño se tratase. O más bien de todo lo contrario, como pensaría más tarde: de un estallido de claridad tras un período de sueño. Pasquale se irguió y dejó lo que estaba haciendo, que era lo que solía hacer aquella primavera: tratar de crear una playa al pie de la vacía pensión de su familia. Sumergido hasta el pecho en las frías aguas del mar de Liguria, arrojaba al mar rocas del tamaño de sandías en su intento por construir un dique y evitar que las olas se llevaran la arena que había acumulado. A pesar de que la «playa» de Pasquale tenía la longitud escasa de dos barcas de pesca y de que debajo de la capa arenosa había roca estriada, aquello era lo más parecido a un trozo llano de costa de todo el pueblo, que, irónicamente, o tal vez dando muestras de un optimismo excesivo, se llamaba Porto, a pesar del hecho de que los únicos barcos que atracaban y zarpaban de allí con regularidad eran los locales, que se dedicaban a la pesca artesanal de la sardina y el boquerón. El resto del nombre, Vergogna, «vergüenza», era un vestigio de la época de la fundación del pueblo, en el siglo XVII: un lugar donde los pescadores iban en busca de mujeres con una cierta... flexibilidad moral y comercial.

El día que vio por primera vez a la adorable americana, Pasquale estaba sumergido hasta el pecho en sus sueños. Imaginaba el pequeño y mugriento Porto Vergogna convertido en una emergente localidad turística, y se veía a sí mismo como un refinado hombre de negocios de los años sesenta; un hombre con infinitas posibilidades en los albores de una gloriosa modernidad. Por todas partes había detectado signos de *il boom*, la ola de riqueza y cultura que estaba transformando Italia. ¿Por qué no iba a llegar allí? Tras pasar cuatro años en la animada Florencia, había regresado recientemente al pequeño pueblo de su infancia pensando que llegaba con noticias vitales del mundo exterior: una época rutilante de máquinas relucientes, televisores y teléfonos; de martinis dobles y mujeres con pantalones ajustados; del tipo de realidad que antes solo parecía existir en el cine.

Porto Vergogna constaba de una docena de casas encaladas, una capilla abandonada y un único establecimiento comercial: el diminuto hotel y café propiedad de la familia de Pasquale; todo ello apiñado como un rebaño de cabras dormidas en un repecho de los escarpados acantilados. Detrás del pueblo, los peñascos se elevaban ciento ochenta metros hasta una pared de negras montañas estriadas. A sus pies, el mar formaba una pequeña ensenada rocosa de la que los pescadores salían y a la que regresaban cada día. El pueblo jamás había tenido acceso en coche ni en carro, encajonado como se encontraba entre las montañas y el mar, así que las calles eran senderos enladrillados más estrechos que aceras: callejones empinados y escaleras tan angostas que a menos que uno estuviera de pie en el centro de la plaza de San Pietro, la placita del pueblo, podía tocar las paredes de las casas de ambos lados de la calle.

En ese aspecto, el recóndito Porto Vergogna no era tan diferente de los pueblos norteños rodeados de montañas de las Cinque Terre, aunque fuese más pequeño, más remoto y menos pintoresco. De hecho, los hoteleros y restauradores del norte llamaban a la pequeña aldea enclavada en el acantilado *culo di baldracca,* «culo de ramera». Sin embargo, a pesar del desdén de sus vecinos, Pasquale había llegado a creer, como su padre, que Porto Vergogna podría florecer algún día como el resto del Levante, la costa meridional de Génova, que incluía las Cinque Terre, o incluso como las ciudades más turísticas del Poniente: Portofino y la sofisticada Riviera italiana. Los escasos turistas extranjeros que llegaban en barco o caminando a Porto Vergogna solían ser franceses o suizos que se habían perdido. Pero Pasquale conservaba la esperanza de que los años sesenta trajeran una gran afluencia de americanos, liderados por el *bravissimo* presidente John F. Kennedy y su mujer, Jacqueline. Además, para que su pueblo tuviera alguna posibilidad de convertirse en la *destinazione turistica primaria* en la que él soñaba, sabía que tenía que atraer a esos turistas, y para hacerlo, necesitaba, antes que nada, una playa.

Por eso Pasquale estaba sumergido hasta la cintura en el agua, sosteniendo un pedrusco mientras la barca de caoba roja se mecía en la ensenada. La pilotaba su viejo amigo Orenzio para el rico viticultor y hotelero Gualfredo, que recorría el sur turístico de Génova, pero cuya elegante embarcación deportiva de diez metros raramente tocaba Porto Vergogna. A Pasquale, que vio la barca atracar, no se le ocurrió otra cosa que gritar: «¡Orenzio!» Su amigo se sorprendió por el saludo; se conocían desde los doce años, pero no eran de los que gritaban. Él y Pasquale más bien... se saludaban, sonreían, enarcaban las cejas. Orenzio lo saludó con un movimiento de la cabeza, muy serio. Cuando llevaba turistas en su barca, sobre todo si eran estadounidenses, se mostraba muy circunspecto. «Los americanos son gente seria. Son incluso más desconfiados que los alemanes», le había dicho en una ocasión. Aquel día Orenzio estaba particularmente serio y lanzó una mirada hacia la mujer que estaba en la popa del barco. Vestía un abrigo de color tostado, largo y ceñido a la fina cintura, y un sombrero que le ocultaba la mayor parte del rostro.

La mujer le dijo algo en voz baja a Orenzio. A Pasquale, que la oyó, le pareció un galimatías, hasta que cayó en la cuenta de que había hablado en inglés, en inglés americano, de hecho.

—Perdone, ¿qué está haciendo ese hombre?

Pasquale sabía que su amigo se sentía inseguro con su escaso inglés y tendía a contestar a las preguntas que le formulaban en esa odiosa lengua con el mayor laconismo. Orenzio miró a Pasquàle, que sostenía la roca para el dique que estaba construyendo, y para decir *spiaggia*, «playa», soltó con cierta impaciencia: «*Bitch.*»* La mujer ladeó la cabeza como si no hubiera oído bien. Pasquale intentó ayudar, murmurando que la *bitch* era para los turistas —«*Per i turisti*»—, pero la bella americana pareció no oírlo.

Pasquale había heredado el sueño turístico de su padre. Carlo Tursi se había pasado la última década de su vida intentando que los cinco pueblos mayores de las Cinque Terre aceptaran Porto Vergogna como el sexto del grupo. «Es mucho más bonito Sei Terre, "Seis Tierras" —solía decir—. Cinque Terre suena muy duro en las lenguas de los turistas.» Pero el diminuto Porto Vergogna carecía del encanto y del apoyo político de sus cinco vecinos mayores. De modo que, mientras los cinco se conectaban por línea telefónica primero y posteriormente por un túnel a la línea ferroviaria, e iban creciendo gracias al turismo estacional y su dinero, el sexto se atrofiaba como un dedo suplementario. La otra ambición frustrada de Carlo había sido alargar aquel túnel ferroviario un kilómetro para unir Porto Vergogna a los pueblos más grandes de los acantilados. Pero eso nunca se había hecho realidad y, puesto que la carretera más cercana terminaba antes de las terrazas de viñedos de las Cinque Terre, Porto Vergogna había permanecido aislado y solitario en su repecho de la estriada roca negra, con el mar enfrente y los empinados senderos que descendían por los acantilados traseros.

El espléndido día en que llegó la americana, el padre de Pasquale llevaba muerto ocho meses. Carlo se había ido de forma rápida y silenciosa a consecuencia de un derrame cerebral mientras leía uno de sus queridos periódicos. Una y otra vez Pasquale revivía sus últimos diez minutos en este mundo: tomó un sor-

* La intención de Orenzio es decir *beach*, «playa» en inglés, pero lo pronuncia como *bitch*, que significa «puta». *(N. de la T.)*

bo de *espresso*, le dio una calada al cigarrillo, se rio de un artículo del periódico de Milán (la madre de Pasquale había guardado la página pero nunca encontraron nada gracioso en ella) y después se reclinó como para echar una cabezada. Pasquale estaba en la Universidad de Florencia cuando se enteró de la muerte de su padre. Después del funeral, le suplicó a su madre que se mudara a Florencia, pero la mera idea la escandalizó.

—¿Qué clase de esposa sería si dejara a tu padre sencillamente porque ha muerto?

A Pasquale no le cupo la menor duda: tenía que volver a casa y cuidar de su frágil madre. De modo que se trasladó a su antigua habitación en el hotel.

Años antes, cuando era más joven, quizás hubiese hecho caso omiso de las ideas de su padre, pero de pronto Pasquale vio la pequeña pensión de su familia con nuevos ojos. Sí. Aquel pueblo podía convertirse en un nuevo tipo de centro turístico: un destino de escapada para los americanos, con sombrillas en la costa rocosa, continuos disparos de las cámaras fotográficas y Kennedys por todas partes. De acuerdo que su interés particular en el asunto era convertir la *pensione* vacía en un establecimiento turístico internacional, pero el viejo hotel representaba toda su herencia, su única ventaja en un entorno que lo necesitaba.

El establecimiento consistía en una *trattoria* (un café con tres mesas), una cocina y dos pequeños apartamentos situados en la planta baja y, en el primer piso, las seis habitaciones del antiguo burdel. El negocio conllevaba la responsabilidad de cuidar de sus únicos huéspedes permanentes, *le due streghe*, como las llamaban los pescadores, «las dos brujas»: la madre paralítica de Pasquale y su tía de pelo estropajoso, Valeria, el ogro que se encargaba de cocinar cuando no estaba gritando a los perezosos pescadores y a los escasos huéspedes que se dejaban caer por allí.

Pasquale era sumamente tolerante y soportaba las excentricidades de su melodramática *mamma* Antonia, y de Valeria, su loca *zia*, con la misma paciencia con que trataba a los rudos pescadores, que empujaban todas las mañanas su *peschereccio* hasta la orilla del agua, donde los cascarones de madera se balanceaban sobre las olas como sucios cuencos salados, mientras los ruidosos motores fueraborda echaban humo. Cada día los pescadores capturaban anchoas, sardinas y róbalos en la cantidad justa para vender en los mercados y restaurantes del sur. A su regreso, bebían grapa y fumaban amargo tabaco de liar. Su padre siempre se había cuidado mucho de no mezclarse con aquellos hombres tan vulgares y de que tampoco lo hiciera su hijo (por algo descendían de una reconocida familia de mercaderes florentinos, según Carlo).

—Míralos —le decía a Pasquale, parapetado detrás de uno de los numerosos periódicos que llegaban semanalmente en el barco correo—. En una época más civilizada, habrían sido nuestros criados.

Carlo había perdido a dos hijos mayores en la guerra y no estaba dispuesto a dejar que el menor faenara en los barcos de pesca, ni a permitir que trabajara en las fábricas de conservas de La Spezia, ni en los viñedos, ni en las canteras de mármol de los Apeninos, ni en ningún otro sitio donde un joven pudiera aprender un oficio valioso y sacudirse la sensación de ser un blando que no encajaba en el duro mundo. En lugar de eso, Pasquale tuvo que suplicar para ir a la Universidad de Florencia, pues Carlo y Antonia, que ya habían cumplido los cuarenta cuando él nació, se habían encargado de educarlo.

Cuando Pasquale regresó tras la muerte de su padre, los pescadores no estaban seguros de qué pensar de él. Al principio atribuyeron su extraño comportamiento a la pena que lo embargaba. Siempre estaba leyendo, hablando solo, tomando medidas, vaciando sacos de arena sobre las rocas y esparciéndola como un pobre hombre que peinara lo poco que le quedaba de pelo. Remendaban las redes observando al delgaducho de veintiún años recolocar rocas con la esperanza de evitar que las tormentas se llevaran su playa, y se les humedecían los ojos al recordar los sueños vanos de sus propios padres. Pero los hombres no tardaron en añorar la buena relación que siempre habían mantenido con Carlo Tursi, de modo que, por fin, cuando ya llevaban varias semanas viendo a Pasquale trabajar en su playa, no aguantaron más. Un día, Tommaso *el Viejo* le lanzó al joven una caja de cerillas y exclamó:

—¡Aquí tienes una silla para tu playita, Pasquale!

Después de semanas de amabilidad forzada, la mofa supuso un alivio, como si las nubes de tormenta hubieran descargado por fin sobre el pueblo. La vida había vuelto a la normalidad.

—Pasquale, ayer vi parte de tu playa en Lerici. ¿Me llevo allí el resto de la arena o esperarás a que la arrastre la corriente?

Una playa, sin embargo, era algo que a los pescadores por lo menos no les resultaba extraño; después de todo, las había en Monterosso al Mare y al norte, en las ciudades de la Riviera, donde vendían el grueso de sus capturas, pero cuando Pasquale anunció su intención de tallar una pista de tenis en unos peñascos de los acantilados, lo consideraron más trastornado incluso que su padre.

—Ese chico ha perdido la cabeza —dijeron en la pequeña *piazza* mientras liaban cigarrillos y observaban a Pasquale corretear por encima de los peñascos marcando con una cuerda los límites de su futura pista de tenis—. Es una familia de *pazzi*. Pronto hablará con los gatos.

Sin poder trabajar con otra cosa que los escarpados acantilados, Pasquale sabía que construir un campo de golf era completamente imposible. Pero cerca de su hotel había una plataforma natural formada por tres peñascos; podía cortar las partes que sobresalían y nivelar el resto. Su idea era verter el suficiente hormigón para unir los peñascos formando un rectángulo y crear, como una visión asomada a los acantilados, una pista de tenis que anunciara a los visitantes llegados por mar que se aproximaban a una zona turística de primera clase. Si cerraba los ojos, se lo imaginaba: hombres con pantalón blanco jugando al tenis en una impresionante pista que se proyectaba hacia el mar; una impresionante terraza a veinte metros sobre la costa, y mujeres con vestidos y sombreros de verano tomándose un refresco bajo las sombrillas. Así que esculpió con pico, cincel y martillo, intentando conseguir un espacio llano lo suficientemente grande para dar cabida a una pista de tenis. Esparció la arena que había amontonado. Arrojó rocas al mar. Soportó las bromas de los pescadores. Se ocupó de su madre enferma y esperó, como siempre había hecho, a que la vida saliera a su encuentro.

Durante los ocho meses posteriores a la muerte de su padre, esta fue en resumidas cuentas la vida de Pasquale Tursi, y, si bien no era completamente feliz, tampoco era desgraciado. Más bien se encontró en la misma inmensa y vacía meseta donde vive la mayoría de la gente, entre el hastío y el contento, y probablemente ahí hubiera pasado toda su existencia si no hubiera llegado la hermosa americana aquella fresca tarde soleada de verano en que Pasquale estaba sumergido en el agua hasta el pecho a veinte metros de distancia, mirando la barca de caoba que se aproximaba a los amarres de madera del muelle, con la mujer de pie en la popa y la suave brisa rizando el mar a su alrededor.

Estaba excepcionalmente delgada, sin embargo, tenía curvas. Desde la perspectiva de Pasquale, en el agua, con el sol centelleando a su espalda y el pelo rubio azotado por la brisa, parecía de otra especie. Era más alta y etérea que cualquier mujer que él hubiera visto. Orenzio le ofreció la mano y ella, tras una breve vacilación, la aceptó. Su amigo la ayudó a pasar de la barca al estrecho muelle.

—Gracias —dijo insegura. Y después susurró en un italiano rudimentario—: *Grazie.* —Dio un paso, se tambaleó y recuperó el equilibrio. Entonces se quitó el sombrero para observar el pueblo.

Pasquale le vio las facciones y quedó ligeramente sorprendido de que la hermosa americana no fuera…, bueno…, más hermosa. Era llamativa, desde luego, pero no como él había esperado. En primer lugar, era tan alta como Pasquale. Medía casi un metro ochenta y, desde su punto de vista, ¿no tenía las facciones un poco excesivas para una cara tan estrecha?: la mandíbula prominente, la boca muy carnosa y unos ojos redondos muy abiertos, como de sorpresa. Además, ¿era posible que una mujer estuviera tan delgada que sus curvas resultaran inquietantes? Llevaba la melena recogida en una cola de caballo y estaba ligeramente bronceada. Su cutis terso dibujaba unas facciones demasiado afiladas y demasiado suaves al mismo tiempo: una nariz excesivamente delicada para aquel mentón y aquellos pómulos tan marcados, para aquellos ojos oscuros enormes. Aunque era atractiva, no era una belleza, se dijo.

Entonces se volvió hacia él y los rasgos dispares de su enérgico rostro se unieron en una cara perfecta. Pasquale recordó de sus estudios cómo algunos edificios de Florencia podían decepcionar vistos desde ciertos ángulos, pero, sin embargo, en conjunto siempre resultaban y salían bien en las fotografías: porque integraban varias perspectivas. Lo mismo ocurría con algunas personas, pensó. Entonces ella sonrió y, en ese mismo instante, si eso era posible, Pasquale se enamoró. Iba a continuar enamorado el resto de su vida, no tanto de la mujer, a la que apenas conoció, como del momento.

Soltó la roca que sostenía.

Ella miró a la derecha, luego a la izquierda, luego otra vez a la derecha, como si quisiera ver el resto del pueblo. Pasquale imaginó lo que estaría viendo: una docena de casas de piedra, algunas abandonadas, aferradas como percebes al acantilado. Había gatos callejeros merodeando por la pequeña *piazza*, pero aparte de eso todo estaba en calma, porque durante el día los hombres estaban pescando.

A Pasquale le disgustaban mucho quienes llegaban accidentalmente andando o en barco por un error cartográfico o porque no habían entendido las indicaciones, creyendo que llegarían a las encantadoras ciudades de Portovenere o Portofino para acabar en la sucia aldea pesquera de Porto Vergogna.

—Lo siento —dijo la hermosa americana en inglés, volviéndose hacia Orenzio—. ¿Le ayudo con las maletas o forma parte de...? Quiero decir... No sé exactamente qué servicios incluye lo que he pagado.

Escarmentado con el endiablado inglés después del incidente de la *beach*, Orenzio se limitó a encogerse de hombros. Bajo, con las orejas de soplillo y la mirada apagada, se comportaba de un modo que a menudo inducía a los turistas a creer que era retrasado. Luego quedaban tan impresionados por la habilidad de aquel simplón para manejar un fueraborda que le daban generosas propinas. Orenzio, por su parte, creía que cuanto más torpemente se comportara y peor hablara inglés, más le pagarían. Así que la miró y parpadeó estúpidamente.

—¿Tengo que llevar mi equipaje, entonces? —le preguntó de nuevo la mujer, pacientemente y con cierta impotencia.

—*Bagagli, Orenzio* —le gritó Pasquale a su amigo, y entonces cayó en la cuenta: ¡iba a alojarse en su hotel!

Pasquale vadeó hacia el muelle, humedeciéndose los labios, preparándose para hablar en su oxidado inglés.

—Por favor —le dijo a la mujer, con la lengua de trapo—. Un honor para Orenzio y yo por llevar su maleta. Suba al Ad-e-quate View.

La americana pareció confundida por el comentario, pero Pasquale no se dio cuenta. Quería terminar la frase con una galantería e intentó encontrar el modo adecuado de dirigirse a ella (¿*Madam*, tal vez?). Se decidió por algo mejor. En realidad nunca había dominado el inglés, pero lo había estudiado lo suficiente para desarrollar un prudente temor a su aleatoriedad y a sus conjugaciones absurdas; era un idioma tan impredecible como un perro mestizo. Había adquirido sus primeros conocimientos del único americano que se había alojado en el hotel, un escritor que iba a Italia cada primavera para desgranar el trabajo de su vida, una novela épica sobre sus experiencias durante la Segunda Guerra Mundial. Pasquale trataba de imaginar la manera en que aquel escritor alto y elegante se habría dirigido a aquella mujer, pero no conseguía dar con las palabras adecuadas y se preguntaba si habría un equivalente inglés para el sencillo *bella* italiano. Hizo un intento:

—Por favor, venga, hermosa América.

Ella se lo quedó mirando un momento, el momento más largo de la vida de Pasquale, y después sonrió y bajó la vista con tímida coquetería.

—Gracias. ¿Es ese su hotel?

Pasquale terminó de chapotear en el agua y llegó al muelle. Se aupó, se escurrió el agua de los pantalones e intentó presentarse como un elegante hotelero.

—Sí, es mi hotel. —Señaló el letrerito manuscrito de la izquierda de la *piazza*—. Por favor.

—¿Y tiene usted una habitación reservada para nosotros?

—Claro. *Muchos* habitaciones. *Todos* habitaciones para usted. Sí.

Ella miró el letrero y después otra vez a Pasquale. El viento soplaba a ráfagas que le agitaban los mechones que se le habían escapado de la cola de caballo y le enmarcaban la cara con rizos. Ella sonrió mirando el charco que se iba formando a los pies del flaco Pasquale y después clavó la vista en sus ojos azules como el mar.

—Tiene unos ojos bonitos —le dijo. Después volvió a ponerse el sombrero y echó a andar hacia la pequeña *piazza* que era el centro del pueblo.

En Porto Vergogna nunca había habido *liceo*, «instituto», así que, para estudiar el bachillerato, Pasquale iba en barca diariamente hasta La Spezia. Allí había conocido a Orenzio, que llegó a ser su mejor amigo. Las circunstancias los habían unido: el tímido hijo del hotelero y el bajito con orejas de soplillo del embarcadero. En invierno, cuando el trayecto se hacía peligroso, Pasquale incluso pasaba semanas con la familia de Orenzio.

El invierno anterior a la marcha de Pasquale a Florencia, él y Orenzio habían inventado un juego al que jugaban mientras tomaban cerveza suiza. Se sentaban frente a frente en los muelles de La Spezia y cruzaban insultos hasta que uno de los dos se quedaba en blanco o se repetía; en ese momento, el perdedor tenía que terminarse la jarra.

En aquel momento, mientras subía el equipaje de la americana, Orenzio se inclinó hacia Pasquale y jugó a una versión seca del juego:

—¿Qué te ha dicho, apestoso?

—Que le gustan mis ojos —dijo Pasquale, sin seguirle la corriente.

—Sí, hombre, soplapollas —dijo Orenzio—. No te ha dicho eso.

—Sí que lo ha hecho. Está enamorada de mis ojos.

—Eres un mentiroso, Pasquo, y un zampabollos.

—Es verdad.

—¿Que eres un zampabollos?

—No, lo que ha dicho de mis ojos.

—Eres un follacabras. Esa mujer es una estrella del cine.

—A mí también me lo parece —dijo Pasquale.

—No, estúpido. De verdad que es actriz de cine. Está con los americanos, trabajando en una película, en Roma.

—¿Qué película?

—*Cleopatra*. ¿No lees los periódicos, comemierda?

Pasquale se volvió a mirar a la actriz americana, que subía los escalones hacia el pueblo.

—Tiene la piel demasiado clara para interpretar a Cleopatra.

—Elizabeth Taylor, la zorra robamaridos, es Cleopatra —dijo Orenzio—. Esta es otra. ¿De verdad no lees los periódicos, montón de mierda?

—¿Qué papel interpreta?

—¡Y yo qué sé! Puede interpretar muchos.

—¿Cómo se llama? —preguntó Pasquale.

Orenzio le tendió las instrucciones mecanografiadas que le habían dado. En la hoja ponía el nombre de la mujer, que tenía que llevarla al hotel de Porto Vergogna y que enviara la factura al hombre que había contratado el viaje, Michael Deane, al Gran Hotel de Roma. También ponía que el tal Michael Deane era «ayudante especial de producción de la 20th Century Fox». La mujer se llamaba...

—Dee... Moray —leyó Pasquale en voz alta. No le resultaba familiar, pero había muchas estrellas de cine americano: Rock Hudson, Marilyn Monroe, John Wayne...Y cuando uno creía que los conocía a todos, algún otro se hacía famoso. Parecía como si en América hubiera una fábrica donde creaban aquellos rostros que llenaban la pantalla. Miró de nuevo a la mujer, que ya estaba en el pueblo—. Dee Moray —repitió.

Orenzio echó un vistazo al papel por encima del hombro de Pasquale.

—Dee Moray —dijo. El nombre resultaba intrigante y ninguno de los dos hombres podía parar de pronunciarlo—. Dee Moray —volvió a repetir. Luego añadió—: Está enferma.

—¿Qué tiene? —quiso saber Pasquale.

—¿Cómo voy a saberlo? El tipo solo me ha dicho que está enferma.

—¿Es grave?

—Tampoco lo sé. —Y entonces, relajándose, como si en ningún momento hubiera perdido el interés por el viejo juego, Orenzio añadió otro insulto—: *Mangiaculo.* —«Lameculos.»

Pasquale observó a Dee Moray dirigirse hacia su hotel a pasos cortos por el camino empedrado.

—No puede estar muy enferma —comentó—. Es guapa.

—Pero no como Sophia Loren —dijo Orenzio—. Ni como Marilyn Monroe.

Había sido otro de sus pasatiempos del último invierno: ir al cine y poner nota a las mujeres que veían.

—No. Creo que ella tiene una belleza más inteligente... Como Anouk Aimée.

—Es demasiado flaca —dijo Orenzio—. No se parece a Claudia Cardinale.

—No —tuvo que reconocer Pasquale. Claudia Cardinale era la perfección—. Aunque creo que su cara es poco común.

Acababa de ponérselo en bandeja a Orenzio.

—Si trajera un perro de tres patas a este pueblo, Pasquo, te enamorarías de él.

Entonces Pasquale se preocupó.

—Orenzio, ¿seguro que ella quería venir aquí?

Orenzio le puso el papel en la mano.

—A ese americano, Deane, que la ha acompañado hasta La Spezia, le he explicado que aquí no viene nadie. Le he preguntado si no se refería a Portofino o a Portovenere. Me ha preguntado cómo era Porto Vergogna, y yo le he dicho que aquí solo hay un hotel. Luego me ha preguntado si el pueblo era tranquilo. Le he dicho que solo la muerte es más tranquila y me ha contestado: «Entonces, ese es el lugar que busco.»

Pasquale le sonrió a su amigo.

—Gracias, Orenzio.

—Follacabras —dijo Orenzio en voz baja.

—Eso ya me lo habías dicho —respondió Pasquale.

Orenzio simuló apurar una cerveza. Después, ambos miraron hacia los acantilados. A cuarenta metros de altura, la primera huésped americana desde la muerte de su padre estaba de pie delante de la puerta de su hotel. «Ahí está el futuro», pensó Pasquale.

Dee Moray miró hacia abajo para verlos. Se soltó la cola de caballo y su melena dorada por el sol danzó alrededor de su cara cuando se volvió hacia el mar desde la plaza del pueblo. Después leyó el cartel y ladeó la cabeza, tratando de entender aquel nombre: HOTEL ADEQUATE VIEW.

El futuro se puso luego el sombrero bajo el brazo, empujó la puerta, agachó la cabeza y entró. Cuando lo hubo hecho, Pasquale barajó la poco razonable idea de que pudiera haberla convocado él de algún modo. Tras años viviendo en aquel lugar, tras meses de duelo en solitario esperando a los americanos, había creado a esa mujer con retazos de películas y libros, con los artefactos y las ruinas perdidos de sus sueños, con su épica e imperecedera soledad. Miró a Orenzio, que por fin llevaba las maletas de alguien, y el mundo entero le pareció de pronto inverosímil, el tiempo que pasamos en él tan breve como un sueño. Nunca había tenido una sensación parecida de desapego existencial, de tremenda libertad. Era como si planeara por encima del pueblo, por encima de su propio cuerpo, y le emocionó de un modo que no habría sabido explicar.

—Dee Moray —dijo de pronto, en voz alta, interrumpiendo el curso de sus pensamientos.

Orenzio lo miró. Entonces Pasquale le volvió la espalda y repitió el nombre, para sí esta vez, apenas en un murmullo, avergonzado por el aliento de esperanza que contenían aquellas palabras. «La vida —pensó— es un acto evidente de imaginación.»

2

La última presentación

Recientemente
Hollywood, California

Antes de la salida del sol, antes de que lleguen los jardineros guatemaltecos con sus furgonetas sucias y abolladas para cortar el césped, antes de que lo hagan los caribeños para cocinar, limpiar y ocuparse de la ropa. Antes de que empiecen las clases en la escuela Montessori y las de pilates y abran los Coffee Bean. Antes de que los Mercedes y los BMW asomen el morro por las calles flanqueadas de palmeras y de que los tiburones de las finanzas armados con *bluetooth* reanuden sus interminables negocios (el aburguesamiento del pensamiento americano),* se ponen en marcha los aspersores del extremo noroeste del Gran Los Ángeles, del aeropuerto a las colinas, desde el centro de la ciudad hasta las playas.

En Santa Mónica, en su bloque de apartamentos, despiertan a Claire Silver antes de que amanezca. *Psst, psst, psst.* Tiene la melena pelirroja y rizada desparramada sobre la almohada, como en un suicidio. *Psst, psst, psst,* susurran de nuevo. *Psst, psst,*

---

* Alusión a *The Gentrification of the Mind: Witness to a Lost Imagination*, obra en la que Sarah Schulman recuerda hasta qué punto la cultura rebelde, los alquileres bajos y el vibrante movimiento artístico del centro de la ciudad se desvanecieron prácticamente de la noche a la mañana, reemplazados por el consumismo y el conservadurismo generalizados. *(N. de la T.)*

psst. Claire parpadea, inspira, se orienta, mira por encima del hombro marmóreo de su novio, que duerme a pierna suelta ocupando el setenta por ciento de la enorme cama. Daryl suele abrir la ventana de la habitación que hay detrás de la cama cuando vuelve tarde y Claire se despierta con el *psst, psst, psst* del aspersor del jardín de rocas. Le ha preguntado al administrador de la finca por qué es necesario regar un lecho de rocas cada día a las cinco de la mañana (o regarlo alguna vez, ya puestos), pero en realidad los aspersores no son el problema.

Claire se despierta ávida de información; tantea en la mesilla de noche para dar con su BlackBerry y tomarse un lingotazo digital. Tiene cuarenta correos electrónicos, seis *tweets*, cuatro peticiones de amistad, tres mensajes de texto y la agenda: su vida en la palma de la mano. También información de carácter general, como que es viernes y la temperatura oscilará entre los 18 y los 23 grados centígrados, que tiene cinco llamadas programadas y seis presentaciones. Luego, entre la avalancha de información, ve un correo de *affinity@arc.net* que le cambiará la vida. Lo abre.

Querida Claire:
Gracias por tu paciencia durante este largo proceso. Tanto Bryan como yo quedamos muy impresionados por tus credenciales y la entrevista contigo. Nos gustaría que nos viéramos para charlar un poco más. ¿Tendrás tiempo para tomar un café esta mañana?
Afectuosamente,
JAMES PIERCE
Museo de la Cultura Cinematográfica

Claire se sienta. ¡Mierda! Van a ofrecerle el trabajo. ¿O no? ¿Hablar más? Ya la han entrevistado dos veces. ¿De qué más necesitan hablar? ¿Es posible que sea ese el día en el que va a conseguir el trabajo de sus sueños?

Claire trabaja como jefa de desarrollo para el legendario productor de cine Michael Deane. Un cargo sin contenido: solo ayuda, no es jefa de nadie; se ocupa de los antojos de Michael.

Contesta a sus llamadas y correos, le trae bocadillos y café. Lo que más hace es leer para él montones de guiones y sinopsis, papeles y proyectos, una avalancha de material que no va a ninguna parte.

Esperaba mucho más cuando dejó sus estudios de doctorado en cine y entró a trabajar para el hombre que era conocido en los setenta y ochenta como «el Deane de Hollywood». Le habría gustado hacer películas, películas inteligentes y emotivas. Pero cuando llegó, Michael Deane estaba atravesando el peor bache de su carrera, sin otros títulos recientes que la bomba zombi *indie Los saqueadores nocturnos*.

Producciones Deane llevaba tres años sin producir ninguna película. De hecho, su única producción había sido la de un programa de televisión: el exitoso *reality show* «Hookbook» con web de contactos *Hookbook.net*. El monstruoso éxito de esa abominación de los medios ha convertido las películas en un pálido recuerdo para Producciones Deane. Así que Claire se pasa el día escuchando ideas para la televisión tan repulsivas que teme estar precipitando ella solita la llegada del Apocalipsis: «De lo que es capaz una modelo» (encerramos a siete modelos en la casa de una fraternidad); «Noche de sexo» (filmamos citas de adictos confesos al sexo); «La casa de los enanos borrachos» (mira, se trata de una casa... ¡llena de enanos borrachos!).

Michael está constantemente urgiéndola a reprimir sus expectativas, a descartar sus pretensiones intelectuales, a aceptar la cultura en sus propios términos, a ampliar su concepto de lo que es «bueno»: «Si quieres hacer arte —le gusta decir—, búscate un trabajo en otra parte.»

Y eso hizo. Hace un mes que Claire respondió a un anuncio de trabajo de un sitio web en el que pedían «un conservador para un nuevo museo privado de cine». Y ahora, casi tres semanas después de la entrevista, los flamantes hombres de negocios de la junta directiva del museo parecen a punto de ofrecerle el puesto.

No es una decisión insensata aceptarlo, sino bastante razonable: en el Museo Americano de la Cultura Cinematográfica que planean crear, ganará más, tendrá un horario mejor y aprovechará su grado de la UCLA en archivología de imágenes animadas. Por otra parte, le parece que haciendo el trabajo tendrá la sensación de utilizar de nuevo el cerebro.

Michael desdeña su frustración intelectual. Insiste en que sencillamente está pagando el precio que le corresponde, que todo productor pasa unos años en la jungla y que, en la sucinta e inimitable jerga de Michael, debe «cribar el estiércol para abonar el cereal»: tener su bautizo de sangre con un éxito comercial, o con diez, para poder más tarde dedicarse a los proyectos que le gustan. Así que Claire se encuentra en la mayor encrucijada de su vida. Debe decidir entre continuar con su vulgar ocupación y el improbable sueño de llegar algún día a hacer una gran película o aceptar un tranquilo trabajo de catalogación de reliquias de cuando el cine importaba realmente.

Enfrentada a este tipo de decisiones (universidad, novios, estudios de posgrado), Claire siempre ha sido partidaria de listar los pros y los contras, buscar indicios, hacer tratos. Y ahora hace un trato consigo misma, o con el destino: «Si hoy no aparece una idea buena y viable para una película, lo dejo.»

Este trato, por supuesto, está amañado. Michael, convencido de que el dinero lo es todo actualmente en televisión, no ha aprobado un solo argumento, guión o proyecto en dos años. Todo lo que a ella le gusta, él lo rechaza por demasiado caro, demasiado oscuro, demasiado largo o no lo bastante comercial. Y, por si eso no aumentara suficientemente las probabilidades, hoy es «viernes de propuestas a saco»: último viernes de mes, reservado para las ideas de los antiguos colegas y amigos de Michael, de todos los quemados, pasados de rosca, pasados de moda y don nadies de la ciudad. Además, este viernes de propuestas en particular, tanto Michael como su socio, Danny Roth, están fuera. Hoy, *psst, psst, psst,* escuchará todas esas presentaciones de mierda ella sola.

Claire mira a Daryl, dormido junto a ella. Siente una punzada de culpabilidad por no haberle hablado del trabajo en el museo. Eso ha sido en parte porque él ha vuelto tarde casi todas las noches, en parte porque no han estado hablando mucho en general y en parte porque está pensando en dejarlo también a él.

—¿Qué hago? —murmura.

Daryl suelta un ronquido.

—Ya, lo que me figuraba.

Se levanta, se despereza y va hacia el baño; pero por el camino se para junto a los pantalones de Daryl, que están en el suelo, tal como quedaron cuando se los quitó. *Psst, psst, psst*, le advierten los aspersores; pero ¿qué opción le queda a una mujer joven en una encrucijada, en plena búsqueda de indicios? Se inclina, recoge los pantalones, busca en los bolsillos: seis dólares, monedas, una caja de cerillas y... ah, aquí está: una tarjeta de fidelización ya perforada de algo encantadoramente llamado Asstacular:* el mejor espectáculo de *striptease* del Gran Los Ángeles. La diversión de Daryl. Mira el dorso de la tarjeta. Claire no conoce demasiado bien la industria del ocio para adultos, pero se imagina que el uso de tarjetas de fidelización no indica precisamente que Asstacular sea el Four Seasons** del *topless*. ¡Mira!: a Daryl solo le faltan dos perforaciones para disfrutar de un baile privado gratis. ¡Qué bien!

Deja la tarjeta junto a Daryl, que sigue roncando, en el hueco que ha dejado su cabeza en la almohada, y se va al baño, añadiendo oficialmente a Daryl a su trato con el destino, como si de un rehén se tratara: «¡Tráeme una gran idea para una película hoy o me deshago del novio de los clubs de *striptease*!» Imagina a quienes tienen una cita concertada para ese viernes y se pregunta si alguno destacará mágicamente. Se los imagina como puntos sobre un mapa: al de las nueve y media comiéndose una tortilla de claras en Culver City mientras repasa su presentación; al de las diez y cuarto practicando taichi en Manhattan Beach; al de las once duchándose con alguien en Silver Lake. Es liberador simular que su decisión depende ahora de ellos, que ella ya ha hecho todo lo que podía. Claire se siente casi libre echándose decidida y abiertamente en los caprichosos brazos del destino... o al menos dándose una ducha caliente. Un único pensamiento nostálgico se inmiscuye entonces en su por lo de-

---

* *Ass*, «culo» en inglés. (*N. de la T.*)

** Hotel de lujo de Beverly Hills. (*N. de la T.*)

más alegre talante: el deseo, o más bien el ruego, de que, de entre toda la mierda que tendrá que oír hoy, salga una sola propuesta decente, una idea para una gran película... y que no tenga que dejar el único trabajo que ha deseado en su vida.

Fuera, los aspersores rociaban de carcajadas la rocalla del jardín.

También desnudo, a mil trescientos kilómetros de distancia, en Beaverton, Oregón, la última cita de Claire del día, la de las cuatro de la tarde, no se decide por la ropa que va a ponerse. A sus treinta años acabados de cumplir, Shane Wheeler es alto y flaco. Con la cara estrecha enmarcada por una cascada de cabello castaño y las patillas cuadradas, tiene aspecto de ser un tanto indomable.

Shane lleva veinte minutos rebuscando en un montón de ropa de otoño descartada: polos arrugados, originales camisetas de segunda mano, camisas vaqueras de imitación, vaqueros rectos, vaqueros ajustados, pantalones de vestir, de tipo militar y de pana. Nada le parece suficientemente apropiado para acudir a su primera cita en Hollywood y presentar su proyecto.

Se frota inconscientemente el tatuaje del antebrazo izquierdo: la palabra ACTÚA escrita con una elegante caligrafía, una referencia al pasaje de la Biblia favorito de su padre y, hasta hace poco, su lema en la vida: «Actúa como si tuvieras fe y la fe te será dada.»

La suya ha sido una actitud alentada por años de episódicas intervenciones en televisión, ánimos infundidos por maestros y consejeros, documentales científicos, medallas de consolación, trofeos de fútbol y baloncesto y, sobre todo, por dos atentos y responsables padres que educaron a sus cinco perfectos hijos en la creencia... qué diablos, en la convicción de que, si tenían la suficiente confianza en sí mismos, podrían ser lo que se propusieran. Así que, en el instituto, Shane se comportó como un corredor de fondo y un intelectual al mismo tiempo; se comportó como si fuera un estudiante sobresaliente y sacó las mejores notas; actuó como si tuviera realmente a la animadora de turno en el bolsillo y ella ¡le pidió que la acompañara al baile!; se comportó como si estuviera seguro de entrar en Berkeley y entró, y de que lo aceptarían en la fraternidad Sigma Nu y lo aceptaron; fingió hablar italiano y estudió en el extranjero un año; ser escritor y accedió al programa de escritura creativa de la Universidad de Arizona; se comportó como si estuviera enamorado y se casó.

Sin embargo, recientemente habían aparecido en su filosofía fisuras que demostraban que con la fe no bastaba en absoluto y durante el proceso de divorcio, la que pronto sería su exmujer («estoy tan cansada de tu mierda, Shane...») le había soltado el bombazo. La frase de la Biblia que él y su padre citaban continuamente: «Actúa como si tuvieras fe...», en realidad no era de la Biblia. Es más, por lo que ella sabía, provenía del alegato del personaje que interpretaba Paul Newman en *Veredicto final*.

Esta revelación no había inquietado verdaderamente a Shane, pero las noticias parecieron corroborarla. Esto es lo que pasa cuando tu vida no está escrita por Dios sino por David Mamet: no encuentras un trabajo de profesor y tu matrimonio se disuelve precisamente cuando vence tu préstamo para los estudios y el agente literario al que has confiado el proyecto en el que llevas trabajando seis años, tu tesis del máster en artes visuales y escritura creativa, un libro de historias cortas entrelazadas titulado *Conectados*, lo rechaza. (Agente: «Este libro no funcionará.» Shane: «En tu opinión, querrás decir.» Agente: «En inglés, quiero decir.») Divorciado, sin trabajo y arruinado, perdida su ambición literaria, Shane consideraba que su decisión de convertirse en escritor había sido dar un rodeo de seis años hacia ninguna parte. Por primera vez en su vida estaba asustado; era incapaz de levantarse de la cama sin el empuje del ACTÚA. Recayó sobre su madre la tarea de sacarlo de aquel estado, convenciéndolo de tomar antidepresivos con la esperanza de rescatar al confiado y despreocupado joven que ella y su marido habían criado.

—Mira, nosotros no éramos una familia religiosa en absoluto. Solo íbamos a misa en Navidad y Pascua. Así que tu padre sacó ese lema de una película de treinta años de antigüedad en lugar de hacerlo de un libro de dos mil años de antigüedad. Eso no quiere decir que no encierre una verdad auténtica. De hecho, posiblemente sea más cierto.

Inspirado por la profunda fe de su madre en él y bajo los efectos de la pequeña dosis del inhibidor selectivo de la reabsorción de la serotonina que había empezado a tomar, Shane tuvo lo que solo puede ser descrito como una epifanía: ¿no eran las películas la fe de su generación? ¿No eran su religión? ¿No es el cine nuestro templo, un lugar al que entramos por separado pero del que salimos dos horas más tarde juntos, habiendo vivido la misma experiencia, sentido las mismas emociones, con la misma moral? En un millón de escuelas se impartían diez millones de programas de estudios, un millón de iglesias ofrecían a diez millones de sectas mil millones de sermones, pero en todos los centros comerciales del país se proyectaba la misma película. ¡Y todos la veíamos! Ese verano que nunca olvidarás, todos los cines tenían en cartelera los mismos títulos: *Avatar*, *Harry Potter*, *A todo gas*; imágenes parpadeantes que se nos grabaron en la mente en sustitución de nuestros recuerdos, historias arquetípicas que se convirtieron en nuestra historia compartida, que nos enseñaron qué nos cabe esperar de la vida, que definieron nuestros valores. ¿Qué era eso sino una religión?

Además, las películas estaban mejor pagadas que los libros.

Así que Shane decidió llevar su talento a Hollywood. Empezó por ponerse en contacto con su antiguo profesor de escritura, Gene Pergo, que, cansado de ser profesor y desconocido ensayista, había escrito un *thriller*, *Los saqueadores nocturnos* (acerca de unos zombis que salían de cacería en coches tuneados en un Los Ángeles postapocalíptico buscando supervivientes humanos para esclavizarlos), y había vendido los derechos para la película por más de lo que había ganado en una década de trabajo académico y de publicar con pequeñas editoriales. Además, había dejado su trabajo de profesor a la mitad del semestre. Por aquel entonces, Shane cursaba segundo de su máster en artes visuales y la deserción de Gene había sido un escándalo: tanto el profesorado de la facultad como los estudiantes echaban humo por la forma que había tenido Gene de cagarse en la catedral de la literatura.

Shane encontró la pista del profesor Pergo en Los Ángeles, donde estaba adaptando la segunda entrega de lo que se había convertido en una trilogía: *Los saqueadores nocturnos 2: Venganza callejera* (en 3D). Gene le dijo que en los últimos dos años había tenido noticias de prácticamente todos los estudiantes y colegas con los que había trabajado; los más escandalizados por su deserción literaria habían sido los primeros en llamar. Le dio a Shane el nombre de un agente, Andrew Dunne, títulos de libros sobre escritura de guiones de Syd Field y Robert McKee y, lo mejor de todo, el capítulo de la inspiradora autobiografía del productor Michael Deane sobre presentación de guiones: «El método Deane: cómo le presenté el Hollywood moderno a América y cómo tú también puedes tener éxito en la vida.» Shane encontró una frase en el libro de Deane («En esa habitación solo te hace falta creer en ti mismo: TÚ eres tu historia») que le recordaba su antigua confianza en sí mismo mientras pulía su presentación, buscaba apartamento en Los Ángeles, incluso mientras telefoneaba a su antiguo agente literario. (Shane: «Me ha parecido que debías saberlo. He terminado oficialmente con los libros.» Agente: «Informaré al comité del Nobel.»)

Y ahora Shane se ve recompensado con su primera presentación de un guión a un productor de Hollywood, y no a cualquier productor, sino nada menos que a Michael Deane en persona, o por lo menos a su ayudante, Claire Algo. Hoy, con la ayuda de Claire Algo, Shane da el primer paso para salir del húmedo armario de los libros hacia el brillante e iluminado salón de baile del cine.

En cuanto decida qué ponerse.

—Tu padre está listo para llevarte al aeropuerto —le dice en aquel preciso momento su madre desde el pie de las escaleras. Como no le contesta, insiste—: No querrás llegar tarde, cariño. —Después prosigue—: He preparado tostadas. ¿Aún no has decidido qué ponerte?

—¡Un momento! —grita Shane, y, frustrado, sobre todo consigo mismo, le da una patada al montón de ropa.

En la consiguiente avalancha, la indumentaria perfecta flota en el aire: unos vaqueros rectos lavados a la piedra y una camisa vaquera con botones a presión. Quedaba perfecto con las botas de motero con doble hebilla. Se viste deprisa, se mira en el espejo y se arremanga lo suficiente para que se le vea la «A» del tatuaje. «Ahora —se dice un vez vestido—, vamos a presentar ese guión.»

A las siete y media de la mañana, el Coffee Bean de Claire está abarrotado. En cada mesa hay un taciturno escritor con gafas delante de su pantalla; cada par de gafas está enfocado en un portátil Mac Pro; en cada Mac Pro hay abierto un boceto final de guión digitalizado. En todas las mesas excepto en una pequeña del fondo, donde dos flamantes hombres de negocios vestidos de gris la esperan con una silla vacía enfrente.

Claire se les acerca decidida. Su falda atrae la mirada de los escritores. Ella odia los tacones, se siente como un caballo herrado. Llega y sonríe cuando los dos hombres se levantan.

—Hola, James. Hola, Bryan.

Se sientan y se disculpan por haber tardado tanto en ponerse en contacto con ella, pero a partir de ahí el resto es exactamente como había imaginado: un notable currículum, excelentes referencias, una entrevista impresionante. Se han reunido con la junta del museo y, tras una larga deliberación (ella supone que había otro posible candidato), han decidido darle el trabajo. James le hace un gesto de aprobación con la cabeza a Bryan y este desliza un sobre de papel manila por encima de la pequeña mesa redonda. Claire lo coge y lo abre un poco, solo lo suficiente para leer las palabras «acuerdo de confidencialidad». Antes de que pueda continuar, James le hace un gesto de advertencia con la mano.

—Hay algo que debes saber antes de leer nuestra oferta —dice, y por primera vez uno de los dos rompe el contacto visual: Bryan, que mira a su alrededor para comprobar si alguien está escuchando.

Mierda. Claire se imagina la peor de las situaciones: el pago es en cocaína; tiene que matar al conservador interino; es un museo de cine porno... Sin embargo, James le sale con algo muy diferente.

—Claire, ¿qué sabes acerca de la cienciología?

Diez minutos más tarde, después de pedirles que le dejen el fin de semana para considerar su generosa oferta, Claire va conduciendo hacia su trabajo, pensando: «Esto no cambia nada, ¿verdad?» Vale, su soñado museo del cine es una tapadera para una secta; un momento, eso no es justo. Conoce a cienciólogos y no son más fanáticos que los rígidos luteranos de su madre o que los judíos de su padre. Pero ¿qué impresión dará que dirija un museo lleno de la mierda de la que Tom Cruise no ha podido deshacerse en su mercadillo?

James ha insistido en que el museo no tendrá relación alguna con la iglesia; en que esta se limitará a proporcionar los fondos iniciales; en que la colección se iniciará con las donaciones de algunos miembros pero por lo demás el museo será cosa suya.

«Es la manera que tiene la iglesia de devolverle el favor a una industria que ha dado de comer a nuestros miembros durante años», ha dicho Bryan. Además, a los dos les gustan sus ideas: exposiciones interactivas para los chicos, una sala de cine mudo, ciclos semanales de películas, un festival anual dedicado a un tema. Claire suspira. De todo lo que podrían ser, ¿por qué tienen que ser cienciólogos?

Claire medita y conduce como una zombi, por instinto. Su trayecto en coche diariamente hasta el estudio es un proceso automático, una sucesión de paradas, cambios de carril, arcenes, calles residenciales, callejones, carriles bici y estacionamientos para llegar al estudio cada día exactamente dieciocho minutos después de salir de su apartamento.

Saluda con una inclinación de cabeza al guardia de seguridad, cruza la verja del estudio y aparca. Coge el bolso y se dirige a la oficina. Incluso sus pisadas parecen reflexionar («vete, quédate, vete, quédate»). Producciones Michael Deane está en el antiguo bungaló de un escritor, en la Universal, encajado entre estudios de sonido, oficinas y platós. Michael ya no trabaja para los estudios, pero les hizo ganar tanto dinero en los ochenta y los noventa que estuvieron de acuerdo en mantenerlo cerca, como una guadaña en la pared de una fábrica de tractores. La oficina formaba parte del contrato que Michael había firmado años antes, cuando necesitaba dinero, garantizando al estudio el estreno de cualquier cosa que produjera (lo que finalmente no fue mucho).

Claire enciende las luces de la oficina, se sienta a su escritorio y conecta el ordenador. Va directamente a las cifras de taquilla del jueves por la noche, los primeros estrenos y los remanentes del fin de semana, buscando algún signo de esperanza que se le haya podido pasar, un cambio de último minuto en la tendencia; pero las cifras indican lo mismo que desde hace años: no hay más que películas infantiles, secuelas de cómic en 3D, chorradas de imágenes por ordenador; todo obedece a las predicciones de taquilla de los algoritmos basados en sondeos de audiencia en el mercado extranjero sobre los tráilers proyectados. Las películas ya no son más que anuncios de nuevos juguetes, lanzamientos de videojuegos. Los adultos esperan tres semanas para ver una película decente por encargo o ven la televisión inteligente, y los estrenos son videojuegos fantásticos para chicos con las hormonas revolucionadas y sus novias bulímicas. El cine, su primer amor, está muerto.

Puede precisar el día en que se enamoró: el 14 de mayo de 1992, a la una del mediodía, dos días antes de su décimo cumpleaños. Fue entonces cuando oyó lo que le pareció una carcajada en el salón, salió de su habitación y encontró a su padre llorando y tomándose un vaso largo de una bebida oscura, viendo una película antigua en la tele. «Ven aquí, Calabacita», le dijo, y Claire se sentó a su lado. Vieron en silencio las últimas dos terceras partes de *Desayuno con diamantes*. Claire estaba alucinada con la historia que contemplaba en la pequeña pantalla, como si ya la hubiera imaginado sin saberlo. En eso radicaba el poder de la película: era como un *déjà vu*. Tres meses después, su padre dejó a la familia para casarse con la pechugona Leslie, la hija de veinticuatro años de su anterior socio, pero para Claire siempre sería Holly Golightly quien le había robado a su papá.

«No pertenecemos a nadie y nadie nos pertenece.»*

* «*We belong to nobody and nobody belongs to us. We don't even belong to each other.*» Famosa frase de Audrey Hepburn en el papel de Holly Golightly. *Desayuno con diamantes* (1961). *(N. de la T.)*

Estudió cine en una pequeña escuela de diseño, luego obtuvo su máster en la UCLA e iba directa al doctorado cuando ocurrieron dos cosas en rápida sucesión. En primer lugar, su padre tuvo un pequeño derrame cerebral. Aquello hizo consciente a Claire de la mortalidad de su progenitor y, por extensión, de la suya propia. Se imaginó a sí misma al cabo de treinta años, convertida en una bibliotecaria solterona en un apartamento lleno de gatos con nombres de directores de la Nouvelle Vague («*Godard*, suelta el juguete de *Rivette*»).

Recordando su ambición de *Desayuno con diamantes*, Claire dejó el doctorado y se aventuró fuera del claustrofóbico mundo académico para intentar hacer películas en lugar de estudiarlas solamente.

Empezó presentando una solicitud en una de las agencias más importantes. El agente que la entrevistó apenas echó un vistazo a su currículum de tres páginas. «Claire, ¿sabes lo que es un analista de guiones?», le preguntó.

Hablándole a Claire como si fuera una niña de seis años, le explicó que en Hollywood «la gente está muy ocupada» y la atendían agentes, mánager, contables y abogados. Los publicistas se ocupaban de la imagen, los ayudantes de los recados, los jardineros de cortar el césped, las criadas de limpiar las casas, las niñeras cuidaban a los niños, los paseadores de perros paseaban perros. Y, cada día, toda esa gente tan ocupada tenía que revisar un montón de guiones y libros y proyectos. ¿No era lógico que también necesitaran ayuda para eso? «Claire —le dijo el agente—, te voy a contar un secreto: aquí nadie lee.»

A Claire, que había visto recientemente bastantes películas, le pareció que, más que un secreto, aquello era una evidencia; pero se mordió la lengua y se convirtió en analista. Resumía libros, guiones y proyectos, comparándolos con películas de éxito, valorando a los personajes, los diálogos y el potencial económico, para que los agentes y sus clientes aparentaran no solo haberse leído el material sino tener un máster sobre él.

Título: SEGUNDO PERÍODO: MUERTE
Género: JUVENIL DE TERROR
Argumento: Una mezcla de *El Club de los Cinco* y *Pesadilla en Elm Street*. SEGUNDO PERÍODO: MUERTE es la historia de un grupo de estudiantes que deben luchar con un enloquecido profesor sustituto que en realidad es un vampiro...

Cuando llevaba apenas tres meses en el trabajo, Claire estaba leyendo un éxito de ventas, un tocho de sentimentalismo gótico; llegó al ridículo final *deus ex machina** (un huracán arranca un poste eléctrico y un cable de alta tensión azota la cara del villano) y, sencillamente, lo cambió. Fue un acto tan instintivo como ver un montón desordenado de jerséis en una tienda de ropa y colocarlos bien. En su sinopsis, hizo que la protagonista participara en su propio rescate y no pensó más en ello. Sin embargo, dos días más tarde, recibió una llamada.

—Soy Michael Deane —dijo su interlocutor—. ¿Sabes quién soy?

Por supuesto que lo sabía, aunque le sorprendió que siguiera vivo «el Deane de Hollywood», un hombre que había participado en algunas de las más grandes películas del siglo xx (todos aquellos mafiosos, aquellos monstruos y aquellas comedias románticas), antiguo ejecutivo del estudio y genial productor de una época en que serlo consistía en dedicarse a armar jaleo, lanzar la carrera de los actores, llevarles el equipaje y esnifar coca.

—Y tú eres la analista de guiones que ha arreglado el montón de mierda por el que pagué cien mil.

Así fue cómo consiguió el empleo de ayudante de producción en unos estudios famosos con el conocido Michael Deane, a quien ayudaba personalmente.

---

* *Deus ex machina*: frase hecha originaria del latín y proveniente del teatro grecorromano. Actualmente se utiliza para referirse a un elemento externo que resuelve una historia sin seguir su lógica interna. En un guión, es *deus ex machina* cualquier acontecimiento cuya causa viene impuesta por necesidades del propio guión, a fin de que este responda a lo que se espera de él desde el punto de vista del interés, la comercialidad, la estética o cualquier otro factor. (*N. de la T.*)

Al principio, le gustaba su nuevo trabajo. Después del esfuerzo de la universidad, las reuniones y el ajetreo eran emocionantes. Cada día entraban guiones, proyectos y libros. ¡Y las presentaciones! Le encantaban las presentaciones. «Entonces el chico se da cuenta de que su mujer es una vampira.» Los escritores y los productores entraban en la oficina con sendas botellas de agua para compartir sus ideas. «Por encima de los créditos vemos una nave alienígena y cambiamos al chico sentado delante de un ordenador.» Incluso cuando se dio cuenta de que aquellas presentaciones no conducían a nada, Claire siguió disfrutándolas. La presentación era una obra en sí, una especie de performance existencial en tiempo presente. Por antiguo que fuera el argumento, presentaban una película sobre Napoleón, una de cavernícolas o incluso una bíblica en tiempo presente: «Y entonces va ese chico, Jesús, y un día resucita... como un zombi.»

Y ahí estaba ella, a sus casi veintiocho años, trabajando en unos estudios cinematográficos, haciendo no exactamente lo que había soñado pero sí lo que la gente hace en este negocio: asistir a reuniones, leer guiones y escuchar presentaciones fingiendo que todo le gustaba mientras buscaba cualquier razón para no producir nada. Y entonces ocurrió lo peor que podía pasar: llegó el éxito.

Todavía le parece estar oyendo lo que se dijo en la presentación: «Se llama "Hookbook".* Es como un Facebook de vídeos para citas. Cualquiera que suba un vídeo a la página se está presentando también a una audición para nuestro programa de televisión. Escogemos a los más guapos, a la gente más cachonda, filmamos sus citas y hacemos un seguimiento de todo: conquistas, peleas, bodas. Y, lo mejor de todo, es que la promoción se hace sola. ¡No tenemos que pagar un céntimo a nadie!»

Michael produjo el programa para un canal de cable secundario y obtuvo con él su primer éxito en una década: una sincronía TV/web extraordinaria que Claire no soportaba ver. ¡Michael Deane había vuelto! Claire comprendió entonces por qué la gente se esforzaba tanto para no producir nada: porque en

* Agenda de ligues. *(N. de la T.)*

cuanto produces algo, eso se convierte en tu obra, en lo único que eres capaz de hacer.

Ahora Claire se pasa los días escuchando presentaciones para «Cómetelo», un programa de obesos que compiten para comerse gigantescos platos de comida, y «MILF rica, MILF pobre»,* uno de citas de mujeres de mediana edad cachondas con jóvenes cachondos.

La cosa ha llegado hasta tal punto que Claire ha empezado a desear realmente que lleguen los viernes de presentaciones a saco, el único día en que aún asiste a alguna que otra presentación para una película. Desgraciadamente, casi todas las presentaciones de los viernes tienen que ver con el pasado de Michael. Son de alguien a quien conoció en Alcohólicos Anónimos, de alguien a quien debe favores o que se los debe, de alguien con quien se ve en el club, antiguos compañeros de golf, antiguos camellos de coca, mujeres con las que se acostó en los sesenta y setenta, hombres con los que se acostó en los ochenta, amigos de sus exmujeres y de sus tres hijos legítimos o de sus tres hijos mayores no tan legítimos, el hijo de su médico, el hijo de su jardinero, el hijo del chico de la piscina, el chico de la piscina del hijo.

Por ejemplo, la cita de las nueve y media es con un guionista de televisión con manchas de edad que jugaba al squash con Michael durante la época de Reagan y ahora quiere hacer un *reality show* sobre sus nietos (expone orgulloso sus fotos sobre la mesa de reuniones). «Preciosos —dice Claire—. ¡Qué dulzura! —Y añade—: Sí, parece que ahora el de autismo es un diagnóstico demasiado frecuente.»

Sin embargo, Claire no puede quejarse de citas como esta a menos que esté dispuesta a oír el discurso sobre la lealtad de Michael Deane: en esta fría ciudad, Michael Deane es un hombre que nunca olvida a sus amigos; los abraza fuerte y, mirándolos a los ojos, les dice: «Sabes que siempre me ha gustado tu trabajo (AQUÍ VA EL NOMBRE). Ven el viernes próximo y Claire, mi ayudante, te recibirá.» Luego saca una tarjeta de visita, la firma y

---

* *MILF* son las siglas de *Mum I'd Like to Fuck,* un tipo de pornografía con actrices de entre cuarenta y cincuenta años. *(N. de la T.)*

se la pone en la mano a la persona en cuestión. Ya está. Quien tiene una tarjeta firmada por Michael Deane puede que quiera conseguir entradas para un estreno o el teléfono de un determinado actor o el cartel autografiado de una película; pero normalmente quiere lo mismo que todo el mundo: proponer sus ideas.

En esta ciudad hacer propuestas equivale a estar vivo. La gente propone a sus hijos para los buenos colegios, presenta ofertas para casas que no puede permitirse y, si cae en brazos de la persona equivocada, da explicaciones inverosímiles. Los hospitales presentan unidades de maternidad; las guarderías ofrecen amor; los institutos, el éxito; los concesionarios, lujo; los terapeutas, autoestima; las masajistas, la guinda final; los cementerios, descanso eterno... Es algo continuo, vivificante, absorbente y tan inexorable como la muerte; algo tan común como los aspersores matutinos.

Una tarjeta de Michael Deane firmada es moneda de cambio en este estudio; cuanto más antigua, mejor, en opinión de Claire. Cuando el de las diez y cuarto le enseña una de la época en que Michael era ejecutivo de los estudios, tiene la esperanza de que le proponga una idea para una película, pero el hombre se lanza a presentarle un *reality* tan espantoso que hasta podría ser brillante: «"Paranoid Palace": retiramos la medicación a pacientes mentales, los metemos en un casa con cámaras ocultas y jugamos con su mente; si encienden la luz suena música, cuando abren la nevera la cisterna del váter se descarga...»

Hablando de medicación, el de las once y media parece que se ha olvidado de tomar la suya. El hijo del vecino de Michael Deane, con capa y barba, entra a grandes zancadas. No la mira a los ojos ni una sola vez mientras presenta la idea para una miniserie de televisión sobre un mundo de fantasía que él mismo ha creado. Se lo sabe todo de memoria porque «si lo escribo, alguien me robará la idea».

Se llama *La tetralogía de Veraglim*. Veraglim es un universo alternativo de la octava dimensión, y se trata de una tetralogía porque «es como una trilogía pero de cuatro historias en lugar de tres». Y mientras el tipo de Veraglim la machaca con su mundo de fantasía (en Veraglim hay un rey invisible, una rebelión de centauros en marcha y los hombres tienen una erección de una semana de duración cada año), Claire mira de reojo el móvil que vibra en su regazo. Si todavía estuviera buscando señales, esta sería inequívoca: su musculoso novio aficionado al *striptease* acaba de despertarse, nada menos que a las doce menos veinte, y le manda un mensaje de texto con una pregunta consistente en una única palabra y sin puntuación: «leche». Se imagina a Daryl delante de la nevera, en ropa interior; no hay leche y teclea su estúpida pregunta. ¿Dónde creerá que guardan la leche? Teclea en respuesta: «Lavadora.» No puede evitar preguntarse si el destino no está mofándose del trato que ha hecho con él, porque este es el peor viernes de presentaciones a saco de la historia, quizá su peor día desde octavo, cuando le vino la regla de repente durante una clase de educación física, mientras jugaba al *kickball*, y el bobo de Marshall Aiken señaló la mancha de sus pantalones cortos de gimnasia y le gritó a la profesora: «¡Claire se está desangrando!»

Ahora es el cerebro lo que se le desangra. La sangre llena la mesa de reuniones mientras en el segundo volumen de *La tetralogía de Veraglim* Flander desenfunda su espada de sombra.

Llega otro mensaje de texto de Daryl a la BlackBerry: «cereales».

El tren de aterrizaje del avión chirría y se aferra a la pista. Shane se despierta y mira el reloj. Todavía tiene tiempo. El vuelo lleva una hora de retraso, pero faltan tres para su cita y está apenas a veintidós kilómetros. ¿Cuánto se tarda en coche hasta allí? Se despereza, baja del avión y recorre el largo túnel del aeropuerto como en un sueño. Pasa por la zona de recogida de equipajes, por una puerta giratoria y sale a una soleada acera, donde toma un autobús hasta la empresa de alquiler de coches. Se pone a la cola detrás de los sonrientes incautos que seguramente han visto el mismo cupón de veinticuatro dólares para alquilar un coche *online*. Llegado su turno, entrega el carné de conducir y la tarjeta de crédito a la empleada, que lee su nombre con intencionalidad.

—¿Shane Wheeler?

Shane se ve transportado momentáneamente a un futuro de fama en el que la mujer lo conoce de oídas; pero, por supuesto, lo que pasa es sencillamente que se alegra de encontrar su reserva. Vivimos en un mundo lleno de milagros banales.

—¿Está aquí por negocios o por placer, señor Wheeler?

—Para la redención.

—¿Quiere seguro?

Rechaza la cobertura, declina mejorar la categoría, dice no al caro GPS y las opciones para repostar y sale con un contrato de alquiler, unas llaves y un mapa que parece dibujado por un niño de diez años drogado. Shane adelanta el asiento del conductor de su recién alquilado Kia rojo hacia el volante, respira hondo, arranca y ensaya las primeras palabras de la primera presentación de su vida: «Hay un tío que...»

Una hora más tarde, inexplicablemente, está más lejos de su destino. El Kia está parado en un atasco y cree que tal vez no esté yendo en la dirección correcta (ahora el GPS le parece una ganga extraordinaria). Shane aparta el inútil mapa e intenta llamar a Gene Pergo al móvil. Le salta el buzón de voz. Lo intenta con el agente que le concertó la entrevista.

—Lo siento, no tengo a Andrew —le responde su ayudante, que vete a saber lo que quiere decir con eso.

A regañadientes, intenta llamar al móvil de su madre, después al de su padre y, finalmente, al teléfono fijo de su casa.

—¡Mierda! ¿Dónde se han metido todos?

El siguiente número que se le ocurre es el de su exmujer. Saundra es la última persona a la que quiere llamar en este momento, pero está lo suficientemente desesperado para hacerlo.

—Dime que me llamas porque tienes el resto de dinero que me debes —son sus primeras palabras, así que Shane deduce que su nombre debe figurar todavía en el identificador de llamada del teléfono de su ex.

Esto es precisamente lo que esperaba evitar: todo el asunto de quién arruinó a quién y quién le robó el coche a quién que ha sido el tema de todas sus conversaciones desde hace un año. Suspira.

—De hecho, estoy a punto de conseguir tu dinero, Saundra.

—¿No estarás donando sangre otra vez?

—No. Estoy en Los Ángeles, presentando una idea para una película

Ella se ríe, pero luego se da cuenta de que lo dice en serio.

—Espera... ¿Ahora escribes una película?

—No. Presento el proyecto de una película. Primero la presentas y luego la escribes.

—No me extraña que las películas apesten —dice ella.

Típico de Saundra: una camarera que se las da de poetisa. Se conocieron en Tucson, donde ella trabajaba en La Taza del Cielo, la cafetería donde iba Shane a escribir todas las mañanas. Se enamoró, por este orden, de sus piernas, su risa, la manera que tenía de idealizar a los escritores y lo dispuesta que estaba a apoyar su trabajo.

A ella, por su parte, le confesó al final, la encandilaron sobre todo sus mentiras.

—Escucha —dice Shane—. ¿Podrías dejar por un momento la crítica cultural y consultar el MapQuest para mí?

—¿De verdad tienes una cita en Hollywood?

—Sí. Con un gran productor, en unos estudios.

—¿Cómo vas vestido?

Él suspira y le repite lo que Gene Pergo le dijo: que no importa lo que uno se ponga para ir a una presentación. («A no ser que tengas un traje a prueba de mentiras.»)

—Apostaría a que sé lo que te has puesto —dice Saundra, y le describe su indumentaria hasta el último detalle.

Shane empieza a lamentar haberla llamado.

—Ayúdame a hacerme una idea de hacia dónde estoy yendo.

—¿Cómo se titula tu película?

Shane suspira. Tiene que recordar que ya no están casados; su amarga y fría ironía ya no puede afectarlo.

—*¡Donner!**

---

* Se conoce como Donner Party a la expedición de inmigrantes que, en el crudo invierno de 1846, camino de California, fueron sorprendidos en plena Sierra Nevada por una terrible ventisca que los dejó incomunicados y sin posibilidad de retroceder. Con el paso de los días, llevados por la acuciante necesidad de comida y refugio, muchos optaron por el canibalismo. *(N. de la T.)*

Saundra guarda silencio un momento, pero conoce sus intereses, sus obsesiones literarias.

—¿Estás escribiendo una película sobre caníbales?

No cabe duda de que la Donner Party sería un tema contundente para una película. Sin embargo, lo que cuenta en las presentaciones es el «toque maestro», como escribió Michael Deane en el cacareado capítulo catorce de *El método Deane,* su libro autobiográfico de autoayuda: «Las ideas son esfínteres. Todos los culos tienen uno. Cómo lo usas es lo que cuenta. Hoy mismo podría ir a la Fox y vender una película sobre un restaurante que sirve mono al horno si tuviera el modo adecuado de presentarlo, el toque maestro.»

Y Shane tiene el toque perfecto. *¡Donner!* no será la clásica historia de la Donner Party: de gente atrapada en un espantoso campamento, congelándose y muriéndose de hambre hasta que terminan comiéndose unos a otros. Será la historia de un carpintero llamado William Eddy, que lidera un grupo, compuesto en su mayoría por mujeres jóvenes, en un tortuoso y heroico viaje cruzando las montañas hacia la libertad. Luego («¡Atención al tercer acto!»), cuando recupera las fuerzas, regresa para rescatar a su mujer y sus hijos.

A medida que Shane presentaba esta idea por teléfono a Andrew Dunne, el agente, sentía cómo lo invadía su poder. «Es una historia de superación —le había dicho a Dunne—. ¡Una historia épica de resistencia, valor, determinación y amor!» Aquella misma tarde el agente le concertó una cita con Claire Silver, la ayudante de producción de... veamos... ¡Michael Deane!

—¡Ah! Y ¿crees realmente que puedes vender eso?

—Sí, lo creo —dice Shane, y es cierto.

La película posee una cierta inspiración en la fe en uno mismo del «ACTÚA-como-si» de Shane: obedece a la arraigada creencia de los de su generación en que la providencia se manifiesta episódicamente en la vida seglar; expresa la idea, pulida durante décadas, de que al cabo de treinta o sesenta o ciento veinte minutos de complicaciones, las cosas acaban por salir bien.

—De acuerdo —dice Saundra, no completamente inmune

todavía al innegable encanto de la seguridad en sí mismo de Shane, y le da las instrucciones del MapQuest.

Él se lo agradece.

—Buena suerte, Shane.

—Gracias. —Como siempre, los completamente sinceros buenos deseos de su desapasionada exmujer lo dejan con la sensación de ser la persona más sola del planeta.

Se acabó. Qué trato tan estúpido: un día para encontrar una gran idea para una película. ¿Cuántas veces le ha dicho Michael que no están en el negocio del cine sino en el negocio del cotilleo? Y sí, el día aún no ha terminado; pero su cita de las dos cuarenta y cinco se rasca una costra de la frente mientras presenta un proyecto para televisión. «Está ese policía (se rasca), un policía zombi», y Claire siente la pérdida de algo vital en ella, la muerte del optimismo. La cita de las cuatro no parece del mundo del espectáculo (es alguien llamado Shawn Weller), y cuando Claire consulta su reloj, que marca las cuatro y diez, se le cierran los ojos de sueño. Bueno, ya está: un trato es un trato. No le dirá nada a Michael de su desilusión, ¿para qué? Le dará dos semanas, empaquetará sus cosas y saldrá de esa oficina para dedicarse a almacenar recuerdos para los cienciólogos.

¿Y Daryl? ¿Lo deja también hoy? ¿Es capaz? Ha intentado romper con él recientemente, pero no ha podido. Es como hacer rayas en el agua: no hay nada a lo que enfrentarse. Ella dirá: «Daryl, tenemos que hablar.» Él sonreirá como sabe hacerlo y acabarán acostándose. Sospecha incluso que a él eso lo excita. Ella dirá: «Me parece que esto no funciona», y él empezará a quitarse la camisa. Ella le preguntará sobre los clubs de *strippers* y él la mirará divertido. Ella: «Me prometiste que no volverías a ir.» Él: «Te prometí que no te haría ir a ti.» Daryl no se pelea, no miente, no se preocupa; solo come, respira, folla. ¿Cómo puede una desvincularse de alguien que ya está tan profundamente desvinculado?

Lo conoció en la que ya le parece la única película en la que habrá trabajado en su vida, *Los saqueadores nocturnos*. Claire siempre ha tenido debilidad por la tinta, y Daryl, que se tambaleaba en el papel de zombi número 14, llevaba los musculosos brazos tatuados. Hasta entonces había salido con hombres más inteligentes y sensibles (que hacían de su propia sensible inteligencia una redundancia) y con un par de tipos superficiales de la industria del cine (cuya ambición era como una segunda polla). Todavía no había salido con ningún actor sin trabajo. ¿Acaso no era eso lo que tenía en mente cuando abandonó el refugio de la escuela de cine? ¿No se proponía experimentar lo visceral, lo mundano?

Al principio, lo visceral y mundano fue tan bueno como prometía ser. Recuerda que se preguntaba si antes la habían acariciado alguna vez. Treinta y seis horas más tarde, cuando yacía en postura poscoital, en la cama, junto al chico más guapo con el que se había acostado (algunas veces disfruta simplemente con mirarlo), Daryl le confesó que su novia lo había echado y no tenía dónde vivir. Casi tres años después, su papel en *Los saqueadores nocturnos* continúa siendo la mejor referencia del currículum de Daryl, y el zombi número 14 sigue siendo un espléndido zángano en su cama.

No, no quiere romper con Daryl, hoy no. No después de los cienciólogos, los abuelos orgullosos, los lunáticos, los policías zombis y los rascacostras. Le dará a Daryl otra oportunidad. Irá a casa, le llevará una cerveza, se acurrucará en su acogedor y tatuado hombro. Verán juntos la tele (a él le gustan los camiones que conducen por el hielo de Discovery Channel) y ella tendrá esa tenue conexión con la vida, por lo menos. No, no es el mejor de los sueños, pero sí que es una costumbre muy americana. Son una nación entera de zombis saqueadores nocturnos que recorren el horizonte gastando combustible al máximo para llegar a casa y sentarse a ver con aburrimiento *Desafío bajo cero* y *Hookbook* en la pantalla plana de cincuenta y cinco pulgadas (la Doble Níquel,* la llama Daryl, la Sammy Hagar).

Claire coge la chaqueta y va hacia la puerta. Se para, echa una mirada hacia atrás por encima del hombro a la oficina don-

* Juego de palabras intraducible. Un níquel es una moneda de cinco centavos. El personaje compara dos de esas monedas, una detrás de otra, a las cincuenta y cinco pulgadas de la pantalla del televisor. *(N. de la T.)*

de pensaba que llegaría a hacer algo grande (su estúpido sueño de Holly Golightly) y consulta una vez más la hora. Son más de las cuatro y cuarto. Sale, cierra la puerta, inspira profundamente y se marcha.

El reloj en el Kia alquilado de Shane también marca las 16.17. Lleva más de un cuarto de hora de retraso y está que se sube por las paredes.

—¡Mierda, mierda, mierda! —Golpea el volante.

Después de corregir el rumbo se ha metido en varios atascos y ha tomado la salida equivocada. Llega a una verja de los estudios y el guardia de seguridad se encoge de hombros y le informa de que tiene que entrar por la otra. Veinticuatro minutos tarde. Suda con su informal vestimenta cuidadosamente escogida. Cuando llega a la verja correcta ya lleva un retraso de veintiocho minutos, de treinta cuando por fin el segundo guardia de seguridad le entrega su identificación, mete vacilante la tarjeta en la ranura y entra en el estacionamiento.

Shane está a escasos sesenta metros del bungaló de Michael Deane, pero sale precipitadamente del coche, va hacia el lado equivocado y deambula entre los grandes hangares (es el complejo industrial más limpio del mundo), caminando en círculo, hasta que por fin llega a unos bungalós y un tranvía lleno de turistas con riñonera que visitan los estudios. Pertrechados con cámaras y móviles, escuchan la audioguía, que les cuenta historias apócrifas de un pasado mágico. Escuchan casi sin respirar, esperando encontrar alguna relación entre lo que oyen y su propio pasado: «¡Me gustaba ese programa!» Cuando Shane se asoma al tranvía, los turistas a la caza de estrellas echan un vistazo a su pelo desaliñado, las anchas patillas y los finos y frenéticos rasgos, comparando la suya con las miles de caras de famosos que conocen. ¿Es un Sheen? ¿Un Baldwin? ¿Un rehabilitador de famosos? Y aunque no asocian las facciones curiosamente atractivas de Shane a nadie conocido, le sacan fotos de todos modos, por si acaso.

Por los auriculares, el guía está explicando a los ocupantes del tranvía, en algo parecido al inglés, que cierta famosa escena de separación de cierto famoso programa televisivo se rodó «justo ahí» y, cuando Shane se le acerca, levanta un dedo para poder terminar su relato.

Sudando, al borde de las lágrimas, totalmente hundido, luchando contra el deseo de llamar a sus padres, Shane lee la etiqueta con el nombre del guía: ÁNGEL.

—Perdone —le dice.

Ángel cubre el micrófono de los auriculares.

—¿Qué coño quieres? —le espeta con marcado acento.

Ángel tiene aproximadamente su edad, así que Shane intenta servirse de la camaradería de los treintañeros.

—Tío, llego tardísimo. ¿Puedes ayudarme a encontrar la oficina de Michael Deane?

Su pregunta hace que otro turista le saque una foto. Ángel se limita a hacerle un gesto con el pulgar y, cuando se aleja el tranvía, tiene delante el cartel indicador de un bungaló: PRODUCCIONES MICHAEL DEANE, pone.

Shane mira el reloj. Ya lleva treinta y seis minutos de retraso. «Mierda, mierda, mierda.» Dobla la esquina corriendo y ahí está, pero en la puerta hay un viejo con bastón. Por un instante piensa que tal vez sea el mismísimo Michael Deane, aunque el agente le haya dicho que no asistiría a la reunión, que solo estaría su ayudante de producción Claire Algo. De todos modos, no es Michael Deane, sino solo un anciano de unos setenta años con traje gris oscuro y sombrero de fieltro negro, el bastón colgado del brazo y una tarjeta de visita en la mano. Como las pisadas de Shane resuenan, el anciano se vuelve y se quita el sombrero. Tiene el pelo gris y unos extraños ojos azul coral.

Shane se aclara la garganta.

—¿Va usted a entrar? Porque yo... llego muy tarde.

El hombre le tiende una tarjeta de visita arrugada y manchada, con las letras desteñidas. Es de otros estudios, los de la 20th Century Fox, pero pone Michael Deane.

—Está usted en el lugar correcto —le dice Shane, y le enseña su propia tarjeta de visita de Michael Deane, la nueva—. ¿Lo ve? Ahora trabaja en estos estudios.

—Sí, a estos quería venir —dice el hombre con un marcado acento italiano que Shane reconoce por el año que estuvo estudiando en Florencia. Señala la tarjeta de la 20th Century Fox—. Me han dicho que es aquí. —Señala el bungaló—. Pero... está cerrado.

Shane no puede creerlo. Se adelanta al hombre e intenta abrir la puerta. Sí, está cerrado. Entonces, se acabó.

—Soy Pasquale Tursi —dice el viejo, ofreciéndole la mano. Shane se la estrecha.

—Y yo el Gran Perdedor —dice.

Claire le ha enviado un mensaje a Daryl para preguntarle qué quiere cenar. Su respuesta, «kfc» (Kentucky Fried Chicken), va seguida de otro mensaje: «*Hookbook* sin censurar.» Le ha contado a Daryl que están a punto de lanzar una versión sin censura y más obscena del programa, con todos los desnudos y las estupideces de borrachera que no pudieron emitir por la televisión normal. «Bien», piensa. Volverá para coger el apocalíptico programa televisivo, después irá hasta el KFC-auto, se acurrucará junto a Daryl y ya se enfrentará a su vida el lunes. Da la vuelta con el coche y el guardia de seguridad la saluda de nuevo; aparca detrás de la oficina de Michael y va hacia ella para coger los DVD; pero, cuando dobla, ve, de pie delante de la puerta del bungaló, no una causa perdida de los viernes de presentaciones a saco, sino dos. Se para y duda si dar media vuelta y largarse.

A veces hace suposiciones acerca de los ponentes de los viernes de presentaciones, como ahora. ¿Patillas encrespadas, vaqueros lavados a la piedra y esa camisa? «Podría ser el hijo de un antiguo camello de Michael.» ¿Y el viejo de cabello plateado y ojos azules con traje oscuro? Ese es más difícil. «Alguien a quien Michael conoció en 1965 durante una orgía en casa de Tony Curtis.»

El joven histérico la ve.

—¿Es usted Claire Silver?

«No», piensa, pero asiente.

—Sí.

—Soy Shane Wheeler, y lo siento muchísimo. Había mucho tráfico y me he desorientado y... ¿Hay todavía alguna posibilidad de que nos reunamos?

Ella mira desamparada al señor mayor, que se quita el sombrero y le tiende la tarjeta de visita.

—Soy Pasquale Tursi —dice—, y busco a... al señor Deane.

Fantástico: dos causas perdidas. Un niño que se pierde por Los Ángeles y un italiano que ha viajado en el tiempo. Ambos la miran sosteniendo las tarjetas de visita de Michael Deane. Ella las coge. La del joven, como era previsible, es más nueva. Le da la vuelta. Debajo de la firma de Michael hay una nota del agente Andrew Dunne. Ella ha tenido recientemente relaciones con Andrew, no sexuales (eso sería perdonable); le pidió que sacara de la circulación la promo del programa de moda de su cliente, *Si el zapato te calza bien*, mientras Michael se lo pensaba. En lugar de pensárselo, Michael había optado por hacerle la competencia con un programa llamado *Zapato fetiche*, que destrozó la idea del cliente de Andrew. La nota del agente reza: «¡Espero que disfrutes!» Le pagaba con una presentación. ¡Oh, debía de ser espantosa!

La otra tarjeta es un misterio; es la más vieja de Michael Deane que ha visto, manchada y arrugada, de los primeros estudios en los que trabajó, la 20th Century Fox. La profesión que consta en ella la sorprende. ¿Publicidad? ¿Michael empezó en publicidad? ¿Cuántos años tiene esa tarjeta de visita?

Honestamente, después del día que ha tenido, si Daryl le hubiera enviado un mensaje con alguna otra cosa que no fuera «kfc» y «*Hookbook* sin censurar», se habría limitado a decir a esos dos que se había acabado, que habían perdido el tren de la caridad de hoy. Pero piensa otra vez en el destino y en el trato que ha hecho con él. ¿Quién sabe? Tal vez uno de esos tipos... De acuerdo. Abre la puerta y vuelve a preguntarles cómo se llaman. El de las patillas desaliñadas es Shane; el de los ojos saltones, Pasquale.

—¿Por qué no vienen los dos a la sala de reuniones? —les sugiere.

Se sientan en la oficina, rodeados de carteles de los clásicos de Michael (*Mind Blow*, *The Love Burglar*). No hay tiempo para cumplidos; es la primera reunión de presentaciones en la historia en la que no se sirve agua.

—Señor Tursi, ¿quiere usted ser el primero?

El anciano mira a su alrededor, confundido.

—¿El señor Deane... no está aquí? —Tiene un acento muy fuerte; es como si masticara cada palabra.

—Me temo que hoy no. ¿Es usted un viejo amigo suyo?

—Lo conocí... —Mira al techo—. Eh... *nel sessantadue*.

—En mil novecientos sesenta y dos —traduce el joven. Cuando Claire lo mira con curiosidad, añade—: Estudié un año en Italia.

Claire se imagina a Michael y al anciano en el pasado, haciendo el gamberro por Roma en un descapotable, tirándose a las actrices italianas y tomando grapa. En este momento Pasquale Tursi parece desorientado.

—Él me dijo... tú... si alguna vez necesitas cualquier cosa...

—Por supuesto —dice Claire—. Le prometo que le contaré a Michael todo lo que usted exponga en la presentación. ¿Por qué no empieza por el principio?

Pasquale hace un gesto de incomprensión.

—Mi inglés... Hace mucho tiempo que...

—El principio —le aclara Shane—. *L'inizio*.

—Hay un tipo... —lo insta a su vez Claire.

—Una mujer —dice Pasquale Tursi—. Viene a mi pueblo, Porto Vergogna, en... —Mira a Shane pidiendo ayuda.

—¿Mil novecientos sesenta y dos? —sugiere Shane.

—Sí. Es... hermosa. Y yo construye... eh... playa. ¿Sí? Y tenis. —Se frota la frente. No consigue contar la historia—. Ella está... en el *cinema*.

—¿Es actriz? —le pregunta Shane Wheeler.

—Sí —asiente Pasquale Tursi, con la mirada perdida.

Claire consulta la hora e intenta ayudarlo para que arranque con la presentación.

—Así que... una actriz llega a ese pueblo y se enamora de ese chico que está construyendo una playa.

Pasquale mira de nuevo a Claire.

—No. Yo creo... tal vez sí. E... *l'attimo*, ¿sí? —Mira a Shane para que le ayude—. *L'attimo che dura per sempre*.

—El momento que dura para siempre —dice Shane en voz baja.

—Sí. —Pasquale asiente—. Para siempre.

A Claire la atrapan estos conceptos, tan próximos entre sí: «momento» y «para siempre». No son exactamente KFC y *Hookbook*. De repente está enfadada: por su estúpida ambición y su romanticismo; por su gusto con los hombres. Está enfadada con los chiflados cienciólogos; con su padre, por mirar esa estúpida película y por irse; consigo misma por haber vuelto a la oficina, y porque aún conserva la esperanza de mejorar. Y con Michael. «El maldito Michael y su maldito empleo y sus malditas tarjetas de visita y los malditos buitres de sus antiguos amigos y los malditos favores que debe a la maldita gente que se folló cuando se follaba todo lo follable.»

Pasquale Tursi suspira.

—Estaba enferma.

Claire se impacienta.

—¿Qué tenía? ¿Lupus? ¿Psoriasis? ¿Cáncer?

Al oír la palabra cáncer, Pasquale levanta la vista de repente.

—*Sì. Ma non è così semplice...* —murmura en italiano.

—¿Señorita Silver? Verá... —Tercia entonces el niño Shane—. No creo que este señor esté presentando una idea. —Y le dice al hombre en italiano, despacio—: *Questo è realmente accaduto? Non in un film?*

Pasquale asiente.

—*Sì. Sono qui per trovarla.*

—Sí, esto ocurrió realmente —le dice Shane a Claire. Y otra vez a Pasquale—: *Non l'ha più vista da allora?*

Pasquale niega con la cabeza y Shane se dirige de nuevo a Claire.

—No ha visto a esa actriz desde hace al menos cincuenta años. Ha venido a buscarla. —Luego pregunta—: *Come si chiama?*

El italiano lo mira, mira a Claire y vuelve a mirarlo.

—Dee Moray.

Claire siente que se le encoge el corazón. Es una especie de revulsivo, la rotura de su tan trabajado cinismo, de la tensión contra la que ha estado luchando. El nombre de la actriz no le dice nada, pero el anciano parece completamente cambiado después de haberlo pronunciado, como si no lo hubiera hecho en años. Ese nombre tiene algo que también la afecta a ella (el peso aplastante del romanticismo; esas expresiones: «momento» y «para siempre»), como si percibiera cincuenta años de anhelo en él, cincuenta años de un dolor que permanecía dormido también dentro de ella, tal vez dentro de todo el mundo hasta que se ha descorchado. El momento es tan intenso que tiene que mirar al suelo porque siente las lágrimas aflorar a sus ojos y, cuando echa un vistazo a Shane, se da cuenta de que él nota lo mismo: el nombre flotando un momento entre los tres y luego descendiendo como una hoja seca; el italiano contemplando cómo se posa y Claire creyendo, esperando, rogando que vuelva a pronunciar el nombre, en voz más baja esta vez, para subrayar su importancia, como se hace tan a menudo en los guiones. Sin embargo, no lo hace. Solamente mira fijamente el suelo, donde ha caído el nombre, y Claire piensa que ha visto demasiadas películas.

3

Hotel Adequate View

Abril de 1962
Porto Vergogna, Italia

Todo el día estuvo esperando a que bajara las escaleras, pero ella pasó aquella primera tarde y la noche sola en su habitación del tercer piso. Así que Pasquale continuó con sus ocupaciones, que parecían más bien el comportamiento errático de un lunático. Como no sabía qué otra cosa hacer, añadió rocas al dique de la ensenada y trabajó en la pista de tenis, echando algún que otro vistazo a las persianas de la ventana de su habitación. A última hora de la tarde, cuando los gatos callejeros tomaban el sol en las rocas, una fresca brisa primaveral rizó la superficie del mar y Pasquale se fue a la *piazza* a fumar solo, antes de que llegaran los pescadores a beber. En el Adequate View no se oía ningún ruido procedente de arriba, no había ningún signo de que la hermosa americana estuviera ahí, y Pasquale se preguntó de nuevo si no se lo habría imaginado todo. Si no se habría imaginado el barco de Orenzio entrando en la ensenada, a la esbelta y alta americana subiendo por la estrecha escalera a la mejor habitación del hotel, en el tercer piso, empujando las persianas para abrirlas, respirando el aire cargado de salitre y diciendo: «Encantador.» Y él preguntándole si había alguna otra cosa «que la hiciera feliz tener» y ella respondiendo que gracias y cerrando la puerta, dejándolo solo para bajar la estrecha y oscura escalera.

Se horrorizó al enterarse de que, para cenar, su tía Valeria estaba preparando *ciuppin*, una sopa de pescado de roca con tomate, vino blanco y aceite de oliva.

—¿Esperas que le lleve tu estofado de pescado podrido a una estrella del cine americano?

—Si no le gusta que se vaya —dijo Valeria.

Así que, al anochecer, cuando los pescadores hacían entrar sus barcos en la ensenada de abajo, Pasquale subió por la estrecha escalera esculpida en la pared de piedra y llamó suavemente a la puerta del tercer piso.

—¿Sí? —dijo la americana, sin abrirle.

Pasquale oyó rechinar los muelles de la cama y se aclaró la garganta.

—Siento su molestia. Usted come pasta y jabón.*¿Sí?

—¿Jabón?

A Pasquale lo fastidiaba no haber logrado que su tía desistiera de preparar *ciuppin*.

—Sí. Es un jabón de pescado con vino. Un jabón de pescado.

—¡Ah, sopa! No, no, gracias. No creo que pueda comer nada aún —dijo ella. La puerta amortiguaba sus palabras—. No me encuentro lo bastante bien.

—Sí. Ya veo —dijo él, y bajó las escaleras repitiendo una y otra vez la palabra «sopa» mentalmente.

Se comió la cena de la americana en su habitación, en la segunda planta. El *ciuppin* estaba bastante bueno. Todavía recibía los periódicos de su padre una vez a la semana; llegaban en el barco correo. No se los leía a fondo como su padre, y aquel día Pasquale los hojeó buscando noticias de la producción americana *Cleopatra*, pero no encontró nada.

Más tarde oyó jaleo en la *trattoria* y fue a ver, pero sabía que no sería Dee Moray la causante; no aparentaba ser una follonera.

Las mesas estaban ocupadas por pescadores del pueblo, con las gorras delante y el pelo sucio repeinado y aplastado contra el cráneo, que esperaban echar un vistazo a la gloriosa americana.

* Juego de palabras intraducible. En inglés *soap* es «jabón» y *soup* es «sopa». Pasquale confunde la pronunciación de ambas. *(N. de la T.)*

Valeria les estaba sirviendo sopa, pero en realidad lo único que querían era hablar con Pasquale, porque estaban faenando cuando había llegado la americana.

—He oído que mide dos metros y medio —dijo Lugo *el Héroe de Guerra*, famoso por su dudosa pretensión de haber matado al menos a un soldado de cada nación importante implicada en la Segunda Guerra Mundial—. Es una giganta.

—No seas estúpido —dijo Pasquale mientras les llenaba los vasos de vino.

—¿Cómo de grandes tiene las tetas? —le preguntó Lugo—. ¿Las tiene redondas y enormes o puntiagudas?

—Déjame hablarte de las americanas —dijo Tommaso *el Viejo*, cuyo primo se había casado con una estadounidense y lo había convertido por ello en un experto en mujeres americanas, y en cualquier otra cosa—. Las mujeres americanas solo cocinan una vez a la semana, pero, antes de casarse, hacen felaciones. Así que, como todo en la vida, tienen cosas buenas y cosas malas.

—¡Deberíais comer en un comedero, como los cerdos! —bufó Valeria desde la cocina.

—¡Cásate conmigo, Valeria! —le contestó gritando Tommaso *el Viejo*—. Soy demasiado viejo para el sexo y pronto estaré sordo. Estamos hechos el uno para el otro.

El pescador predilecto de Pasquale, el amable Tommaso *el Comunista*, mordía la pipa. Se la sacó de la boca para intervenir en la conversación. Se consideraba a sí mismo un aficionado al cine y era fan del neorrealismo italiano. Desdeñaba las películas americanas, a las que culpaba del surgimiento de la espantosa *commedia all'italiana*, cuyas ridículas farsas habían desbancado el serio cine existencialista de finales de los años cincuenta.

—Escucha, Lugo —dijo—: si es una actriz americana, entonces lleva corsé en películas del Oeste y tiene talento solo para gritar.

—Estupendo. Veamos cómo se hinchan esas grandes tetas cuando grita —dijo Lugo.

—A lo mejor mañana estará tendida en cueros en la playa de Pasquale —dijo Tommaso *el Viejo*—. Así veremos esas tetas con nuestros propios ojos.

Hacía tres siglos que los pescadores salían del grupito de jóvenes criados en el pueblo. El padre entregaba el esquife, e incluso a veces la casa, a su preferido, generalmente el hijo mayor, que se casaba con la hija de otro pescador de algún pueblo costero cercano y, algunas veces, se instalaba con ella en Porto Vergogna. Los otros hijos se iban, pero en el *villaggio* se mantenía un cierto equilibrio y su veintena de casas permanecían ocupadas. Después de la guerra, sin embargo, cuando todo se industrializó, la pesca familiar no pudo competir con los grandes pesqueros que faenaban más allá de Génova. Los restaurantes seguían comprando pescado a algunos viejos, porque a los turistas les gustaba verlos descargar las capturas, pero aquello era como trabajar en un parque de atracciones: no era realmente pescar y no tenía futuro. Una generación entera de jóvenes de Porto Vergogna había tenido que marcharse a La Spezia y Génova, o incluso más lejos, para buscar trabajo en las fábricas, en las conserveras y en los comercios. El hijo predilecto ya no quería el barco de pesca. Seis de las casas estaban desocupadas, tapiadas o derruidas, y otras seguirían el mismo camino.

En febrero, la hija menor de Tommaso *el Comunista*, la por desgracia bizca Ileana, se había casado con un joven maestro y se había mudado a La Spezia, tras lo cual Tommaso estuvo enfurruñado varios días. Una de aquellas frescas mañanas primaverales, mientras Pasquale observaba a los viejos pescadores embarcar, arrastrando los pies y quejándose, había caído de pronto en la cuenta: él era la única persona menor de cuarenta años que quedaba en el pueblo.

Pasquale dejó a los pescadores en la *trattoria* y se fue a ver a su madre, que estaba pasando por una de sus malas épocas y llevaba dos semanas negándose a levantarse de la cama. Cuando abrió la puerta, la encontró mirando al techo, con su áspero pelo gris pegado a la almohada, los brazos cruzados sobre el pecho y en la boca la plácida expresión de muerta que le gustaba ensayar.

—Deberías levantarte, *mamma*. Ven a comer con nosotros.

—Hoy no, Pasquo —dijo con voz áspera—. Hoy espero morir. —Inspiró profundamente y abrió un ojo—. Valeria me ha dicho que hay alguien de América en el hotel.

—Sí, *mamma*. —Comprobó cómo tenía las llagas, pero su tía ya le había hecho la cura.

—¿Una mujer?

—Sí, *mamma*.

—Entonces los americanos de tu padre han llegado por fin —comentó, mirando por la oscura ventana—. Dijo que vendrían y aquí están. Deberías casarte con esa mujer e irte a América a construir una verdadera pista de tenis.

—No, *mamma*, sabes que no querría...

—Vete, antes de que este lugar te mate como mató a tu padre.

—Nunca te abandonaré.

—No te preocupes por mí. Yo moriré pronto y me iré con tu padre y tus pobres hermanos.

—No te estás muriendo.

—Ya estoy muerta por dentro. Deberías tirarme al mar y ahogarme como hicimos con aquel viejo gato enfermo tuyo.

Pasquale se enderezó.

—Me dijisteis que el gato se había escapado mientras estaba en la universidad.

Ella lo miró con el rabillo del ojo.

—Es un dicho.

—No, no es un dicho. No hay ningún dicho así. ¿Ahogasteis papá y tú a mi gato mientras yo estaba en Florencia?

—¡Me encuentro mal, Pasquo! ¿Por qué me atormentas?

Pasquale regresó a su habitación. Aquella noche escuchó pasos en la tercera planta cuando la americana fue al baño, pero a la mañana siguiente aún no había salido de su cuarto, así que él volvió a su trabajo en la playa. Cuando regresó al hotel, a la hora de comer, su tía Valeria le dijo que Dee Moray había bajado a buscar un *espresso*, un trozo de *torta* y una naranja.

—¿Qué ha dicho? —preguntó Pasquale.

—¿Cómo voy a saberlo? ¡Qué idioma tan horroroso! Parece que estén chupando un hueso.

Pasquale subió con sigilo las escaleras y escuchó detrás de la puerta, pero Dee Moray estaba en silencio.

Volvió a bajar a la playa, pero no supo decir si las corrientes habían arrastrado más arena. Trepó más arriba del hotel, a los peñascos donde había marcado su pista de tenis. El sol estaba alto y oculto por nubes ralas que aplanaban el cielo; tuvo la sensación de estar debajo de una capa de hielo. Miró los postes que marcaban su futura cancha, avergonzado. Incluso en caso de poder construir módulos lo bastante altos para contener el cemento necesario para nivelar su pista, de dos metros de altura en algunos puntos, y vigas voladizas para que la pista se asomara al acantilado, tendría que volar parte del mismo con dinamita para allanar la zona norte. Se preguntó si se podría hacer una pista más pequeña, tal vez para raquetas más pequeñas.

Acababa de encender un cigarrillo para meditar sobre la cuestión cuando vio la barca de caoba de Orenzio doblar la punta cercana a Vernazza. La miró alejarse de la línea de costa donde rompían las olas y contuvo la respiración cuando sobrepasó Riomaggiore. A medida que fue acercándose, distinguió a dos personas con Orenzio en la embarcación. ¿Serían más americanos que venían a su hotel? Sería esperar demasiado. La barca seguramente pasaría de largo, hacia el encantador Portovenere, o doblaría el cabo hacia La Spezia. Pero redujo la velocidad y viró hacia su estrecha ensenada.

Pasquale descendió de su pista de tenis, saltando de peñasco en peñasco, y bajó luego por el sendero hasta la costa, más despacio cuando vio que la barca de Orenzio no traía turistas, sino a Gualfredo, el hotelero bastardo, y a un tipo enorme al que Pasquale no había visto jamás. Orenzio amarró el barco y Gualfredo y el grandullón bajaron a tierra.

Gualfredo, todo carrillos, era calvo y llevaba un tremendo bigote en forma de cepillo. El otro, el gigante, parecía esculpido en granito. Sin desembarcar, Orenzio agachó la cabeza, como si no soportara encontrarse con la mirada de Pasquale.

Cuando este se acercó, Gualfredo abrió los brazos.

—Así que es cierto. El hijo de Carlo Tursi ha vuelto hecho un hombre para ocuparse de este antro en el culo del mundo.

Pasquale lo saludó, grave y formal, con una inclinación de cabeza.

—Buenos días, don Gualfredo.

Nunca había visto hasta entonces al bastardo Gualfredo en

Porto Vergogna, pero su historia era conocida a lo largo y ancho de la costa. La madre de Gualfredo había mantenido una larga relación con un rico banquero de Milán que, para comprar el silencio de la mujer, había dado participaciones en hoteles de Portovenere, Chiavari y Monterosso al Mare al criminal de poca monta de su hijo .

Gualfredo sonrió.

—¿Tienes a una actriz americana en tu vieja posada?

—Sí —dijo Pasquale—. A veces tenemos huéspedes americanos.

Gualfredo frunció el ceño y el bigote pareció a punto de aplastarle la cara y el pedazo de cuello que tenía. Miró a Orenzio, que fingía estar revisando el motor del barco.

—Le he dicho a Orenzio que tiene que haber un error. Esa mujer seguramente pretendía alojarse en mi hotel de Portovenere. Pero él asegura que en realidad quería venir a este... —Miró a su alrededor—. A este villorrio.

—Sí —dijo Pasquale—. Prefiere la tranquilidad.

Gualfredo se le acercó.

—No es un granjero suizo de vacaciones, Pasquale. Estos americanos exigen una calidad de servicio que tú no puedes darles. Sobre todo la gente del cine. Escúchame: yo llevo haciendo esto desde hace mucho tiempo. Sería una pena que le dieras al Levante una mala reputación.

—La estamos cuidando —le dijo Pasquale.

—Entonces no te importará que hable con ella para asegurarme de que no ha habido ningún error.

—No puede —dijo Pasquale, demasiado rápidamente—. Ahora duerme.

Gualfredo se volvió hacia Orenzio, que seguía en la barca, y miró nuevamente a Pasquale con sus ojos mortecinos.

—O quizá me estás apartando de ella porque la han engañado dos viejos amigos que se aprovecharon del poco italiano que habla la mujer para convencerla de que viniera a Porto Vergogna en lugar de ir a Portovenere, como era su intención.

Orenzio abrió la boca para replicar, pero Pasquale no le dio ocasión de hacerlo.

—Por supuesto que no. Mire, puede venir más tarde, cuando ya no esté descansando, y preguntarle todo lo que quiera; pero no quiero que la moleste ahora. Está enferma.

Una sonrisa asomó por debajo del mostacho de Gualfredo, que le hizo un gesto al gigante que tenía a su lado.

—¿Conoces al señor Pelle, de la asociación de turismo?

—No.

Pasquale intentó mirar a los ojos al hombretón, pero eran dos minúsculos puntitos en su rolliza cara. La chaqueta del traje gris embutía su corpulencia.

—Por una modesta cuota anual y una razonable tasa, la asociación de turismo proporciona una serie de beneficios a todos los hoteles legalmente establecidos: transporte, publicidad, representación política...

—*Sicurezza* —croó el señor Pelle.

—¡Ah, sí! Gracias, señor Pelle. Seguridad —dijo Gualfredo, levantando la mitad del mostacho en una sonrisa de superioridad—. Protección.

Pasquale sabía que era mejor no preguntar. «¿Protección, de qué?» Evidentemente, el señor Pelle protegía del señor Pelle.

—Mi padre nunca me comentó nada de esa tasa —dijo Pasquale, y Orenzio le dirigió una rápida mirada de advertencia.

Había algo que Pasquale estaba intentando entender, algo imprescindible para hacer negocios en Italia: determinar a cuáles de las incontables extorsiones y corruptelas era preciso doblegarse y cuáles podía ignorar con seguridad.

Gualfredo sonrió.

—¡Ah! Tu padre pagaba una cuota anual y también una pequeña suma por noche de alojamiento de un huésped extranjero... que no siempre recaudábamos, porque, francamente, no creíamos que hubiera ningún huésped extranjero en el culo del mundo. —Se encogió de hombros—. El diez por ciento. No es nada. La mayoría de los hoteles incrementan la factura de sus huéspedes por el mismo importe.

Pasquale se aclaró la garganta.

—¿Y si no pago?

Esta vez, Gualfredo no sonrió. Orenzio miró alarmado a

Pasquale, que cruzó los brazos para que no se le notara el temblor.

—Si me proporciona alguna documentación sobre esa tasa, la pagaré.

Gualfredo permaneció callado un momento que se hizo eterno. Finalmente, rio y miró a su alrededor.

—El señor Tursi quiere documentación —le dijo a Pelle.

Pelle dio un paso hacia él despacio.

—De acuerdo —convino Pasquale, molesto consigo mismo por claudicar tan rápidamente—. No necesito documentación.

Habría deseado obligar al bruto de Pelle a dar más de un paso. Miró por encima del hombro para comprobar si las persianas de la americana estaban cerradas y no había sido testigo de su cobardía.

—Vuelvo dentro de un momento.

Se volvió hacia el hotel con las mejillas ardiendo. No recordaba haber estado nunca tan avergonzado. Su tía Valeria estaba en la cocina, mirando.

—*Zia* —le dijo Pasquale—. ¿Le pagaba mi padre esa tasa a Gualfredo?

—Por supuesto —repuso con sorna Valeria, a la que nunca le había caído bien el padre de Pasquale.

El joven contó el dinero en su habitación y volvió al puerto, intentando controlar su enfado. Cuando llegó, Pelle y Gualfredo estaban mirando el mar y Orenzio se había sentado en la barca con los brazos cruzados.

A Pasquale le temblaban las manos cuando entregó el dinero. Gualfredo le dio una ligera bofetada en la cara como si fuera un chico listo.

—Volveremos más tarde a hablar con ella. Podemos resolver lo de las cuotas y devolverte las tasas entonces.

Pasquale se encendió de nuevo, pero se mordió la lengua. Gualfredo y Pelle subieron a la barca de caoba y Orenzio soltó amarras sin mirar a su amigo. La barca se balanceó un momento en el oleaje; el motor petardeó y luego traqueteó mientras los hombres se alejaban costa arriba.

Pasquale estaba taciturno en el porche de su hotel. Había luna llena esa noche y los pescadores faenaban aprovechando la luz extra. Apoyado en la barandilla de madera que había construido, fumaba y rememoraba el feo trato con Gualfredo y el gigante Pelle, imaginando respuestas atrevidas como: «Coge tu tasa, Gualfredo, y métesela con tu lengua de serpiente en el enorme culo a tu amigo.» Entonces oyó los resortes de la puerta abrirse y cerrarse. Echó un vistazo por encima del hombro y ahí estaba la hermosa americana. Llevaba unos pantalones negros ajustados y un jersey blanco. La melena suelta, castaña con mechas rubias, le llegaba más abajo de los hombros. Tenía algo en las manos: páginas escritas.

—¿Puedo hacerle compañía? —le preguntó en inglés.

—Es un honor —dijo Pasquale—. Está mejor, ¿verdad?

—Sí, gracias. Solo necesitaba dormir. ¿Puedo? —Le tendió la mano abierta y Pasquale no estuvo seguro al principio de lo que quería. Acabó por buscar torpemente en sus bolsillos la cajetilla de tabaco; la abrió y ella cogió un cigarrillo. Él agradeció a sus manos su inalterable obediencia, encendió una cerilla y se la sostuvo.

»Gracias por hablar inglés —dijo ella—. Mi italiano es terrible. —Se apoyó en la barandilla, dio una profunda calada y dejó salir el humo en un suspiro—. Uoooooooo. Lo necesitaba —dijo. Observó el cigarrillo que sostenía—. Es fuerte.

—Son españoles —dijo Pasquale, y ya no supo qué más decir. Finalmente le hizo una pregunta—. Tengo que preguntarle una cosa. ¿Usted eligió venir aquí, sí, a Porto Vergogna? ¿No a Portovenere o Portofino?

—No. Quería venir aquí —repuso ella—. He quedado con una persona en este lugar. Fue idea suya. Vendrá mañana, espero. Tengo entendido que este pueblo es tranquilo y... discreto. ¿No es así?

Pasquale asintió.

—¡Oh, sí! —Anotó mentalmente buscar la palabra «discreto» en el diccionario inglés-italiano de su padre. Esperaba que significara «romántico».

—Ah. He encontrado esto en mi habitación. En el escritorio. —Le tendió a Pasquale el pulcro montón de hojas que había bajado: *La sonrisa del cielo.*

Era el primer capítulo de una novela escrita por el único huésped americano que se había alojado en el hotel anteriormente, el escritor Alvis Bender, que cada año metía en su equipaje su pequeña máquina de escribir y un montón de hojas en blanco y de papel carbón para pasarse dos semanas bebiendo y, ocasionalmente, escribiendo. Había dejado la copia del primer capítulo para que Pasquale y su padre lo leyeran y le dieran su opinión.

—Son páginas del libro de un americano. ¿Sí? Un escritor. Viene al hotel todos los años.

—¿Cree usted que le importará? No traje nada para leer y parece que todos los libros que tiene usted aquí están en italiano.

—Está bien, creo. Sí.

Ella cogió las páginas, las hojeó y las dejó sobre la barandilla. Permanecieron unos minutos callados, mirando los farolillos, cuyos reflejos se mecían juntos sobre la superficie del mar como dos hileras de luces navideñas.

—Es bonito —comentó ella.

—Mmmm —dijo Pasquale, pero entonces se acordó de Gualfredo diciendo que la mujer no debía estar allí—. Por favor... —Usó para expresarse una antigua frase de un libro—. ¿Qué tal su alojamiento? —Como ella no respondía, añadió—: ¿Tiene satisfacción? ¿Sí?

—Perdón. Si tengo... ¿qué?

Él se humedeció los labios para intentar formular la frase de otro modo.

—Quiero decir...

Ella acudió en su ayuda.

—¡Ah, satisfacción! —dijo—. La habitación. Sí, todo está muy bien, señor Tursi.

—Por favor... Yo soy, para usted, Pasquale.

Ella sonrió.

—De acuerdo, Pasquale. A mí llámame Dee.

—Dee —repitió Pasquale, asintiendo con la cabeza y sonriendo. Le producía una sensación de transgresión y de mareo simplemente decir su nombre, y la palabra escapó nuevamente de sus labios—. Dee. —Supo entonces que tenía que pensar en algo más que decir o se quedaría ahí toda la noche repitiendo aquel nombre una y otra vez—. Tu habitación está cerca de un baño. ¿Sí, Dee?

—Es muy práctico. Gracias, Pasquale.

—¿Cuánto tiempo te quedarás?

—Yo... No lo sé. Mi amigo tiene algunos asuntos que resolver. Espero que llegue mañana y entonces decidiremos. ¿Necesitas la habitación para alguien?

—Oh, no. No espero a nadie. Toda para ti —dijo rápidamente Pasquale, a pesar de que se acordó de que Alvis Bender llegaría al cabo de poco.

Había paz. El ambiente era fresco. Se oía el chapoteo de las olas.

—¿Qué hacen exactamente? —preguntó ella, señalando con el cigarrillo las luces que bailaban sobre el agua.

Pasado el espigón, los pescadores colgaban faroles en los costados de los esquifes para engañar a los peces, que acudían al reclamo de la luz. Luego echaban las redes y los atrapaban.

—Están pescando —dijo Pasquale.

—¿Pescan de noche?

—A veces. Normalmente lo hacen de día.

Pasquale cometió el error de mirarla a los ojos. Nunca había visto una cara como la suya, tan distinta según desde donde se la mirara: alargada y caballuna de perfil; despejada y delicada de frente. Se preguntó si sería por esa habilidad suya de tener más de una cara que era actriz de cine. Se dio cuenta de que la estaba mirando fijamente y tuvo que aclararse la garganta y apartar la mirada.

—¿Y las luces? —preguntó ella.

Pasquale miró hacia el agua. Ahora que ella lo mencionaba, era bastante espectacular el modo en que los faroles de pesca flotaban por encima de su reflejo en el oscuro mar.

—Para... Es... —Buscaba las palabras—. Atrapar pescado. Ellos... eh... —Se bloqueó y gesticuló, imitando con la mano un pez subiendo a la superficie—. Subir.

—¿La luz atrae los peces a la superficie?

—Sí —dijo Pasquale, aliviado—. A la superficie, sí.

—Bueno, es bonito —dijo ella nuevamente.

Detrás de ellos, Pasquale oyó un cuchicheo y luego que alguien pedía discretamente silencio desde la ventana próxima a la terraza, donde seguramente la madre de Pasquale y su tía estaban escondidas en la oscuridad, escuchando una conversación que ninguna de las dos entendía.

Un gato callejero, el negro con malas pulgas del ojo tuerto, se acercó a Dee Moray. Bufó cuando ella alargó la mano para tocarlo y la apartó; luego miró el cigarrillo que tenía en la otra y se rio de algo que recordó en ese momento.

Pasquale pensó que se reía de sus cigarrillos.

—Son caros —dijo, a la defensiva—. Españoles.

Ella se apartó el pelo de la cara.

—¡Oh, no es eso! Estaba pensando en cómo la gente se queda esperando durante años a que su vida empiece, ¿vale? Como si fuera una película que empieza. ¿Entiendes lo que quiero decir?

—Sí —dijo Pasquale, que se había perdido a partir de «la gente se queda» pero estaba tan deslumbrado por su forma de apartarse el pelo y su tono confidencial que habría estado de acuerdo en que le arrancaran las uñas de los dedos y se las dieran de comer.

Ella sonrió.

—Yo también lo creo. Yo me he sentido así durante años. Era como si fuera un personaje de una película y la realidad estuviera a punto de empezar en cualquier momento. Pero creo que hay personas que esperan siempre y solo al final de su existencia se dan cuenta de que su vida ha transcurrido mientras esperaban a que empezara. ¿Sabes lo que quiero decir, Pasquale?

¡Sabía perfectamente lo que quería decir! Así se sentía él precisamente, como alguien sentado en un cine esperando a que empezara la película.

—Sí —dijo.

—¿De verdad? —preguntó ella, y se rio—. ¿Y cuándo empieza nuestra vida? Quiero decir, la parte interesante, la acción. ¡Es todo tan rápido! —Sus ojos recorrieron la cara de Pasquale, que se puso como un tomate—. Tal vez ni siquiera te lo crees... Quizá te parece estar fuera mirando, como si contemplaras a unos desconocidos comiendo en un bonito restaurante.

Pasquale se había vuelto a perder.

—Sí, sí —convino de todos modos.

Ella se rio con soltura.

—¡Me alegro tanto de que me entiendas! Imagínate por un momento que eres una actriz de un pueblecito. Te marchas para buscar trabajo en el cine y consigues tu primer papel en *Cleopatra*. ¿Serías capaz de creértelo?

—Sí —repuso Pasquale con más seguridad, guiándose por la palabra *Cleopatra*.

—¿En serio? —Se rio—. Bueno, pues yo desde luego no.

Pasquale hizo una mueca. No había contestado correctamente.

—No —dijo, intentando corregir su error.

—Yo soy de un pueblecito de Washington. No tan pequeño como este, claro. —Gesticuló con el cigarrillo—. Pero sí lo suficiente como para destacar en él. Ahora me da vergüenza. Fui animadora, *Fair Princess*.* —Se rio de sí misma—. Me mudé a Seattle cuando terminé los estudios en el instituto, para actuar. La vida parecía algo tan inevitable como salir del agua. Lo único que tenía que hacer era aguantar la respiración y subir hacia la superficie: hacia algún tipo de fama o de felicidad o... no sé... —Bajó la mirada—. De algo.

Pero Pasquale había pescado una palabra que no estaba seguro de haber entendido. ¿*Princess*? Él creía que los americanos no tenían monarquía, pero si era así... ¿qué implicaba para su hotel tener a una princesa alojada en él?

—Todo el mundo me decía: «Ve a Hollywood. Saldrás en las películas.» Yo actuaba en el teatro municipal, e hicieron una colecta de dinero para que pudiera irme. ¿Puedes creerlo? —Fumó otra calada—. A lo mejor querían deshacerse de mí. —Se inclinó hacia él con confianza—. Tuve ese... lío con un actor. Estaba casado. Fue una estupidez. —Lo miró fijamente y se rio—. Nunca se lo he contado a nadie, pero tengo dos años más de lo que creen. Al del casting de *Cleopatra* le dije que tengo veinte, pero en realidad tengo veintidós. —Pasó las páginas de la

* Título de belleza. (*N. de la T.*)

—68—

copia de la novela de Alvis Bender como si contuvieran la historia de su propia vida—. De todas formas, estaba usando un nombre distinto, así que pensé: «¿Por qué no una nueva edad también?» Si les dices tu verdadera edad, se sientan frente a ti calculando cuánto tiempo te queda en el negocio. Es horrible. No lo podía soportar. —Se encogió de hombros y dejó el libro de nuevo—. ¿Crees que estuvo mal?

Tenía un cincuenta por ciento de probabilidades de acertar.

—¿Sí?

Pareció disgustarla su respuesta.

—Claro, supongo que tienes razón; es lo que más odio de mí misma, mi vanidad. Tal vez por eso... —No acabó el razonamiento, sino que tomó una última y larga calada de su cigarrillo, tiró la colilla al suelo de madera y lo aplastó con el zapato de plataforma—. Es muy fácil hablar contigo, Pasquale —dijo.

—Sí, placer de hablar contigo —contestó él.

—A mí también. También es un placer para mí.

Se apartó de la barandilla, se abrazó y miró hacia las luces de los pescadores otra vez. Así abrazada, se la veía aún más alta y delgada. Parecía reflexionar sobre algo.

—¿Te dijeron que estoy enferma? —dijo, en un susurro.

—Sí, mi amigo Orenzio me lo dijo.

—¿Te dijo lo que tengo?

—No.

Se tocó el vientre.

—¿Conoces la palabra «cáncer»?

—Sí. —Por desgracia, la conocía. *Cancro* en italiano. Pasquale observó la llama de su cigarrillo—. Pero estás bien, ¿no? Los médicos... ¿Ellos pueden...?

—No lo creo —contestó ella—. Es de un tipo muy malo. Dicen que pueden, pero creo que están intentando dorarme la píldora. Quería decírtelo para que entiendas por qué soy tan... franca. ¿Conoces esta palabra, «franca»?*

—¿Sinatra? —preguntó Pasquale. Tal vez fuese el hombre al que ella estaba esperando.

* *Frank* en inglés, de ahí la confusión. *(N. de la T.)*

Ella rio.

—No; bueno sí, pero también significa... «directa», «honesta». Cuando me enteré de lo grave que era, decidí a partir de ese momento decir solo lo que pienso, sin molestarme en ser educada ni preguntarme lo que la gente opina de mí. Para una actriz es un gran reto negarse a vivir en función de la opinión de los demás, algo casi imposible; pero es importante que no pierda más tiempo diciendo cosas que no quiero decir. Espero que lo aceptes.

—Sí —dijo Pasquale en voz baja, que dedujo aliviado por su reacción que había respondido lo correcto de nuevo.

—Bien. Entonces vamos a hacer un trato tú y yo. Haremos y diremos exactamente lo que queramos hacer y lo que pensemos. ¡Al infierno con lo que opinen los demás! Si queremos fumar, fumaremos y, si queremos blasfemar, blasfemaremos. ¿Qué te parece?

—Me gusta mucho.

—Bien. —Se inclinó hacia él y le besó la mejilla sin afeitar. En el momento en que sus labios lo rozaron, notó que se le aceleraba la respiración y temblaba igual que cuando Gualfredo lo había amenazado.

—Buenas noches, Pasquale —dijo ella.

Cogió las páginas de la novela de Alvis Bender y se encaminó hacia la puerta; pero se paró a leer el cartel: HOTEL ADEQUATE VIEW.

—¿Cómo se os ocurrió el nombre del hotel?

Todavía afectado por aquel beso, inseguro acerca de cómo explicar lo del nombre, Pasquale se limitó a señalar el manuscrito que ella llevaba en la mano.

—Él.

La joven asintió y miró a su alrededor de nuevo: el diminuto pueblecito, las rocas y los acantilados.

—¿Puedo preguntarte, Pasquale, cómo es la vida aquí?

Esta vez él dio enseguida con la palabra inglesa adecuada.

—Solitaria.

El padre de Pasquale, Carlo, perteneciente a una antigua familia de restauradores de Florencia, siempre había estado seguro de que sus hijos continuarían con la tradición del negocio. Pero el mayor, el elegante Roberto, moreno como el azabache, soñaba con ser piloto y, a comienzos de la Segunda Guerra Mundial, se había marchado para unirse a la aviación. Roberto había conseguido volar tres veces antes de que a su desvencijado avión de combate Saetta se le pararan los motores sobre el norte de África. Cayó del cielo como un pájaro herido. Jurando venganza, el otro hijo de Tursi, Guido, se hizo voluntario de infantería y Carlo quedó sumido en la desesperación.

—Si quieres venganza —le espetó, furioso—, olvida a los ingleses y mata al mecánico que permitió que tu hermano volara en ese viejo armatoste.

Pero Guido era insistente y se montó en un camión con el resto de la fuerza expedicionaria del Octavo Ejército, enviada por Mussolini como prueba de que Italia contribuiría a ayudar a los nazis a invadir Rusia. («Envía conejos a comerse un oso», dijo Carlo.)

Consolando a su mujer de la muerte de su hijo Roberto, Carlo, de cuarenta y un años, plantó una última buena semilla en Antonia, de treinta y nueve. Al principio no se lo creían, después supusieron que el embarazo no llegaría a término (ya había tenido varios abortos después de sus dos primeros partos). Cuando ya tenía la tripa hinchada, Antonia consideró su embarazo en tiempos de guerra como una señal segura de Dios de que Guido iba a sobrevivir. Llamó Pasquale (relativo a la Pascua) a su *bambino miracolo* de ojos azules para sellar su pacto con Dios: la plaga de violencia que sacudía el mundo no afectaría al resto de su familia.

Pero Guido murió también, de un disparo en la garganta, en los helados campos de las afueras de Stalingrado, en el invierno de 1942. Sus padres, hundidos en la desesperación, lo único que deseaban era esconderse del mundo y proteger a su niño milagroso de toda aquella locura. Así que Carlo vendió su parte del negocio familiar a unos primos y compró la diminuta Pensione di San Pietro en el sitio más remoto que pudo encontrar: Porto Vergogna. Y allí se refugiaron del mundo.

Afortunadamente, los Tursi habían ahorrado la mayor parte del dinero de la venta de sus propiedades en Florencia, porque el hotel daba muy pocos beneficios. Ocasionalmente llegaban italianos y algunos otros europeos que se perdían, y la *trattoria*, con sus tres mesas, era un lugar de encuentro para las familias cada vez más escasas de Porto Vergogna. Sin embargo, podían pasar meses sin huéspedes. Entonces, en la primavera de 1952, llegó una barca-taxi a la ensenada, de la que desembarcó un joven americano alto, pulcro y bien parecido, con un fino bigote y el pelo castaño engominado. Estaba bebido y fumaba un purito cuando bajó al muelle con su maleta y una máquina de escribir portátil. Le echó un vistazo al pueblo y se rascó la cabeza.

—*Qualcuno sembra aver robato la tua città.* —dijo en italiano, con sorprendente fluidez. «Parece que alguien os ha robado la ciudad.» Seguidamente, se presentó a Tursi—: *Alvis Bender, scrittore fallito ma ubriacone di successo.* «Escritor fracasado pero borrachín de éxito.»

Y se convirtió en el centro de atención del porche durante las seis horas que estuvo bebiendo vino y hablando de política e historia y, finalmente, del libro que no estaba escribiendo.

Pasquale tenía once años y, aparte de algún que otro viaje a Florencia para visitar a la familia, todo lo que sabía del mundo lo había aprendido en los libros. Conocer a un autor de verdad era increíble. Había vivido completamente aislado en el refugio de sus padres, en aquel diminuto pueblo, y el altísimo y risueño americano, que parecía haber estado en todas partes y saberlo todo, lo fascinaba. Se sentaba a los pies del escritor y lo acribillaba a preguntas.

—¿Cómo es América? ¿Cuál es el mejor tipo de automóvil? ¿Cómo es un avión por dentro? —Y, un día—: ¿De qué trata su libro?

Alvis Bender le tendió su vaso de vino.

—Llénamelo y te lo contaré.

Cuando el chico volvió con el vino, Alvis se arrellanó y se acarició el fino bigote.

—Mi libro trata acerca de cómo la totalidad de la historia y el progreso humanos nos han llevado únicamente a darnos cuenta de que el propósito de la vida, su profundo objetivo, es la muerte.

Pasquale había oído a Alvis decirle aquella clase de cosas a su padre.

—No —le dijo—. ¿De qué va la historia? ¿Qué pasa?

—Vale, el mercado exige una historia. —Alvis tomó otro sorbo de vino—. De acuerdo, pues. Mi libro trata sobre un americano que lucha en Italia durante la guerra, pierde a su mejor amigo y se pelea con la vida. El hombre regresa a América, donde espera enseñar inglés y escribir un libro sobre su desengaño. Pero solamente bebe y se come el coco y va detrás de las faldas. Es incapaz de escribir, tal vez porque se siente culpable de estar vivo cuando su amigo ha muerto. Y la culpa es a veces parecida a la envidia: su amigo dejó a un hijo pequeño y, tras visitar a ese hijo, anhela ser también él un noble recuerdo en lugar de la obscena ruina en que se ha convertido. El hombre pierde su trabajo de profesor y regresa al negocio familiar. Vende coches, bebe, se come el tarro y va detrás de las faldas. Decide que la única forma que tiene de escribir algún día su libro y aliviar su tristeza es volver a Italia, al lugar que esconde el secreto de su pena, pero que escapa a su capacidad de descripción cuando no está allí, como un sueño que no puede recordar con precisión. Así que todos los años se marcha a Italia para trabajar en su libro durante dos semanas. La cuestión es, Pasquale, y no puedes contarle esto a nadie porque es un secreto, que ni siquiera en Italia escribe. Lo que hace en realidad es beber, comerse el coco, ir detrás de las faldas y hablar con un chico inteligente en un diminuto pueblo de la novela que nunca escribirá.

Reinaba la calma. A Pasquale el libro le había parecido un aburrimiento.

—¿Cómo termina?

Alvis Bender se quedó mirando fijamente su vaso de vino un buen rato.

—No lo sé, Pasquale —reconoció finalmente—. ¿Cómo crees que debería terminar?

El joven Pasquale reflexionó antes de responder.

—Bueno, en lugar de regresar a América durante la guerra, podría ir a Alemania e intentar matar a Hitler.

—¡Ah! Sí. Eso es exactamente lo que pasa, Pasquale. Se emborracha en una fiesta. Todo el mundo le dice que no conduzca, pero él monta una escena, se va de la fiesta, coge el coche y atropella accidentalmente a Hitler.

En opinión de Pasquale, Hitler no debía morir en un accidente; eso le quitaba todo el suspense.

—También podría matarlo con una ametralladora —le propuso, solícito.

—Eso es incluso mejor —dijo Alvis—. Nuestro protagonista monta una escena y se marcha de la fiesta. Todo el mundo le advierte que está demasiado borracho para usar una ametralladora, pero él insiste y, accidentalmente, le pega un tiro a Hitler.

Cuando Pasquale se dio cuenta de que Bender se burlaba de él, cambió de tema.

—¿Cómo se titula su libro, Alvis?

—*La sonrisa del cielo*. Es de un poema de Shelley. —Intentó traducírselo—: Las olas susurraban adormecidas / las nubes se habían ido a jugar / y en los bosques y las profundidades /se posaba la sonrisa del cielo.

Pasquale se quedó un rato sentado, pensando en el poema. *Le onde andavano susurrando*, «las olas susurraban», eso lo entendía. Pero el título, *La sonrisa del cielo*, *Il sorriso del Paradiso*, le parecía un error. No creía que el cielo fuera un lugar sonriente. Si los que cometían pecado mortal iban al infierno y los que cometían pecados veniales, como él, iban al purgatorio, entonces el cielo tenía que estar lleno únicamente de santos, curas, monjas y bebés bautizados que habían muerto antes de poder cometer ninguna maldad.

—En su libro, ¿por qué sonríe el cielo?

—No lo sé. —Bender apuró el contenido del vaso y se lo tendió de nuevo—. Quizá porque alguien ha matado por fin a Hitler.

Pasquale se levantó para ir a buscar más vino, pero empezaba a preocuparle que Bender no estuviera de hecho bromeando.

—No me parece buena idea que Hitler muera por accidente —dijo.

Alvis le sonrió con cansancio.

—Todo es por accidente, Pasquale.

Pasquale no recordaba que en aquellos años Alvis hubiera escrito más que unas cuantas horas; a veces se preguntaba si el hombre llegaba a sacar la máquina de escribir de la maleta. Pero regresaba año tras año y, finalmente, en 1958, el año en que Pasquale se marchó a la universidad, le entregó a Carlo el primer capítulo de su novela. En siete años, un capítulo.

Pasquale no entendía por qué iba Alvis a Porto Vergogna, dado lo poco que parecía haber escrito.

—De todos los lugares del mundo, ¿por qué viene a este?

—Esta costa es una fuente de inspiración inagotable para los escritores —le explicó Alvis—. Petrarca inventó el soneto cerca de aquí. Byron, James, Lawrence... todos ellos vinieron aquí a escribir. Boccaccio inventó aquí el realismo. Shelley se ahogó cerca de aquí, a pocos kilómetros de donde su mujer había inventado la novela de terror.

Pasquale no entendía a qué se refería Alvis Bender con aquello de que los escritores habían «inventado». Para él los inventores eran hombres como Marconi, el gran boloñés que había desarrollado la radiotelegrafía. Una vez contada la primera historia, ¿qué quedaba por inventar?

—Excelente pregunta. —Desde que había perdido su trabajo de profesor, Alvis estaba siempre buscando la oportunidad de dar clase, y en el protegido adolescente Pasquale había encontrado una audiencia bien dispuesta—. Imagina que la verdad es una cadena de montañas cuyas cimas rozan las nubes. Los escritores exploran esas verdades, buscando siempre nuevas rutas para ascender a esos picos.

—Entonces, ¿las historias son rutas? —preguntó Pasquale.

—No. Las historias son toros. Los escritores llegan a la mayoría de edad llenos de vigor y sienten la necesidad de conducir las viejas historias de la manada. Un toro dirige la manada un tiempo, pero pierde el vigor y los toros jóvenes lo relevan.

—¿Las historias son toros?

—No... —Alvis Bender tomó un sorbo—. Las historias son naciones, imperios. Pueden durar tanto como la antigua Roma o ser tan cortas como el Tercer Reich. Las historias-nación tienen su ascenso y su declive. Los gobiernos cambian, se imponen tendencias y conquistan a sus vecinos. Como el Imperio romano, el poema épico se extendió, a lo largo de siglos, por todo el mundo. La novela cobró importancia con el Imperio británico; pero, espera... ¿qué está en alza en América? ¿El cine?

Pasquale sonrió.

—Y si le pregunto si las historias son imperios, me dirá...

—Que las historias son gente. Yo soy una historia, tú eres una historia, tu padre es una historia. Nuestras historias van en todas direcciones, pero, a veces, si tenemos suerte, nuestras historias se juntan en una y, por un momento, estamos menos solos.

—No ha contestado a mi pregunta. ¿Por qué viene aquí?

Bender reflexionó con el vaso de vino en la mano.

—A un escritor le hacen falta cuatro cosas para alcanzar la grandeza, Pasquale: deseo, desilusión y el mar.

—Solo son tres cosas.

Alvis apuró el vaso.

—Tienes que desilusionarte dos veces.

Si, en la euforia de la embriaguez, Alvis trataba a Pasquale como a un hermano pequeño, Carlo Tursi profesaba el mismo afecto por el americano. Los dos hombres se sentaban por la noche a beber y mantenían conversaciones paralelas, sin escucharse exactamente el uno al otro.

A medida que avanzaba la década de los cincuenta y el dolor de la guerra disminuía, Carlo empezó a pensar de nuevo como un hombre de negocios y compartió con Alvis sus ideas para atraer turistas a Porto Vergogna, a pesar de que el americano insistía en que el turismo destruiría el lugar.

—En la Edad Media, todas las ciudades italianas estaban rodeadas por murallas —pontificó Alvis—. En esa época, en cada cima de la Toscana se elevaban las murallas de un castillo. En tiempos de peligro, los campesinos se refugiaban tras esos muros, para estar a salvo de los bandidos y de los ejércitos. En la mayor parte de Europa, el campesinado desapareció hace cuarenta o cincuenta años, pero no en Italia. Por fin, después de dos guerras, las casas se derraman por las planicies y los valles de los ríos, fuera de las murallas. Sin embargo, a medida que caen las murallas, también lo hace la cultura italiana, Carlo. Italia se está volviendo como cualquier otro sitio infestado de gente que busca «la experiencia italiana».

—Sí. ¡De eso quiero aprovecharme!

Alvis señaló los escarpados riscos que se alzaban detrás de ellos.

—Pero aquí, en esta costa, fue Dios quien levantó las murallas, o lo hicieron los volcanes. No puedes derribarlas ni puedes construir fuera de ellas. Este pueblo nunca será más que unas cuantas casas agarradas a las rocas como percebes; pero un día podría llegar a ser el último lugar verdaderamente italiano de toda Italia.

—Exactamente —dijo Carlo, borracho—. Entonces los turistas vendrán aquí en manada, ¿eh, Roberto?

Silencio. Alvis Bender tenía exactamente la edad que habría tenido el hijo mayor de Carlo si no hubiera caído en el norte de África. Carlo suspiró.

—Perdóname —dijo, con un hilo de voz—. Quería decir Alvis, claro.

—Claro —dijo Alvis, y le dio una palmada en el hombro.

A menudo Pasquale se acostaba con el sonido de la conversación de su padre y el americano y, cuando se despertaba, horas más tarde, ambos seguían en el porche. El escritor insistía en alguno de sus ininteligibles temas: «Por lo tanto, el alcantarillado es el mayor logro del hombre, Carlo. La eliminación de la mierda es la cúspide de tanto inventar y luchar y copular.» A veces, sin embargo, Carlo quería llevar de nuevo la conversación al tema del turismo y le preguntaba a su huésped americano qué haría él para que la Pensione di San Pietro resultara más atractiva a los estadounidenses.

Alvis Bender se dejaba enredar en estas conversaciones, pero normalmente acababa rogándole a Carlo que no cambiara nada.

—Toda esta costa se echará a perder muy pronto. Tú aquí tienes algo magnífico, Carlo. Verdadero aislamiento y belleza natural.

—Entonces voy a proclamar estas cualidades. ¿Con un nombre en inglés, quizá?

»¿Cómo dirías *L'albergo numero uno, tranquillo, con una bella vista del villaggio e delle scogliere*?

—La posada número uno, tranquila, con la mejor vista del pueblo y los acantilados —tradujo Alvis Bender—. Es bonito, pero creo que un poco largo y sentimental.

Carlo preguntó a qué se refería con aquello de «sentimental».

—Las palabras y las emociones son como la moneda. Si las inflamos, pierden valor, como el dinero. Empiezan a no significar nada. Usa «hermoso» para describir un bocadillo y la palabra no significará nada. Desde la guerra, no hay lugar para el lenguaje ampuloso. Ahora las palabras y los sentimientos son pequeños, claros y precisos. Modestos como los sueños.

Carlo Tursi se tomó muy en serio este consejo y, en 1960, cuando Pasquale estaba en la universidad, Alvis Bender llegó como todos los años, subió enérgicamente los escalones hasta el hotel y encontró a Carlo reventando de orgullo, de pie delante de los perplejos pescadores y su nuevo cartel escrito a mano, medio en inglés: HOTEL ADEQUATE VIEW.

—¿Qué significa? —dijo uno de los pescadores—. ¿Pensión vacía?

—*Vista adeguata* —tradujo Carlo para ellos.

—¿Qué clase de idiota dice que la vista desde este hotel es como mucho adecuada? —dijo el pescador.

—*Bravo*, Carlo —lo felicitó Alvis—. Es perfecto.

La hermosa americana estaba vomitando. En su habitación, a oscuras, Pasquale la oía hacerlo en el piso de arriba. Encendió la luz y cogió el reloj de pulsera de la cómoda. Eran las cuatro de la mañana. Se vistió sin hacer ruido y subió las estrechas escaleras en la oscuridad. A cuatro escalones del rellano la vio apoyada en la puerta del baño, intentando recuperar el aliento. Llevaba un fino camisón blanco ligeramente por encima de las rodillas. Sus piernas eran imposiblemente largas y suaves. Pasquale se quedó donde estaba. La joven era casi tan blanca como su camisón.

—Lo siento, Pasquale —dijo—. Te he despertado.

—No tiene importancia —repuso.

Ella retrocedió de nuevo hacia el váter y siguió vomitando, pero no tenía nada en el estómago y se doblaba de dolor.

Pasquale empezó a subir el resto de escalera pero se paró al recordar lo que Gualfredo había dicho acerca de que Porto Vergogna y el hotel Adequate View no estaban equipados adecuadamente para los turistas americanos.

—Voy a buscar al médico —dijo.

—No. Estoy bien. —dijo, pero se agarró el costado y cayó al suelo—. ¡Oh!

Pasquale la ayudó a volver a la cama, bajó apresuradamente las escaleras y salió. El médico más cercano vivía a tres kilómetros, en Portovenere. El *dottore* era un amable caballero viudo llamado Merlonghi, que hablaba bien el inglés y visitaba los pueblos de los acantilados una vez al año para hacer una revisión a los pescadores. Pasquale sabía exactamente a qué pescador enviar a por el doctor: a Tommaso *el Comunista*. La mujer de Tommaso abrió la puerta y se apartó. Tommaso se subió los tirantes y aceptó la tarea con orgullosa formalidad, quitándose la gorra y diciendo a Pasquale que no lo decepcionaría.

Pasquale regresó al hotel, donde su tía Valeria estaba sentada con Dee Moray en la habitación de esta, sujetándole el cabello a la joven inclinada sobre un cuenco grande para pasta. Era chocante ver a las dos mujeres juntas: Dee Moray, con la piel pálida y perfecta, el pelo rubio y reluciente; Valeria, con la cara arrugada, un incipiente bigote y el pelo estropajoso.

—Que beba agua. Así tendrá algo que arrojar —dijo la anciana.

Había un vaso de agua en la mesilla de noche, junto a las páginas del libro de Alvis Bender.

Pasquale empezó a traducir lo que su tía había dicho, pero Dee Moray parecía que entendía la palabra *acqua*, porque alcanzó el vaso y bebió.

—Siento todas estas molestias —dijo.

—¿Qué dice? —preguntó Valeria.

—Que siente causarnos molestias.

—Dile que sus diminutos camisones son de puta —dijo Valeria—. Eso es lo que debería sentir: el tentar a mi sobrino como una puta.

—¡No voy a decirle eso!

—Dile a esta puta guarra que se vaya, Pasquo.

—¡Basta, tía!

—Dios la ha hecho enfermar porque no le gustan las putas baratas que usan camisones diminutos.

—Calla, vieja loca.

—¿Qué dice? —preguntó Dee Moray, que había estado oyéndolos.

—Humm. —Pasquale tragó saliva—. Siente que estés enferma.

Valeria hizo sobresalir su labio inferior, esperando.

—¿Le has dicho a la puta lo que he dicho?

—Sí —le contestó Pasquale—, se lo he dicho.

La habitación estaba silenciosa. Dee Moray cerró los ojos, asaltada por otra oleada de náuseas. Se convulsionó intentando vomitar. Cuando se le hubo pasado, respiraba pesadamente.

—Tu madre es muy cariñosa.

—No es mi madre —dijo Pasquale en inglés—. Es mi tía. *Zia* Valeria.

Como hablaban en inglés, Valeria los miró con desconfianza al oír su nombre.

—Espero que no te cases con esta puta, Pasquale.

—*Zia*...

—Tu madre cree que te vas a casar con ella.

—¡Basta, *zia*!

Valeria apartó con cuidado el pelo de los ojos de la bella americana.

—¿Qué le pasa?

—*Cranco* —dijo en voz baja Pasquale.

Dee Moray no levantó la vista.

Valeria pareció reflexionar sobre aquello y se mordió el interior de la mejilla.

—Ah —dijo finalmente—. Se pondrá bien. Dile a la puta que se pondrá bien.

—No le voy a decir eso.

—Díselo. —Valeria miró a Pasquale muy seria—. Dile que mientras se quede en Porto Vergogna estará bien.

Pasquale se volvió hacia su tía.

—¿De qué estás hablando?

Valeria le tendió el vaso de agua nuevamente a Dee.

—Aquí nadie se muere. Los bebés y los viejos, sí; pero Dios nunca se ha llevado a un adulto en edad fértil de este pueblo. Es una antigua maldición de este lugar, que las putas pierdan muchos bebés pero vivan hasta viejas con sus pecados. En Porto Vergogna, una vez superada la infancia, estás condenado a vivir por lo menos cuarenta años. Anda, díselo. —Palmeó el brazo de la bella americana e hizo un gesto señalándola con la cabeza.

Dee Moray había estado observando la conversación, sin entender nada, pero dedujo que la anciana intentaba comunicarle algo importante.

—¿Qué pasa? —preguntó.

—Nada. Cuentos de brujas.

—¿Qué? Cuéntamelo, por favor.

Pasquale suspiró. Levantó una ceja.

—Según ella, los jóvenes... no mueren en Porto Vergogna. Nadie muere joven aquí. —Se encogió de hombros e intentó sonreír, quitando importancia a la absurda superstición de la vieja—. Es una antigua historia... *stregoneria*... una historia de brujas.

Dee Moray se volvió y miró con atención la cara manchada y bigotuda de Valeria. La anciana asintió y le palmeó la mano.

—Si te vas de este pueblo, morirás como una puta, ciega y sedienta, arañándote el seco y muerto ombligo —le dijo Valeria en italiano.

—Muchas gracias —le respondió Dee Moray en inglés.

A Pasquale aquello lo puso enfermo.

Valeria se inclinó y le habló con aspereza a su huésped.

—*E smettila di mostrare le gambe a mio nipote, puttana.*

—«Y deja de enseñarle las piernas a mi sobrino, puta.»

—Usted también. —Dee Moray le apretó la mano a Valeria—. Gracias.

Pasó una hora antes de que Tommaso *el Comunista* llegara al hotel, después de entrar en el puerto con su barco. Los otros pescadores no había regresado aún; despuntaba el alba. Tommaso ayudó al viejo doctor Merlonghi a bajar al muelle. En la *trattoria*, Valeria había preparado una comida de héroe para Tommaso, quien una vez más se quitó la gorra, callado por la importancia de su cometido; pero se le había despertado el apetito y aceptó la comida orgulloso. El viejo doctor llevaba una chaqueta de lana, sin corbata. De las orejas le asomaban mechones de pelo gris. Siguió a Pasquale escaleras arriba y, cuando llegaron a la habitación de Dee Moray, en la tercera planta, estaba sin aliento.

—Siento mucho haberles causado todos estos problemas —dijo ella—. En realidad, ahora me siento mejor.

El inglés del doctor no estaba tan oxidado como el de Pasquale.

—No es ningún problema ver a una bonita joven.

Le exploró la garganta y la auscultó con el estetoscopio.

—Pasquale me ha dicho que tiene cáncer de estómago. ¿Cuándo se lo diagnosticaron?

—Hace dos semanas.

—¿En Roma?

—Sí.

—¿Utilizaron un endoscopio?

—¿Un qué?

—Es un aparato nuevo: un tubo que se introduce por la garganta para sacar una fotografía del cáncer.

—Recuerdo que el doctor me miró ahí dentro con una luz.

El médico le palpó el abdomen.

—Se supone que tengo que ir a Suiza a tratarme. A lo mejor me hacen ahí esa endo... lo que sea. Querían que fuera hace dos días, pero en lugar de eso me vine aquí.

—¿Por qué?

Ella miró a Pasquale.

—He quedado aquí con un amigo. Eligió este lugar porque es tranquilo. Después, puede que vaya a Suiza.

—¿Puede que vaya? —El doctor le estaba auscultando el pecho, dándole golpecitos—. ¿Cómo que puede que vaya? El tratamiento está en Suiza; tiene que ir.

—Mi madre murió de cáncer... —Hizo una pausa y se aclaró la garganta—. Yo tenía doce años. Cáncer de pecho. La enfermedad no era tan espantosa como el tratamiento. Nunca lo olvidaré. Era... —Tragó saliva y no terminó la frase—. Le cortaron los pechos y murió de todas formas. Mi padre siempre decía que lamentaba no haberla llevado simplemente a casa y haberla dejado sentarse en el porche para que disfrutara de las puestas de sol.

El médico dejó caer el estetoscopio. Frunció el ceño.

—Sí. Los tratamientos contra el cáncer pueden hacer más duro el final. No es fácil, pero mejoran día a día. En Estados Unidos se han hecho... avances: radiación, medicamentos. Ahora las cosas están mejor que en tiempos de su madre. ¿Sí?

—¿Y el pronóstico para el cáncer de estómago? ¿Ha mejorado algo?

El médico sonrió amablemente.

—¿Quién era su médico en Roma?

—El doctor Crane, un americano. Trabajaba en la película. Supuse que era el mejor que había.

—Sí —convino el doctor Merlonghi—. Seguramente. —Le aplicó el estetoscopio sobre el estómago y escuchó—. ¿Fue usted al médico quejándose de náuseas y dolor?

—Sí.

—¿Dolor aquí? Puso la mano sobre su pecho y Pasquale se encogió, celoso.

Ella asintió.

—Sí, ardor de estómago.

—¿Y...?

—Falta de apetito. Fatiga. Dolor corporal.

—Sí —dijo el doctor.

Ella miró a Pasquale.

—Y algunas otras cosas.

—Comprendo. —El doctor Merlonghi se volvió hacia Pasquale y le dijo en italiano—: ¿Puedes esperar fuera un momento, Pasquale?

Pasquale asintió y salió de la habitación. Se quedó de pie fuera, en el pasillo, en el escalón superior, escuchando las voces amortiguadas. Unos minutos más tarde, el doctor salió. Parecía preocupado.

—¿Es grave? ¿Se está muriendo, doctor?

«Sería terrible que se muriera en el hotel la primera turista americana —pensó Pasquale—, sobre todo una actriz de cine.» ¿Y si además era algún tipo de princesa? Después se avergonzó de unos pensamientos tan egoístas.

—¿Debería llevarla a una población más grande, donde pudieran proporcionarle los cuidados adecuados?

—No creo que corra peligro inminente. —El doctor Merlonghi parecía distraído—. ¿Quién es ese hombre que la mandó aquí, Pasquale?

Pasquale corrió escaleras abajo y volvió con la hoja de papel que había traído Dee Moray.

El médico leyó el papel, que contenía una dirección de facturación en el Gran Hotel de Roma a nombre de «Michael Deane, ayudante de producción de la 20th Century Fox». Miró el dorso de la hoja y vio que estaba en blanco. Después levantó la vista.

—¿Sabes con qué síntomas se le presentaría a un médico una joven aquejada de cáncer de estómago, Pasquale?

—No.

—Dolor de esófago, náuseas, falta de apetito, vómitos, quizás un poco de hinchazón en el abdomen. A medida que progresara la enfermedad o se diseminara el cáncer, se verían afectados otros órganos: los intestinos, el tracto urinario, los riñones. Incluso se vería afectada la menstruación.

Pasquale sacudió la cabeza. Pobre mujer.

—Estos serían los síntomas del cáncer de estómago, sí. Pero ahí está mi duda: ¿qué médico, ante tales síntomas, concluiría, sin realizar una endoscopia ni una biopsia, que esa mujer tiene cáncer de estómago y no algo más común?

—¿Cómo qué?

—Como... un embarazo.

—¿Embarazo? —preguntó Pasquale.

El médico le ordenó callarse.

—¿Usted cree que está...?

—No lo sé. Si lo estuviera sería demasiado pronto para oír el latido del corazón del feto y sus síntomas no son leves. Pero si a mí se me presenta una paciente joven quejándose de náuseas, hinchazón abdominal, acidez y amenorrea... El cáncer de estómago es extremadamente raro en mujeres jóvenes. Un embarazo... —Sonrió—. Eso es bastante más común.

Pasquale se dio cuenta de que hablaban en susurros, a pesar de que Dee Moray no podía entenderlos en italiano.

—Un momento. ¿Me está diciendo que puede que no tenga cáncer?

—No sé lo que tiene. Desde luego, tiene un historial familiar de cáncer, y a lo mejor los médicos americanos realizan pruebas que nosotros todavía desconocemos. Solamente te estoy diciendo que yo no puedo determinar si alguien tiene cáncer basándome en esos síntomas.

—¿Se lo ha dicho a ella?

—No. —El doctor parecía distraído—. No le he dicho nada. Después de todo lo que ha pasado, no quiero darle falsas esperanzas. Cuando venga ese hombre a verla, a lo mejor puedes preguntárselo. A este tal... —Miró el papel de nuevo—. Michael Deane.

Era lo último que Pasquale quería preguntarle a un americano del cine.

—Otra cosa. —El médico le puso la mano en el brazo—. ¿No te parece extraño, Pasquale, que, si está rodando esa película en Roma, la haya mandado aquí?

—Querían un sitio tranquilo con vistas al mar. Le pregunté si no querían en realidad ir a Portovenere, pero en el papel ponía Porto Vergogna.

—Sí, por supuesto. No digo que este no sea un lugar estupendo, Pasquale —dijo el doctor Merlonghi en cuanto notó que Pasquale se ponía a la defensiva—. Sin embargo, una ciudad como Sperlonga es casi tan tranquila como esto y está junto al mar y mucho más cerca de Roma. Así que, ¿por qué aquí?

Pasquale se encogió de hombros.

—Mi tía dice que los jóvenes nunca mueren en Porto Vergogna.

El médico rio educadamente.

—Sabrás más cuando venga ese hombre. Si sigue aquí la semana que viene, haz que Tommaso *el Comunista* me la traiga a la consulta.

Pasquale asintió. Después, él y el doctor abrieron la puerta de la habitación de Dee Moray. Estaba dormida, con los rizos rubios esparcidos sobre la almohada. Sostenía contra el pecho el gran cuenco para pasta y las páginas del libro de Alvis Bender estaban a su lado.

4

La sonrisa del cielo

Abril de 1945
Cerca de La Spezia, Italia

Por Alvis Bender

Luego llegó la primavera y, con ella, el fin de mi guerra. Los generales con sus lápices grasos habían solicitado demasiados soldados y necesitaban que hiciéramos algo, así que marchábamos por todos los rincones de Italia. Nos pasamos la primavera entera marchando por las llanuras calcáreas costeras al pie de los Apeninos y, una vez despejado el camino, subiendo por las verdes estribaciones de las montañas hacia Génova, pasando por las ciudades derruidas como quesos viejos cuyas bodegas escupían italianos mugrientos y flacos. El final de una guerra es un espantoso protocolo. Nos quejábamos de las trincheras y los búnkeres abandonados. Fingíamos los unos por el bien de los otros desear la lucha; pero, en el fondo, nos alegrábamos de que los alemanes se estuvieran retirando más rápidamente de lo que nosotros podíamos marchar a lo largo de aquel lánguido frente: la Línea Gótica.

Yo tendría que haber estado contento por el simple hecho de estar vivo, pero estaba sumido en la más profunda miseria de mi propia guerra, asustado y solo, y era tremendamente consciente de la barbarie que me rodeaba. Mi verdadero problema, sin embargo, lo tenía debajo: tenía los pies destrozados. Mis húmedas, rojas y enfermas patas, mis infectados y llagados pies se habían pasado al otro bando, traidores a la causa. Antes de que mis pies se rebelaran, pensaba principalmente en tres cosas durante mi guerra: sexo, comida y muerte, y pensaba en ellas todo el tiempo que marchábamos. Pero en primavera, mis fantasías dieron paso a sueños de calcetines secos. Deseaba calcetines secos. Los codiciaba, languidecía por ellos, tenía alucinaciones en las que después de la guerra me encontraba un hermoso par de gruesos calcetines y deslizaba mis doloridos pies dentro de ellos. Quería morir viejo con mis viejos pies secos.

Cada mañana, los generales de los lápices grasos ordenaban que oleadas de artillería lucharan en el norte mientras nosotros marchábamos empapados bajo la insistente lluvia. Nos movíamos dos días por detrás de las unidades avanzadas de combate de la 92.° División de Infantería, los Soldados Búfalo y dos batallones de Nisei japoneses de los campos de internamiento, hombres duros traídos por los lápices grasos para llevar a cabo la lucha pesada del extremo oeste de la Línea Gótica. Nosotros éramos holgazanes, escobas que llegábamos horas o días después de que los soldados negros y japoneses hubieran despejado el camino: los felices beneficiarios de la cruel discriminación de los generales. La nuestra era una unidad de élite formada por especialistas cualificados: ingenieros, carpinteros, enterradores e intérpretes de italiano, como yo y mi buen amigo Richards. Nuestras órdenes eran marchar por detrás de las unidades avanzadas bordeando los pueblos invadidos y destruidos, ayudar a enterrar los cuerpos y dar caramelos y cigarrillos a cambio de información a cualquier anciana o chiquillo atemorizados que quedaran. Teníamos instrucciones de obtener de aquellos espectros información sobre los alemanes en retirada: ubicación de minas, localización de las tropas, almacenes de armas. Desde hacía poco los lápices grasos querían también que tomáramos nota de los nombres de quienes habían escapado de los fascistas para luchar a nuestro lado: los integrantes de las unidades de partisanos comunistas que se ocultaban en las colinas.

«Así que los próximos serán los comunistas —refunfuñaba Richards, cuya madre italiana le había enseñado la lengua desde niño, lo que le había salvado años después de combatir en primera línea del frente—. ¿Por qué no nos dejan terminar esta guerra antes de planear la siguiente?»

Richards y yo éramos mayores que nuestros compañeros de pelotón, él con veintitrés años y dos galones y yo con veintidós y soldado de primera, ambos con estudios. Nadie, ni por nuestro aspecto ni por nuestros modales, nadie habría sido capaz de distinguirnos: yo, un larguirucho rubio de Wisconsin, socio del negocio de venta de automóviles de mi padre; él, un larguirucho rubio de Cedar Falls, Iowa, socio junto con sus hermanos de una firma de seguros. Sin embargo, mientras que yo no había dejado en casa más que una serie de antiguas novias, una oferta de trabajo para enseñar inglés y un par de sobrinos gordos, a Richards lo esperaban una amante esposa y un hijo, ambos deseosos de volver a verle.

En Italia, en 1944, ninguna información era demasiado insignificante para Richards y para mí. Anotábamos cuántas hogazas de pan habían requisado los alemanes y qué mantas se habían llevado los partisanos. Además yo escribí dos párrafos sobre un pobre soldado americano herido en el vientre al que habían curado con antiguos remedios de brujas a base de aceite de oliva y harina de huesos. A pesar de lo deprimente de estas tareas, trabajábamos duro en ellas porque la alternativa era echar cal a los cadáveres y enterrarlos.

Evidentemente, había tácticas más amplias en el final de mi guerra (habíamos oído rumores de campos de pesadilla y de que los lápices grasos estaban dividiendo el mundo en dos), pero para Richards y para mí la guerra consistía en humedad, ir cuesta arriba por polvorientas carreteras, cuesta abajo por las colinas hasta los pueblos bombardeados y breves interrogatorios a campesinos mugrientos de ojos mortecinos que nos imploraban comida. Las nubes habían llegado en noviembre. Era marzo y llovía sin cesar. No estuvimos de marcha durante aquel marzo por razones tácticas, sino porque un ejército mojado, si no marcha, empieza a oler como un campamento de vagabundos. Las dos terceras partes del sur de Italia habían sido liberadas por entonces, si uno entiende por liberación que los ejércitos bombardeen los edificios más hermosos, los monumentos y las iglesias, como si la arquitectura fuera de hecho el enemigo. El norte no tardaría en ser también un montón de escombros liberados. Marchábamos hacia ese botín como una mujer subiéndose las medias.

Fue durante una de esas salidas rutinarias cuando empecé a imaginar que me pegaba un tiro. Y fue mientras pensaba dónde meterme la bala cuando conocí a aquella chica.

Habíamos recorrido caminos de burros, dos senderos entre la maleza, pueblos que aparecían en las cimas de las lomas y detrás de las curvas. Habíamos visto ancianas hambrientas de ojos desorbitados desplomadas a lo largo de las carreteras y niños asomados a las ventanas de casas derruidas, como retratos modernistas, enmarcados por la madera rota y tela gris que ondeaba, con las manos tendidas y rogando: «*Dolci, per favore*. Caramelos. ¿Americanos?»

Era como si una marea de grava hubiera inundado esos pueblos, destrozándolo todo en su avance y de nuevo al retirarse. De noche, acampábamos en las afueras de aquellas poblaciones: en graneros que apenas se tenían en pie; en los esqueletos de granjas abandonadas; en las ruinas de antiguos imperios. Antes de meterme en el saco de dormir, me quitaba las botas, los calcetines, y los insultaba, les suplicaba y luego los colgaba sin esperanza del poste de una valla, del alféizar de una ventana o del palo de la tienda de campaña. Cada mañana me despertaba con optimismo, me ponía los calcetines secos en los secos pies y alguna reacción química se producía que convertía esos pies en criaturas húmedas y larvarias que se nutrían de mi sangre y mis huesos. Nuestro sargento de intendencia era un empático y espigado joven. Richards creía que me había echado el ojo. «¿Sabes qué? —le dije a mi amigo—. Si me soluciona lo de los pies, estoy dispuesto a chupársela.»

El sargento estaba constantemente dándome pares nuevos de calcetines y polvos de talco para los pies, pero las traidoras criaturas siempre encontraban la forma de volver. Cada mañana espolvoreaba las botas, me ponía los calcetines secos y me encontraba mejor. Daba un paso y empezaba a notar sanguijuelas rapaces alimentándose de mis dedos. Me iban a matar a menos que hiciera algo, y pronto.

El día que conocí a la chica, había llegado al límite y tenía el coraje para actuar: DA, un disparo accidental, directo contra una de mis patas. Me mandarían a casa, a Madison, a vivir con mis padres; sería un cojo inválido que escucharía el béisbol por la radio y les contaría a mis sobrinos la edificante historia de cómo había perdido el pie: («Pisé una mina y salvé a mis compañeros de pelotón.»)

Ese día teníamos que ir hasta un pueblo recién liberado y hablar con los supervivientes —«*Caramelo, americani! Dolci, per favore!*»—, pedir a los campesinos que delataran a sus nietos comunistas, preguntarles también si los alemanes habían mencionado, mientras huían —¡Oh, mira por dónde!—, en qué lugar se escondía Hitler.

Íbamos hacia esa pequeña población de la colina cuando pasamos junto al cuerpo putrefacto de un soldado alemán colocado sobre una especie de tosco caballete hecho con ramas de árbol entrelazadas, justo al lado de la carretera.

Eso era lo que solíamos ver de los alemanes aquella primavera: los cadáveres que habían dejado atrás los endurecidos soldados o los partisanos, todavía más duros, cuyo trabajo respetábamos supersticiosamente. Nosotros no éramos meros turistas; habíamos visto un poco de acción. Sí, queridos y aburridos sobrinos, vuestro tío tuvo ocasión de disparar su fusil apuntando hacia el enemigo, levantando con cada disparo una nubecilla de tierra. Es difícil saber cuántos terrones acerté, pero baste decir que era mortífero, el peor enemigo del polvo. Ah, y también nos dispararon. Esa primavera ya habíamos perdido a dos hombres cuando las balas de los cañones de 88 mm de los alemanes llovieron sobre la carretera de Seravezza y a tres más en un terrible tiroteo de nueve segundos en las afueras de Strettoia. Pero habían sido excepciones, descargas de adrenalina inducidas por el cegador terror. Por supuesto, fui testigo del valor y oí a otros soldados hablar de actos valerosos, pero en mi guerra el combate era algo con lo que nos cruzábamos una vez terminado, que planteaba sombríos acertijos como aquel, dejados como brutales pruebas de irracionalidad: ¿estaba el alemán construyendo un caballete cuando le habían cortado la garganta? ¿Lo habían sentenciado a morir cortándole el pescuezo sobre un caballete sin terminar? ¿Se trataba de un elemento simbólico o cultural, como colgar a un caballero de su caballo, o era una simple coincidencia que hubiera habido un caballete donde el alemán cayó? Debatíamos estas cuestiones cuando encontrábamos rompecabezas de carne: ¿quién se llevó la cabeza del centinela partisano? ¿Por qué estaba el bebé enterrado boca abajo en un cubo de grano? Basándonos en el olor y la actividad de los insectos, aquel rompecabezas de carne alemana sobre el caballete tendría que haber sido enterrado hacía dos días; esperábamos que, si lo ignorábamos, Bean, el idiota desdentado de nuestro teniente, no nos ordenaría ocuparnos del putrefacto cadáver.

Ya estábamos a una distancia segura del cuerpo cuando de repente me paré e hice correr la voz de que yo me encargaría del cuerpo estofado. Tenía mis razones, por supuesto. Alguien le había quitado ya las botas al alemán muerto, así como las insignias y las armas y cualquier otra cosa que pudiera ser un trofeo decente que enseñar a mis sobrinos por Acción de Gracias en Rockport. («Esto es la cuchara de batalla de Hitler que le quité a un asesino alemán que maté con mis pobres pies desnudos.») Sin embargo, por alguna razón, aquel muerto en particular seguía llevando los calcetines, y tan desesperado estaba yo por la incomodidad que aquellos calcetines me parecían la salvación: dos fundas limpias de tejido elástico que cubrían sus pies como sábanas de un hotel de cuatro estrellas. Después de docenas de pares de calcetines de repuesto de los Aliados, cortesía de mi empático sargento de intendencia, me pareció que debía probar suerte con unos calcetines del Eje.

—Eso es una estupidez —dijo Richards cuando le expliqué que volvía atrás para hacerme con los calcetines del cadáver.

—¡Soy estúpido! —convine; pero, antes de que pudiera ir al encuentro de los pies del muerto, el imbécil del teniente Bean llegó y dijo que otro batallón había encontrado un cadáver al que habían adosado una mina y que nuestras órdenes eran a partir de entonces evitar acercarnos a los muertos. Así que tuve que alejarme de lo que tenía pinta de ser el par de calcetines más caliente, seco y limpio de Europa para caminar otros tres kilómetros con mis empapadas bestias puntiagudas en fase de pupa. Y eso hice. Estaba para el arrastre. Le dije a Richards:

—Voy a hacerlo esta noche. Me volaré el pie hoy.

Richards llevaba días oyendo mis quejas y pensaba que hablaba por hablar, que no era más capaz de dispararme en el pie que de levitar.

—No seas estúpido —me dijo—. La guerra ha terminado.

Eso era lo mejor del asunto, le aseguré. ¿Quién iba a sospechar ya? Antes, en mi guerra, tal vez un disparo en el pie no hubiera bastado para que me mandaran a casa, pero puesto que la cosa estaba decayendo, me parecía que tenía posibilidades.

—Lo voy a hacer.

Richards me siguió la corriente.

—Bien, hazlo. Espero que te desangres hasta la muerte en la estacada.

—La muerte es preferible a este dolor.

—Pues olvídate del pie y pégate un tiro en la cabeza.

Habíamos parado cerca del pueblo y acampado en las ruinas de un viejo granero situado en la ladera de una colina cubierta de viñedos. Richards y yo nos habíamos situado bajo un pequeño saliente que nos servía para cubrirnos. Yo estaba sentado, hablando con Richards acerca de en qué parte del pie me iba a disparar, con tanta naturalidad como si estuviera comentando dónde íbamos a comer, cuando oímos un ruido proveniente de la carretera de abajo. Richards y yo nos miramos en silencio. Cogí el fusil, me encaramé al saliente y recorrí con la vista la carretera hasta dar con una silueta que se aproximaba, la silueta de... ¿una niña? No. De una mujer joven. ¿De qué edad? ¿Diecinueve? ¿Veintidós? ¿Veintitrés? No podía precisarlo con tan poca luz, pero era hermosa, iba sola y parecía avanzar saltando por aquella estrecha carretera polvorienta, con el pelo castaño sujeto en un moño alto, el mentón fino, las mejillas sonrosadas y un par de ojos enmarcados por espesas pestañas negras, como dos rayas de carboncillo. Era pequeña, pero todo el mundo en la magullada Italia era pequeño. No parecía hambrienta. Llevaba un chal sobre el vestido, del que lamento no recordar el color, aunque creo que era azul pálido con girasoles amarillos; sin embargo, creo que no puedo asegurar honestamente que fuera así, sino solo que así lo recuerdo (y me parece sospechoso que todas las mujeres europeas que recuerdo, que cada puta, abuela y esposa que encontré, llevaran el mismo vestido azul con girasoles amarillos).

—¡Alto! —gritó Richards.

Me reí. ¿Había una belleza en la carretera y Richards le daba el alto? Si yo hubiera tenido buen juicio en lugar de unos pies destrozados, habría optado por el más existencial «¿quién va?» del Bardo y habríamos interpretado todo *Hamlet* para ella.

—No disparéis, amables americanos —gritó la chica desde la carretera, en perfecto inglés. Insegura de la procedencia de la orden de detenerse, se dirigió primero a los árboles de ambos lados y después al pequeño saliente que tenía enfrente—. Voy a ver a mi madre. —Levantó las manos y nosotros nos asomamos por encima de ella, apuntándola todavía con los rifles.

La joven bajó entonces las manos y nos dijo que se llamaba Maria y que era del pueblo que había justo en la colina. Aparte de un ligero acento, hablaba mejor el inglés que la mayoría de los tipos de nuestra unidad. Sonreía. Hasta que no ves una sonrisa como esa no te das cuenta de lo mucho que la has echado de menos. En lo único que podía pensar era en cuánto tiempo hacía que no veía a una chica sonriendo en una carretera.

—La carretera está cortada. Tendrás que dar un rodeo —le dijo Richards, señalando con el rifle hacia atrás, en la dirección de la que ella venía.

—Sí, está bien —convino ella, y preguntó si la carretera hacia el oeste estaba abierta.

Richards le dijo que sí.

—Gracias. —Empezó a retroceder—. Dios bendiga a América.

—Espera —grité—. Te acompaño.

Me quité el forro de lana del casco y me aplasté el pelo con rapidez.

—No seas idiota —me advirtió Richards

Me volví con lágrimas en los ojos.

—Maldita sea, Richards. Voy a acompañar a esta chica a su casa.

Por supuesto, Richards tenía razón. Me estaba comportando como un idiota. El abandono de mi puesto era deserción, pero en ese momento habría pasado el resto de mi guerra en la estacada con tal de caminar dos metros con aquella chica.

—Por favor, deja que vaya —le rogué—. Te daré lo que sea.

—Tu Luger —me dijo Richards sin dudarlo un instante.

Yo sabía que iba a pedirme eso. Codiciaba esa Luger tanto como yo codiciaba unos calcetines secos. La quería como recuerdo para su hijo. No podía culparle. Yo pensaba en el hijo que no tenía cuando había comprado la Luger en un mercadillo, en las afueras de Pietrasanta. Puesto que no me estaría esperando ningún hijo cuando regresara a casa, tenía intención de enseñársela a mis caprichosas novias y a mis abominables sobrinos después de tomar demasiados whiskies. Fingiría no querer hablar de la guerra y luego sacaría la oxidada Luger de un escritorio y les contaría a esos perezosos de mierda cómo se la arrebaté a un alemán loco que había matado a seis de mis hombres y me había disparado en el pie. El mercado negro de trofeos alemanes de guerra dependía de este amaño: los alemanes en retirada, hambrientos, vendían sus armas rotas y sus placas de identificación a italianos hambrientos a cambio de pan; a su vez, los italianos hambrientos se las vendían como trofeo a americanos como Richards y como yo, ávidos de tener pruebas de nuestro heroísmo.

Por desgracia, Richards nunca llegó a dar la Luger a su hijo, porque seis días antes de que embarcáramos hacia casa, yo a escuchar el béisbol por la radio y él a escuchar a su mujer y a su hijo, murió sin gloria alguna, de septicemia, en un hospital de campaña, después de una operación de apendicitis. No lo vi más desde que ingresó con fiebre y dolor de barriga. El imbécil de nuestro teniente simplemente me informó de que había muerto mi último y mejor amigo de mi guerra: «¡Ah, Bender! Sí, mira... Richards ha muerto.» Y si esto marca el final de la guerra de Richards, le dedico este epílogo. Un año más tarde conduje por Cedar Falls, Iowa, aparqué delante de un bungaló con una bandera americana en el porche de ladrillo, me quité la gorra y llamé al timbre de la puerta. La esposa de Richards era achaparrada, y le conté la mejor mentira que fui capaz de inventar, que sus últimas palabras habían sido su nombre. Le entregué al pequeño la caja con mi Luger, diciéndole que su padre se la había quitado a un soldado alemán. Mirando aquellos mechones pelirrojos, anhelé un hijo, el heredero que nunca tendría, alguien que me redimiera de la vida que ya estaba planeando echar a perder. Y cuando el dulce niño de Richards me preguntó cuán valiente había sido su padre en la guerra, le dije, con toda honestidad: «Tu padre fue el hombre más valiente que jamás he conocido.»

Y lo fue, porque el día que conocí a la chica, el valiente Richards dijo:

—Ve. Guarda tu Luger. Yo te cubriré. Me basta con que me lo cuentes todo después.

Si en esta confesión de miedo e incomodidad durante mi guerra me he autorretratado como falto de valor, ofrezco esta prueba de mi caballeroso corazón de Galahad: no tenía intención de ponerle una mano encima a aquella chica. Y necesitaba que Richards lo supiera, que supiera que me arriesgaba a la muerte y el deshonor no para echar un polvo, sino simplemente para pasear con una chica bonita por una carretera, de noche, sintiendo esa dulce normalidad de nuevo.

—No voy a tocarla, Richards —le aseguré.

Creo que vio que estaba diciendo la verdad porque pareció incómodo.

—Entonces déjame ir a mí con ella, ¡por Dios!

Le di una palmada en el hombro, cogí mi rifle y corrí para alcanzarla. Era una caminadora rápida y, cuando llegué a su altura, ya se había alejado de la carretera. Vista más de cerca, era mayor de lo que me había parecido. Tal vez tuviera veinticinco años. Se puso en guardia. La tranquilicé con mi encanto bilingüe.

—*Scusi, bella. Fare una passeggiata, per favore?*

Sonrió.

—Sí, puedes venir conmigo —dijo en inglés. Aflojó el paso y se colgó de mi brazo—. Pero solo si dejas de limpiarte el culo con mi idioma.

¡Ah! Así que era amor.

La madre de Maria había criado a tres hijos y tres hijas en el pueblo. Su padre había muerto al principio de la guerra y sus hermanos habían sido reclutados con dieciséis, quince y, el pequeño, con doce años. Los habían sacado a rastras para cavar las trincheras de los italianos y después las fortificaciones alemanas. Ella rogaba para que al menos uno de sus hermanos siguiera vivo en algún lugar de lo que quedaba de la Línea Gótica, pero no tenía muchas esperanzas. Maria me contó la breve historia de su pueblo durante la guerra. Mussolini lo había escurrido como una toalla de sus jóvenes, después lo habían escurrido los partisanos y por último los alemanes en retirada. Ya no quedaban hombres de entre ocho y cincuenta y cinco años. Había sido bombardeado, ametrallado y limpiado de comida y suministros. Maria había estudiado inglés en un colegio de monjas y, con la invasión, había encontrado trabajo como auxiliar de enfermería en un hospital de campaña americano. Pasaba fuera semanas, pero siempre volvía al pueblo para ver cómo estaban su madre y sus hermanas.

—Cuando todo esto termine, ¿tienes un aguerrido joven con el que casarte? —le pregunté.

—Había un chico, pero dudo de que esté vivo. No. Cuando esto termine, cuidaré de mi madre. Es una viuda a la que le han arrebatado a sus tres hijos. Cuando ella muera, tal vez un americano me lleve a Nueva York. Viviré en el Empire State Building, comeré helados todas las noches en restaurantes sofisticados y me pondré gorda.

—Yo puedo llevarte a Wisconsin. Puedes engordar allí.

—¡Ah, Wisconsin! —dijo ella—, el queso y los pastos. —Agitó la mano delante de la cara como si Wisconsin estuviera justo detrás de los matorrales que había junto a la carretera—. Vacas, granjas y la capital, Madison; la luna sobre el río y la universidad de los Badgers. Hace frío en invierno, pero en verano hay hermosas granjeras de rubicundas mejillas con coletas.

Podía hacer lo mismo con cualquier estado que le nombraras, así que muchos muchachos americanos del hospital habían pasado tiempo rememorando el lugar de donde venían, a menudo antes de morir.

—¿Idaho? Profundos lagos y montañas altas, bosques interminables y hermosas granjeras con coletas y las mejillas sonrosadas.

—Yo no tengo granjera —le dije.

—Encontrarás una después de la guerra —repuso.

Le dije que después de la guerra quería escribir un libro.

Ladeó la cabeza.

—¿Qué clase de libro?

—Una novela. Sobre todo esto. Tal vez una novela de humor.

Se le ensombreció el rostro. Me dijo que escribir una novela no era cosa de broma sino algo serio.

—¡Oh, no! No me refería a bromear sobre esto. No me refiero a esa clase de humor.

Preguntó qué otra clase de humor había y no supe qué contestar. Ya se veía su pueblo, un racimo de sombras grises que coronaban la oscura colina que teníamos frente a nosotros.

—El tipo de humor que también te entristece —dije por fin.

Me miró con curiosidad y, en aquel preciso instante, un pájaro o un murciélago salió de los arbustos y ambos nos sobresaltamos. Le rodeé el hombro con el brazo. Y no sé qué pasó, pero de pronto estábamos fuera de la carretera, yo tumbado de espaldas y ella encima de mí, en un huerto de limoneros, con los verdes frutos pendiendo sobre mí como piedras. Besé sus labios y sus mejillas y su cuello, y ella rápidamente me desabrochó los pantalones y me sujetó con ambas manos, acariciándome enérgicamente con una mano experta y suavemente con la otra, como si hubiera leído algún manual militar ultrasecreto sobre el modo de ejecutar aquella maniobra. Y era excepcional llevándola a cabo, mucho mejor de lo que yo nunca he llegado a ser, así que en cuestión de segundos estaba resoplando y ella se apretujaba contra mí y yo aspiraba el aroma de los limones y de la tierra y el suyo, y el mundo desapareció cuando desplazó el cuerpo y apuntó con precisión lejos de su precioso vestido, hacia los limones verdes, como una granjera dirigiendo un chorro de leche de vaca. Y todo pasó en menos de un minuto y sin que ella se despeinara siquiera.

—Hala, listo —dijo.

Hasta hoy, esas dos palabras siguen siendo la cosa más encantadora, triste y terrible que nunca he oído. «Hala, listo.»

Me eché a llorar.

—¿Qué te pasa? —me preguntó.

—Me duelen los pies. —Fue lo único que se me ocurrió.

Pero desde luego no estaba llorando por culpa de mis pies y, aunque estaba abrumado de gratitud hacia Maria, y lleno de arrepentimiento y nostalgia y alivio por estar vivo al final de mi guerra, tampoco lloraba por esas razones. Estaba llorando porque, evidentemente, no era el primer bruto al que Maria había llevado al éxtasis utilizando solo sus manos.

Estaba llorando porque, su velocidad y talento, su técnica magistral, eran los síntomas de una historia terrible. Aquella era una maniobra aprendida tras encuentros con otros soldados que la habían tirado al suelo y a quienes no había podido evitar utilizando solamente las manos.

«Hala, listo.»

—¡Oh, Maria...! —sollocé—. Lo siento.

Y desde luego tampoco era el primer bruto que lloraba en su presencia, porque sabía lo que tenía que hacer, desabrocharse los botones superiores del vestido y apoyar mi cabeza entre sus pechos.

—Ssss, Wisconsin —me susurró. Su piel era tan suave y dulce y estaba tan húmeda de lágrimas que lloré con más fuerza—. Ssss, Wisconsin —repitió, y enterré mi cara entre aquellos pechos como si su piel fuera mi casa y estuviera en Wisconsin.

Y hasta el día de hoy, ese estrecho valle acanalado entre aquellas adorables colinas es el mejor lugar en el que he estado jamás. Al cabo de un rato dejé de llorar y me las arreglé para recuperar algo de dignidad. Cinco minutos más tarde, después de darle todo mi dinero y los cigarrillos y de haberle prometido amor eterno y jurado que volvería, regresé renqueando y avergonzado a mi puesto de guardia y le aseguré a Richards, mi disgustado mejor amigo a punto de morir, que no había hecho otra cosa que acompañarla a casa.

¡Dios, esta vida es fría y frágil! Sin embargo, es lo único que hay. Aquella noche me metí en el saco de dormir sin ser ya yo mismo sino una cáscara, una concha.

Pasaron los años y seguía sintiéndome una cáscara, seguía aún anclado en ese momento, en el día que acabó mi guerra, el día en que me di cuenta, como todos los supervivientes, de que estar vivo no es lo mismo que vivir.

Hala, listo.

Un año después de entregarle la Luger al hijo de Richards, me paré en un pequeño bar de Cedars Falls y me tomé uno de los seis millones de copas que me había tomado desde aquel día. La camarera me preguntó qué hacía en la ciudad y le dije que había ido a ver a mi hijo.

Después me preguntó por mi hijo, aquel niño imaginario cuyo principal defecto era que no existía. Le dije que era un chiquillo estupendo y que le llevaba un recuerdo de la guerra. Estaba intrigada. ¿Qué era?, preguntó. ¿Qué cosa importante de la guerra había traído a casa para mi hijo? Calcetines, le contesté.

Pero, en definitiva, esto es lo que traje a casa de mi guerra: esta simple y triste historia de cómo sobreviví mientras que un hombre mejor que yo murió; de cómo, bajo una rama de limonero, en un pequeño y polvoriento sendero de las afuera de R., me hizo un glorioso trabajo de veinte segundos con sus manos una chica que intentaba desesperadamente evitar que la violara.

5

Una producción de Michael Deane

Recientemente
Hollywood Hills, California

Deane de Hollywood, con pijama de seda, se recuesta en un diván en su terraza cubierta, sorbiendo una Fresca con ginseng y mirando por encima de los árboles las luces de Beverly Hills. Tiene en el regazo una presentación, la secuela de *Los saqueadores nocturnos* (EXT. LOS ÁNGELES DE NOCHE: Un Trans Am negro pasa a gran velocidad por delante del Museo Getty en llamas). Claire, su ayudante, opina sobre ella que «ni siquiera es buena para los estándares de mierda».

Y aunque el listón crítico de Claire está muy alto, en este caso, dado el escaso margen de beneficio de las películas y la mierda de negocio que fue *Los saqueadores nocturnos*, a Michael no le queda más remedio que estar de acuerdo con ella.

Es una vista que lleva contemplando veinte años, sin embargo le parece diferente esta tarde-noche. El sol se desliza por las verdes colinas. Michael suspira con la satisfacción de un hombre que está de nuevo en la cima. Es asombroso lo mucho que puede cambiar todo en un año. No hace mucho que había dejado de percibir la belleza en esta vista y en todo lo demás. Empezaba a temer haber llegado al final, no a la muerte (los hombres de la familia Deane nunca sucumben antes de los noventa años), sino a algo peor: a la obsolescencia. Pasaba por una época baja; no había tenido nada parecido a un éxito desde hacía al menos una década. Su único título reciente, *Los saqueadores nocturnos*, fue más bien un descrédito. También ha sufrido la debacle de sus memorias: los abogados de su editor decidieron que el libro que quería escribir era «difamatorio», «interesado» y sobre hechos «incomprobables», así que su editor le envió a un negro para que lo convirtiera en un extraño híbrido entre autobiografía y libro de autoayuda.

Su carrera parecía acabada. Michael iba camino de ser uno de los ancianos que frecuentan el restaurante del Riviera Country Club, toman sopa y hablan de Doris Day y Darryl Zanuck. Pero resulta que la magia del viejo Deane no se había acabado aún. Esto es lo que le gusta de su ciudad y de este negocio: una simple idea, una buena presentación y estás otra vez dentro. No acababa de entender la presentación que había encauzado de nuevo su carrera (apenas alcanza a comprender todo eso de los blogs y los *tweets* y los ordenadores), pero por las reacciones de Danny, su socio de producción, y sobre todo de su estirada e imposible de satisfacer ayudante Claire, dedujo que se trataba de algo grande. Así que hizo lo que mejor sabe hacer: presentar aquella mierda.

Y ahora Michael Deane está otra vez en todas las hojas de rodaje y en todas las listas para las especificaciones de los guiones y las promos. De hecho, actualmente su principal problema es el contrato salvavidas que firmó con el estudio y que les da poder para dar una primera ojeada (y un buen recorte) a todo lo que hace. Afortunadamente, sus abogados creen tener una solución para esto, y Michael ya ha empezado a buscar espacio para su oficina donde sea. Solo de pensar en establecerse por su cuenta se siente como si tuviera otra vez treinta años y nota un cosquilleo de excitación en la entrepierna.

Espera un momento... ¿No será la pastilla que se tomó hace una hora? ¡Ah, sí, eso es! Siguiendo el guión al pie de la letra, sus decrépitas terminaciones nerviosas y sus células endoteliales liberan óxido nítrico en los cuerpos cavernosos, lo que estimula la síntesis de GMP cíclico, tensando las gastadas fibras de músculo liso y llenando el viejo tejido esponjoso de sangre.

El «guión» se levanta en su regazo como la bandera de Iwo Jima.

¡Vaya por Dios! Michael deja el guión en la mesa del jardín, junto a su Fresca, se levanta y va hacia la casa para buscar a Kathy.

Con los pantalones del pijama de seda a punto de reventar, Michael pasa arrastrando los pies junto a la piscina, el tablero de ajedrez de tamaño natural, el estanque *koi*, la pelota de ejercicios y la esterilla de yoga de Kathy, la verja de hierro forjado y la mesa de *brunch* de la Toscana.

Ve a su Esposa número 4 por la puerta abierta de la cocina, vestida con pantalones de yoga y una camiseta ajustada. Ve el protuberante resultado de su última inversión en ella: los implantes de silicona de primera calidad en la parte posterior de sus pechos, entre el tejido mamario y el músculo pectoral, que garantizan una contractura capsular y una cicatrización mínimas, en sustitución de sus viejos implantes, que ya estaban ligeramente caídos.

Hace calor.

Kathy siempre le está diciendo que no arrastre los pies. «Te hace parecer un viejo centenario.» Michael se recuerda que debe levantarlos. Ella acaba de volverle la espalda cuando entra por la puerta corredera de la cocina.

—Perdone, señorita —le dice a su esposa, situándose de forma que ella vea la tienda de campaña del pijama—. ¿Ha pedido una pizza al horno de leña?

Pero ella lleva esos infernales auriculares y no ha visto ni oído nada, o quizá finge no haberlo hecho. Cuando las cosas estaban en su peor momento, los últimos dos años, Michael notaba en ella un tufillo de condescendencia, una paciencia de enfermera en su tono. Kathy había alcanzado la edad mágica, la mitad de la suya: treinta y seis años frente a sus setenta y dos. Michael estaba haciendo un último *sprint* con una mujer de treinta y tantos. Cuando un hombre de su edad echa mano a una veinteañera todo el mundo se escandaliza, pero nadie lo hace si la mujer está en la treintena; en tal caso puede uno tener cien años, quedar con una de treinta y seguir siendo respetable. Por desgracia, Kathy es trece centímetros más alta que él, una brecha insalvable; a veces se imagina a los dos haciendo el amor y se ve a sí mismo como un elfo lascivo corriendo por un paisaje montañoso.

Da la vuelta a la encimera y se sitúa de forma que ella pueda ver la protuberancia en los pantalones de su pijama. Kathy levanta la vista, luego la baja, la sube otra vez. Se quita los auriculares.

—Hola, cariño. ¿Qué tal?

Antes de que pueda contestar lo evidente, el móvil de Michael vibra sobre la encimera, entre ambos. Kathy lo empuja hacia él y, de no ser por la ayuda química, su falta de interés haría peligrar el estado de Michael.

Comprueba el número que aparece en la pantalla del teléfono. ¿Claire? ¿A las cinco menos cuarto de un viernes de presentaciones? ¿Qué puede querer? Su ayudante es inteligente y tiene la supersticiosa creencia de que posee un raro don: el de la suerte. Se complica la vida, sin embargo. La chica se angustia por cualquier cosa, se está evaluando a sí misma constantemente. Evalúa sus expectativas, sus progresos, su sentido del valor. Es agotador. Michael ha llegado a pensar que está buscando otro trabajo. Tiene un sexto sentido para esas cosas, y esa es probablemente la razón por la que levanta un dedo hacia Kathy y responde a la llamada.

—¿Qué pasa, Claire?

Ella parlotea y ríe nerviosa. «¡Dios mío! —piensa él—. Esta chica con su inquebrantable gusto de clase acomodada, con su falso cinismo.» Siempre la advierte sobre ese cinismo: es tan delicado como un traje de ochenta dólares. Claire es una gran lectora, pero le falta frescura para producir. «No me gusta», dirá de una idea si tiene algo que ver con el amor. El socio de Michael, Danny, la llama el Canario, por los que utilizan en las minas de carbón, y medio en broma dice que la usan como un barómetro al revés: «Si al Canario le gusta, pasamos.» Por ejemplo, aunque admitió que *Hookbook* era una gran idea, le rogó que no lo produjera. (Claire: «Con todas la películas que has producido, ¿de verdad quieres ser conocido por hacer esta clase de cosas?»)

Al teléfono, Claire sigue justificándose, hablando sobre un italiano viejo y un escritor que resulta que habla su lengua. Michael la interrumpe.

—Claire...

La chica no calla ni para respirar.

—Claire —insiste él.

Su ayudante no lo deja hablar.

—El italiano está buscando a una vieja actriz llamada...

Claire pronuncia un nombre que lo deja por un momento sin habla.

—¿Dee Moray?

A Michael Deane se le doblan las rodillas. El teléfono se le cae de la mano derecha mientras con la izquierda intenta agarrarse a la encimera. Solo los rápidos reflejos de Kathy evitan que caiga al suelo golpeándose probablemente la cabeza con la encimera y autoempalándose con su erección.

—¡Michael! ¿Estás bien? ¿Es otra apoplejía?

Dee Moray.

«Bueno, así son los fantasmas —piensa Michael—. No son siluetas blanquecinas que te acechan en sueños; son nombres del pasado que alguien te dice por teléfono.» Aparta a su mujer con la mano y coge el móvil de la encimera.

—No es una apoplejía, Kathy, déjame.

Se concentra en la respiración. Un hombre raras veces hace un barrido completo de su vida, pero ahí está Michael Deane, con una erección acentuada por la química llenando su pijama de seda, en la cocina abierta de su casa de Hollywood Hills, sosteniendo un diminuto teléfono inalámbrico y manteniendo una conversación que lo lleva cincuenta años atrás.

—No te muevas. Voy para allá.

La primera impresión que uno tiene de Michael Deane es la de un hombre de cera o prematuramente embalsamado. Sería imposible seguir la secuencia de tratamientos faciales, de spa, baños de lodo, tratamientos cosméticos, estiramientos, implantes de colágeno, retoques ambulatorios, bronceados, inyecciones de bótox, eliminaciones de quistes y tumores e inyecciones de células madre que han conseguido que un hombre de setenta y dos años parezca una niña filipina de nueve.

Cuando ve a Michael por primera vez, mucha gente se queda con la boca abierta, incapaz de apartar la vista de esa cara brillante y con poco aspecto de estar viva. A veces inclinan la cabeza para tener un mejor ángulo de visión, y Michael confunde su morbosa fascinación con atracción, o respeto, o sorpresa de que alguien de su edad tenga tan buen aspecto. Este error de base es precisamente lo que le hace ser incluso más agresivo en su lucha contra el envejecimiento. No es que cada año parezca más joven: eso es bastante común aquí. Es como si se transformara y evolucionara hacia otro ser completamente distinto. Y esa transformación se resiste a cualquier intento de explicación. Intentar imaginar qué aspecto tenía Michael Deane cuando era un hombre joven, en Italia, hace cincuenta años, basándose en su apariencia actual, es como plantarse en Wall Street intentando comprender la topografía de la isla de Manhattan antes de que llegaran los holandeses.

Cuando ese extraño personaje se le acerca arrastrando los pies, a Shane Wheeler le cuesta aceptar que este elfo lacado sea el famoso Michael Deane.

—Ese es...

—Sí —le dice Claire—. Intente no mirarlo fijamente.

Pero es como ordenarle a alguien que se mantenga seco bajo una lluvia torrencial. Sobre todo cuando arrastra los pies, la contradicción es excesiva, como si le hubieran pegado la cara de un niño al cuerpo de un moribundo. También va vestido de una forma extraña, con pantalones de pijama de seda y un abrigo de lana largo. Si Shane no supiera que es uno de los más famosos productores de Hollywood, lo habría tomado por un enfermo mental huido del manicomio.

—Gracias por llamar, Claire —dice Michael Deane. Señala la puerta del bungaló.

—¿El italiano está ahí?

—Sí —le confirma ella—. Le hemos dicho que volveríamos.

Claire nunca había visto a Michael tan agitado. Intenta imaginar qué pudo haber pasado entre esos dos para que Michael se haya alterado tanto. Incluso la ha llamado desde el coche y le ha pedido que lo esperara fuera con el «traductor» para tomarse un minuto antes de ver a Pasquale.

—Después de tantos años... —dice Michael.

Él normalmente habla rápido, entrecortadamente, como un gánster de los años cuarenta marcando sus fronteras. Ahora, sin embargo, habla con fatiga, trabajosamente, a pesar de que su cara permanece plácida.

Claire da un paso al frente y lo toma del brazo.

—¿Estás bien, Michael?

—Estoy bien. —Solo entonces mira a Shane—. Usted debe de ser el traductor.

—Oh, bueno... Estudié un año en Florencia, así que hablo un poco de italiano. Pero en realidad soy escritor. Estoy aquí para presentar la idea de una película. Soy Shane Wheeler.

No hay ningún gesto de reconocimiento en la cara de Michael Deane, como si no le estuviera hablando siquiera en inglés.

—Es un placer conocerle, señor Deane. Me gustó mucho su libro.

Michael Deane se crispa al oír mencionar su autobiografía, que entre su editor y el negro convirtieron en un manual de «cómo hacer una presentación en Hollywood».

—¿Qué ha dicho el italiano... exactamente?

—Como te dije por teléfono, no mucho —dice Claire.

Michael mira de nuevo a Shane, como si pudiera haber algo en la traducción que Claire se hubiera perdido.

—Bueno... —dice Shane mirando a Claire—. Solamente ha dicho que lo conoció a usted en 1962. Luego nos ha hablado de la actriz que fue a su pueblo, Dee...

Michael levanta la mano para impedir que Shane diga el nombre completo y vuelve a mirar de nuevo a Claire para recuperarse, como si de este breve intercambio verbal hubiera sacado algunas respuestas.

—Al principio —dice Claire— creía que presentaba una historia sobre esa actriz en Italia. Ha dicho que estaba enferma y yo le he preguntado de qué.

—De cáncer —dice Michael Deane.

—Sí, eso ha dicho.

Michael Deane asiente.

—¿Quiere dinero?

—No ha dicho nada de dinero. Dice que quiere encontrar a esa actriz.

Michael se pasa una mano por el pelo rubio implantado natural con extensiones. Hace un gesto con la cabeza hacia el bungaló.

—¿Y está ahí dentro?

—Sí. Le he dicho que iba a buscarte, Michael. ¿De qué va todo esto?

—¿De qué va? Va de todo. —Mira a Claire de arriba abajo—. ¿Sabes cuál es mi verdadero talento?

A Claire no se le ocurre una respuesta satisfactoria a semejante pregunta y, afortunadamente, Michael no espera una respuesta.

—Veo lo que la gente quiere. Tengo una especie de rayos X para los deseos. Pregúntale a cualquiera qué prefiere ver en la televisión y te dirá que noticias, ópera, películas extranjeras. Pon un aparato en su casa y ¿qué mira? Mamadas y choques de coches. ¿Significa eso que el país está plagado de mentirosos degenerados? No. Quieren querer noticias y ópera, pero no es eso lo que quieren.

»Lo que yo hago es mirar a alguien —entorna los ojos hacia Claire otra vez— y ver claramente su deseo, lo que verdaderamente quiere. Un director no quiere un trabajo e insiste en que no es por el dinero: le doy más dinero. Un actor dice que quiere trabajar en Estados Unidos para estar cerca de su familia: le doy un trabajo al otro lado del océano para que pueda alejarse de ella. Esta habilidad me ha sido útil durante al menos cincuenta años para... —No termina la frase. Inspira profundamente por la nariz y le sonríe a Shane, como si acabara de recordar que está ahí—. Esas historias de gente que vende su alma... no las entiendes verdaderamente hasta que no te haces un poco viejo.

Claire está anonadada. Michael nunca reflexiona así, nunca se describe a sí mismo como «viejo» o «un poco viejo». Lo remarcable de Michael, habría dicho Claire hace apenas una hora, es que, para ser alguien con tanta historia, nunca mira atrás, nunca menciona a las jóvenes actrices con las que ha estado ni las películas que ha hecho. Nunca se cuestiona a sí mismo. Nunca se lamenta de lo cambiante de la cultura, de la muerte de las películas, del tipo de cosas sobre las que ella y todo el mundo se queja constantemente. A él le encanta lo que encanta a la cultura: la velocidad, la cruda promiscuidad, las deserciones, las desviaciones, el don de ser cada vez más superficial. Según él, la cultura no puede equivocarse. «Nunca caigas en el cinismo —le está diciendo siempre a Claire—, cree en todo.» Es un tiburón que nada incesantemente hacia el futuro de la cultura. Sin embargo, aquí está, con la mirada perdida, como si estuviera viendo directamente el pasado, afectado por algo que pasó hace cincuenta años.

Michael vuelve a inspirar profundamente y señala hacia el bungaló con la cabeza.

—Bien —dice—. Estoy listo. Vamos.

Pasquale Tursi guiña los ojos y mira fijamente a Michael Deane. ¿Es posible que sea el mismo hombre? Están sentados en la oficina de Michael, que se ha acomodado tras su escritorio. Pasquale y Shane han ocupado el sofá y Claire una silla que ha traído. Michael no se ha quitado el grueso abrigo y, a pesar de la placidez de su cara, se rebulle un poco en el asiento, incómodo.

—Me alegro de volver a verte, amigo mío —le dice a Pasquale, pero da la impresión de ser poco sincero—. Ha pasado mucho tiempo.

Pasquale se limita a asentir antes de volverse hacia Shane.

—*Sta male?* —le pregunta en voz baja.

—No —responde Shane, pensando en cómo explicarle a Pasquale que Michael Deane no está enfermo pero que se ha sometido a numerosos tratamientos y operaciones quirúrgicas—. *Molto... uh... ambulatori.*

—¿Qué le ha dicho? —le pregunta Michael.

—Él, bueno... dice que tiene usted muy buen aspecto y yo solo le he explicado que se cuida mucho.

Michael le da las gracias a Pasquale.

—¿Puede preguntarle si quiere dinero? —le dice a Shane.

Pasquale se revuelve al oír la palabra «dinero». Parece disgustado.

—No. Vengo a buscar a... Dee Moray.

Michael Deane asiente, un poco apenado.

—No tengo ni idea de dónde está. Lo siento. —Mira a Claire en busca de auxilio.

—La he buscado en Google —dice ella—. He probado diferentes formas de escribirlo y la he buscado en la IMDb por *Cleopatra*. No hay nada.

—No. —Michael se mordisquea el labio—. No tiene por qué constar. No era su verdadero nombre. —Se frota la cara desprovista de facciones, mira a Pasquale y luego se vuelve hacia Shane—. Por favor, traduzca para mí. Dígale que siento mucho mi comportamiento de entonces.

—*Lui è dispiaciuto* —dice Shane.

Pasquale asiente ligeramente, dándose por enterado de las palabras si no aceptándolas.

«Sea lo que sea lo que hay entre estos dos hombres —piensa Shane—, es algo profundo.»

Se oye un zumbido y Claire se lleva el teléfono móvil a la oreja. Contesta y le dice con calma al aparato:

—Vas a tener que ir a buscarte el pollo.

Los tres hombres la miran. Ella cuelga.

—Perdón —dice. Abre la boca para dar una explicación, pero se lo piensa mejor.

Michael mira de nuevo a Pasquale y luego a Shane.

—Dígale que la encontraré. Es lo menos que puedo hacer.

—*Egli vi aiuterà a... hum... trovarla.*

Pasquale simplemente asiente de nuevo.

—Dígale que pienso hacerlo inmediatamente, porque considero un honor poder ayudarlo y una ocasión para la redención cerrar el círculo de lo que empecé hace tantos años. Y, por favor, dígale que nunca tuve intención de herir a nadie.

Shane levanta la ceja, mira a Michael y luego a Claire.

—No estoy seguro de cómo... quiero decir... Hum... *Lui vuole fare il bene.*

—¿Ya está? —pregunta Claire—. Él ha dicho cincuenta palabras y usted unas cuatro.

Shane se pica con su crítica.

—Ya se lo he dicho. No soy traductor, no sé cómo decir todo eso; solamente le he dicho que ahora quiere hacer el bien.

—Está bien —dice Michael. Observa con admiración a Shane, que por un instante se imagina aprovechando este favor de traducción para obtener un contrato de guionista—. Eso es exactamente lo que quiero hacer. Quiero hacer el bien. Sí. —Se vuelve hacia Claire y le dice—: Ahora esa es nuestra máxima prioridad, Claire.

Shane observa todo lo que ocurre, fascinado e incrédulo. Esta mañana estaba sentado en el sótano de sus padres; ahora está nada menos que en la oficina de Michael Deane, oyendo al legendario productor dar órdenes a su ayudante. En palabras del profeta Mamet: «Actúa como si...» Adelante. Ten confianza y el mundo responderá a ella y recompensará tu fe.

Michael Deane saca un viejo fichero giratorio de un cajón del escritorio y va pasando fichas mientras habla con Claire.

—Voy a localizar a Emmett Byers para que se ponga a trabajar en esto inmediatamente. ¿Puedes ocuparte de alojar al señor Tursi y al traductor en un hotel?

—Mire —dice Shane Wheeler, sorprendido de sí mismo—. Ya le he dicho que no soy traductor, soy escritor.

Todos se vuelven a mirarlo y, por un instante, Shane duda de su determinación. Recuerda la mala época que acaba de pasar. Antes Shane Wheeler nunca dudaba de que perseguía grandes cosas. Todo el mundo se lo decía; no solo sus padres, también los desconocidos y, si bien no era exactamente el número uno en la facultad ni en Europa ni en los estudios de posgrado (siempre a cuenta de sus padres, como le gustaba puntualizar a Saundra), nunca dudó de que tendría éxito.

Pero durante el desplome de su breve matrimonio, Saundra y el malhumorado consejero matrimonial (que se puso claramente de parte de ella) describían un panorama muy diferente: a un chico cuyos padres nunca le habían negado nada, a quien nunca habían obligado a realizar tareas de casa ni a trabajar, que siempre salían al paso cuando se metía en líos (Prueba A: el asunto con la policía durante las vacaciones de primavera en México) y que lo habían estado manteniendo hasta mucho después de lo debido. Aquí estaba, con casi treinta años y sin haber tenido nunca un verdadero trabajo. Aquí estaba, siete años después de terminar la carrera, dos años después de acabar el máster, casado, y su madre aún le enviaba mensualmente una asignación para ropa. («Le gusta comprarme la ropa —aducía Shane—. ¿No sería una crueldad impedírselo?»)

Durante el nefasto último mes de su matrimonio viviseccionaron su hombría. Saundra intentó hacerle sentir «mejor» insistiendo en que no era del todo culpa suya; pertenecía a una generación de jóvenes consentidos por sus padres, por sus madres especialmente, imbuidos de una inmerecida autoestima en una burbuja de sobreprotección, en una penosa incubadora de falsos logros. «Los hombres como tú nunca han tenido que luchar, así que no lleváis la lucha en la sangre —le decía—. Los hombres como tú sois terneros lechales.»

Y lo siguiente que hizo el ternero lechal Shane vino a demostrar lo que ella apuntaba: después de una discusión especialmente acalorada, cuando Saundra se fue a trabajar, él se largó. Cogió el coche que habían comprado entre los dos y se fue a Costa Rica para trabajar en una plantación de la que le habían hablado unos amigos. El coche se estropeó en México y, sin dinero y sin vehículo, Shane regresó a Portland, a casa de sus padres.

Desde entonces se ha arrepentido de su comportamiento y ha pedido disculpas a Saundra, incluso le ha enviado algún que otro cheque para pagarle su parte del coche (con dinero del regalo de cumpleaños de sus padres, principalmente) y le ha prometido que pronto acabaría de pagárselo.

Lo más doloroso de la bronca del ternero lechal de Saundra (como ha empezado a llamarla) no es la innegable verdad que encierra. Sí, ella tenía razón; él lo veía. Lo más terrible era que no lo hubiera visto antes. Como le dijo Saundra con incredulidad: «Me parece que realmente te crees tus cuentos.» Y lo hacía. Él se creía realmente sus cuentos. Ya no, sin embargo. Desde que ella lo reventó todo, ya no.

Durante los primeros meses de su divorcio, Shane se sentía vacío y solo en su humillación. Sin su antigua creencia en el talento de lenta maduración, Shane había perdido el timón. Iba a la deriva y se hundió en una profunda depresión.

Y este es el motivo por el que, ahora se da cuenta, decidió aprovechar al máximo esta segunda oportunidad; salir y probar que el lema ACTÚA no es simplemente un tatuaje, una ilusión infantil, sino una verdad; que él no es un ternero lechal: es un toro, un hombre en racha, un ganador.

Shane inspira profundamente en la oficina de Producciones Michael Deane y mira alternativamente a Claire Silver y a Michael Deane.

—He venido aquí para presentar una película y no voy a traducir una sola palabra más hasta que me hayan escuchado —dice, haciendo acopio de toda la antigua confianza en Mamet que le queda.

6

Las pinturas de la ensenada

Abril de 1962
Porto Vergogna, Italia

El estrecho sendero excavado en la cara del acantilado describía, como la nata de un pastel de boda, curvas en zigzag por el empinado risco de detrás del pueblo. Pasquale avanzaba con cuidado por el antiguo camino de cabras, mirando cada dos por tres hacia atrás para asegurarse de que Dee Moray lo seguía. Cerca de la cima, el sendero había sido lavado por las fuertes lluvias de aquel invierno y Pasquale cogió de la mano a Dee porque las rocas habían quedado al descubierto. En la última curva había un inverosímil huerto de naranjos. Seis retorcidos árboles, tres a cada lado del camino, estaban sujetos a las rocas con alambre para evitar que cayeran por el precipicio.

—Falta poco —dijo Pasquale.

—Estoy bien —dijo ella.

Continuaron hasta el último tramo. Tenían el borde del acantilado un poco más arriba de sus cabezas y Porto Vergogna asomaba de la roca a sesenta metros en vertical por debajo de ellos.

—¿Te encuentras bien? ¿Paramos o seguimos? —le preguntó Pasquale por encima del hombro. Estaba empezando a acostumbrarse a hablar en inglés de nuevo.

—No, sigamos. Es agradable caminar.

Cuando por fin coronaron la cima del acantilado, se quedaron de pie en la cornisa, por encima del pueblo, con el vacío a sus pies. Soplaba el viento y se oía el batir de las olas que rompían levantando espuma en las rocas.

Dee estaba junto al borde, tan frágil que Pasquale tuvo la tentación de agarrarla para evitar que el viento se la llevara.

—Es precioso, Pasquale —dijo.

El cielo, muy despejado, con apenas unas finas nubes altas, era de un azul pálido contra el azul oscuro del mar. En los riscos había telarañas de senderos. Él señaló uno situado al noroeste, costa arriba.

—En esa dirección están las Cinque Terre.

Luego señaló al este, detrás de ellos, más allá de las colinas, hacia la bahía.

—Por ahí se va a La Spezia.

Por último se volvió hacia el sur y le enseñó el camino que iban a tomar. Recorría las colinas durante un kilómetro antes de descender hacia el profundo y despoblado valle situado a lo largo de la costa.

—En esa dirección está Portovenere. Al principio el camino es fácil pero después es duro. El camino de Venere es solo para cabras.

Siguió a Pasquale por el tramo fácil, subiendo y bajando por las colinas en una sucesión de curvas. Allí donde se encontraban con el mar, los acantilados habían sido excavados por el incesante batir de las olas, pero en la cima el terreno era fácil. A pesar de todo, Dee y Pasquale tuvieron que agarrarse en más de una ocasión a los retorcidos árboles y a las vides para bajar por las inclinadas cuestas y encaramarse a los afilados rebordes. En la cima de un promontorio, Dee se paró junto a unas ruinas romanas erosionadas por la lluvia y el viento que parecían dientes gastados.

—¿Qué es esto? —preguntó, apartando la hierba de la piedra alisada.

Pasquale se encogió de hombros. Durante miles de años, los ejércitos las habían usado como atalayas para los vigías. Había tantas ruinas allí arriba que Pasquale apenas reparaba en ellas. A veces los restos de esas viejas guarniciones le producían una leve tristeza. Pensar que eso era todo lo que quedaba de un imperio... ¿Qué legado podría dejar un hombre como él? ¿Una pista de tenis en un acantilado?

—Ven —dijo—, solo un poquito más.

Caminaron otros cincuenta metros y Pasquale le señaló el lugar donde el sendero de la colina empezaba a bajar por los riscos hacia Portovenere, que quedaba todavía a más de un kilómetro de distancia. Luego cogió a Dee de la mano y ambos dejaron el camino. Treparon a unas rocas, apartaron la maleza y salieron a un punto desde el que se abarcaba una vista imponente de la costa en ambas direcciones. Dee jadeaba.

—Ven —dijo otra vez Pasquale, y bajó a una plataforma rocosa.

Después de una breve vacilación, Dee lo siguió y llegaron a lo que él quería enseñarle: una pequeña bóveda de hormigón del mismo color que los peñascos que la rodeaban. Podía deducirse que era obra del hombre únicamente por su uniformidad y las tres aspilleras para las ametralladoras. Era un búnker abandonado de la Segunda Guerra Mundial.

Pasquale la ayudó a subirse encima. El viento le agitaba la melena.

—¿Esto era de la guerra? —le preguntó.

—Sí —dijo Pasquale—. La guerra sigue estando en todas partes. Era para vigilar los barcos.

—¿Y aquí lucharon?

—No. —Hizo un gesto con la mano hacia los riscos que tenían detrás—. Es demasiado... —Frunció el ceño. Iba a decir «solitario» otra vez, pero no era exacto—. *Isolato?* —preguntó en italiano.

—¿Aislado?

—Sí, sí. —Pasquale sonrió—. La única guerra de aquí es la de los niños que juegan a disparar a los barcos.

El hormigón para el fortín se había vertido en las rocas, de modo que no era visible desde arriba, y desde abajo parecía una piedra más. Tenía tres aberturas horizontales y dentro, un nido de ametralladoras con una panorámica de 180 grados sobre la dentada cala de Porto Vergogna al noroeste y, más allá, sobre la costa rocosa y los acantilados menos escarpados de Riomaggiore, la última población de las Cinque Terre. Al sur, las montañas daban paso al pueblo de Portovenere. A ambos lados, el mar cubría de espuma las rocas y los escarpados acantilados se convertían en verdes estallidos de pinos, árboles frutales y el tupido inicio de los viñedos de las Cinque Terre. El padre de Pasquale solía decir que los viejos creían que aquella costa era el fin del mundo plano.

—Es fantástico —comentó Dee, de pie encima del búnker abandonado.

Pasquale estaba satisfecho de que le gustara.

—Es un buen sitio para pensar, ¿verdad?

Ella le sonrió.

—¿Y en qué piensas aquí arriba, Pasquale?

Una extraña pregunta. ¿En qué piensa cualquiera en cualquier sitio? Cuando era pequeño, desde allí arriba se imaginaba el resto del mundo. Ahora pensaba sobre todo en su primer amor, Amedea, que se había quedado en Florencia; rememoraba su último día juntos y se preguntaba si habría podido decir algo. De vez en cuando, sin embargo, sus pensamientos allí arriba eran de otra índole: acerca del tiempo y de su lugar en el mundo; grandes pensamientos difíciles de expresar en italiano e imposibles de expresar en inglés. A pesar de todo, lo intentó.

—Pienso... en toda la gente del mundo... Yo soy uno solo, ¿sí? Y a veces veo la luna desde aquí... Es de todos; todo el mundo mira una sola luna, ¿sí? Aquí, en Firenze, en América. Para toda la gente, siempre, la misma luna, ¿sí? —Se imaginó a la adorable Amedea mirando fijamente la luna desde la estrecha ventana de su casa familiar en Florencia—. A veces esa misma luna es buena. Pero a veces es... más triste, ¿sí?

Ella lo miró un momento, procesando la información.

—Sí —dijo por fin—, estoy de acuerdo. —Y le apretó la mano.

Estaba agotado de intentar hablar en inglés, pero satisfecho de haber comunicado algo abstracto y personal solo dos días después de lo de «¿cómo es habitación?» y «¿más jabón?».

Dee contemplaba la costa. Pasquale sabía que estaba pendiente de la llegada de la barca de Orenzio y le aseguró que la verían desde allí arriba. Ella se sentó y se abrazó las rodillas mirando hacia el noreste, donde el terreno era mejor que en la escarpada Porto Vergogna y los suaves acantilados estaban sembrados de hileras paralelas de vides.

Pasquale señaló hacia abajo, hacia su pueblo.

—¿Ves esa roca? Voy a construir una pista de tenis ahí.

Ella lo miró perpleja.

—¿Dónde?

—Allí.

Habían ascendido y se habían desplazado medio kilómetro hacia el sur, así que apenas se distinguían los peñascos del pueblo.

—Será el *primo* tenis.

—Espera. ¿Quieres construir una pista de tenis en el acantilado?

—Para que mi hotel sea una *destinazione primaria*, ¿sí? Muy lujoso.

—Me temo que no veo dónde vas a colocar una pista de tenis.

Pasquale se inclinó hacia ella y extendió el brazo. Ella apoyó la mejilla en su hombro para mirar hacia donde apuntaba con el dedo y asegurarse de que estaba mirando el lugar correcto. Él notó una descarga eléctrica en el hombro y se le aceleró la respiración. Creía que su educación amorosa, cortesía de Amedea, había acabado con el nerviosismo que solía experimentar antes con las chicas; pero ahí estaba, temblando como un chiquillo.

Ella no se lo podía creer.

—¿Estás construyendo una pista de tenis ahí?

—Sí. Hago las rocas... planas. —Trató de encontrar la palabra inglesa—. Un voladizo, ¿sí? Será muy famoso, la mejor cancha de tenis del Levante italiano, la pista *numero uno*, asomada al mar.

—Pero ¿no se caerán por el borde las pelotas de tenis?

Él la miró y miró los riscos, preguntándose si conocía el juego.

—No. Los jugadores golpean la pelota —dijo, separando las manos— de un lado al otro.

—Ya, pero cuando la pierden...

Se quedó mirándola.

—¿Has jugado alguna vez al tenis, Pasquale?

Un tema espinoso, los deportes. A pesar de que con su metro ochenta Pasquale era el alto de la familia, no había practicado ningún deporte de niño en Porto Vergogna; durante mucho tiempo aquella había sido su mayor fuente de inseguridad.

—He visto muchas películas y saqué las medidas de un libro.

—Cuando el jugador que esté en el lado del mar pierda una pelota... ¿no se caerá al agua?

Pasquale se frotó el mentón y lo consideró.

Ella sonrió.

—A lo mejor deberías poner vallas altas.

Pasquale miró al mar y se lo imaginó lleno de pelotas de tenis flotando en el agua.

—Sí —dijo—. Una valla... sí. Por supuesto. —Era un imbécil.

—Estoy segura de que será una pista fantástica —dijo ella, y se volvió hacia el mar.

Pasquale contempló el perfil de Dee, con la melena al viento.

—¿Estás enamorada del hombre que va a venir hoy? —No podía creer que le hubiera preguntado aquello y, cuando ella se volvió a mirarlo, bajó la vista—. Espero... correcto que yo pregunto esto.

—Por supuesto. —Inspiró profundamente y expulsó el aire—. Por desgracia creo que lo estoy, sí. Pero no debería estarlo. No es un hombre de quien deba una enamorarse.

—¿Y él? ¿Está enamorado?

—¡Oh, sí! También está enamorado... de sí mismo.

A Pasquale le costó un segundo entender la broma, pero le encantó.

—¡Ah! —exclamó—. ¡Qué gracia!

Otra ráfaga le agitó la melena a Dee, que se la sujetó.

—He leído la historia del escritor americano que encontré en mi habitación, Pasquale.

—El libro... Es bueno, ¿sí?

A la madre de Pasquale nunca le había caído tan bien Alvis Bender como a él y a su padre. Si era un escritor tan brillante, decía, ¿por qué había escrito un solo capítulo en ocho años?

—Es triste —dijo Dee, llevándose la mano al pecho.

Pasquale no podía desviar la mirada de aquellos dedos adorables extendidos sobre los senos de Dee Moray.

—Lo siento. —Se aclaró la garganta—. Siento que encontraras esa historia tan triste en mi hotel.

—¡Qué va! Es muy buena. La desesperación que expresa me ha hecho sentir menos sola con mi propia desesperación. ¿Tiene sentido?

Pasquale asintió, inseguro.

—La película en la que estaba trabajando, *Cleopatra*, trata de lo destructivo que puede llegar a ser un amor apasionado. Aunque a lo mejor de eso mismo tratan todas las historias. —Bajó la mano de su pecho—. Pasquale... ¿has estado enamorado alguna vez?

Él se sintió desfallecer.

—Sí.

—¿Cómo se llamaba?

—Amedea. —¿Cuánto tiempo hacía que no decía aquel nombre en voz alta? Estaba asombrado del poder que tenía un simple nombre.

—¿Todavía la quieres?

De todas las dificultades de hablar en otro idioma, se enfrentaba a la peor.

—Sí —dijo por fin.

—¿Por qué no estás con ella?

Pasquale suspiró, sorprendido del dolor que sentía en el pecho.

—No es tan sencillo, ¿verdad? —dijo por fin.

—No —convino ella, y miró las nubes blancas que se arracimaban en el horizonte—. No es tan sencillo.

—Ven. Una cosa más. —Pasquale se dirigió al extremo del búnker por el que este se unía a la roca. Empujó ramas y apartó piedras para dejar al descubierto un agujero estrecho y rectangular en el techo de cemento. Se metió por él y ya casi estaba dentro cuando vio que Dee aún no se había movido—. Es seguro. Está bien, ven —la animó.

Se dejó caer dentro del búnker. Dee se deslizó por el estrecho agujero y saltó junto a él.

Dentro reinaba la oscuridad y el aire estaba un poco viciado. En los lados tenían que inclinarse un poco para no darse de cabeza contra el techo de cemento. La única iluminación provenía de las tres aspilleras por las que, a primera hora de la mañana, la luz dibujaba rectángulos en el suelo del fortín.

—Mira. —Pasquale sacó una caja de cerillas del bolsillo, encendió una e iluminó la pared de la parte trasera.

Dee se acercó a la titilante luz de la cerilla. Cubrían el muro cinco frescos pintados a la perfección sobre el cemento, uno a continuación del otro, como si fuera la pared de una galería. Pasquale encendió otra cerilla y se la ofreció mientras ella se acercaba a la pared. El artista incluso había pintado marcos de madera alrededor de los cuadros; la pintura estaba descolorida y cuarteada sobre la base de cemento, pero a pesar de todo no cabía duda de que tenía auténtico talento. El primero era una marina, con la escarpada costa que había al pie del fortín, las olas rompiendo en las rocas y Porto Vergogna como un conjunto de tejados en la esquina derecha. Los dos siguientes eran retratos de aspecto oficial de dos soldados alemanes muy diferentes. Por último, había dos retratos idénticos de una misma chica. El tiempo y la meteorología habían deslucido los colores y los habían convertido en versiones apagadas de algo anterior más enérgico y una vía de agua que se había filtrado en el búnker había dañado la marina. Una gran grieta partía en dos el retrato de uno de los soldados y otra fisura recorría la esquina del primer cuadro de la chica; pero, aparte de eso, las obras estaban notablemente bien conservadas.

—Más tarde el sol entra por esas ventanas. —Pasquale señaló hacia las aspilleras para las metralletas de las paredes del fortín—. Entonces los retratos... parecen vivos. La chica es *molto bella*, ¿sí?

Dee miraba con la boca abierta.

—¡Oh, sí! —Se le había apagado la cerilla y Pasquale encendió otra. Le puso la mano en el hombro a Dee y señaló las dos pinturas centrales, los retratos de los soldados.

—Los pescadores dicen que dos soldados alemanes viven aquí en la guerra, para guardar el mar, ¿sí? Uno pintó esta pared.

Ella se acercó para contemplar los retratos de los soldados. Uno era joven, un chico sin personalidad que inclinaba con orgullo la cabeza, mirando a lo lejos, con la guerrera abotonada hasta la barbilla; el otro, unos años mayor, con la camisa desabrochada, la miraba fija y directamente desde la pared, con un inconfundible anhelo en la cara a pesar de la decoloración de los pigmentos.

—Este era el pintor —dijo en voz baja.

Pasquale se inclinó hacia ella.

—¿Cómo lo sabes?

—Tiene aspecto de artista y nos está mirando. Debía mirarse en un espejo cuando pintó su propia cara. —Se volvió, dio varios pasos y miró afuera por la aspillera, al mar de abajo. Después volvió a mirar las pinturas—. Es increíble, Pasquale. Gracias. —Se cubrió la boca como si fuera a llorar y se volvió hacia él—. Imagínate que fueras este artista, creando obras maestras aquí arriba, donde nunca nadie las verá. Creo que es una pena.

Volvió junto a la pared pintada. Pasquale encendió otra cerilla y se la dio, y ella recorrió otra vez el muro: el rompiente, los dos soldados y, por último, los dos retratos de la chica; la había pintado sentada de medio perfil, de cintura para arriba. Eran dos retratos clásicos. Dee se paró delante. Pasquale siempre había creído que ambos eran idénticos.

—Mira —le hizo notar Dee—. Este no era tan perfecto. Lo corrigió. Apostaría que lo copió de una fotografía.

Pasquale se puso a su lado.

—En este —señaló Dee— tiene la nariz un poco demasiado torcida y los ojos hundidos.

Sí, Pasquale lo veía. Tenía razón.

Dee se volvió y, a la luz titilante de la cerilla, Pasquale creyó ver lágrimas en sus ojos.

—¿Crees que pudo regresar a casa para verla?

Estaban lo suficientemente cerca como para besarse.

—Sí —susurró Pasquale—. Él la ve otra vez.

Encorvada en el búnker, Dee apagó la cerilla, se acercó y lo abrazó.

—Dios mío, eso espero —murmuró en la oscuridad.

A las cuatro de la mañana Pasquale todavía pensaba en aquel momento en el oscuro búnker. ¿Debería haberla besado? Solo había besado a una mujer en su vida, a Amedea y, técnicamente, ella lo había besado primero. Tal vez lo hubiera intentado de no ser por la humillación que todavía sentía por lo de la pista de tenis. ¿Cómo no se le había ocurrido que las pelotas se caerían al mar? A lo mejor porque en las fotos no salían las pelotas que los jugadores perdían. De todos modos, se sentía estúpido. Tenía de la pista de tenis un concepto puramente estético; no quería una pista de tenis, quería una pintura de una pista de tenis. Obviamente, sin una verja, incluso los jugadores podrían caerse por el acantilado. Dee Moray tenía razón. Se podía levantar una verja alta con facilidad, pero arruinaría la imagen que siempre se había hecho de una pista llana asomada al mar, sobresaliendo del acantilado, perfecta, llena de jugadores vestidos de blanco y mujeres tomándose un refresco bajo las sombrillas. Con una verja detrás, no se verían desde los barcos que se aproximaran. Una valla metálica sería mejor, pero nublaría a los jugadores la vista del mar y sería fea, como una cárcel. ¿Quién quería una pista de tenis fea?

Aquella noche, el hombre al que Dee Moray estaba esperando no llegó. Pasquale se sintió responsable en cierta medida, como si su deseo de que el hombre se ahogara hubiera sido escuchado como una plegaria y se hubiera hecho realidad. Dee Moray se retiró a su habitación al anochecer y, de madrugada, volvió a sentirse muy mal y tuvo que levantarse de la cama para vomitar. Cuando ya no le quedaba nada en el estómago, se le llenaron los ojos de lágrimas y se desplomó en el suelo. No quiso que Pasquale viera sus arcadas, así que él se sentó en el pasillo y le cogió la mano desde el otro lado de la puerta. Oía a su tía en el piso de abajo.

Dee tomó una bocanada de aire.

—Cuéntame una historia, Pasquale. ¿Qué pasó cuando el pintor volvió con la mujer?

—Se casaron y tuvieron cincuenta hijos.

—¿Cincuenta?

—A lo mejor seis. Él llegó a ser un pintor famoso y siempre que pintaba a una mujer era a ella.

Dee Moray vomitó de nuevo y, cuando pudo hablar, dijo:

—No va a venir, ¿verdad?

Era algo extraño e íntimo estar con las manos unidas y la cabeza en habitaciones diferentes. Podían hablar. Podían darse la mano. Pero no podían verse.

—Vendrá —le dijo Pasquale.

Ella suspiró.

—¿Cómo lo sabes, Pasquale?

—Lo sé.

—Pero ¿cómo?

Él cerró los ojos y se concentró en el inglés, suspirando detrás de la pared.

—Porque si estuvieras esperándome a mí... vendría de rodillas desde Roma para verte.

Ella le apretó la mano y tuvo otra arcada.

El hombre no se presentó aquel día tampoco y, por mucho que quisiera tener a Dee Moray para él, Pasquale empezó a enfadarse. ¿Qué clase de hombre envía a una mujer enferma a un remoto pueblo de pescadores y la abandona allí? Pensó en ir a La Spezia para llamar por teléfono al Gran Hotel, pero quería mirar a aquel bastardo a los ojos.

—Hoy me voy a Roma —le dijo a ella.

—No, Pasquale, déjalo. Puedo ir a Suiza cuando me encuentre mejor. Puede que me haya dejado un mensaje allí.

—Tengo que ir de todos modos —mintió—. Veré a ese Michael Deane y le diré que lo estás esperando aquí.

Ella se lo quedó mirando un momento y luego sonrió.

—Gracias, Pasquale.

Le dio instrucciones precisas a Valeria para el cuidado de la americana.

—Déjala dormir y no le hagas comer nada a la fuerza y no la sermonees acerca de sus diminutos camisones. Si se pone enferma, manda a buscar al doctor Merlonghi.

Después fue a ver a su madre, que estaba acostada pero despierta, esperándolo.

—Estaré de vuelta mañana, *mamma* —le dijo.

—Te convendría tener hijos con una mujer tan alta, sana y con semejantes pechos —le dijo ella.

Le pidió a Tommaso *el Comunista* que lo llevara en el barco a La Spezia, desde donde tomaría un tren a Florencia y luego a Roma para echarle la bronca a Michael Deane, aquel hombre espantoso que había abandonado a una mujer enferma de esa manera.

—Debería acompañarte a Roma —dijo Tommaso mientras se dirigían al sur. El pequeño motor fueraborda de Tommaso resoplaba en el agua y gemía cuando salía de ella, porque pilotaba el bote sentado a popa, a lo largo de la costa. Pasquale iba a proa, agachado—. Estos americanos de las películas son unos cerdos.

Pasquale estuvo de acuerdo.

—Mandar por ahí a una mujer y luego olvidarte de ella...

—Se burlan del verdadero arte —sentenció Tommaso—. Quitan todo lo triste de la vida y crean un circo de hombres gordos que se caen en tartas de nata. Deberían dejar a los italianos hacer películas; pero, en lugar de eso, esparcen su estupidez como una puta su enfermedad entre los marineros. *Commedia all'italiana!* ¡Bah!

—A mí me gustan las películas del Oeste —dijo Pasquale—. Me gustan los vaqueros.

—¡Bah! —dijo Tommaso otra vez.

Pasquale había estado pensando en otra cosa.

—Tommaso... Valeria dice que nadie se muere en Porto Vergogna, excepto los bebés y los viejos. Dice que la americana no se morirá mientras se quede aquí.

—Pasquale...

—Ya lo sé, Tommaso. No es más que la superstición de una vieja. Pero no puedo recordar a una sola persona que haya muerto aquí siendo joven.

Tommaso se ajustó la gorra mientras pensaba.

—¿Cuántos años tenía tu padre?

—Sesenta y tres —dijo Pasquale.

—Eso para mí es joven —dijo Tommaso.

Navegaron hasta La Spezia, sorteando los grandes barcos conserveros de la bahía.

—¿Has jugado alguna vez al tenis, Tommaso? —preguntó Pasquale.

Sabía que Tommaso había estado una temporada en un campo de prisioneros durante la guerra, cerca de Milán, y que había visto muchas cosas.

—He visto jugar a otros, desde luego.

—¿Los jugadores pierden a menudo la pelota?

—Los buenos no pierden muchas; pero cada punto termina con alguno perdiéndola o golpeando la red con ella o dando encima de la línea. Es inevitable.

En el tren, Pasquale continuaba pensando en el tenis. En todos los punto perdía alguien; parecía cruel y al mismo tiempo cierto como la vida misma. Era curioso lo que el esfuerzo por intentar hablar inglés le había hecho últimamente a su mente; le recordaba cuando estudiaba poesía en la universidad: las palabras que adquieren y pierden su significado solapándose con imágenes; el curioso eco de las ideas que hay detrás de las palabras que la gente usa. Por ejemplo, cuando le había preguntado a Dee Moray si el hombre al que ella amaba sentía lo mismo, ella había respondido rápidamente que sí, que el hombre también se amaba a sí mismo. Era una broma estupenda, y el orgullo que sentía por haberla entendido en inglés la convertía en algo extrañamente significativo. Quería seguir repitiendo mentalmente el breve diálogo. Y la conversación sobre las pinturas en el búnker... había sido apasionante enterarse de lo que ella imaginaba: el solitario soldado con la fotografía de la chica.

En su vagón había dos mujeres juntas leyendo sendos ejemplares de la misma revista de cine. Se inclinaban la una hacia la otra y comentaban los artículos que leían. De vez en cuando, una de las dos levantaba la vista hacia él y le sonreía. El resto del tiempo leían. Una señaló una foto de una estrella de cine y la otra le comentó: «¿Brigitte Bardot? Ahora es guapa, pero se pondrá gorda.» Hablaban alto, quizá para hacerse oír por encima del ruido del tren.

Pasquale apartó los ojos de su cigarrillo y se sorprendió a sí mismo preguntándoles:

—¿Dice algo ahí de una actriz llamada Dee Moray?

Las mujeres, que llevaban una hora intentando atraer su atención, se miraron.

—¿Es inglesa? —le preguntó la más alta.

—Americana. Está en Italia rodando la película *Cleopatra*. No creo que sea una gran estrella, pero tengo curiosidad por saber si en las revistas hablan de ella.

—¿Actúa en *Cleopatra*? —preguntó la más bajita, y se puso a hojear la revista hasta que encontró una foto de una despampanante mujer de pelo oscuro, desde luego más atractiva que Dee Moray, y se la sostuvo a Pasquale para que la viera—. ¿Con Elizabeth Taylor?

El titular, debajo de la foto de Elizabeth Taylor, prometía detalles sobre el escándalo americano.

—Ha roto el matrimonio de Eddie Fisher y Debbie Reynolds —le confió la más alta.

—Qué triste. Debbie Reynolds tiene dos bebés —dijo la otra.

—Sí, y ahora Elizabeth Taylor ha dejado a Eddie Fisher. Ella y el actor británico Richard Burton están liados.

—Pobre Eddie Fisher.

—Pobre Richard Burton, diría yo. Esa mujer es un monstruo.

—Eddie Fisher vino en avión a Roma para intentar reconquistarla.

—¡Su mujer tiene dos bebés! Es vergonzoso.

Pasquale estaba asombrado de lo mucho que sabían aquellas mujeres de la gente del cine. Era como si hablaran de su propia familia, no de actores americanos e ingleses a los que no conocían. Las dos estaban charlando sobre Elizabeth Taylor y Richard Burton. Pasquale deseó no haber iniciado aquella conversación. ¿De verdad esperaba que conocieran a Dee Moray? Ella le había dicho que *Cleopatra* era su primera película. ¿Cómo iban esas mujeres a haber oído hablar de ella?

—Ese Richard Burton es un mujeriego. Yo no me molestaría en mirarlo dos veces.

—Sí que lo harías.

La otra sonrió a Pasquale.

—Sí que lo haría —confesó.

Las dos estallaron en carcajadas.

—¡Elizabeth Taylor ha estado casada cuatro veces ya! —le dijo la más alta a Pasquale, a quien le hubiera gustado saltar del tren para abandonar aquella conversación.

Ellas siguieron con su toma y daca, como en un partido de tenis en el que ningún jugador pierde.

—Richard Burton también ha estado casado —dijo la otra.

—Taylor es una serpiente.

—Una hermosa serpiente.

—Sus actos la rebajan. Los hombres ven esas cosas.

—Los hombres solo ven sus ojos.

—¡Los hombres solo ven tetas! Es vulgar.

—No puede serlo con esos ojos...

—¡Es escandaloso! Estos americanos se portan como niños.

Pasquale fingió un ataque de tos.

—Perdonen —se disculpó.

Se levantó y dejó el vagón tosiendo. Se paró a mirar por la ventanilla. Estaban llegando a la estación de Lucca y vislumbró el Duomo de ladrillo y mármol. ¿Tendría tiempo cuando el tren llegara a Florencia de dar un paseo antes del transbordo?

En Florencia, Pasquale encendió un cigarrillo y se apoyó en la verja de hierro de la *piazza* Massimo d'Azeglio, situada al final de la calle donde vivía Amedea. Seguramente habían terminado de cenar. Entonces era cuando al padre de Amedea le gustaba que toda la familia saliera a dar un paseo. Bruno, su mujer y sus seis hermosas hijas (a menos que se hubiera casado alguna en los diez meses que Pasquale llevaba fuera de Florencia) bajaban en grupo por la calle hasta la *piazza*, le daban la vuelta y regresaban a casa. Bruno estaba muy orgulloso de exhibir a sus hijas como caballos en una subasta, había pensado siempre Pasquale. El viejo iba con la gran cabeza calva muy alta y el ceño fruncido.

Anochecía después de un día nublado y toda la ciudad parecía estar paseando. Pasquale fumaba, mirando a las parejas y a las familias hasta que, como era de esperar, al cabo de unos minuto, las chicas Montelupo (Amedea y las dos más pequeñas) doblaron la esquina. Había otras tres hermanas entre las dos menores y Amedea, la mayor, pero debían de haberse casado. Pasquale contuvo el aliento cuando vio a Amedea; era encantadora. Bruno dobló la esquina con la señora Montelupo, que empujaba un carrito de bebé. Cuando vio el carrito, Pasquale suspiró profundamente. Así que ahí estaba.

Se había apoyado en el mismo poste en que lo hacía cuando empezó a salir con Amedea; quería estar ahí para hacerle una señal. Sintió el pecho agitado como entonces y ella levantó la vista, lo vio, se paró en seco y estiró el brazo hacia la pared. Pasquale se preguntó si miraba hacia el poste cada día, incluso ahora. Ajenas a su presencia, las hermanas de Amedea seguían sin ella, que echó a andar nuevamente. Pasquale se quitó el sombrero: la segunda parte de su antigua señal. Vio que Amedea negaba con la cabeza y volvió a ponerse el sombrero.

Las tres chicas pasaron por delante de él: Amedea con las pequeñas Donata y Francesca. Detrás iban paseando Bruno y su mujer, con el niño en el cochecito. Una joven pareja se paró a mirar al bebé. Sus voces llegaron a Pasquale desde el otro lado de la plaza.

—Está muy grande, Maria —dijo la mujer.

—Tiene que estarlo. Come tanto como su padre. —Bruno rio orgulloso—. Es nuestro pequeño milagro hambriento.

La mujer se inclinó hacia el cochecito para pellizcarle la mejilla al bebé.

—Déjales algo de comida a tus hermanas, pequeño Bruno.

Las hermanas de Amedea se habían vuelto para mirar a la pareja alabar al bebé, pero Amedea seguía mirando al frente, fijamente, hacia el otro lado de la calle, como si Pasquale fuera a desaparecer si lo perdía de vista.

Pasquale no pudo continuar sosteniéndole la mirada.

La mujer que había estado admirando al pequeño Bruno se dirigió a la hermana más pequeña de Amedea, que tenía doce años.

—¿Te gusta tener un hermanito, Donata?

Ella dijo que sí, que le gustaba.

Entraron en una conversación más íntima. Pasquale solo oía retazos desde la otra acera. Frases acerca de las lluvias y el calor que hacía.

Cuando la pareja se fue, los Montelupo terminaron su vuelta a la plaza y fueron devorados uno a uno por la gran puerta de madera de su estrecha casa, que Bruno cerró ceremoniosamente. Pasquale se quedó donde estaba, fumando. Comprobó la hora y le quedaba mucho tiempo antes de que saliera el último tren hacia Roma.

Diez minutos después, Amedea cruzó la calle a grandes zancadas, abrazándose, como si tuviera frío. Él nunca había sido capaz de leer sus preciosos ojos marrones bajo las cejas negras. Eran tan líquidos, tan naturalmente llorosos, que incluso cuando estaba enfadada, lo que ocurría a menudo, parecían siempre dispuestos a olvidar.

—¿Bruno? —dijo Pasquale cuando Amedea estaba aún a unos pasos de distancia—. ¿Has dejado que lo llamen Bruno?

Ella caminó hasta su lado.

—¿Qué estás haciendo aquí, Pasquale?

—Quería verte, veros a ti y a él. ¿Puedes traérmelo?

—No seas estúpido. —Le cogió el cigarrillo de la mano, fumó una calada y expulsó el humo por un lado de la boca.

Casi había olvidado lo pequeña que era, lo enjuta y menuda. Tenía ocho años más que él y se comportaba con una misteriosa naturalidad, con una sensualidad casi animal. Seguía atolondrándolo su modo directo de llevarlo de la mano a su apartamento (su compañero de habitación estaba fuera durante el día), empujarlo a la cama, desabrocharle los pantalones, quitarse la blusa y colocarse encima de él. Él le ponía las manos en la cintura, la miraba a los ojos y pensaba: «Aquí está el mundo entero.»

—¿Puedo por lo menos ver a mi hijo? —insistió Pasquale.

—A lo mejor por la mañana, cuando mi padre esté en la oficina.

—No estaré aquí por la mañana. Cojo el tren a Roma esta noche.

Ella asintió y no dijo nada.

—Así que... finges que es tu hermano. ¿A nadie le extraña que tu madre tenga otro hijo doce años después del último?

Amedea contestó con cansancio.

—No tengo ni idea de lo que piensan. Papá me mandó a Ancona, a vivir con la hermana de mi madre. Dijeron a la gente que yo cuidaba de ella porque estaba enferma. Mi madre se puso ropa de embarazada y dijeron que iba a Ancona a dar a luz. Un mes después, volvimos con mi hermanito. —Se encogió de hombros como si nada—. Milagro.

Pasquale no sabía qué decir.

—¿Y cómo fue?

—¿Tener un bebé? —Miró a lo lejos—. Fue como cagar una gallina.

Lo miró y sonrió.

—Ahora no está tan mal. Es un bebé muy dulce. Cuando todo el mundo duerme, a veces lo tomo en brazos y le digo en voz baja: «Yo soy tu mamá, pequeño.» —Se encogió levemente de hombros—. Otras veces casi lo olvido y creo que es mi hermano.

Pasquale se sintió enfermo. Era como si estuvieran hablando de una idea, de una abstracción, en lugar de estar hablando de un niño, de su hijo nada menos.

—Es una locura hacer algo así en 1962. No está bien.

Sabía que era ridículo decir aquello. Él no estaba participando en la crianza del bebé. Amedea no dijo nada. Se lo quedó mirando y luego se sacó un trocito de tabaco de la lengua.

«Intenté casarme contigo», quiso decirle Pasquale, pero se lo pensó mejor. Ella se hubiera reído, por supuesto, recordando su... «proposición».

Amedea ya había estado prometida anteriormente, a los diecisiete años, con el próspero hijo de ojos saltones del socio de su padre en la empresa inmobiliaria. Cuando se negó a casarse con un hombre que le doblaba la edad, su padre se puso furioso; había deshonrado a la familia, y si no se casaba con aquel pretendiente perfecto no se casaría nunca. Ella tenía dos opciones: meterse en un convento o quedarse en casa y cuidar de sus ancianos padres y de todos los hijos que tuvieran sus hermanas. Bien, dijo Amedea, sería la criada y la niñera de la familia. No necesitaba un marido. Más adelante, irritado por su malhumorada e insolente presencia, su padre le permitió aceptar un trabajo de secretaria en la universidad. Trabajó allí seis años, mitigando su soledad con algún amante ocasional de la facultad. Cuando tenía veintisiete años, fue a dar un paseo y se encontró con un Pasquale de diecinueve estudiando en los bancos de la ribera del Arno. Se quedó de pie a su lado y, cuando él levantó la vista, le sonrió.

—Hola, ojazos —le dijo.

Desde el principio se sintió salvajemente atraído por su nerviosa energía, por su subversivo carácter. Aquel primer día le pidió un cigarrillo y él le dijo que no fumaba.

—Paseo por aquí todos los miércoles —dijo ella—, por si quieres empezar a hacerlo.

Una semana más tarde, cuando ella pasó, Pasquale se puso de pie de un salto y le ofreció un cigarrillo. Las manos le temblaban mientras se sacaba el paquete del bolsillo. Le encendió el cigarrillo y ella hizo un gesto hacia los libros abiertos en el suelo: un libro de poemas y un diccionario de inglés. Él le explicó que tenía que traducir el poema «Amore e morte».

—Del gran Leopardi —dijo ella, y se inclinó para coger su cuaderno.

Leyó lo que había traducido hasta entonces.

—«*Fratelli, a un tempo stesso, Amore e Morte / ingenerò la sorte.*» Buen trabajo —comentó. «Hermanos, a un mismo tiempo, Amor y Muerte / engendrarán la suerte.»—. Has preservado la musicalidad. —Le devolvió el cuaderno—. Gracias por el cigarrillo —dijo, y siguió caminando.

A la semana siguiente, cuando Amedea fue a pasear por la orilla del río, Pasquale la estaba esperando con un cigarrillo y su cuaderno, que ella tomó sin decir una palabra.

—«Hermanos de un solo aliento / nacidos juntos, Amor y Muerte» —leyó en inglés. Le devolvió el cuaderno, sonrió y le preguntó si tenía un apartamento cerca. A los diez minutos estaba tirando de sus pantalones la primera chica a la que había besado y, por descontado, con la que se había acostado. Estuvieron viéndose en su apartamento dos tardes a la semana durante los siguientes dieciocho meses. Nunca pasaron una noche juntos, y ella le dejó claro que nunca se dejaría ver en público con él. No era su novia, insistía; era su tutora. Lo ayudaría en sus estudios y lo entrenaría para ser un buen amante, enseñándole cómo hablar a las chicas, cómo acercárseles y qué evitar decirles. (Cuando él insistía en que no quería a otras, solo a ella, se reía.) También se reía de sus torpes intentos iniciales de mantener una conversación.

—¿Cómo pueden esos hermosos ojos tener tan poco que decir?

Le enseñaba a mantener contacto visual, a respirar más profundamente y a reflexionar sobre sus palabras; a no contestar tan rápidamente. Por supuesto, sus lecciones favoritas eran las que le daba sobre el colchón, en el suelo: cómo usar las manos, cómo evitar terminar demasiado rápidamente.

—Soy una gran maestra. ¡Qué suerte tendrá la mujer que se case contigo! —le dijo después de varias lecciones aprobadas, apartándose de él.

Para Pasquale aquellas tardes fluían vertiginosas. Habría podido continuar así el resto de su vida, yendo a clase y sabiendo que, dos veces por semana, la adorable Amedea venía a darle sus lecciones.

Una vez, después de un encuentro especialmente íntimo, cometió el error de decirle «ti amo». Ella lo apartó de un empujón, enfadada, se levantó y empezó a vestirse.

—No puedes decir eso a la ligera, Pasquale. Esas palabras tienen un tremendo poder. Es así como la gente acaba casada. —Se puso la blusa—. Nunca lo digas después del sexo. ¿Entiendes? Si sientes la necesidad de decirlo, ve a ver a la chica a primera hora de la mañana, antes de que se lave los dientes y sin maquillar. Mírala en el baño. Escúchala hablar con sus amigas. Ve a conocer a su peluda madre y a sus hermanas chillonas... y, si todavía sientes la necesidad de decir una estupidez semejante, que Dios te ayude.

Le dijo muy a menudo que él no la quería en realidad, que era la reacción natural a su primera experiencia sexual; que era demasiado vieja para él; que no se convenían mutuamente; que eran de distinta clase social; que él necesitaba a una chica de su edad. Tan convencida estaba de sus opiniones, que Pasquale no tenía razones para dudar de lo que le decía.

Entonces, un fatídico día, entró en el apartamento y, sin ningún preámbulo, dijo:

—Estoy embarazada.

Siguió una terrible pausa. Pasquale dudó un momento de si la había entendido bien: «¿Ha dicho embarazada?» Luego experimentó un momento de incredulidad: «Pero si casi siempre tomamos precauciones.» A continuación esperó a que ella le dijera lo que había que hacer, como sucedía normalmente. Así que tardó mucho en decidirse a hablar. «Creo que deberíamos casarnos», dijo por fin, demasiado tarde, y la orgullosa y desafiante Amedea se rio en su cara.

Che ragazzino! Qué chiquillo. ¿No había aprendido nada? ¿Realmente creía que le iba a permitir que echara a perder su vida de aquella manera? Incluso en el caso de que él realmente quisiera casarse, lo que claramente no era así, ¿de verdad pensaba que ella querría contraer matrimonio con un chico de pueblo sin un duro? ¿Creía de verdad que su padre permitiría que esa vergüenza cayera sobre la familia? Aun cuando su padre lo aprobara, cosa que nunca haría, ¿creía que ella querría por marido a semejante inmaduro sin propósito en la vida, a un niño al que había seducido por aburrimiento? Lo último que hacía falta en este mundo era otro mal marido.

Ella siguió hablando sin parar hasta que Pasquale solo pudo murmurar:

—Tienes razón. —Y lo creía.

Aquel había sido siempre su mecanismo de atracción: la superioridad sexual de ella y la disposición infantil de él. Amedea tenía razón, él no podía criar a un hijo, no era más que un chiquillo, pensaba.

Ahora, casi un año después, en la *piazza*, enfrente de la gran casa de la familia de Amedea, ella sonrió con cansancio y le cogió el cigarrillo otra vez.

—Lo sentí cuando me enteré de lo de tu padre. ¿Cómo está tu madre?

—No está bien. Se quiere morir.

Amedea asintió.

—Ser viuda es lo más duro que hay, creo. He pensado alguna vez en ir a visitar tu *pensione*. ¿Cómo es?

—Está bien. Estoy construyendo una playa. Pensaba construir una pista de tenis, pero no es posible. —Se aclaró la garganta—. Tengo... tengo una huésped americana. Una actriz.

—¿De cine?

—Sí, está trabajando en la película *Cleopatra*.

—¿No será Liz Taylor?

—No, otra.

Ella adoptó el tono que solía adoptar cuando le daba consejos sobre otras chicas.

—¿Es guapa?

Pasquale actuó como si no se lo hubiera planteado hasta ese momento.

—No mucho.

Amedea hizo un gesto con las manos, como si estuviera sosteniendo dos melones.

—Pero tiene unas buenas tetas, ¿no? Como globos... Como calabazas... —Iba alejando las manos del cuerpo—. Como zepelines...

—Amedea...

Ella se rio.

—Siempre he sabido que tendrías mucho éxito, Pasquale.

¿Era de mofa, aquel tono?

Amedea intentó devolverle el cigarrillo, pero él lo rechazó y sacó otro. Se quedaron allí de pie fumando cada uno su cigarrillo, sin hablar, hasta que el de ella se consumió por completo y dijo que tenía que volver a entrar y Pasquale dijo que de todos modos él tenía que coger el tren.

—Buena suerte con tu actriz. —Sonrió como si lo dijera sinceramente. Luego cruzó la calle corriendo, con ligereza, miró atrás una sola vez y desapareció.

Pasquale sintió una comezón en la garganta, la necesidad de gritarle algo; pero se quedó callado porque no tenía ni idea de qué.

7

Comiendo carne humana

1846
Truckee, California

Pues se trata de un tipo... un constructor de carruajes llamado William Eddy, un buen hombre de familia, bien parecido, muy honesto pero sin educación. Estamos en el año 1846 y William está casado y tiene dos hijos pequeños. Viven en la pobreza más absoluta, así que cuando se le presenta la oportunidad de ir a California a hacer fortuna, no se lo piensa dos veces. Es la ambición del momento, de su gente, ir al Oeste. Así que Eddy se une a una caravana de carretas que va de Misuri a California. Mientras pasan los créditos, William Eddy y su hermosa y joven esposa se preparan para el viaje; hacen el equipaje y recogen las escasas pertenencias que tienen en la pequeña cabaña de madera.

La cámara recorre la larga fila de carretas llenas de enseres y los rebaños de animales que trasladan con ellos. Se extiende a lo largo de casi un kilómetro hacia las afueras del pueblo. Niños y perros corretean a lo largo de esta. En la carreta delantera de la caravana se lee: CALIFORNIA O LA RUINA. En la parte posterior de esa misma carreta pone: DONNER PARTY.

Las caravanas siempre llevaban el nombre de una familia importante, pero William Eddy es lo más parecido a un pionero decente en esta particular caravana: buen cazador y rastreador además de muy humilde. La primera noche que pasan fuera, los hombres de las familias pudientes se reúnen para hablar del via-

je y William se acerca al fuego y dice que está preocupado: han salido tarde y no está seguro del camino que han tomado. Los ricos le dicen que se calle y él vuelve a su destartalada carreta, al final de la caravana.

Este primer acto es todo acción, problemas. Inmediatamente los pioneros se topan con el mal tiempo y las ruedas de las carretas se rompen. Hay un desaprensivo en el grupo, un robusto inmigrante alemán llamado Keseberg. Ha estafado a un matrimonio de ancianos. Los ha metido en su carreta y, una vez lejos de la civilización, se lo ha robado todo y los ha echado de la carreta forzándolos a caminar. El único que acoge a la pareja es William Eddy.

La caravana llega a Utah con semanas de retraso respecto a lo programado. Han recorrido solo la mitad del camino y están destrozados. Por la noche, los indios les roban el ganado. William Eddy es el mejor cazador, así que va cazando por el camino. Pero la mala suerte y el mal tiempo continúan persiguiéndolos. Cuando llegan a las grandes llanuras de sal, pagan caro haber tomado esa ruta. Todo se viene abajo. Tomamos una panorámica del suelo duro y cuarteado, de la caravana de carretas castigada durante kilómetros, del ganado que empieza a morir, de los colonos obligados a recorrer un desierto tambaleándose, una familia detrás de la siguiente, con los caballos caminando a ciegas: es el presagio de la disolución del grupo; todo el mundo convertido en cierta medida en fiera excepto William Eddy, que conserva su dignidad humana para ayudar al resto a continuar.

Por fin llegan a Nevada, ya en octubre, semanas más tarde que ningún otro grupo de pioneros que haya intentado nunca atravesarla. Las nevadas suelen empezar a mediados de noviembre, así que aún les quedan unas semanas para cruzar la cordillera de Sierra Nevada y llegar a California. Pero deben darse prisa. Caminan y conducen toda la noche, esperando conseguirlo.

Enfocamos las nubes. No son nubes algodonosas, son oscuras y de mal agüero, masas negras de malos presagios. Esta historia es nuestro Tiburón y esas nubes son el tiburón. Nos centramos en un único copo de nieve. Lo seguimos en su caída desde el cielo y vemos cómo se une a otros: grande, pesado. Contemplamos ese *primer copo de nieve posarse finalmente sobre el brazo de William Eddy, que va sucio y sin afeitar. Él comprende y alza lentamente los ojos hacia el cielo.*

Han llegado demasiado tarde. La nieve llega con un mes de adelanto. La Donner Party ya está en las montañas y la nieve es cegadora. No caen copos dispersos, caen cortinas de nieve que prácticamente impiden andar. Es imposible. Por fin llegan al valle y ahí está, frente a ellos, el paso: una estrecha brecha entre dos paredes de roca, tentadoramente cerca. Pero la nieve ya tiene un grosor de tres metros y los caballos se hunden hasta el pecho. Las carretas se atascan. Al otro lado de ese paso está California. Habrá calor, seguridad. Han llegado demasiado tarde, sin embargo. La nieve hace el paso infranqueable. Están en una depresión entre dos cadenas montañosas. No pueden seguir adelante ni volver atrás. Las puertas, a ambos lados, se han cerrado de golpe.

El grupo de noventa personas se divide en dos. El de Eddy es el más numeroso y está más cerca del paso, bordeando un lago. El de los Donner está unos tres kilómetros atrás. Ambos grupos se apresuran a construir refugios: tres cabañas junto al lago y dos tres kilómetros más atrás. En el primer campamento, William Eddy ha construido una cabaña para su mujer y sus hijos, y ha permitido a otros rezagados refugiarse en ella también. Las cabañas son en realidad troncos apoyados cubiertos con pieles. Sigue nevando. Se dan cuenta rápidamente de que no tienen suficiente comida para pasar el invierno, así que empiezan a racionar el ganado que les queda. Entonces se desata una tormenta y cae tanta nieve que, cuando los pioneros salen, ven que las vacas han quedado enterradas. Clavan palos en la nieve intentando encontrar el ganado muerto, pero, sencillamente, ha desaparecido. Y la nieve sigue cayendo. Dentro de las cabañas, las fogatas derriten la nieve a su alrededor y no tardan en tener que tallar peldaños en la nieve para subir. Están rodeados por paredes blancas de seis metros de altura, así que todo lo que se ve de ellos es el humo de sus hogueras. Pasan días espantosos, desesperados. Durante dos meses viven en el fondo de esos hoyos en la nieve, con raciones insuficientes. Intentan cazar, pero nadie consigue atrapar ningún animal excepto... William Eddy.

Debilitado por el hambre, sigue saliendo todos los días y consigue disparar a un conejo o incluso a algún venado. Antes, las familias ricas no quisieron compartir su ganado con él, pero Eddy comparte su escasa caza con todo el mundo. Sin embargo, incluso esa comida escasea cada vez más porque la caza desciende por debajo de las cotas nevadas. Un día, Eddy encuentra unas huellas. Sigue la pista esforzadamente durante kilómetros, alejándose del campamento. Es un oso. Lo alcanza y levanta el rifle con debilidad... dispara... ¡Y le da! Pero el oso se revuelve y le ataca. No puede volver a cargar y, casi muerto de hambre, tiene que luchar con el oso usando la culata del rifle. Golpea al animal herido y lo mata con sus manos desnudas.

Arrastra el oso hasta el campamento, donde la gente está cada vez más desesperada. William Eddy insiste: «Tenemos que enviar a un grupo en busca de ayuda.» Pero nadie está lo suficientemente fuerte como para ir, y a él le preocupa demasiado dejar su familia atrás. No obstante, toda la caza ha bajado de las montañas y la nieve continúa cayendo.

Finalmente, una noche, habla con su esposa (que al principio de la película es una mujer callada que en lugar de vivir la vida más bien la ha sufrido). Ella inspira profundamente y le dice: «Tienes que coger a los que están más fuertes e ir, Will. Trae ayuda.»

Él protesta, pero la mujer insiste: «Por favor. Hazlo por nuestros hijos.»

¿Qué puede hacer? Qué hacer si la única manera de salvar a los que amas es abandonándolos.

Para entonces los pioneros ya se han comido los caballos, las mulas, incluso las mascotas. La gente hace sopa de sillas y mantas y cuero de zapato, de cualquier cosa que le dé sabor al agua de nieve. La familia de Eddy depende de unos cuantos trozos de carne de oso. No tiene elección. Pide voluntarios. Solo diecisiete personas están lo suficientemente fuertes para intentarlo: doce hombres y niños, y cinco mujeres jóvenes. Se hacen toscas raquetas para la nieve con arneses y riendas, y parten. Dos de los niños tienen que volver directamente porque la capa de nieve es demasiado espesa. Incluso con las raquetas, el resto se hunde a cada paso.

Eddy conduce su expedición de quince. Luchan a brazo partido. Solamente en llegar al paso tardan dos días. La primera noche acampan. Eddy busca en la mochila y le da un vuelco el corazón cuando descubre que su mujer le ha puesto lo que quedaba de carne de oso. Son unos bocados apenas, pero su generosidad le parte el alma. Se ha sacrificado para darle su parte a él. Mira atrás y solo divisa un hilo de humo de su campamento.

¿Qué hacer si la única manera de salvar a los que amas es abandonándolos?

Avanzan. Días y días. Los quince progresan lentamente por escarpadas cumbres y valles nevados. Las tormentas los ciegan y los obligan a detenerse. Tardan días en recorrer unos cuantos kilómetros. Sin más comida que unos cuantos bocados de la carne de oso de Eddy, pierden las fuerzas. Uno de los hombres, Foster, dice que uno de ellos debe sacrificarse para alimentar a los otros. Proponen echarlo a suertes. William Eddy dice que, si alguien va a ser sacrificado, debe dársele una oportunidad. Tienen que elegir a dos hombres para que se enfrenten en un combate a muerte. Se ofrece voluntario. Nadie más lo hace. Una mañana, encuentran a un anciano y a un niño muertos de hambre. No tienen elección. Encienden un fuego y se comen la carne de sus compañeros.

Pero no nos entretenemos en ese aspecto. Es solo... lo que es. La gente oye Donner Party y piensa enseguida en canibalismo, pero casi todos los supervivientes decían que el canibalismo fue lo de menos. Lo peor fue el frío y la desesperación; esos eran los verdaderos enemigos.

Durante los días que caminan, solo William Eddy los salva de caer en el caos. Mueren más hombres y los supervivientes comen lo que pueden. El grupo continúa caminando hasta que solo quedan nueve: cuatro de los diez hombres iniciales y las cinco mujeres. Dos de los hombres son exploradores indios; el otro blanco, Foster, quiere matar a los indios y comérselos. Eddy no quiere permitírselo y advierte a los indios, que consiguen escapar antes de que Foster los mate. Cuando este se entera, ataca a Eddy, pero las mujeres disuelven la pelea.

¿Por qué mueren los hombres y las mujeres sobreviven? Porque las mujeres tienen más grasa corporal para vivir de ella y

pesan menos, así que utilizan menos energía para caminar por la nieve. Es una gran ironía: los músculos matan a los hombres.

La partida de rescate camina dieciocho días. Durante dieciocho días avanzan tambaleándose por montañas de nieve de doce metros. Hace tanto frío que el aire les corta la cara. Son siete esqueletos harapientos cuando por fin descienden de la cota de nieve. Ven un venado en el bosque, pero William Eddy está demasiado débil para levantar el arma. El animal se vuelve y, cuando Eddy lo ve, trata de llevarse el rifle al hombro y no lo consigue. Tira el arma y sigue caminando. Comen hierba y cortezas, como los venados.

Cuando William Eddy ve una pequeña columna de humo de un poblado indio, los demás están demasiado débiles para moverse, así que continúa solo.

Recordad que esto ocurre antes del cuarenta y nueve y el auténtico auge de California. El estado está prácticamente despoblado. San Francisco es un pueblo de unos centenares de habitantes llamado Yerba Buena.

Enfocamos de cerca una cabaña en la falda de la montaña. Nos alejamos para verla, idílica y pacífica, con un riachuelo enfrente y algún que otro resto de nieve aquí y allá. Ampliamos el plano, más y más, para que se vea que es el único signo de civilización en muchos kilómetros a la redonda. Y allí, en una esquina del plano, dos indios sostienen una figura. Nos acercamos de nuevo y vemos, entre los dos indios, a la demacrada criatura, prácticamente un esqueleto; un hombre barbudo, descalzo, con la ropa hecha jirones, tambaleándose hacia la cabaña...

¡Es William Eddy! Los exploradores le dan agua y un poco de harina, que es todo lo que su encogido estómago puede aguantar. Se le llenan los ojos de lágrimas.

«Hay otros... En un poblado indio, cerca de aquí —les dice—. Seis.»

Envían una partida. Lo ha conseguido. De los quince que salieron en busca de ayuda, William Eddy ha salvado a Foster y a las cinco mujeres, y les ha hablado a los exploradores de los que se quedaron en la montaña.

Pero la historia no termina aquí. Primer acto, subir a las montañas; segundo acto, bajar y escapar; tercer acto, el rescate.

Eddy ha dejado a setenta personas en las montañas, esperando ayuda. Sale una partida de cuarenta hombres dirigidos por un gordo y engreído soldado de caballería, el coronel Woodworth. Eddy y Foster están demasiado débiles para ir, pero Eddy se incorpora un momento en su cama para ver a docenas de jinetes pasar por delante del puesto fronterizo.

Cuando la fiebre por fin le baja, días después, pregunta por la partida de rescate. Los exploradores le dicen que los hombres de Woodworth están acampados a solo dos días a caballo, esperando a que amaine una tormenta de nieve. Una pequeña partida de siete hombres ha llegado hasta la caravana tras casi perder la vida cruzando el paso. Solo han podido rescatar a una docena de personas debido al espesor de la nieve y la debilidad de los pioneros atrapados. Incluso los rescatados han corrido un gran peligro; varios han muerto por el camino a través de las montañas. Después de una larga pausa, William Eddy habla.

—¿Y mi familia?

El explorador niega con la cabeza.

—Lo siento, tu mujer y tu hija ya estaban muertas; tu hijo seguía vivo, pero es demasiado joven para caminar por el paso. Lo dejaron en el campamento.

William Eddy se levanta de la cama. Tiene que ir. Su viejo enemigo Foster también ha dejado un hijo atrás y está de acuerdo en acompañarlo, a pesar de lo débiles que están todavía los dos.

En un campamento situado a kilómetros del paso, Woodworth le dice a Eddy que una tormenta de nieve de primavera ha hecho demasiado peligroso ir, pero Eddy no acepta un no por respuesta. Ofrece a los hombres de Woodworth veinte dólares por cada niño que lleven a través del paso. Varios soldados aceptan, siguen adelante... y casi pierden la vida en el mismo paso que habían cruzado unas semanas antes.

Finalmente, Eddy y Foster y un puñado de hombres llegan al campamento Donner. Es una escena dantesca. Cuerpos despedazados en la nieve... pedazos de carne colgados como salchichas en una charcutería. El hedor, la desesperación... Supervivientes cadavéricos irreconocibles como humanos. William Eddy apenas puede reunir las fuerzas necesarias para caminar hasta la cabaña que construyó hace meses, en la que él y Foster dejaron a sus familias.

¡El hijo de Foster aún vive! Foster llora mientras sostiene a su niño. Pero Eddy... ha llegado tarde. Su hijo lleva varios días muerto. William Eddy ha perdido a toda su familia. Tiene un ataque de cólera y ataca al malo, a Keseberg, que puede muy bien haberse comido a los niños porque no es más que un animal. Eddy mira a esa bestia de hombre. Se le acerca para matarlo... pero no puede. Se derrumba y mira al cielo de nuevo, al cielo del que le cayó aquel primer copo de nieve, y se cubre la cabeza con las manos. Foster se dispone a matar a Keseberg por él, pero oye una voz que le dice: «Déjalo.» Es William Eddy, que sabe que ese demonio vive dentro de cada uno de nosotros, que en definitiva no somos más que animales. «Déjalo vivir.»

William Eddy sencillamente ha... sobrevivido. Y cuando mira el horizonte, nos damos cuenta de que tal vez es lo único que todos esperamos: sobrevivir. Atrapado en los remolinos de la historia, enfrentado a las penalidades y a una muerte segura, un hombre se da cuenta de su impotencia, de que toda su seguridad en sí mismo es pura vanidad... un sueño. Así que hace lo que puede: se revuelve contra la nieve, el viento y su propio instinto animal, y eso es la vida. Por la familia, por amor, por simple decencia, un buen hombre se encoleriza contra la naturaleza y la brutalidad del destino; pero es una guerra que no puede ganar. Todo amor es el mismo, y es poderoso: es la esencia misma del ser humano. Amamos. Lo intentamos. Morimos solos.

En la pantalla, en ese campo nevado, vemos pasar ciento cincuenta años en diez segundos. Llegan las vías del tren, después se construyen carreteras, casas y los primeros coches empiezan a circular por el paso de Truckee camino de Tahoe, y después se construye la interestatal. Ese lugar infranqueable tiempo atrás se ha convertido en otro tramo de autovía. Nos enfrentamos al contraste cruel con la comodidad actual, pero frenamos y vemos el

bosque y la verdad de la humanidad: estos árboles, estas monta-
ñas, el rostro inescrutable de la naturaleza, de la muerte.

Y, tan rápidamente como hemos visto aparecer la autopista,
esta desaparece: es un sueño, una alucinación, una visión de la
mente torturada de un hombre roto por el dolor. No hay más
que un remoto paso en las montañas del año 1847. A su alrede-
dor, todo está mortalmente silencioso. Anochece, y William
Eddy se aleja cabalgando, solo.

8

El Gran Hotel

Abril de 1962
Roma, Italia

Pasquale durmió con dificultad en un caro *albergo* cerca de la terminal. ¿Cómo podían dormir los huéspedes de los hoteles de Roma con tanto ruido? Se levantó temprano, se enfundó los pantalones, se puso la camisa, la corbata y la chaqueta, se bebió un café y tomó un taxi para ir al Gran Hotel, donde se alojaba el equipo de rodaje de la película americana.

Lio un cigarrillo y se lo fumó en la escalinata de la Trinità dei Monti, en la plaza de España. Los vendedores estaban montando sus puestos de flores y los turistas revoloteaban con mapas y cámaras fotográficas al cuello.

Pasquale leyó el nombre escrito en el papel que Orenzio le había dado y lo pronunció en voz baja para no olvidarlo: «Vengo a ver a... Michael Deane. Michael Deane. Michael Deane.»

Pasquale nunca había entrado en el Gran Hotel. La puerta de caoba daba al vestíbulo más elegante que había visto nunca: suelos de mármol, frescos con motivos florales en los techos, lámparas de cristal, claraboyas con vidrieras de colores que representaban santos y pájaros y leones abatidos. Era difícil asimilarlo todo. Tuvo que hacer un esfuerzo para no quedarse boquiabierto como un turista, para parecer serio y concentrado. Tenía asuntos importantes que tratar con el bastardo de Michael Deane. La gente deambulaba por el vestíbulo; grupos de turistas y hombres de negocios italianos con traje negro y gafas de sol. Pasquale no veía a ninguna estrella de cine. Tampoco sabía qué aspecto tenían, por otra parte. Se apoyó un momento en un león blanco esculpido, con una cara tan humana que se sintió incómodo, y se dirigió al mostrador de recepción.

Se quitó el sombrero y le tendió al conserje el papel con el nombre de Michael Deane. Abrió la boca para decir su frase, pero el conserje lo leyó y le señaló una puerta ornamentada situada al fondo del vestíbulo.

—Ahí al final —le dijo.

Había una larga cola de gente entrando y saliendo por la puerta que el hombre le indicaba.

—Tengo un asunto que tratar con este tal Deane. ¿Está ahí? —le preguntó al conserje, que se limitó a señalar y desviar la vista.

—Al fondo del vestíbulo.

Pasquale se puso al final de la cola del fondo del vestíbulo. ¿Todas aquellas personas tenían asuntos que tratar con Michael Deane? A lo mejor el hombre tenía actrices enfermas escondidas por toda Italia. La mujer que lo precedía en la cola era atractiva, con el pelo largo castaño y piernas largas, más o menos de su misma edad, veintiuno o veintidós, con un vestido ajustado. Sostenía con nerviosismo un cigarrillo apagado.

—¿Tienes fuego? —le preguntó.

Pasquale encendió una cerilla y se la sostuvo. Ella la rodeó con la mano ahuecada para encender el cigarrillo.

—¡Estoy tan nerviosa! Si no fumo ahora mismo, tendré que comerme una tarta entera. Luego estaré tan gorda como mi hermana y no les serviré para nada.

Él repasó la cola de gente que llegaba hasta el recargado salón de baile con grandes columnas doradas en las esquinas.

—¿Para qué es esta cola? —preguntó.

—No hay alternativa —contestó ella—. Puedes intentar entrar en el estudio o donde sea que estén rodando ese día, pero todas las colas llevan al mismo sitio. No, la mejor manera es hacer lo que has hecho tú: venir aquí.

—Busco a este hombre —le dijo Pasquale, y le enseñó el papel con el nombre de Deane.

Ella lo miró y le enseñó el suyo, con otro nombre escrito.

—Da lo mismo —le comentó—. Todas las colas conducen finalmente al mismo sitio.

Se puso más gente detrás de Pasquale. La cola llegaba hasta una mesita, a la cual estaban sentados un hombre y una mujer con varias hojas de papel grapadas en la mano. A lo mejor el hombre era Michael Deane. Tanto él como ella formulaban a cada persona de la cola una pregunta o dos y después, o bien lo enviaban de vuelta por donde había venido o bien a esperar en el rincón o lo dirigían a una puerta que por lo visto daba al exterior.

Cuando le llegó el turno a la guapa, le cogieron el papel, le preguntaron la edad, de dónde era y si hablaba un poco de inglés. La chica dijo que tenía diecinueve años, era de Terni y sí, hablaba inglés *molto* bien. Le pidieron que dijera algo.

—*Baby, baby* —dijo ella en inglés macarrónico—. *I love you baby. You are my baby.*

La mandaron al rincón a esperar. Pasquale se fijó en que enviaban al mismo rincón a todas las chicas atractivas. A los demás los enviaban a la puerta de salida. Cuando le tocó a él, enseñó el trozo de papel con el nombre de Michael Deane al hombre de la mesita, que se lo devolvió.

—¿Es usted Michael Deane? —le preguntó Pasquale.

—¿Identificación? —dijo el hombre en italiano.

Pasquale le tendió su carné de identidad.

—Estoy buscando a este hombre, a Michael Deane.

El otro levantó la vista, pasó las páginas y escribió el nombre de Pasquale en una de las últimas, llena de docenas de nombres como el suyo escritos con la misma letra.

—¿Tiene alguna experiencia?

—¿Cómo?

—Experiencia como actor.

—No, no soy actor. Busco a Michael Deane.

—¿Habla inglés?

—*Yes* —dijo Pasquale.

—Diga algo.

—Hola. ¿Cómo está? —dijo en inglés.

El hombre lo miró intrigado.

—Diga algo gracioso —le pidió.

Pasquale pensó un momento y luego dijo, en inglés:

—Le pregunté si lo amaba, y ella dijo que sí. Le pregunté si él también estaba enamorado. Ella dijo: «Sí, se ama a sí mismo.»

El hombre no sonrió pero dijo:

—Vale.

Le devolvió el carné junto con una tarjeta con un número. El número era el 5.410. Le señaló la puerta por la que habían salido la mayoría, a excepción de las chicas guapas.

—Autobús número cuatro.

—No... Estoy buscando...

Pero el hombre ya atendía al siguiente de la cola.

Pasquale salió y se acercó a una fila de autobuses. Subió al cuarto, que estaba casi lleno de hombres de entre veinte y cuarenta años. Transcurridos unos minutos, vio que las guapas iban en un autobús más pequeño. Cuando hubieron subido unos cuantos más al suyo, la puerta se cerró, el motor se puso en marcha y el vehículo arrancó. Los llevaron por la ciudad hasta una zona del centro que Pasquale no conocía. El autobús paró y, lentamente, los hombres fueron bajando. A Pasquale no se le ocurrió qué otra cosa hacer aparte de seguirlos.

Recorrieron un callejón y cruzaron una puerta que ponía: CENTURIONES. Como era de esperar, dentro había hombres disfrazados de centurión romano por todas partes, fumando, comiendo *panini*, leyendo el periódico, hablando entre sí. Había cientos de hombres con armadura y lanza. No vio cámaras ni equipo de filmación por ningún sitio, solo hombres disfrazados de centurión con reloj de pulsera y sombrero.

Pasquale se sentía estúpido, pero se puso a la cola de hombres aún sin disfrazar. Empezaba en un pequeño edificio donde les tomaban las medidas.

—¿Hay alguien al mando aquí? —le preguntó al hombre que iba delante de él.

—No. Por eso es tan estupendo. —Se abrió la chaqueta y le enseñó a Pasquale cinco tarjetas numeradas de las que les habían dado en el hotel—. Solo hago la cola. Los idiotas me pagan cada vez. Todavía no he cogido un disfraz. Es casi demasiado fácil. —Le guiñó el ojo.

—Pero yo no debería estar aquí —dijo Pasquale.

El hombre se rio.

—No te preocupes. No te cogerán. Hoy no rodarán, de todas formas. Lloverá, o a alguien no le gustará la luz, o dentro de una hora alguien saldrá y dirá: «La señora Taylor se encuentra mal otra vez», y nos mandarán a casa. Solo ruedan uno de cada cinco días, como mucho. Durante las lluvias, conocí a un hombre al que le pagaron seis veces cada día solo por aparecer por ahí. Iba a todos los escenarios donde había extras y en cada uno le pagaban. Finalmente lo pillaron y lo echaron. ¿Sabes lo que hizo? Robó una cámara y se la vendió a una compañía cinematográfica italiana. ¿Sabes lo que hicieron ellos? Se la volvieron a vender a los americanos por el doble de su precio. ¡Ja!

A medida que avanzaban, un hombre vestido con un traje de *tweed* se les acercaba siguiendo la cola. Iba con una mujer que llevaba una tabla sujetapapeles. El hombre hablaba inglés a rápidas y furiosas ráfagas, dictándole cosas a la mujer. Ella asentía y escribía lo que le dictaba. De vez en cuando sacaba a alguno de la fila, que se iba muy contento. Cuando llegó junto a Pasquale, el hombre se paró y se inclinó hacia él, mirándolo muy de cerca. Pasquale se inclinó hacia atrás.

—¿Cuántos años tiene?

Pasquale contestó en inglés antes de que la mujer pudiera traducir sus palabras.

—Tengo veintidós años.

El hombre cogió a Pasquale de la barbilla y le ladeó la cara para mirarlo directamente a los ojos.

—¿De dónde has sacado los ojos azules, colega?

—Mi madre tiene los ojos azules. Es de Liguria; allí abundan.

—¿Esclavo? —le dijo el hombre a la intérprete. Y después a Pasquale—: ¿Quieres ser esclavo? Te puedo pagar un poco más. Incluso más días. —Antes de que pudiera contestarle, le ordenó a la mujer—: Mándalo con los esclavos.

—No. Espere. —Pasquale sacó otra vez el papel y le habló al hombre del traje de *tweed* en inglés—. Solamente estoy buscando a Michael Deane. En mi hotel hay una americana, Dee Moray.

El hombre se encaró con Pasquale.

—¿Qué has dicho?

—Busco a...

—¿Has dicho Dee Moray?

—Sí. Está en mi hotel. Por esto he venido a buscar a Michael Deane. Lo ha estado esperando y no llega. Está muy enferma.

El hombre leyó el papel y luego miró a la mujer a los ojos.

—¡Dios mío! Nos dijeron que Dee estaba en Suiza siguiendo un tratamiento.

—No. Vino a mi hotel.

—Bueno, hombre de Dios, ¿qué está haciendo con los extras?

Un coche lo llevó de vuelta al Gran Hotel. Se sentó en el vestíbulo y se quedó mirando los destellos de luz de una lámpara de cristal. Detrás tenía una escalera por la que, cada cierto tiempo, bajaba alguien tranquilamente, como si su aparición fuera a desencadenar una salva de aplausos. También se oía el *ding* de los ascensores cada varios minutos, pero nadie iba a su encuentro.

Pasquale fumaba y esperaba. Pensó en ir a la habitación del final del vestíbulo y preguntarle a alguien dónde podía encontrar a Michael Deane, pero tuvo miedo de que lo subieran a un autobús otra vez. Pasaron veinte minutos. Después de otros veinte, se le acercó por fin una joven atractiva. Parecía haberlas a patadas.

—¿Señor Tursi?

—Sí.

—El señor Deane siente muchísimo haberlo hecho esperar. Por favor, venga conmigo.

Pasquale la siguió hasta el ascensor y el ascensorista los llevó a la cuarta planta. Los pasillos eran anchos y estaban bien iluminados. Le daba vergüenza que Dee Moray hubiera dejado aquel hermoso hotel para alojarse en su pequeña *pensione*, con su estrecha escalera sin altura suficiente; el constructor había aprovechado las rocas como techo y había encajado la pared contra ellas, como si una cueva se estuviera comiendo lentamente su hotel.

Siguió a la mujer hasta una suite compuesta de varias estancias intercomunicadas con las puertas abiertas de par en par. Daba la impresión de que en aquella habitación se trabajaba mucho. Varias personas hablaban por teléfono y escribían a máquina, como si se hubiera instalado allí un pequeño negocio. Había una larga mesa con comida y hermosas italianas se paseaban ofreciendo café. Se dio cuenta de que una era la chica que había conocido en la cola, pero ella se hizo la tonta.

Acompañaron a Pasquale hasta una terraza con vistas a la iglesia de la Trinità dei Monti. Pensó de nuevo en Dee Moray, que había dicho que la vista desde su habitación de la *pensione* era muy bonita, y volvió a sentir vergüenza.

—Por favor, siéntese. Michael enseguida estará con usted.

Pasquale se sentó en una silla de hierro forjado de la terraza, de espaldas al ruido de las máquinas de escribir y de la gente hablando. Fumó. Esperó otros cuarenta minutos. Entonces la atractiva mujer regresó. ¿O era otra?

—Tendrá que esperar unos minutos más. ¿Quiere un poco de agua?

—Sí, gracias.

Pero el agua nunca llegó. Ya era más de la una. Llevaba buscando a Michael Deane más de tres horas. Tenía sed y hambre.

Pasaron otros veinte minutos y la mujer regresó.

—Michael le está esperando abajo, en el vestíbulo.

Pasquale estaba temblando, de rabia o de hambre, no lo sabía, cuando se levantó y la siguió de nuevo por toda la suite, el pasillo y bajando en el ascensor hasta el vestíbulo. Y allí, precisamente en el mismo diván donde él había estado sentado una hora antes, había un hombre mucho más joven de lo que Pasquale había supuesto, tan joven como él: el típico americano pálido, de pelo fino cobrizo. Se estaba mordiendo la uña del pulgar derecho. Era bastante atractivo, al modo americano deslucido, pero carecía de alguna cualidad que Pasquale habría atribuido al hombre al que esperaba Dee Moray. «Tal vez —pensó— no hay ningún hombre lo bastante bueno para ella.»

El americano se levantó.

—Señor Tursi —lo saludó en inglés—, soy Michael Deane. Tengo entendido que ha venido a hablarme de Dee.

De lo que hizo Pasquale a continuación se sorprendió incluso él. No había hecho nada parecido desde una noche en La Spezia, cuando tenía diecisiete años y uno de los hermanos de Orenzio puso en duda su hombría. Pero se adelantó y le pegó un puñetazo a Michael Deane; en el pecho, nada menos. Nunca había golpeado a nadie en el pecho, ni siquiera había visto que le pegaran a nadie en el pecho. El dolor le recorrió el brazo, y el golpe, con un ruido sordo, devolvió a Deane al diván, doblado como una funda para trajes.

Pasquale se quedó de pie junto al hombre, temblando y pensando: «Levántate. Vamos, levántate y lucha; así podré arrearte otra vez.» Poco a poco, sin embargo, su enfado cedió. Miró a su alrededor. Nadie había visto la agresión. Parecía que Michael Deane, sencillamente, hubiera vuelto a sentarse. Pasquale se apartó un poco de él.

Cuando recobró el aliento, Deane se enderezó y lo miró.

—¡Oh, mierda! —dijo, con una mueca. Después tosió—. Supongo que cree que me lo merezco.

—¿Por qué la ha dejado sola? Está asustada y enferma.

—Lo sé. Lo sé. Mire, siento cómo han ido las cosas. —Deane tosió de nuevo y se frotó el pecho. Miró a su alrededor con cautela—. ¿Podemos hablar de esto en la calle?

Pasquale se encogió de hombros y fueron hacia la puerta.

—Basta de golpes. ¿De acuerdo?

Pasquale asintió.

Salieron del hotel y caminaron hacia la escalinata de la Trinità dei Monti. La *piazza* estaba llena. Los vendedores voceaban el precio de las flores. Pasquale los saludaba con la mano cuando se cruzaban.

Michael Deane continuaba frotándose el pecho.

—Creo que me ha roto algo.

—*Mi dispiace* —murmuró Pasquale, a pesar de que no lo sentía.

—¿Cómo está Dee?

—Está enferma. Hice llamar a un doctor de La Spezia.

—Y ese doctor... ¿la examinó?

—Sí.

—Ajá. —Deane asintió gravemente y volvió a morderse la uña del pulgar—. En tal caso, supongo que no hace falta que adivine lo que el doctor le dijo.

—Pidió hablar con el médico de Dee.

—¿Quiere hablar con el doctor Crane?

—Sí.

Pasquale intentó recordar la conversación exacta, aunque sabía que sería incapaz de traducirla.

—Mire, debería saber que nada de esto fue idea del doctor Crane. Fue mía. —Michael Deane retrocedió un poco, como si temiera que Pasquale fuera a pegarle de nuevo—. Lo único que hizo el doctor fue explicarle que sus síntomas se correspondían con los del cáncer. Y era cierto.

Pasquale no estaba seguro de haberlo entendido.

—¿Irá a buscarla ahora? —le preguntó.

El americano no respondió inmediatamente, sino que miró la *piazza*.

—¿Sabe lo que me gusta de este sitio, señor Tursi?

Pasquale miró la escalinata de la Trinità dei Monti, los escalones que disminuían en ascenso, como un tarta nupcial, hasta la iglesia. En los más próximos, una joven leía un libro que apoyaba en las rodillas y su amigo dibujaba en un bloc de bocetos. La escalinata estaba llena de gente que leía, tomaba fotografías y mantenía conversaciones íntimas.

—Me gusta el egoísmo de los italianos. Me gusta que no tengan miedo de pedir exactamente lo que quieren. Los americanos no somos así. Damos muchos rodeos. ¿Sabe a qué me refiero?

Pasquale no lo sabía, pero tampoco quería admitirlo, así que asintió con la cabeza.

—Usted y yo deberíamos aclarar nuestras posturas. Yo estoy evidentemente en una situación difícil y usted parece ser alguien capaz de ayudar.

A Pasquale le estaba costando concentrarse en aquel discurso vacío. No entendía qué podía haber visto Dee Moray en aquel hombre.

Habían llegado a la Fontana della Barcaccia. Michael Deane se apoyó en ella.

—¿Sabe algo de esta fuente y del barco encallado?

Pasquale miró el barco esculpido en el centro de la fuente, de cuyo centro manaba el agua.

—No.

—No se parece a ninguna otra escultura de la ciudad. Todas esas piezas tan serias y luego esto: es cómico, ridículo. A mí me parece la obra de arte más auténtica de Roma. ¿Sabe lo que quiero decir, señor Tursi?

Pasquale no supo qué decir.

—Hace mucho tiempo, durante una riada, el río levantó un barco y lo dejó aquí, donde ahora está la fuente. El artista intentaba captar la naturaleza fortuita del desastre.

»Su punto de vista era que no siempre hay explicación para las cosas que pasan. A veces un barco, sencillamente, aparece en una calle. Y por extraño que resulte, uno no tiene más remedio que apechugar con el hecho de que, de repente, hay un barco en medio de la calle. Bien... Esa es la situación en la que yo me encuentro en Roma, en esta película; solo que no hay un solo barco: hay putos barcos en todas las putas calles.

Pasquale seguía sin tener ni idea de lo que aquel hombre intentaba decirle.

—Usted piensa que lo que le he hecho a Dee es cruel. No se lo voy a discutir; en cierto modo lo es. Pero yo me encargo de los desastres según van surgiendo, uno a uno.

Dicho esto, Deane se sacó un sobre del abrigo y se lo entregó.

—La mitad es para ella y la otra mitad para usted, por lo que ha hecho y por lo que espero que haga por mí ahora. —Le puso una mano a Pasquale en el brazo—. A pesar de que me ha pegado voy a considerarlo un amigo, señor Tursi, y lo voy a tratar como tal. Pero si me entero de que le ha dado a ella menos de la mitad o de que ha hablado de esto con alguien, dejaré de ser su amigo, y eso no le conviene.

Pasquale apartó la mano. ¿Le estaba acusando aquel tipo odioso de falta de honestidad? ¿A él?

—¡Por favor! ¡Yo soy franco! —dijo, acordándose de la palabra que había usado Dee.

—Sí, bueno —dijo Michael Deane, levantando las manos como si temiera que Pasquale lo golpeara de nuevo. Luego achicó los ojos y se le acercó—. ¿Quiere ser franco? Deje que yo sea franco. Me mandaron aquí para salvar esta película moribunda. Ese es mi trabajo. No tiene nada que ver con la moral. No es ni bueno ni malo. Mi trabajo es sencillamente retirar los barcos de las calles. —Apartó la mirada—. Por supuesto, su doctor tiene razón. Le mentimos a Dee para sacárnosla de encima. No estoy orgulloso de mí mismo. Por favor, dígale que el doctor Crane no habría escogido el cáncer de estómago. No quería asustarla. Ya sabe cómo son los médicos, demasiado analíticos. Lo eligió porque sus síntomas coincidían con los iniciales de un embarazo. El engaño iba a durar un día o dos. Por eso se suponía que tenía que ir a Suiza, porque allí hay un médico especializado en embarazos no deseados. Es seguro, discreto.

Pasquale iba unos cuantos pasos por detrás. Así que era verdad, estaba embarazada.

Michael reaccionó a la mirada de Pasquale.

—Por favor, dígale cuánto lo siento. —Dio unos golpecitos al sobre que Pasquale tenía en la mano—. Dígale... que las cosas a veces son así. De verdad que me sabe muy mal, pero tiene que ir a Suiza como le recomendó el doctor Crane. El médico de allí se encargará de todo. Todo está pagado.

Pasquale miró el sobre.

—Ah, tengo otra cosa para ella. —Buscó en el mismo bolsillo de la chaqueta y sacó tres fotografías cuadradas de pequeño tamaño.

Parecían tomadas durante el rodaje de la película. Vio un equipo de filmación al fondo de una. Y aunque eran pequeñas, Pasquale vio claramente en las tres a Dee Moray. Llevaba un vestido largo y suelto, y estaba de pie con otra mujer, ambas flanqueando a una tercera, una hermosa mujer de pelo oscuro que ocupaba el primer plano de las fotografías. En la mejor foto,

Dee y la mujer morena estaban inclinadas hacia atrás, captadas por el fotógrafo en una pose natural, muriéndose de risa.

—Son fotos de continuidad cinematográfica —le explicó Michael Deane—. Las usamos para asegurarnos de que todo esté igual entre toma y toma: la ropa, el pelo... que nadie se haya puesto un reloj de pulsera. He pensado que a Dee le gustaría tenerlas.

Pasquale miró con atención la mejor foto. Dee Moray tenía una mano en el brazo de la otra mujer y se estaban riendo las dos con tantas ganas que Pasquale habría dado cualquier cosa por saber qué les parecía tan gracioso. A lo mejor era el mismo chiste que había compartido con él acerca de aquel hombre que se amaba tanto a sí mismo.

Deane miraba también la foto.

—Tiene un aspecto interesante. No supe verlo al principio. Pensé que Mankiewicz se había vuelto loco eligiendo a una mujer rubia para el papel de dama de honor egipcia. Pero tiene presencia... —Michael Deane se inclinó—. No me refiero solo a sus pechos. Tiene algo... Es auténtica. Es una verdadera actriz. —Deane descartó aquellos pensamientos con un gesto y volvió a mirar la foto—. Tendremos que repetir las escenas en las que sale. No son muchas. Hay que tener en cuenta los retrasos, la lluvia, que Liz se puso enferma y luego lo hizo Dee. Cuando la envié fuera me dijo que estaba disgustada porque nadie sabría nunca que había trabajado en esta película. Así que pensé que le gustaría tener esas fotos. —Se encogió de hombros—. Por supuesto, eso era cuando creía que se estaba muriendo.

La palabra «muriendo» quedó flotando en el aire.

—¿Sabe? —prosiguió Deane—. Llegué a imaginar que ella acabaría por llamarme y que ambos nos reiríamos de todo esto. Sería una anécdota divertida que dos personas comparten años más tarde. Tal vez incluso... —Su voz se fue apagando y sonrió lánguidamente—. Pero eso no va a pasar: va a querer mis pelotas. Por favor... dígale que cuando se le haya pasado el enfado, si le sigue interesando, le daré todo el trabajo que quiera en las películas cuando volvamos a Estados Unidos. ¿Se lo dirá? Podría ser una estrella si quisiera.

Pasquale se sentía enfermo de tanto esforzarse para no pegar a Michael Deane otra vez. ¿Qué clase de hombre abandona a una mujer embarazada?, pensaba. De repente, tuvo una revelación. Lo vio tan claro que la evidencia le golpeó de lleno y se quedó boquiabierto. Nunca había tenido un pensamiento tan físico como aquel. Fue como una patada en el estómago: «Aquí estoy, enfadado con este hombre por abandonar a una mujer embarazada, mientras que mi propio hijo crece convencido de que su madre es en realidad su hermana.»

Pasquale flaqueó. Se acordó de lo que le había dicho a Dee Moray en el búnker: «No es tan sencillo.» Sin embargo, lo era. Había un tipo de hombre que huía de esa clase de responsabilidad. Él y Michael Deane eran de ese tipo. No tenía más derecho a pegar a aquel hombre del que tenía a pegarse a sí mismo. Sintió el malestar de su propia hipocresía y cerró la boca. Como no decía nada, Deane miró atrás, hacia la Fontana della Barcaccia, y frunció el ceño.

—Supongo que así funciona el mundo. —Se alejó entre la multitud, dejando a Pasquale apoyado en la fuente.

Abrió el grueso sobre. Contenía más dinero del que había visto nunca: un fajo de billetes americanos para Dee y uno de liras italianas para él.

Metió las fotos en el sobre y lo cerró. Miró a su alrededor. Estaba nublado. La gente repartida por la escalinata descansaba, pero en la *piazza* y en la calle todos se movían con un propósito definido, a diferentes velocidades pero en línea recta, como miles de balas disparadas desde miles de ángulos diferentes por miles de armas distintas. Toda aquella gente se movía en la dirección que consideraba correcta... Tantas historias, tanta debilidad, tanta gente enferma con sus traiciones y sus oscuros corazones («así es el mundo»), arremolinándose a su alrededor, hablando y fumando y sacando fotos. Y Pasquale sintió una gran pesadez. Podía pasarse el resto de la vida allí de pie, se dijo: como la vieja fuente del barco varado. La gente señalaría la estatua del pobre pueblerino que ingenuamente vino a la ciudad para hablar con la gente del cine americano; al hombre que se quedó congelado en el tiempo cuando descubrió su debilidad de carácter.

¡Y Dee! ¿Qué le iba a decir? ¿Criticaría el carácter del hombre al que ella amaba, esa serpiente de Deane, cuando él mismo era una serpiente semejante? Pasquale se tapó la boca para apagar un gemido. Justo en ese momento sintió una mano en el hombro. Se dio la vuelta. Era una mujer, la intérprete que había recorrido la cola de los extras de centurión por la mañana.

—¿Es usted el hombre que sabe dónde está Dee? —le preguntó en italiano.

—Sí —repuso Pasquale.

La mujer echó un vistazo a su alrededor y luego lo cogió del brazo.

—Por favor, venga conmigo. Hay alguien a quien le gustaría mucho hablar con usted.

9

La habitación

Recientemente
Universal City, California

La Habitación lo es todo. Cuando estás en la Habitación, no existe nada más fuera. Quienes escuchan tu presentación ya no pueden dejar la Habitación, del mismo modo que no pueden evitar tener un orgasmo. TIENEN que oír tu relato. La Habitación es cuanto hay.

Una gran novela cuenta verdades desconocidas. Una gran película hace más que eso. Una gran película mejora la Verdad. Al fin y al cabo, ¿qué Verdad ha generado nunca cuarenta millones de dólares en el primer fin de semana de su distribución? ¿Qué Verdad se vende en cuarenta países extranjeros en solo seis horas? ¿Quién está dispuesto a ver una secuela de la Verdad?

Si tu relato mejora la Verdad, lo venderás en la Habitación. Véndelo en la Habitación y harás el Trato. Haz el Trato y el mundo te espera como una novia temblorosa en tu cama.

Del capítulo 14 de *El método Deane: cómo le presenté el Hollywood moderno a América y cómo tú también puedes tener éxito en la vida,* de Michael Deane.

En la Habitación, Shane Wheeler siente la euforia que prometía Michael Deane. Van a rodar *¡Donner!* Lo sabe. Deane es su señor Miyagi y él acaba de encerar el coche. Deane es su maestro Yoda y él acaba de levantar la nave del fango. Shane lo ha conseguido. Nunca se había sentido tan pletórico. Le gustaría que Saundra estuviera allí para verlo, o que estuvieran sus padres. Puede que al principio estuviera un poco nervioso, pero nunca ha estado tan seguro de nada como lo está de esto: la presentación ha sido la bomba.

La Habitación está convenientemente silenciosa. Shane espera. El primero en hablar es Pasquale. Le da una palmadita en el brazo.

—*Penso è andata molto bene* —le comenta, «creo que ha ido muy bien».

—*Grazie*, señor Tursi.

Michael Deane se mantiene impasible, pero Shane no está seguro de que aquella cara tenga todavía expresividad. Sin embargo, parece sumido en una profunda reflexión, con las manos entrelazadas y los índices juntos contra los labios.

Shane lo mira fijamente: ¿tiene una ceja más levantada que la otra o es que se le han quedado así? Después mira hacia la derecha del productor, a Claire Silver, que ha puesto una cara rara. Puede que esté sonriendo (¡le encanta!) o que sea una mueca (¡Dios!, ¿puede ser que le haya parecido horrible?); pero si tuviera que describirla diría que es una cara de circunstancias.

Nadie habla todavía y Shane empieza a preguntarse si ha interpretado mal la situación. Toda la falta de confianza en sí mismo del último año se apodera de él cuando... Claire Silver hace un ruidito. Un ronroneo nasal como el de un motor al arrancar.

—Caníbales —dice, y estalla en carcajadas. Se ríe tanto que se queda sin aire. Se ríe de un modo estridente, frenético—. Lo siento, no es... Yo solo... Es que... —Le hace un gesto de disculpa con la mano y sucumbe a la risa, se parte—. Perdone —se disculpa cuando consigue volver a hablar—. Pero es que... —Otra vez ríe, con más ganas incluso—. Llevo tres años esperando una buena presentación y, cuando aparece, ¿de qué trata? De un vaquero a cuya familia se la come un alemán gordo. —Se tapa la boca para contener la risa y se dobla hacia delante.

—No es vaquero —murmura Shane, desinflado, mustio, sintiéndose morir—. Además, no habrá escenas de canibalismo.

—No, no. Lo siento —dice Claire, sin aliento—. Perdóneme. —Vuelve a taparse la boca y aprieta los párpados, pero no consigue dejar de reírse.

Shane echa una miradita a Michael Deane, pero el viejo productor está ensimismado mientras Claire resopla por la nariz, y el pobre se queda completamente chafado, plano como un sello: una representación bidimensional de sí mismo. Así lleva un año sintiéndose con la depresión, y comprende que ha sido una locura creer, ni que sea por un instante, que podía exhibir su antigua confianza, echar mano de su ACTÚA, aunque fuera en su nueva forma más humilde. Ese Shane ya no existe, ha muerto. Es una chuleta de ternero lechal.

—Pero es una buena historia —murmura, y mira a Michael Deane en busca de ayuda.

Claire conoce la norma: ningún productor admite jamás que no le ha gustado una presentación, por si se la venden a otro y acabas pareciendo un idiota por haberla rechazado. Siempre pones otra excusa. «El público no está preparado para esto.» «Se parece demasiado a otro proyecto que tenemos entre manos.» O, si la idea es un verdadero espanto: «Sencillamente, no es para nosotros.»

Pero con el día que ha tenido, con los últimos tres años que ha tenido, no puede evitarlo. Todas las respuestas que se ha guardado durante tres años de ideas ridículas y de presentaciones estúpidas le salen en un ataque de risa. Llora de tanto reír. ¿Un *thriller* de vaqueros caníbales? ¿Tres horas de angustia y degradación para, al final, descubrir que el hijo del protagonista es... el postre?

—Perdóneme —jadea, pero sigue riendo.

«Perdóneme.» Por fin la palabra saca a Michael Deane de su trance. Le lanza una mirada a su ayudante y aparta las manos de la barbilla.

—Claire, por favor. Ya basta. —Luego mira a Shane Wheeler y se inclina hacia delante—. Me encanta.

La risa de Claire se va diluyendo. Se seca las lágrimas y mira con seriedad a Michael.

—Es perfecta —dice este—. Es exactamente la clase de película que quería hacer cuando empecé en este negocio.

Claire se apoya en el respaldo de la silla, atónita. Le ha dolido, más de lo que creía que podía volver a dolerle algo.

—Es una idea brillante —dice Michael, entusiasmado con la idea—. Un inefable relato épico sobre el sufrimiento americano. —Se vuelve hacia Claire—. Comprémosla ahora mismo. Quiero llevármela al estudio. —Se dirige de nuevo a Shane—. Si le parece bien, llegaremos a un acuerdo de opción de propiedad por seis meses mientras intento arreglarlo todo con el estudio... digamos que por... ¿diez mil dólares? Por supuesto, esto es solo para asegurar los derechos. El precio será muy superior si el proyecto sigue adelante. Si le parece aceptable, señor...

—Wheeler —dice Shane, al que le cuesta incluso pronunciar su nombre—. Sí. Diez mil me parece una cifra... ah... aceptable.

—Bien, señor Wheeler. Ha sido una presentación de primera. Tiene usted mucha fuerza. Me recuerda un poco a cómo era yo de joven.

Shane deja de mirar a Deane para mirar a Claire, que se ha puesto pálida, y otra vez a Michael.

—Gracias, señor Deane. Devoré su libro.

Michael vuelve a crisparse ante la mención de su libro.

—Bueno, algo enseña —comenta, enseñando los dientes en algo parecido a una sonrisa—. A lo mejor tendría que haber sido profesor, ¿eh, Claire?

¿Una película sobre la Donner Party? ¿Michael, profesor? Claire se ha quedado sin palabras. Piensa en el trato al que ha llegado consigo misma: «Un día, una idea para una película.» Se da cuenta de que el destino se la ha jugado. Ya es bastante malo intentar vivir en este mundo vacuo y cínico, pero si el destino le está diciendo que ni siquiera entiende sus reglas... Bueno, eso es más de lo que puede soportar. La gente se las arregla en un mundo injusto; es cuando ese mundo se vuelve arbitrario e inexplicable que el orden se colapsa.

Michael se levanta y se vuelve hacia su boquiabierta ayudante de producción.

—Necesito que me conciertes una cita en el estudio para la semana que viene, Claire. Con Wallace, Julie, con todos.

—¿Vas a presentar el proyecto en el estudio?

—Sí. El lunes por la mañana, tú, yo, Danny y el señor Wheeler iremos a presentarles *Donner Party*.

—Eh... Se titula *¡Donner!*, sin más —puntualiza Shane—. Con signos de exclamación.

—Mejor aún —dice Michael—. Señor Wheeler, ¿puede hacer esta presentación la semana que viene? Exactamente igual que hoy.

—Claro —le asegura Shane—. Por supuesto.

—Estupendo, entonces. —Michael coge el móvil—. Y, señor Wheeler, ya que se va a quedar este fin de semana, ¿sería mucho pedirle que nos eche una mano con el señor Tursi? Podemos pagarles los traslados y alojarlos en un hotel. Ya le conseguiremos un contrato cinematográfico el lunes. ¿Qué le parece?

—Bien... —dice Shane, y mira de reojo a Claire, que parece incluso más apabullada que él.

Michael abre un cajón del escritorio y se pone a buscar algo.

—¡Ah! Antes de que se vaya, señor Wheeler, ¿podría hacerle una pregunta más al señor Tursi? —Vuelve a sonreírle a Pasquale—. Pregúntele... —Inspira profundamente y dice, tartamudeando un poco, como si le costara bastante—: Quisiera saber si él supo si... Lo que quiero decir es que... ¿Nació el bebé?

Pasquale no necesita que se lo traduzcan. Mete la mano en un bolsillo interior de la americana y saca un sobre, del que extrae una vieja postal descolorida. Se la ofrece con cuidado a Shane. La postal es la imagen azulada de un bebé. «¡Es niño!», pone. En la parte posterior está la dirección. Se la mandaron a Pasquale Tursi al hotel Adequate View, Porto Vergogna, Italia. Hay una nota escrita con pulcra caligrafía:

Querido Pasquale:

Es una pena que no nos despidiéramos. Creo, sin embargo, que algunas cosas son posibles únicamente en un momento y un lugar determinados. De todos modos, gracias.

Hasta siempre.

DEE

P. D.: Lo he llamado Pat, por ti.

La postal pasa de mano en mano. Cuando le llega a Michael, este sonríe distante.

—¡Dios mío! Un chico. —Cabecea—. Bueno, ahora ya no es un niño, evidentemente. Es un hombre. Tiene... ¡Madre mía! ¿Cuántos años? ¿Cuarenta y pico? —Le devuelve la postal a Pasquale, que se la mete en el bolsillo.

Michael se levanta y le tiende la mano a Pasquale.

—Señor Tursi. Vamos a sacar algo bueno de esto, tanto usted como yo.

Pasquale se levanta también y se dan un apretón de manos.

—Claire, instala a estos señores en un hotel. Consultaré con el investigador privado y mañana volveremos a reunirnos.

Michael se ajusta el grueso abrigo sobre los pantalones del pijama.

—Ahora tengo que irme a casa con la señora Deane —dice, y se vuelve hacia Shane con la mano tendida—. Señor Wheeler, bienvenido a Hollywood.

Antes de que Claire se levante, Michael ya ha salido de la habitación. Ella les dice a Shane y a Pasquale que vuelve enseguida y va tras su jefe, al que alcanza en el camino de entrada al bungaló.

—¡Michael!

Él se vuelve, con la cara nítida y vidriosa bajo la farola decorativa.

—¿Qué pasa, Claire?

Ella echa un vistazo por encima del hombro para comprobar que Shane no la haya seguido.

—Puedo encontrar a otro intérprete. No hace falta que cargues con el pobre chaval.

—Pero ¿qué dices?

—Con la Donner Party.

—Ya. —Achica los ojos—. ¿Qué pasa con eso?

—¡La Donner Party, por Dios!

Se la queda mirando fijamente.

—No me digas que te ha gustado esa presentación, Michael.

—No me digas que a ti no te ha gustado.

Claire se ruboriza. De hecho, la presentación de Shane tenía todos los elementos necesarios: ha sido convincente, emotiva y tiene suspense. Sí, tal vez haya sido incluso una presentación estupenda... de una película que no hay que rodar bajo ningún concepto: una película del Oeste épica sin duelos ni amores; una historia lacrimógena de tres horas que acaba con el malo zampándose al hijo del protagonista.

Ladea la cabeza.

—¿Irás al estudio el lunes por la mañana para presentar una película de época de cincuenta millones de dólares sobre canibalismo en el Oeste?

—No —replica Michael, otra vez con aquel simulacro de sonrisa que deja entrever su dentadura—. Iré al estudio el lunes por la mañana para presentar una película de ochenta millones de dólares sobre canibalismo en el Oeste. —Le da la espalda y echa a andar.

—Y el hijo de la actriz era tuyo, ¿no? —le grita.

Michael se vuelve despacio.

—¿Sabes, Claire? Tienes un don poco común. Eres verdaderamente perspicaz. —Sonríe—. Dime una cosa: ¿cómo te fue en la entrevista?

Se queda azorada. Justo cuando empezaba a ver a Michael como una caricatura, una reliquia, hace gala de nuevo de su antiguo poder. Se mira los zapatos de tacón, la falda que lleva ese día. Va vestida para una entrevista.

—Me han ofrecido el trabajo. Conservadora de un museo cinematográfico.

—¿Lo has aceptado?

—No lo he decidido todavía.

Él asiente.

—Mira. Necesito tu ayuda este fin de semana. La semana que viene, si todavía quieres dejarlo, lo entenderé. Incluso te ayudaré. Pero este fin de semana necesito que te ocupes del italiano y de su intérprete.

»Ven conmigo a la presentación del lunes y ayúdame a encontrar a la actriz y a su hijo. ¿Lo harás por mí, Claire?

Ella asiente.

—Claro, Michael. —Luego, en voz baja, añade—: Entonces... ¿lo es? ¿Es tu hijo?

Michael Deane suelta una carcajada, mira al suelo y luego alza la barbilla.

—¿Conoces el viejo refrán acerca de que el éxito tiene mil padres y el fracaso solo uno?

Ella vuelve a asentir.

Él se arrebuja con el abrigo otra vez.

—En este sentido, puede que ese pequeño bastardo sea el único hijo que he tenido.

10

De gira por el Reino Unido

Agosto de 2008
Edimburgo, Escocia

Un chico irlandés flaco le palmea el hombro a Pat Bender en un bar de Portland. Así empieza todo.

Pat se vuelve pálido, con los dientes separados y el pelo de Superman. Lleva gafas negras y una camiseta de los Dandy Warhols.

—Tres semanas en América, ¿sabes lo que más detesto? —le pregunta el chico—. Vuestros condenados deportes de nenas. —Indica con un gesto el partido de los Mariners en la tele sin sonido del bar—. De hecho, a lo mejor puedes explicarme algo del béisbol que yo no llego a captar. —Antes de que Pat pueda responderle, se sienta a su mesa—. Soy Joe —se presenta—. Admítelo, los americanos os tragáis cualquier deporte de nenas que no hayáis inventado.

—En realidad —dice Pat—, también me trago los deportes americanos.

Eso parece hacerle gracia a Joe, que señala satisfecho la funda de la guitarra de Pat, apoyada junto a él en el banco de la mesa como una cita aburrida.

—¿Tocas esa Larrivée?

—En la acera de enfrente, dentro de una hora —le responde Pat.

—¿En serio? Soy algo así como un promotor —dice Joe—. ¿Qué clase de música tocas?

—Fracasada, sobre todo. Era el líder de los Reticentes.

El otro no responde y Pat se siente incapaz de explicárselo. ¿Cómo describir lo que hace ahora, que empezó como música acústica de fondo a un relato, como los que salían en el antiguo programa de televisión «Storytellers» y que, al cabo de un año, se había convertido en un monólogo cómico-musical a lo Spalding Gray con guitarra.

—Bueno —le dice a Joe—. Me siento en un taburete y canto un poco. Cuento algunas anécdotas graciosas, confieso un montón de mierda y, cada tantos meses, después del espectáculo, practico la ginecología en plan aficionado.

Así fue como empezó toda la idea de una gira por el Reino Unido. Como todo lo destacado de la corta y miserable carrera de Pasquale *Pat* Bender, ni siquiera fue idea suya. Se le ocurrió a Joe, que estuvo sentado en el centro de un club medio lleno riéndose con *Showerpalooza,* la canción de Pat sobre cómo apestan las *jam bands*; celebrando a gritos el ostinato de Pat sobre las notas intercaladas de su banda leyendo un menú de comida china, y cantando con el público los coros de: «¿Por qué son los bateristas tan *esdidamente jotúpidos*?»

Aquel Joe tenía magnetismo. Cualquier otra noche, Pat se habría fijado en la monada de la primera mesa, con la bragas blancas que le brillaban bajo la falda debido a las luces estroboscópicas. Sin embargo, estuvo oyendo la risa escandalosa de Joe, una risa descomunal para un tipo tan flaco, y, cuando llegó a la parte más seria del espectáculo, la de las confesiones acerca de las drogas y las rupturas, Joe estaba profundamente afectado. Se quitó las gafas y se frotó ligeramente los ojos durante el estribillo de *Lydia*, la canción más sentida de Pat: «*It's an old line: you're too good for me / Yeah, it's not you it's me / But Lydia, baby ... what if that's the one true thing / You ever got from me.*»*

Después el tipo se deshizo en alabanzas. Le dijo que jamás había visto nada parecido; que era divertido, honesto, inteligen-

---

* «Es lo de siempre: eres demasiado buena para mí. / Sí, no eres tú esta vez, soy yo. / Pero Lydia, nena... ¿y si esa es la única verdad que me has sacado?» *(N. de la T.)*

te; que la música y los comentarios humorísticos se complementaban a la perfección.

—Y esa canción, *Lydia*. ¡Dios mío, Pat!

Tal como suponía Pat, *Lydia* había despertado en Joe la nostalgia por alguna chica a la que no había sido capaz de olvidar y le contó toda la historia. Apenas le prestó atención. Daba igual lo que se rieran durante el resto de la actuación, los jóvenes siempre se emocionaban con aquella canción y su descripción del fin de una relación. A Pat no dejaba de sorprenderlo que tomaran su fría y amarga negación del romanticismo (*«Did I ever even exist / Before your brown eyes»*) por una canción de amor.

Joe empezó enseguida a hablar de la actuación de Pat en Londres. A medianoche era hablar por hablar, algo fascinante a la una, plausible a las dos y, a las cuatro y media, fumando hierba de Joe y escuchando las canciones de los Reticentes en su piso de Portland («¡Esto es jodidamente brillante, Pat! ¿Por qué no lo he escuchado nunca?»), la idea había cuajado en un plan: todos los problemas de dinero-mujeres-trabajo de Pat resueltos con una sencilla frase: «Gira por el Reino Unido.»

Según Joe, Londres y Edimburgo eran lugares perfectos para la inteligente e incisiva actuación de humor musical de Pat: un circuito de pequeños clubs y festivales de humor frecuentados por entusiastas agentes y ojeadores de televisión. A las cinco de la madrugada en Portland era la una de la tarde en Edimburgo, así que Joe fue a hacer una llamada y volvió entusiasmado: un organizador del festival Fringe de Edimburgo que recordaba a los Reticentes le había dicho que tenían un hueco de última hora. Estaba todo arreglado. Pat solo tenía que ir de Oregón a Londres y Joe se ocuparía del resto: alojamiento, comida, transporte, seis semanas de bolos pagados con posibilidad de que fueran más. Un apretón de manos, unas palmaditas en la espalda y, por la mañana, Pat se puso en contacto con sus alumnos y canceló las clases de aquel mes. No había estado tan nervioso desde que era un veinteañero: ahí estaba él, otra vez en la carretera al cabo de veinticinco años de sus comienzos. Por supuesto, algunos antiguos fans se llevarían una decepción al verlo: no solo porque el líder de los Reticentes se dedicaba ahora al humor musical (sin tener en cuenta la elegante distinción de Pat de que él era un «monologuista» cómico-musical), sino porque seguía vivo, porque no había estirado la pata como tantos otros. Era curioso que la supervivencia de un músico fuera sospechosa, como si todas las locuras de su momento de apogeo hubieran sido solo una pose. Pat había intentado escribir una canción sobre aquella extraña sensación. *Cuánto lamento seguir aquí*, la había titulado; pero la canción se atascó en la fanfarronería y nunca llegó a interpretarla.

Ahora se preguntaba si no había sobrevivido para tener una segunda oportunidad de hacer algo... GRANDE. Sin embargo, a pesar de su entusiasmo y de haber incluso escrito mensajes a los pocos amigos a los que todavía podía pedir dinero («una oportunidad asombrosa»... «el punto de inflexión que estaba esperando»), Pat no lograba acallar una voz aleccionadora: «Tienes cuarenta y cinco, ¿y me sales como si tuvieras veinte con la fantasía de hacerte famoso en Europa?»

Solía oír mentalmente las advertencias como cubos de agua fría de su madre, Dee, que había intentado ser actriz en su juventud y que tendía a chafar la ambición de su hijo con su propia desilusión. «¿Lo haces por el arte o en realidad por alguna otra cosa? Eso es lo que debes preguntarte», le decía si quería unirse a un grupo o dejar un grupo o echar a alguien de un grupo o mudarse a Nueva York o marcharse de Nueva York. «Qué pregunta más estúpida —había acabado por decirle—. Todo se hace por otra cosa. ¡El arte es por otra cosa! ¡Esta jodida pregunta es por otra cosa!»

Esta vez, sin embargo, no era la voz de advertencia de su madre la que Pat oía, sino la de Lydia esa última vez que la había visto, unas semanas después de su cuarta ruptura. Aquel día había ido a su apartamento para disculparse una vez más y prometerle que se mantendría sobrio. Por primera vez en su vida, le dijo, lo veía todo claro; había conseguido dejar casi todo lo que ella detestaba y lo dejaría todo si con ello conseguía que ella volviera.

No conocía a nadie como Lydia. Ella era diferente: inteligente, divertida, consciente de sí misma y tímida. También hermosa, aunque no se daba cuenta y esa era la clave de su atractivo: que tenía el aspecto que tenía sin esforzarse, sin adornos. Otras mujeres eran como regalos que lo decepcionaban en cuanto les quitaba el papel, pero Lydia era igual que el contenido: encantadora bajo la ropa holgada y la gorra de visera baja estilo Lenin.

El último día en que la vio, Pat le había quitado con delicadeza aquella gorra. La había mirado a los ojos castaños: «Cariño, más que la música, que la bebida, que cualquier cosa, te necesito a ti.» Ese día Lydia lo había mirado con pena y había recuperado su gorra. «Dios mío, Pat —le había dicho en voz baja—. Escucha lo que estás diciendo. Eres una especie de adicto a las revelaciones.»

El irlandés Joe tenía un colega en Londres llamado Kurtis, un gamberro calvo hiphopero grandote, y se instalaron en el piso diminuto de Southwark que este compartía con su novia Umi. Pat nunca había estado en Londres. Solo había estado una vez en Europa, de hecho, en un viaje escolar de intercambio que su madre había organizado porque quería que conociera Italia. Nunca llegó: en Berlín, una chica y una raya de coca lo mandaron de vuelta a casa antes de hora, acusado de violar varias normas del viaje y de la decencia.

Pat y Benny hablaban siempre de una gira de los Reticentes por Japón, tanto que, cuando rehusaron su única oportunidad real y se negaron a ser los teloneros de «esos cretinos» de los Stone Temple, se convirtieron en el hazmerreír del grupo. Así que aquella sería la primera vez que Pat actuaría fuera de Norteamérica.

—De Portland —dijo la pálida Umi nada más conocerlo—, como los Decemberists.

Pat ya había pasado por lo mismo en los noventa, cuando les había dicho a los neoyorquinos que era de Seattle y habían murmurado «como Nirvana» o «como Pearl Jam». Entonces había apretado la mandíbula y tratado con fingida camaradería a aquellos malolientes, retrasados y petulantes bocazas.

El plan en Londres era que Pat empezara la gira en su club, el Troupe, donde Kurtis trabajaba como gorila. Cuando llegó a la ciudad, sin embargo, Joe decidió que sería mejor que empezara en Edimburgo; que Pat podía refinar allí su actuación y servirse de las críticas del Fringe para hacerse un nombre antes de ir a Londres. Así que Pat creó una versión más corta y más divertida de su espectáculo consistente en un monólogo de media hora con seis canciones intercaladas. («Hola. Soy Pat Bender, y si os suena mi cara es porque era el cantante de uno de esos grupos que vuestros amigos pretenciosos citaban para demostrar su rebuscado gusto musical. Eso o follamos en los lavabos de algún club. En cualquier caso, siento que no volvierais a saber de mí.») Actuó para Joe y sus amigos en el piso. Tenía intención de aligerar lo menos alegre y de eliminar una canción seria, *Lydia*, de la versión abreviada, pero Joe insistió en que la incluyera y lo hizo. Dijo que era «el punto de inflexión emocional de todo el puto número», así que Pat la mantuvo y la cantó en el piso. Joe volvió a quitarse las gafas para secarse las lágrimas. Después del ensayo, Umi estaba tan entusiasmada como Joe por las posibilidades. Aunque sin aspavientos, la prometida de Kurtis admitió que era «bastante bueno».

Durante la semana que pasó en el piso de Londres, con las tuberías vistas y una vieja alfombra raída, Pat no se sintió en casa un solo momento: desde luego, no como Joe, que se pasaba el día en calzoncillos (grises y sucios, por cierto) sentado con Kurtis y colocado. Resultó que Joe había sido un tanto exagerado al describirse como promotor; era más bien un colgado vendedor de hachís, y alguien se pasaba de vez en cuando por el piso para comprarle. Al cabo de unos días con aquellos tipos, la brecha de veinte años que los separaba se le hizo cuesta arriba a Pat: las referencias musicales, los chándales descuidados, el modo que tenían de levantarse tarde y de no ducharse nunca y de no darse cuenta de que eran las once y media y que seguían yendo en ropa interior.

Pat no podía dormir de un tirón más que unas cuantas horas, así que por las mañanas se largaba mientras los otros seguían durmiendo. Paseaba por la ciudad, intentando grabarla en su mente espesa, pero siempre se perdía por aquellas calles y carreteras sinuosas y estrechas que cambiaban de repente de nombre. Había vías principales que acababan de pronto en un callejón. Pat estaba más desorientado cada vez, no tanto por Londres sino por su propia incapacidad para asimilar el trazado de la ciudad, por su lista de quejas de viejo irascible: ¿cómo voy a saber dónde estoy o hacia qué lado mirar cuando tengo que cruzar la calle? ¿Por qué no tienen las monedas el valor que uno deduciría por sentido común? ¿Tienen que estar tan abarrotadas las aceras? ¿Por qué es todo tan caro?

Lo único que podía hacer era pasear y mirar, sobre todo en los museos, a los que podía entrar gratuitamente y que lo abrumaban: sala tras sala de pinturas en la National Gallery, reliquias del pasado en el Museo Británico, absolutamente todo en el Victoria y Alberto. Tenía una sobredosis de cultura.

Luego, el último día que pasaba en Londres, Pat entró en la Tate, en el enorme y vacío vestíbulo, y la audacia de las obras y la grandiosidad del museo lo dejaron pasmado; era como intentar asimilar el océano o el cielo. Tal vez fuera porque había dormido poco, pero se sintió físicamente sacudido, casi con náuseas. En el piso de arriba se paseó por delante de una colección de cuadros surrealistas y quedó destrozado por el genio angustioso y opaco de Bacon, de Magritte y, particularmente, de Picabia, quien, según las explicaciones de la galería, había dividido el mundo en dos sencillas categorías: fracasos e incógnitas. Se sentía un insecto bajo una lupa, con el arte concentrado en un punto para fundir su cráneo insomne. Cuando salió del museo prácticamente hiperventilaba. Fuera las cosas no mejoraron. El futurista Puente del Milenio se introducía como una cuchara en la boca de la catedral de San Pablo; la mezcolanza de tonos, épocas y géneros de Londres desorientó a Pat incluso más con aquellas atrevidas y colosales yuxtaposiciones: lo modernista junto a lo neoclásico junto a lo de estilo Tudor junto a los rascacielos.

Al otro lado del puente, pasó por delante de un cuarteto formado por un violonchelo, dos violines y un teclado: jóvenes interpretando a Bach sobre el Támesis por unas monedas. Se sentó a escuchar, intentando contener el aliento, sobrecogido por su relajado virtuosismo, por su brillantez. ¡Dios mío! Si los músicos callejeros tocaban así, ¿qué demonios estaba haciendo allí? Siempre había estado inseguro de su talento musical; podía seguir a cualquiera con la guitarra y se desenvolvía en el escenario, pero el verdadero músico era Benny. Habían escrito cientos de canciones juntos. Sin embargo, allí de pie en la calle, escuchando a aquellos cuatro chicos interpretar el canon con aquella facilidad, sus mejores canciones le parecieron insignificantes, comentarios de listillo sobre la verdadera música, cosa de broma. ¡Dios! ¿Él no había compuesto nada... hermoso? La música que tocaban aquellos chicos era como una catedral muy antigua; el trabajo de Pat tenía la perdurabilidad y la elegancia de un tráiler. Para él, la música había sido una pose, una reacción infantil de cabreo a la elegancia estética; se había pasado la vida haciéndole la peineta a la belleza. Se sintió vacío, estridente: un fracasado y, por añadidura, desconocido. Nada.

Hizo entonces algo que llevaba años sin hacer. Volvía caminando al piso de Kurtis cuando pasó por una tienda de música *funky* con un gran cartel rojo que ponía: Reckless Records. Después de fingir rebuscar un rato, preguntó al empleado si tenían algo de los Reticentes.

—¡Ah, sí, claro! —dijo el hombre, cambiando de cara cuando cayó en la cuenta—. De finales de los ochenta y principios de los noventa. Hacían una especie de mezcla de pop ligero y *punk*.

—Yo no diría ligero...

—Sí, uno de esos grupos de *grunge*.

—No, eran anteriores...

—Sí, no tenemos nada suyo —dijo el empleado—. Nos dedicamos a un tipo de música más relevante.

Pat le dio las gracias y se marchó.

Seguramente fue por eso que Pat se acostó con Umi cuando volvió al piso. O quizá fue únicamente porque iba en ropa interior y estaba sola. Joe y Kurtis se habían ido a ver un partido de fútbol al pub.

—¿Te importa si me siento? —le preguntó, y ella giró las piernas hacia él en el sofá y él se quedó mirando el triangulito de sus bragas y en un periquete estaban dale que te pego, tan desmañadamente como el tráfico de Londres (Umi: «No deberíamos permitir que Kurtis se entere de esto»), hasta que le pillaron el tranquillo y, al final, como había hecho tantas veces en su vida, Pat Bender volvió a la existencia follando.

Después, con únicamente las piernas en contacto, Umi lo acribilló a preguntas personales como cualquier otra persona preguntaría sobre el consumo de combustible del coche que está probando. Pat le respondió con sinceridad, sin ser comunicativo. ¿Había estado casado? No. ¿Ni siquiera prometido? No. Pero ¿y esa canción, *Lydia*? ¿No era ella el amor de su vida? Lo asombraba lo que la gente entendía al escuchar aquella canción. ¿El amor de su vida? Hubo un tiempo en que lo creía; recordó el apartamento que compartían en Alphabet City, las barbacoas en la terracita y cómo resolvían el crucigrama los domingos por la mañana. Pero ¿qué había dicho Lydia cuando lo había pillado con otra?: «Si realmente me amas, entonces es incluso peor. Quiere decir que eres cruel.»

No, le dijo Pat a Umi, Lydia no era el amor de su vida, solo una de tantas.

Volvieron de las intimidades a la charla insustancial.

¿De dónde era? De Seattle, aunque había vivido en Nueva York unos años y se había mudado recientemente a Portland. ¿Tienes hermanos? No, no. Eran solo él y su madre. ¿Y tu padre? No había llegado a conocerlo bien. Era el dueño de un concesionario. Quería ser escritor. Había muerto cuando Pat tenía cuatro años. Lo siento. Estarás muy unido a tu madre, entonces. En realidad llevo más de un año sin hablar con ella. ¿Por qué? Y de pronto se vio transportado a aquella escena de porquería: Lydia y su madre al otro lado de la habitación («Estamos preocupadas, Pat» y «Esto tiene que acabar»), negándose a mirarlo a los ojos. Lydia había conocido en primer lugar a su madre, en el teatro de la comunidad de Seattle, y, a diferencia de la mayoría de sus novias, aquel disgusto era por el modo en que su comportamiento las afectaba a ambas. Lydia se quejaba en nombre de su madre: porque la ignoraba durante meses (hasta que le hacía falta dinero); porque incumplía las promesas que le hacía; porque todavía no le había devuelto el dinero. «No puedes seguir haciendo estas cosas —le dijo—. La estás matando.» Para Pat, aquel «la estás matando» significaba en realidad que las estaba matando a las dos. Para contentarlas, lo dejó todo menos la bebida y la hierba, de modo que Lydia y él siguieron acostándose otro año, hasta que su madre se puso enferma. A toro pasado, sin embargo, su relación se terminó probablemente con aquella confrontación, en el instante en que ella se puso de parte de su madre en aquella habitación.

—¿Dónde está ahora? —le preguntó Umi—. Tu madre, me refiero.

—En Idaho —respondió Pat con laconismo—. En un pueblecito llamado Sandpoint. Dirige una compañía teatral. —Luego añadió, para su propia sorpresa—: Tiene cáncer.

—¡Oh, lo siento!

Umi le dijo que su padre tenía un linfoma, pero no de Hodgkin.

Pat podría haberle preguntado por los detalles, como había hecho ella, pero no.

—Es duro —se limitó a decir.

—Solo un poco... —Umi clavó los ojos en el suelo—. Mi hermano no para de decir lo valiente que es. «Papá es muy valiente. Lucha con mucho valor.» Una jodida pena, en realidad.

—Sí. —Pat se sentía inquieto—. Bueno. —Suponía que ya habían mantenido una conversación poscoital lo suficientemente larga, al menos así habría sido en América; en Inglaterra, no estaba seguro de si bastaba con lo dicho—. Bueno, supongo...
—Se levantó.

Ella lo miró vestirse.

—Haces esto a menudo —le dijo. No era una pregunta.

—Como cualquier otro, supongo —repuso Pat.

Umi soltó una carcajada.

—Esto es lo que me gusta de los tíos guapos. «¿Quién, yo? ¿Follar?»

Si Londres era una ciudad extraña, Edimburgo era de otro planeta.

Tomaron el tren y Joe se durmió en cuanto salieron de King's Cross, así que Pat tuvo que hacer suposiciones sobre lo que iba viendo por la ventana: vecindarios llenos de tendederos, ruinas a lo lejos, campos de cereales y agrupaciones de basalto costero que le recordaron la garganta del río Columbia.

—Bien, pues —dijo Joe cuatro horas y media después, despertándose y mirando a su alrededor cuando entraban en la estación de Edimburgo.

Salieron de la estación al pie de un profundo barranco, con un castillo a su izquierda y los muros de piedra de una ciudad renacentista a su derecha.

La magnitud de festival Fringe era mayor de lo que Pat había esperado. No había farol ni poste sin un cartel para uno u otro espectáculo y la calle estaba abarrotada de turistas, público de mediana edad, modernos y artistas de toda índole, en su mayoría cómicos, pero también actores y músicos que actuaban en solitario, en pareja y en improvisadas *troupes*, todo un abanico de mimos y titiriteros, malabaristas, monociclistas, magos, acróbatas, y Pat no sabía qué: estatuas vivientes, bailarines de *break-dance* idénticos. Un festival medieval estrafalario.

En la oficina del festival, un arrogante capullo con bigote y un acento más marcado todavía que el de Joe (cantarín y plagado de erres) les explicó que se suponía que Pat se haría su propia propaganda y que sus honorarios se verían reducidos a la mitad de lo que Joe había prometido. Este último dijo que alguien llamado Nicole le había asegurado la cifra. El del bigote dijo que Nicole no podía dar garantías ni sobre su propio trasero. Joe se volvió hacia Pat para decirle que no se preocupara, que no le cobraría comisión. Pat se sorprendió de que alguna vez hubiera tenido intención de cobrársela.

Fuera, mientras iban caminando hacia su alojamiento, Pat se estuvo fijando en todo. Los muros de las casas eran como caras de acantilado. La zona más antigua, la Royal Mile, partía del castillo curvándose como un torrente de guijarros por un cañón de edificios de piedra oscurecida por el humo. El bullicio del festival lo llenaba todo; las grandes casas habían dejado espacio a los escenarios y los micrófonos; a Pat se le cayó el alma a los pies viendo la enorme cantidad de artistas desesperados.

A él y a Joe los alojaron en la habitación de huéspedes del semisótano de una pareja de ancianos.

—¡Diga algo divertido! —exclamó el marido bizco cuando conoció a Pat.

Aquella noche, Joe lo llevó al lugar de su actuación: calle arriba, bajando por un callejón, cruzando un bar atestado hasta otro callejón y una puerta alta y estrecha con un pomo ornamentado en el centro. Una mujer indiferente, con una tabla sujetapapeles, acompañó a Pat hasta el camerino, un armario para tuberías y mochos. Joe le explicó que el público solía ser escaso al principio pero que aumentaba rápidamente en Edimburgo, que había docenas de críticos influyentes y que, cuando estos llegaban, el público no tardaba en seguirlos. Al cabo de un minuto, la mujer del sujetapapeles lo anunció y Pat dobló una esquina hacia unos escasos aplausos, pensando que no era extraño porque solo había seis personas en la sala, repartidas entre cuarenta sillas de tijera, y tres eran Joe y la pareja de ancianos en cuya casa se alojaba.

Sin embargo, Pat había tenido otras salas vacías y en aquella estuvo de muerte. Incluso añadió una bromita antes de *Lydia*: «Les dijo a nuestros amigos que me había descubierto con otra mujer como si dijera que había descubierto una cura para la polio. Dijo a todos que me había pillado practicando el sexo, como si hubiera atrapado a Carlos *el Chacal*. Por lo visto puedes pillar a Bin Laden si vuelves a casa y está follando con alguien en tu cama.»

Pat notó lo que ya había notado otras veces, que incluso el aprecio de un público reducido puede ser profundo. Le encantó el modo en que los británicos remarcaban la primera sílaba de la palabra «brillante», y se quedó en vela toda la noche con un Joe incluso más emocionado que él, hablando de las maneras de promocionar el espectáculo.

Al día siguiente, Joe se presentó con carteles y folletos de anuncio. En la parte superior había una foto de Pat con la guitarra, encima de la cual ponía: «Pat Bender: ¡No puedo evitarlo!»,

seguido del eslogan «Uno de los músicos comediantes más hilarantes de América» y «cuatro estrellas» de algo llamado *Policía
Antidisturbios*.

Pat había visto folletos parecidos de otros artistas del festival, pero... ¿¡No puedo evitarlo!? ¿Y esa mierda de «Uno de los
más hilarantes...»?

En cada actuación había que repartir aquellos folletos, le explicó Joe. A Pat ni siquiera le gustaba que lo llamaran «músico
comediante». No era un mono de feria como Weird Al. A los
escritores se les permite ser irreverentes sin perder la seriedad, y
a los directores de cine. Pero de los músicos se espera que sean
unos verdaderos pánfilos: «Te quiero, nena» y «La paz es la respuesta». ¡A la mierda!

Por primera vez, Joe estaba exasperado con Pat. Las pálidas
mejillas se le habían puesto coloradas.

—Mira, así va a quedarse, Pat. ¿Sabes quién es la jodida *Policía Antidisturbios*? Soy yo. Yo te he dado las cuatro estrellas.
—Le lanzó un folleto—. ¡Yo he pagado todo esto!

Pat suspiró. Sabía que era un mundo diferente, una época
distinta. Se esperaba que los grupos musicales tuvieran un blog
y se promocionaran y tuitearan y quién coño sabía qué. ¡Joder!
Él ni siquiera tenía móvil. Ni siquiera en Estados Unidos llegaba nadie a nada ya siendo un tranquilo y melancólico artista;
todos los músicos tenían que ser sus propios publicistas: un
montón de autopromotores gilipollas que publicaban en la red
cada pedo que se tiraban. Un rebelde de hoy en día era algún
chico que se pasaba todo el día colgando vídeos en YouTube de
sí mismo metiéndose piezas de Lego por el culo.

—Piezas de Lego por el culo... —Joe soltó una carcajada—.
Eso podrías usarlo.

Esa tarde estuvieron por ahí repartiendo folletos. Al principio lo encontró tan degradante y patético como había imaginado, pero se quedó mirando a Joe, humillado por la energía febril
de su joven amigo («Vea la actuación que arrasa en Estados Unidos») y acabó dando lo mejor de sí, dedicándose a las mujeres.

—Tienes que venir —les decía, poniéndoles ojitos—. Creo
que te gustará.

Aquella noche fueron a verlo dieciocho personas, entre ellas un crítico de algo llamado *The Laugh Track*, que le otorgó a Pat cuatro estrellas y, según leyó emocionado Joe, escribió en su blog que el «antaño cantante de la banda estadounidense de culto los Reticentes ofrece un monólogo musical completamente diferente: agudo, honesto, divertido. Es un cómico misántropo genuino».

A la noche siguiente tuvo veintinueve espectadores, incluida una chica de buen ver que llevaba pantalones elásticos negros y que se le pegó después de la actuación. Pat se la tiró contra la tubería de su armario-camerino.

Se despertó con Joe sentado en una silla de cocina, ya vestido y con los brazos cruzados.

—¿Te follaste a Umi?

Desorientado, Pat creyó que se refería a la chica de después de la actuación.

—¿La conoces?

—¡En Londres, cabronazo! ¿Te acostaste con Umi?

—¡Ah, sí! —Pat se incorporó—. ¿Lo sabe Kurtis?

—¿Kurtis? ¡Me lo ha dicho ella! ¡Me ha preguntado si la habías mencionado! —Joe se quitó las gafas y se frotó los ojos—. ¿Te acuerdas? Cuando cantaste *Lydia*, en Portland, te dije que estaba enamorado de la novia de mi mejor amigo. De Umi, ¿lo recuerdas?

Pat se acordaba de que Joe le había hablado de alguien y, ahora que lo mencionaba, aquel nombre le había resultado familiar, pero estaba tan emocionado por la perspectiva de una gira por el Reino Unido que no le había prestado atención.

—Kurtis se acuesta con todas en el East End, igual que el capullo tarado de tu canción, y no le he dicho ni una sola palabra a Umi porque Kurt es mi amigo. Pero tú, en cuanto tuviste ocasión... —Las mejillas se le encendieron y se le llenaron los ojos de lágrimas—. ¡Quiero a esa chica, Pat!

—Lo siento, Joe. No tenía ni idea de lo que sentías.

—¿De quién creías que estaba hablándote? —Volvió a ponerse las gafas de golpe y salió precipitadamente de la habitación.

Pat se quedó allí sentado un rato, sintiéndose realmente mal. Luego se vistió y salió a la calle a buscar a Joe. ¿Qué había dicho? ¿«Como ese capullo tarado de tu canción»? Dios. ¿Creía Joe que aquella canción era una especie de parodia? Tuvo una idea espantosa: Señor... ¿lo era? ¿Lo era él?

Estuvo toda la tarde buscando a Joe. Lo intentó incluso en el castillo, lleno de turistas que no paraban de hacer fotos. Joe no estaba allí. Volvió a New Town, a la cima de Calton Hill, una suave colina llena de monumentos incongruentes de distintas épocas del pasado de Edimburgo. La historia de la ciudad es en sí un intento de alcanzar un punto de observación mejor, un pedazo de terreno elevado en el que construir hasta más arriba: chapiteles y torres y columnas, todas ellas con angostas escaleras de caracol hasta la cima.

Repentinamente, Pat se planteó a la humanidad del mismo modo: todo era una lucha para llegar más arriba, para ver a los enemigos y tratar con prepotencia a los campesinos, claro, pero tal vez para algo más: para construir algo, para dejar huella del paso de uno, para que la gente vea... que una vez estuviste ahí arriba, en el escenario. ¿Era ese el objetivo, en realidad? Aquellas personas habían desaparecido. No quedaba nada de ellas excepto el montón de escombros de fracasos e incógnitas.

Aquella noche tuvo cuarenta espectadores, su mejor taquilla. Pero Joe no fue.

—Hoy me he paseado por Edimburgo y he decidido que el arte y la arquitectura no son más que perros meando en los árboles —dijo Pat al principio de la actuación, saliéndose peligrosamente del guión—. Toda la vida había dado por supuesto que sería famoso, que sería... grande. ¿En qué consiste eso? En tener fama. —Se inclinó sobre la guitarra, mirando las caras expectantes, esperando, como sus espectadores, que fuera divertido—. El mundo está enfermo... todos tenemos esta patética necesidad de que nos vean. Somos un montón de putos bebés intentando llamar la atención. Y yo soy el peor de todos. Y si la vida tiene un tema, ¿sabéis?, una... filosofía... Un lema. El mío sería: «Tuvo que haber algún error; se esperaba más de mí.»

¿De dónde habían salido aquellas actuaciones de mierda? Pat no tenía manera de saber si le habían caído más bombas que a otros artistas, pero las actuaciones de mierda siempre habían sido lo habitual para él. Con los Reticentes, la opinión general era que habían sacado un gran álbum *(Reticentes)*, un buen sencillo *(Maná)* y un pretencioso desastre que no había quien escuchara *(Metrónomo)*. Tenían además la reputación de llevar una vida impredecible, aunque eso fuera deliberado o inevitable al menos: con él de coca hasta las cejas, Benny dándose de cabezazos y Casey Millar poniendo la base de batería a los bolos, ¿cómo no iban a ser dispares? Nadie quería uniformidad, sin embargo; la cuestión era poner un poco de freno al asunto. Nada de mezclas de *dance* con música sintética, nada de pelo largo, nada de maquillaje de fantasía, nada de petulante palabrería ridícula ni de mierda angustiosa. Y si los Reticentes no habían pasado nunca de ser una banda de culto, tampoco se habían convertido en unos hipócritas profesionales de la autopromoción, intérpretes de baladas. Habían conservado su autenticidad, como solía decir la gente antes, cuando mantener la autenticidad significaba algo.

Pero incluso con los Reti, a veces, tenía una actuación de mierda. No por las drogas ni por las peleas ni por la experimentación con la batería: a veces, simplemente daban pena.

Eso fue lo que pasó el día en que se peleó con Joe, y la noche en que el crítico de *Scotsman* fue a ver *Pat Bender: ¡No puedo evitarlo!* Arruinó el monólogo que daba paso a «¿Por qué son los bateristas tan *esdidamente jotúpidos?*» y trató luego de salir del paso con un peñazo de los ochenta sobre por qué lo llaman «escocés» en Estados Unidos y en Escocia «whisky» a secas, por qué «cinta escocesa» en un sitio y en el otro simplemente «cinta». El público lo miraba y se veía que pensaban todos: «Sí, simplemente cinta y tú simplemente una mierda.» Consiguió a duras penas cantar *Lydia*, imaginando que todos veían a través de él, que todos menos él entendían la canción. Experimentó esa extraña transferencia con el público (normalmente deseoso de que fuera divertido y emotivo, todos juntos en esto) resintiéndose de su incomodidad. Un chiste que no había probado todavía, por lo visto con muy poca gracia, acerca de lo culonas que eran las chicas escocesas («como sacos de morcillas; esas chicas llevan... morcillas, salchichas de hígado y corazón de contrabando en las bragas»), no contribuyó precisamente a mejorar la situación. Hasta la guitarra le parecía estridente.

A la mañana siguiente seguía sin haber rastro de Joe. La pareja que alojaba a Pat dejó el *Scotsman* a su puerta, abierto por la página que incluía la crítica de su actuación: una estrella. Leyó «zafio», «inconexo» y «cabreado», y dejó de leer.

Aquella noche tuvo ocho espectadores y, a partir de entonces, las cosas fueron como había imaginado que irían. Cinco espectadores a la siguiente. Joe seguía sin aparecer. Bigotes se acercó al escenario para decirle a Pat que no iba a renovarle el contrato de una semana. Un ventrílocuo ocuparía su sala, su vacante y su habitación. Le había entregado el cheque a su mánager, le dijo Bigotes. Pat se echó a reír, imaginándose a Joe camino de Londres con sus quinientas libras.

—Entonces, ¿cómo voy a volver a casa? —le preguntó al bigotudo.

—¿A Estados Unidos? —preguntó el tipo con voz nasal—. Eh... no sé. ¿Esa guitarra tuya flota?

Lo único positivo que Pat sacó de aquella oscura época fue que aprendió a sobrevivir en la calle. No lo había hecho más que unas cuantas semanas por entonces, pero se lo tomó con toda calma. Supo qué hacer. Había varios estratos de artistas en Edimburgo: grandes, mal pagados como Pat, aficionados, los conocidos como Free Fringe y, por último (por debajo de estos y apenas por encima de los carteristas y los mendigos), toda clase de músicos y artistas callejeros: bailarines jamaicanos con las zapatillas sucias y las rastas descuidadas; grupos de música chilena; magos con cinco trucos en una mochila; una gitana que tocaba una flauta muy rara, y aquella tarde, en una calle, enfrente del café Costa, Pat Bender, improvisando frases divertidas para los clásicos americanos: «*Desperado, you better come to your senses / With a pound 'n' twenty pences / You ain't never gettin' home.*»*

* «*Desperado, why don't you come to your senses? / You been out ridin' fences for so long now.*» De la letra original del grupo Eagles. *(N. de la T.)*

Había bastantes turistas estadounidenses. Tantos que, antes de darse cuenta, había reunido treinta y cinco libras. Se compró media pinta de cerveza, un poco de pescado frito y se fue a la estación. Su sorpresa fue que el billete más barato para Londres costaba sesenta libras. Descontando lo que gastara en comida, tardaría tres días en reunir tanto dinero.

Al pie del castillo había un parque alargado con las murallas de la ciudad a ambos lados. Pat lo recorrió de un extremo al otro, buscando un lugar para dormir. Sin embargo, al cabo de una hora decidió que era demasiado viejo para dormir al raso. Se fue a New Town, compró una pinta de vodka y pagó a un empleado de hotel cinco libras para que lo dejara dormir en un baño.

A la mañana siguiente, volvió al café y siguió tocando. Estaba interpretando la vieja canción de los Reti *Gravy Boat* cuando alzó los ojos y vio a la chica que se había follado contra la tubería de su camerino. La joven puso unos ojos como platos y agarró de los brazos a su amiga.

—¡Eh, es él!

Resultó que se llamaba Naomi, que tenía solo dieciocho años, que era de Manchester y estaba de vacaciones allí con sus padres, Claude y June, que por lo visto estaban almorzando en un pub cercano, eran más o menos de la edad de Pat y estarían entusiasmados de conocer al nuevo amigo de su hija. Naomi les contó a sus padres los problemas de Pat casi gritando: lo agradable que había sido siempre, cómo lo había estafado su mánager y lo había dejado allí tirado sin medios para volver a casa. Dos horas más tarde iba en un tren camino de Londres, con el billete pagado por un padre cuya motivación para querer a Pat lejos de Escocia estaba más clara que el agua.

En el tren, Pat estuvo pensando en Edimburgo, en todos aquellos desesperados artistas repartiendo folletos por la calle, en los músicos callejeros y los chapiteles y las iglesias y los castillos y los acantilados; en la lucha por llegar más alto, para ser visto; en el ciclo de creación y rebelión; en todos convencidos de que estaban diciendo algo nuevo o haciendo algo nuevo, algo profundo... cuando lo cierto era que ya todo estaba dicho un billón de veces. Era lo que él había querido siempre. Ser grande.

Importar. «Sí, bueno —se imaginaba a Lydia diciendo—, no lo has conseguido.»

Kurtis le abrió la puerta con los auriculares del iPod en las orejas de su cabeza redonda y dentuda. Cuando vio a Pat le cambió la cara... o al menos eso le pareció a Pat cuando lo empujó otra vez al pasillo, contra la pared. Dejó caer la mochila y la guitarra.

—Espera...

Kurtis le apretó el cuello con el antebrazo, cortándole la respiración y le dio un rodillazo en la entrepierna.

Trucos de gorila, dedujo Pat, hasta que un puño se le estampó contra la cara y le borró incluso ese pensamiento de la cabeza. Cayó al suelo. Intentó recuperar el aliento y se llevó la mano a la cara ensangrentada. Intentó ver a Umi o a Joe entre las piernas de Kurtis, pero el apartamento parecía no solo vacío sino destrozado. Imaginó la trifulca que se había desencadenado: a Joe entrando en tromba y toda la mierda que había entre los tres saliendo por fin; a Joe diciéndole a una afligida Umi que la amaba. Le gustaba imaginarse a Joe y a Umi en un tren, en alguna parte, con los billetes pagados con sus quinientas libras.

Entonces se dio cuenta de que Kurtis iba en ropa interior. «¡Madre mía, qué gente!» Kurtis se cernía sobre él, jadeando. Le dio una patada a la funda de la guitarra y Pat pensó: «Por favor, la guitarra no.»

—¡Puto gilipollas! —dijo por fin Kurtis—. Sí. Puto gilipollas. —Y entró en el piso.

A Pat le dolió hasta el aire del portazo. Tardó unos segundos en levantarse, y lo hizo únicamente por temor a que Kurtis volviera a por la guitarra.

En la calle, la gente lo miraba recelosa porque le sangraba la nariz a borbotones. En un pub, a una manzana de distancia, pidió una pinta, un trapo y un poco de hielo; se aseó en el baño y se puso a vigilar la puerta del piso de Kurtis. Al cabo de dos horas seguía sin haber visto a nadie: ni a Joe, ni a Umi, ni a Kurtis.

Cuando se terminó la cerveza, puso el dinero que le quedaba

en la mesa: doce libras y catorce peniques. Se quedó mirando aquella triste suma hasta que los ojos se le llenaron de lágrimas. Enterró la cabeza en las manos y lloró. En cierto modo se sintió purificado, como si pudiera ver por fin cómo eso que había identificado en Edimburgo (su avidez de llegar a lo más alto) había estado a punto de destruirlo. Le parecía haber recorrido un túnel y estar en el último tramo oscuro antes de llegar al otro lado. Todo aquello se había acabado. Estaba dispuesto a dejar de intentar ser importante; estaba dispuesto sencillamente a vivir.

Temblaba cuando salió a un frío viento racheado, impulsado por una determinación rayana en la desesperación. Entró en la cabina telefónica roja que había a la puerta del pub. Olía a orines y estaba empapelada de anuncios de espectáculos de *strip-tease* y servicios de transexuales.

—Sandpoint, Idaho, Estados Unidos —le dijo a la operadora, con la voz rota, temiendo haber olvidado el número; pero en cuanto hubo dicho el prefijo, el 208, le vino a la cabeza de inmediato.

—Cuatro libras y quince peniques —le dijo la operadora.

Era casi la mitad de la suma que le quedaba, pero sabía que aquella no sería otra llamada para pedir dinero. Esta vez no. Insertó las monedas.

Le respondió al segundo timbrazo.

—¿Diga?

Tenía que ser un error. No era su madre... Pat pensó horrorizado que era demasiado tarde. Había muerto. Habían vendido la casa. ¡Dios! Había vuelto demasiado tarde y no había podido despedirse de la única persona que se había preocupado por él.

Pat Bender se quedó allí de pie, sangrando y llorando, solo, en una cabina roja de una transitada calle del sur de Londres.

—¿Diga? —repitió la mujer, y en esta ocasión la voz le resultó familiar, a pesar de no ser la de su madre.

—¿Quién llama?

—Hola. —Pat controló los sollozos y se enjugó las lágrimas—. ¿Eres... eres Lydia?

—¿Pat?

—Sí, soy yo. —Cerró los ojos y la vio, con aquellos ojos suyos perplejos y el pelo castaño corto. Fue como una señal—. ¿Qué haces ahí, Lydia?

Ella le contó que su madre estaba con otra tanda de quimioterapia.

¡Dios mío! Entonces no llegaba tarde. Pat se tapó la boca. La cuidaban por turnos, le dijo Lydia: primero sus hermanas (las desdichadas tías de Pat, Diane y Darlene) y ahora ella, que había ido a pasar unos días desde Seattle.

La voz de Lydia sonaba tan clara y tan sensata; no le extrañaba haberse enamorado de ella. Era cristalina.

—¿Dónde estás, Pat?

—No te lo vas a creer.

Estaba nada menos que en Londres. Un tipo le había propuesto que saliera de gira por el Reino Unido, pero había habido algunos problemas y el tipo lo había estafado y...

Pat notaba el silencio al otro extremo de la línea.

—No... Lydia —le dijo, y rio. Imaginaba cómo interpretaba ella aquella llamada. ¿A cuántas de aquellas llamadas había respondido? Y su madre, ¿lo había dejado alguna vez en la estacada?—. Esta vez es diferente...

Calló de golpe. ¿Diferente? ¿En qué? Esta vez, ¿qué? Miró la cabina en la que estaba. ¿Qué podía decir que no hubiera dicho ya, a qué terreno más elevado podía encaramarse? «Esta vez prometo no volver a emborracharme, hacer trampa ni robar. ¿Puedo volver a casa, por favor?» Seguramente ya había dicho aquello también, o lo diría dentro de una semana, o de un mes, o cuando fuera que aquello lo asaltara de nuevo, y lo haría sin duda: la necesidad de ser importante, de ser grande, de llegar a lo más alto. «De llegar a lo más alto.» ¿Por qué? ¿Qué más había? Fracasos e incógnitas.

Pat se echó a reír. Reía porque se dio cuenta de que su llamada no era más que otra patraña de una larga lista, como el resto de su mierda de carrera artística, como la confrontación con Lydia y su madre que tanto detestaba porque no lo entendían: no entendían que toda aquella mierda no tenía sentido a menos que estuvieras realmente dispuesto a hacer la tuya. «Esta vez...» En el otro extremo de la línea, Lydia interpretó mal su risa.

—¡Oh, Pat! —le dijo, con un hilo de voz—. ¿Qué te has metido?

Intentó responderle que nada, pero estaba sin aliento. Entonces oyó a su madre entrar en la habitación donde estaba Lydia. Oyó su voz débil y dolorida.

—¿Quién es, cariño?

Se dio cuenta entonces de que en Idaho eran las tres de la madrugada.

A las tres de la madrugada había llamado a su madre moribunda para rogarle que lo sacara una vez más del lío en el que estaba. Hasta el final tenía que soportar a ese simulacro de hijo de mierda. Pensó: «¡Hazlo, Lydia! ¡Hazlo, por favor!»

—Hazlo —susurró, mientras un autobús rojo de dos pisos pasaba rugiendo por delante de la cabina telefónica, y contuvo el aliento para que no se le escapara nada más.

Lydia inspiró profundamente y lo hizo.

—No era nadie, Dee —dijo, y colgó.

11

Dee de Troya

Abril de 1962
Roma y Porto Vergogna, Italia

Richard Burton era el peor conductor que Pasquale había conocido. Miraba la carretera con un ojo y sujetaba apenas el volante con dos dedos y el codo levantado. Sacaba la otra mano por la ventanilla con un cigarrillo que no parecía tener intención de fumarse. Desde el asiento del acompañante, Pasquale miraba aquel cigarrillo encendido en la mano del hombre, preguntándose si le daría una calada antes de que la ceniza le llegara a los dedos.

Los neumáticos del Alfa Romeo chirriaron cuando tomó la curva para salir del centro de Roma. Algunos peatones chillaban y lo amenazaban con el puño cuando los hacía subir a la acera. «Perdón» o «lo siento mucho» o «a tomar por culo», decía.

Pasquale no se había enterado de que Richard Burton era Richard Burton hasta que la mujer de la escalinata de la Trinità dei Monti los presentó: «Pasquale Tursi, este es Richard Burton.» Momentos antes, ella lo había alejado de los escalones. Él seguía llevando el sobre de Michael Deane en la mano y habían recorrido un par de calles, subido unas escaleras, atravesado un restaurante y salido por la puerta de atrás para encontrarse por fin con aquel hombre que llevaba gafas de sol, pantalones de estambre, una chaqueta deportiva sobre un jersey y una bufanda roja. Estaba apoyado en un Alfa Romeo celeste, en un estrecho callejón donde no había más coches. Richard Burton se había quitado las gafas de sol y le había brindado una irónica sonrisa. Era más o menos de la misma estatura que Pasquale, con gruesas patillas, el cabello castaño rizado y un hoyuelo en la barbilla. Sus facciones eran las más marcadas que Pasquale había visto en su vida, como si hubieran esculpido su cara por partes antes de ensamblarla. Tenía leves cicatrices de acné en las mejillas y unos ojos azules enormes e imperturbables, y, sobre todo, una cabeza enorme. Como nunca había ido a ver una película de Richard Burton, lo conocía solo de nombre, por las dos mujeres del tren del día anterior. Sin embargo, en cuanto le puso los ojos encima no le cupo duda de que aquel hombre era una estrella de cine.

Como la mujer le metía prisa, Pasquale se lo contó todo en un vacilante inglés: que Dee Moray había llegado a su pueblo y había estado esperando a un misterioso hombre que no llegaba; la visita del doctor y el viaje de Pasquale a Roma; la confusión de que lo mandaran con los extras; que había estado esperando a Michael Deane; el estimulante encuentro con este, que había empezado con el golpe que le había propinado en el pecho y derivado rápidamente en la confesión por parte de Deane de que Dee estaba embarazada y no a punto de morir, para terminar con el sobre de dinero que Deane le había entregado como pago y que Pasquale aún llevaba en la mano.

—Bien —dijo Richard Burton cuando terminó—. Deane es un mercenario sin corazón. Supongo que se proponen realmente acabar esta maldita película si han enviado a ese mierda para manejar los presupuestos y los cotilleos y la podredumbre. Bien, la ha cagado. Pobre chica. Escucha, Pat —le puso a Pasquale la mano en el brazo—: llévame con ella. ¿Querrás, amigo? Para que pueda por lo menos darle un barniz de caballerosidad a todo este puto desastre.

—¡Ah! —Pasquale entendía por fin algunas cosas y se sintió un poco desmoralizado de que su rival fuera aquel hombre y no el llorón de Deane—. Entonces... el bebé es de usted.

Richard Burton se encogió levemente de hombros.

—Eso parece, sí.

Treinta minutos más tarde recorrían a toda velocidad los suburbios de Roma en el Alfa Romeo de Richard Burton, camino de la *autostrada* para encontrarse, finalmente, con Dee Moray.

—Es magnífico estar de nuevo conduciendo por ahí. —El cabello de Richard Burton se agitaba con el viento mientras hablaba por encima del ruido de la carretera. El sol se reflejaba en sus gafas oscuras—. Te voy a decir una cosa, Pat: te envidio por el golpe que le has endilgado a Deane. Ese tío es un maldito mamón novato. Yo espero apuntar un poco más alto. —La brasa del cigarrillo le llegó a los dedos y lo soltó con un respingo por la ventanilla como si una abeja lo hubiera picado—. Confío en que sepas que no tuve nada que ver en lo de enviar fuera a la chica. Y de verdad que no sabía que estaba embarazada. No es que me entusiasme, ya sabes cómo son estas cosas durante los rodajes. —Se encogió de hombros y miró por la ventanilla—. Pero me gusta Dee. Es... —Buscó la palabra adecuada sin éxito—. La he echado de menos. —Se llevó la mano a la boca y pareció sorprendido de no tener el cigarrillo—. Dee y yo tuvimos una aventura y nos enrollamos otra vez, cuando el marido de Liz estuvo en la ciudad. Entonces la Fox me mandó fuera para un maldito trabajo de actor de reparto en *El día más largo*, probablemente para deshacerse de mí una temporada. Yo estaba en Francia cuando Dee se puso mala. Hablé con ella por teléfono y me dijo que había ido a que la examinara el doctor Crane, que le había diagnosticado un cáncer y que iría a Suiza para someterse a un tratamiento. Decidimos encontrarnos antes en la costa, sin embargo. Le dije que cuando acabara mi trabajo en *El día más largo* me reuniría con ella en Portovenere y le pedí a ese saco de mierda de Deane que lo organizara. El tipo es un maestro de la manipulación. Dijo que ella había empeorado y se había ido a Berna para tratarse y que me llamaría cuando volviera. ¿Qué podía hacer yo?

—¿A Portovenere? —preguntó Pasquale. Entonces había ido a su pueblo por error, o engañada por Michael Deane.

—Es esta maldita película —dijo Richard Burton, golpeándose la frente—. Es el culo del demonio, esta puta película. *Flashes* por todas partes... curas con cámaras bajo la sotana... sanguijuelas que vienen de Estados Unidos para estar con las chicas y emborracharse... columnas de cotilleo cada vez que tenemos un puto cóctel. Tendría que haberme ido hace meses. Es una locura. Y ¿sabes por qué ha pasado esto? ¿Lo sabes? Por su culpa.

—¿Por culpa de Dee Moray?

—¿Qué? —Richard Burton miró a Pasquale como si no le hubiera estado escuchando—. ¿De Dee? No, no. Por culpa de Liz. Es como tener un maldito tifón en el piso. Y yo no vine para esto. Era completamente feliz rodando *Camelot*. Aunque Julie Andrews no me dio ni un maldito apretón de manos, te puedo asegurar que no me faltaba compañía femenina. No. Había terminado con las películas tontas. Era mi vuelta al escenario, volvía a ser fiel a mi promesa, al arte, toda esa mierda. Entonces llama mi agente y me dice que la Fox quiere comprarme, sacarme de *Camelot* y pagarme cuatro veces mi caché si ruedo con Liz Taylor vestido con una túnica. ¡Cuatro veces! Y a pesar de todo no me lancé inmediatamente; dije que lo pensaría. Dime qué mortal tendría que pensarse una cosa así. Pues yo lo hice. ¿Y sabes lo que estaba pensándome?

Pasquale solo pudo encogerse de hombros.

—Estaba pensando en Larry Olivier —Richard Burton miró a Pasquale— sermoneándome con esa voz de tío refunfuñón. —Adelantó el labio inferior y puso una voz nasal—: «Vas a tener que decidir por fin si quieres ser un famoso o un ac-TOR.» —Soltó una carcajada—. Podrido viejo bribón. La última noche de *Camelot*, levanté mi vaso en un brindis por Larry y su maldito escenario. Le dije que cogería el dinero, gracias, y que al cabo de una semana tendría a esa Liz Taylor de cabello azabache de rodillas... o, mejor dicho, en las mías. —Se rio de nuevo al recordarlo—. Olivier... Cristo. Al final, en realidad, ¿qué más da si los hijos de dos mineros del carbón galeses actúan en el escenario o en la pantalla? Nuestros nombres están escritos en el agua, de todos modos, como dijo Keats, así que, ¿qué coño importa? Los viejos borrachos como Olivier y Gielgud pueden meterse sus principios por el culo uno al otro. «A tomar por culo, chicos, y que siga la fiesta.» ¿De acuerdo? —Echó un vistazo por encima del hombro, con el pelo revuelto al viento en el descapotable—. Así que me marché a Roma, donde conocí a Liz. Y déjame decirte, Pat, que nunca he visto a una mujer como esa. Ha habido unas cuantas en mi vida, pero ¿esta? Cristo. ¿Sabes lo que dije la primera vez que la vi? —Era un pregunta retórica—. Dije: no sé si alguien te había dicho esto, pero no tienes pinta de chica mala. —Sonrió—. Y cuando esos ojos se posan en ti... ¡Dios, el mundo deja de girar! Sabía que estaba casada; más todavía, que es una rompecorazones. Sin embargo, yo tampoco soy de acero. Por supuesto que cualquier tipo recto habría elegido en mi situación ser un gran actor antes que famoso; pero esa no es realmente la elección, ¿o sí? Porque ellos amontonan todo ese puto dinero en el platillo de la balanza y ponen, además, ¡Dios!, esas tetas y esa cintura... y, ¡Cristo!, esos ojos, y el brazo empieza a inclinarse, amigo, hasta que la balanza se decanta claramente. No, no. Estamos definitivamente escritos en el agua, o en coñac, si tenemos un poco de suerte. —Guiñó un ojo y dio un bandazo.

Pasquale puso la mano en el salpicadero.

—Tengo una idea. ¿Te apetece un coñac? —Inspiró profundamente y volvió a su historia—. Por supuesto, los periódicos hablaron de Liz y de mí, y su marido vino a la ciudad. Yo me enfurruñé un poco, pasé unos cuantos días cabreado y, luego, borracho y arrepentido, volví con Dee, por comodidad. Cada dos semanas, me encontraba llamando a su puerta. —Meneó la cabeza—. Ella es inteligente, perspicaz. Es una carga para una mujer atractiva ser tan inteligente, ver más allá. Estaba de acuerdo con Larry, estoy seguro, en que estoy malgastando mi talento haciendo películas basura como esta. Yo sabía que Dee estaba loca por mí. Probablemente no debería haberla perseguido, pero... somos como somos, ¿verdad? —Se palmeó el pecho con la mano izquierda—. ¿Tendrías otro cigarrillo?

Pasquale sacó uno y se lo encendió. Richard Burton dio una larga calada y expulsó el humo por la nariz.

—Ese Crane, el que diagnosticó a Dee, el camello de los anticonceptivos de Liz, renquea cuando camina. Él y Deane idearon esa basura del cáncer para sacar a Dee de la ciudad. —Cabeceó—. Hijo de puta. ¿Qué clase de bastardo le dice a una chica con vómitos matutinos que se está muriendo de cáncer? ¿De qué va esa gente?

Frenó de golpe, los neumáticos saltaron como un animal asustado y el coche viró bruscamente, salió de la calzada y se detuvo con un chirrido en un mercado de las afueras de Roma.

—¿Tienes tanta sed como yo, amigo?

—Tengo hambre —dijo Pasquale—. No he comido.

—Bien, estupendo. Y seguramente no llevas dinero, ¿o sí? Estaba tan hecho polvo cuando nos fuimos que me temo que no tengo liquidez.

Pasquale abrió el sobre y le dio mil liras. Richard Burton cogió el dinero y entró corriendo en el mercado. Volvió al cabo de unos minutos con dos botellas de vino tinto abiertas; le dio una a Pasquale y se colocó la otra entre las piernas.

—¿En qué mierda de sitio no hay una botella de coñac? ¿Tenemos que escribir nuestros nombres en meado de uva? ¡Ah, bueno! En caso de necesidad supongo que sí. —Tomó un largo sorbo de vino y notó que Pasquale lo miraba—. Mi padre se tomaba doce pintas al día. Siendo galés, lo tengo controlado, así que solo bebo cuando trabajo. —Le hizo un guiño—. Lo que pasa es que siempre estoy trabajando.

Cuatro horas más tarde, el responsable del embarazo de Dee Moray se había bebido las dos botellas de vino excepto unos tragos y había parado por una tercera. Pasquale no podía creer la cantidad de vino que aquel hombre podía metabolizar. Richard Burton aparcó el Alfa Romeo cerca del puerto de La Spezia y Pasquale estuvo preguntando en un bar del muelle hasta que un pescador aceptó llevarlos a Porto Vergogna por dos mil liras. El hombre caminaba hacia su barca diez pasos por delante de ellos.

—Yo nací en un pueblo diminuto —le dijo Richard Burton a Pasquale cuando estuvieron instalados en el banco de madera, a popa de la fría y húmeda embarcación de diez metros del pescador.

Era una tarde oscura y fría, y Burton se levantó el cuello de la chaqueta para protegerse de la cortante brisa marina. El patrón estaba de pie a tres pasos de ellos, sujetando el timón mientras bordeaban el malecón del puerto. La espuma del mar subía hasta la popa y volvía a bajar, y el aire salado le daba aún más hambre a Pasquale.

El patrón los ignoraba. Tenía las orejas rojas de frío por el viento.

Richard Burton se recostó y suspiró.

—La mota de donde yo soy se llama Pontrhydyfen. Está en un pequeño valle entre dos grandes montañas y lo cruza un pequeño río claro como el vodka. Es un pueblecito minero galés ¿Y cómo crees que se llama el río?

Pasquale no tenía ni idea.

—Piénsalo. Tiene mucho sentido.

Pasquale se encogió de hombros.

—Avon.* —Esperó la reacción de Pasquale—. Un poco irónico, ¿no?

Pasquale dijo que lo era.

—Vale. Bueno, pues. ¿Alguien ha mencionado el vodka? Eso es, yo lo he hecho. —Richard Burton suspiró con cansancio. Después llamó al patrón—. ¿De verdad no tenemos nada de beber a bordo? ¿En serio? ¡Capitán!

El hombre lo ignoró.

—Se está arriesgando a provocar un motín, ¿no crees, Pat? —Echó la espalda hacia atrás de nuevo, se colocó el cuello contra el aire frío y continuó hablándole a Pasquale del pueblo donde se había criado—. Éramos trece pequeños Jenkins chupadores de teta todos nosotros, hasta el bastardo que nació después de mí. Yo tenía dos años cuando mi pobre mamá nos dejó, completamente seca. Consumimos a la pobre mujer como si desinfláramos una pelota. Yo me la acabé. Mi hermana Cecilia me crio a partir de entonces. El viejo Jenkins no servía para nada. Tenía casi cincuenta años cuando nací y estaba borracho desde que salía el sol. Apenas lo conocí; su apellido fue lo único que me dio. Lo de Burton lo copié de un profesor de teatro, aunque a la gente le digo que me lo puse por Robert Burton, el autor de *Anatomía de la melancolía*. ¿Vale? Perdón. —Se frotó el pecho—. Esto es lo único que me inventé: Burton. Dickie Jenkins es un insignificante chupatetas, pero Richard Burton, compañero... sube como la maldita espuma.

* Edén. (*N. de la T.*)

Pasquale asintió. El sonido del mar y la verborrea imparable de borracho de Burton conspiraban para darle un sueño terrible.

—Todos los Jenkins chicos trabajaban en la superficie de la mina de carbón, excepto yo, y yo solo escapé por suerte y por Hitler. La RAF era mi salida. Era demasiado jodidamente cegato para volar, pero aun así me llevó a Oxford. Dime, ¿sabes lo que le dices a un chico de mi pueblo cuando lo ves en Oxford?

Pasquale se encogió de hombros, agotado por la charla constante del hombre.

—Le dices: ¡vuelve a plantar coles! —Como Pasquale no se reía, Richard Burton se recostó para explicárselo—. No trato de... no darme ínfulas. Solo quería que supieras que yo no siempre... —Trató sin éxito de terminar la frase—. Esto... Pues que sé lo que es vivir en provincias. ¡Oh, sí! He olvidado muchas cosas, lo reconozco. Me he vuelto blando; pero eso no lo he olvidado.

Pasquale nunca había conocido a nadie que hablara tanto como Burton. Cuando no entendía algo en inglés, Pasquale había aprendido a cambiar de tema. Lo intentó, solo para volver a oír su propia voz.

—¿Juegas al tenis, Richard Burton?

—He practicado rugby; me gusta su rudeza y revolcarme. Habría jugado en un club, después de Oxford, de delantero, de no ser por la facilidad con la que cualquier actor se acuesta con mujeres jóvenes. —Dejó vagar la mirada—. Mi hermano Ifor era un jugador de rugby de primera. Habría podido ser como él si no lo hubiera dejado; sin embargo, me limité a jugar con chicas pechugonas. Desde mi punto de vista, los actores tienen mayor variedad para elegir. —Le habló de nuevo al patrón—: ¿Está completamente seguro de que no tiene ni un trago a bordo, capitán? ¿No tiene coñac? —Como no obtuvo respuesta, se dejó caer otra vez en el banco—. Espero que este gilipollas se hunda con su bañera.

Por fin dieron la vuelta al rompeolas y el viento helado cesó cuando la barca aminoró la marcha y entraron en Porto Vergogna. Toparon contra el embarcadero de madera al final del muelle. El agua lamía las tablas empapadas y combadas. A la luz de la luna, Richard Burton echó un vistazo a la docena escasa de casas de piedra y revoque, un par de ellas alumbradas por linternas.

—¿El resto del pueblo está detrás de la colina?

Pasquale miró hacia el último piso de su hotel. La ventana de Dee Moray estaba a oscuras.

—No, Porto Vergogna es esto nada más.

Richard Burton meneó la cabeza.

—Claro, por supuesto. Dios mío, ¡no es más que una grieta en el acantilado! ¿Y no hay teléfono?

—No. —Pasquale estaba avergonzado—. A lo mejor el año que viene habrá.

—Este Deane está como una chota —dijo Richard Burton en un tono que a Pasquale le pareció casi de admiración—. Voy a azotar a ese pequeño bastardo hasta que le sangren los pezones. Hijo de puta. —Saltó al muelle mientras Pasquale le pagaba al pescador de La Spezia, que empujó la barca y se fue sin apenas decir una palabra.

Pasquale fue hacia la orilla.

Por encima de ellos, los pescadores bebían en la *piazza* como si estuvieran esperando algo con impaciencia. Daban vueltas como abejas expulsadas de su colmena y ahora empujaron a Tommaso *el Comunista* para que bajara los escalones hacia la orilla. A pesar de que Pasquale ya sabía que Dee Moray no iba a morirse después de todo, sentía que algo terrible le había ocurrido.

—Gualfredo y Pelle han venido esta tarde en el barco grande —le dijo Tommaso cuando se encontraron en las escaleras—. ¡Se han llevado a tu americana, Pasquale! Intenté detenerlos, y tu tía Valeria también. Les dijo que la chica moriría si se la llevaban. La americana no se quería ir, pero el cerdo de Gualfredo le dijo que se suponía que debía estar en Portovenere, no aquí..., que un hombre había ido allí a por ella, así que se fue con ellos.

Como el diálogo fue en italiano, las noticias no afectaron a Richard Burton, que se bajó el cuello de la chaqueta, se arregló y miró hacia arriba, hacia el pequeño racimo de casas blancas. Le sonrió a Tommaso.

—No creo que seas camarero, compañero —le dijo—. Necesitaría un trago antes de decirle a la pobre chica que está embarazada.

Entonces Pasquale le tradujo lo que Tommaso le había dicho.

—Un hombre de otro hotel ha venido y se ha llevado a Dee Moray.

—¿Se la ha llevado, adónde?

Pasquale señaló costa abajo.

—A Portovenere. Dice que se supone que debería estar allí y que en mi hotel no podemos cuidar bien a los americanos.

—¡Eso es piratería! No podemos permitir que suceda una cosa así. ¿No creéis?

Subieron a la *piazza* y los pescadores compartieron el resto de su grapa con Richard Burton mientras hablaban de lo que había que hacer. Se habló de esperar hasta la mañana siguiente, pero Pasquale y Richard Burton coincidían en que Dee Moray debía saber inmediatamente que no se estaba muriendo de cáncer. Irían a Portovenere aquella misma noche. Reinaba la excitación entre los hombres en la fría costa lamida por el mar: Tommaso *el Viejo* hablaba de cortarle el cuello a Gualfredo; Richard Burton preguntaba en inglés si alguien conocía bares que abrieran hasta tarde en Portovenere; Lugo *el Héroe de Guerra* se fue corriendo a casa a coger su carabina; Tommaso *el Comunista* levantó la mano en una especie de saludo y se ofreció a dirigir el asalto al hotel de Gualfredo. Fue más o menos en ese momento que Pasquale se dio cuenta de que era el único hombre sobrio en Porto Vergogna.

Fue hasta el hotel y entró para decir a su madre y a su tía Valeria que se iban costa abajo. Cogió una botella de oporto para Richard Burton. Su tía miraba por la ventana y le describía a la madre de Pasquale, que estaba recostada en la cama, lo que veía. Pasquale apoyó la cabeza en la jamba de la puerta.

—Intenté detenerlos —dijo Valeria. Parecía triste. Le tendió a Pasquale una nota.

—Lo sé —dijo Pasquale, y leyó la nota. Era de Dee Moray.

Pasquale:
Han venido unos hombres a decirme que mi amigo me está esperando en Portovenere y que ha habido un error.

Me aseguraré de que te paguen por las molestias.

Gracias por todo. Tuya,

DEE

Pasquale suspiró. «Tuya.»

—Ten cuidado —le dijo su madre desde la cama—. Gualfredo es un hombre duro.

Él se metió la nota en el bolsillo.

—Estaré bien, *mamma*.

—Sí, lo estarás, Pasquo —dijo ella—. Eres un buen hombre.

Pasquale no estaba acostumbrado a estas muestras de afecto, sobre todo si su madre pasaba por una de sus épocas bajas. A lo mejor estaba saliendo a flote. Entró en la habitación y se inclinó a besarla. Notó el olor rancio habitual de cuando se confinaba en la cama; pero, antes de que pudiera darle un beso, lo agarró con la mano y le apretó el brazo con todas sus fuerzas. El de su madre temblaba.

Pasquale miró aquella mano temblorosa.

—*Mamma*, volveré enseguida.

Miró a su tía Valeria en busca de auxilio, pero la mujer no levantó la vista y su madre no lo soltaba.

—*Mamma*, basta ya.

—Le dije a Valeria que una americana tan alta nunca se quedaría. Le dije que se iría.

—*Mamma*. ¿De qué estás hablando?

Ella se recostó y, lentamente, le soltó el brazo.

—Ve a buscar a esa chica americana y cásate con ella, Pasquale. Tienes mi bendición.

Él se rio y la besó de nuevo.

—Iré a buscarla, pero te quiero a ti, *mamma*. Solo a ti. Para mí no hay ninguna otra.

Fuera, Pasquale encontró a Richard Burton y a los pescadores bebiendo en la *piazza* todavía. Un avergonzado Lugo dijo que no podían llevar su carabina porque su mujer la estaba usando para sujetar unas tomateras del huerto, junto al acantilado.

Mientras bajaban hacia la orilla, Richard Burton le dio un codazo a Pasquale y señaló el cartel del hotel Adequate View.

—¿Idea tuya?

Pasquale negó con la cabeza.

—No, de mi padre.

Richard Burton bostezó.

—Jodidamente brillante. —Tomó un trago alegremente de la botella de oporto—. Te digo, Pat, que esta es una imagen condenadamente extraña.

Los pescadores ayudaron a Tommaso *el Comunista* a descargar de la carreta sus redes y herramientas y un gato dormido, y la usaron para bajar el motor fueraborda al agua desde la *piazza*. Pasquale y Richard Burton subieron a bordo. Los pescadores se quedaron mirando lo que había quedado de la playa de Pasquale. Tommaso hizo el primer intento de arrancar el motor y derribó de un codazo la botella de oporto que sujetaba Richard Burton. Por suerte aterrizó, sin que se derramara mucho el contenido, en el regazo de Pasquale, que se la devolvió al ebrio galés. El pequeño motor se negaba a arrancar... Seguían sentados, balanceándose ligeramente con las olas, a la deriva. Richard Burton reprimía pequeños eructos y se disculpaba por cada uno de ellos.

—El aire está un poco estancado en este barco —dijo.

—¡Cabrón! —le gritó Tommaso al motor. Le dio un golpe y lo intentó de nuevo. Nada. Los otros pescadores gritaron que a lo mejor fallaba el estárter o no tenía gasolina.

Entonces a Richard Burton le ocurrió algo. Se puso de pie y, con una voz profunda y potente, se dirigió a los tres viejos pescadores que gritaban desde la orilla.

—No temáis, hermanos aqueos, os prometo que esta noche se verterán tiernas lágrimas en Portovenere, lágrimas por la ausencia de sus hijos muertos, de quienes sabemos que fueron a guerrear en pro de la rubia Dee, la mujer que acelera el corazón. Os doy mi palabra de caballero, de aqueo: ¡volveremos victoriosos, o no volveremos!

No entendieron ni una sola palabra del discurso, pero, sin embargo, los pescadores intuyeron que era épico y lo aclamaron todos, incluso Lugo, que estaba meando en las rocas. Entonces Richard Burton pasó la botella por encima de los dos tripulantes (Pasquale, acurrucado en la popa del barco, y Tommaso *el Comunista*, que ajustaba el estárter del motor) en señal de bendición.

—Oh, vosotros, hermanos perdidos de Portovenere, preparaos para enfrentaros al golpe destructivo de la muerte que se cierne sobre este valiente ejército de hombres buenos. —Le puso la mano sobre la cabeza a Pasquale—. Aquí Aquiles y el apestoso amigo que hurga en el motor (he olvidado su nombre), hombres justos los dos, implacables y poderosos y...

Tommaso le dio al contacto, el motor arrancó y Richard Burton estuvo a punto de caerse por la borda, pero Pasquale lo agarró a tiempo y lo sentó. Burton palmeó a Pasquale en el brazo y masculló.

—«Algo más que deudo y menos que amigo.»*

Se alejaron resoplando entre las olas. Por fin la expedición de rescate estaba en camino.

En la costa, los pescadores se fueron a sus casas. En el barco, Richard Burton suspiró, tomó un trago y miró una vez más hacia el pueblecito que desaparecía tras la pared de roca, como si nunca hubiera existido.

—Escucha, Pat —dijo—. Retiro lo que dije antes de que yo era de un pequeño pueblo como el tuyo. —Gesticuló con la botella de oporto—. No. Estoy seguro de que es un sitio estupendo pero, Cristo, tío, dejé asentamientos mayores en mis pantalones de campaña.

Una vez en tierra, se dirigieron directamente al *albergo* de Gualfredo, recientemente remodelado, el Hotel de la Mar en Portovenere. Pasquale tuvo que recurrir una vez más al dinero del pago que Michael Deane le había hecho, pero después de negociar con el conserje un precio astronómico, el hombre les dio la botella de coñac que quería Richard Burton y el número de habitación de Dee Moray. El actor, que había dormido un poco en el barco, Pasquale no sabía cómo, se enjuagó la boca con el coñac, tragó y se aplastó el pelo.

* La frase es de Hamlet, en la obra de Shakespeare del mismo nombre. (*N. de la T.*)

—Vale, todo perfecto —dijo.

Él y Pasquale subieron por las escaleras y recorrieron el pasillo hasta la alta puerta de la habitación de Dee. Pasquale observaba el moderno hotel de Gualfredo y se avergonzaba de nuevo de que Dee Moray se hubiera alojado en su miserable pequeña *pensione*. El olor de aquel lugar, a limpio y a algo que a él le parecía vagamente americano, le hizo darse cuenta de lo mal que debía oler el Adequate View, con las viejas y el olor a podredumbre de humedad marina del lugar.

Richard Burton iba delante de Pasquale, haciendo eses por la moqueta, enderezando el barco con cada paso. Se aplastó el pelo, le guiñó un ojo a Pasquale y llamó levemente con un nudillo a la puerta de la habitación. Como no obtuvo respuesta, llamó más fuerte.

—¿Quién es? —preguntó Dee Moray detrás de la puerta.

—Soy Richard, amor. He venido a rescatarte.

Un minuto después, la puerta se abrió y apareció Dee en camisón. Cayeron el uno en brazos del otro y Pasquale tuvo que apartar la mirada para no correr el riesgo de que lo traicionaran su profunda envidia y la vergüenza de haber pensado alguna vez que ella querría estar con alguien como él. Era un asno mirando a dos purasangres hacer cabriolas en un prado.

Pasados unos segundos, Dee Moray apartó a Richard Burton.

—¿Dónde has estado? —le reprochó con dulzura.

—Buscándote. Ha sido una odisea, pero escucha, hay algo que necesito decirte. Me temo que hemos sido víctimas de un desagradable engaño.

—¿Qué quieres decir?

—Entra y siéntate. Te lo explicaré todo. —La ayudó a entrar en la habitación y la puerta se cerró tras ellos.

Pasquale se quedó solo en el pasillo, mirando la puerta y sin saber qué hacer. Oía la conversación amortiguada del interior e intentaba decidir si quedarse donde estaba, si llamar a la puerta y recordarles su presencia o bien regresar al barco con Tommaso. Bostezó y se apoyó en la pared. Llevaba metido en aquello veinte horas seguidas.

A aquellas alturas, Richard Burton debía de haberle dicho ya que no se estaba muriendo, que en realidad estaba embarazada. Sin embargo, no oyó nada de lo que había esperado, bien una exclamación de enfado o de alivio al enterarse de la verdad de su estado, o por la conmoción de saber que esperaba un hijo. «¡Un hijo!», debería haber gritado, o preguntado: «¿Un hijo?» Sin embargo, detrás de la puerta no se oían más que voces apagadas.

Habrían pasado unos cinco minutos y Pasquale acababa de decidir que se iba cuando la puerta se abrió y Dee Moray salió, sola, en camisón. Había estado llorando. No dijo nada. Se le acercó caminando descalza por la moqueta del pasillo. Pasquale se apartó de la pared. Ella se abrazó fuertemente a su cuello. Él le abrazó la estrecha cintura y notó la seda en la piel y, debajo del camisón, sus senos contra el pecho. Olía a rosas y a jabón, y Pasquale se horrorizó al pensar en cómo debía de oler él después del día que había tenido: había viajado en autobús, en coche y en dos barcos de pesca. Solo entonces se percató de las cosas increíbles que le habían sucedido. ¿Había comenzado realmente el día en Roma, seleccionado como extra de la película *Cleopatra*? Entonces Dee Moray comenzó a estremecerse como el viejo motor del barco de Tommaso. Él la sostuvo un minuto entero, intentando simplemente dejar que el minuto pasara, sintiendo la firmeza de su cuerpo bajo la suavidad del camisón.

Por fin, Dee Moray se apartó. Se secó los ojos y miró a Pasquale a la cara.

—No sé qué decir.

Pasquale se encogió de hombros.

—No te preocupes.

—Pero quiero decirte algo, Pasquale, necesito hacerlo. —Se rio—. Con darte las gracias no es suficiente. En absoluto.

Él se sacó del abrigo el sobre de dinero, muy aligerado desde que se lo habían entregado en la *scalinata della Trinità dei Monti*.

—Michael Deane me pidió que te diera esto.

Ella abrió el sobre y se estremeció de repugnancia al ver el dinero. Él no mencionó que una parte era para él; se habría sentido cómplice.

—Y esto. —Le entregó las fotos de continuidad.

La primera era la de Dee con la otra mujer, en el rodaje de *Cleopatra*. Dee se tapó la boca cuando la vio.

—Michael Deane me ha dicho que te dijera...

—No vuelvas a decirme nunca lo que dijo ese cabrón —lo interrumpió Dee Moray, sin apartar la vista de la foto—. Por favor.

Pasquale asintió.

Ella seguía mirando las fotos. Señaló a la otra mujer, la del pelo oscuro a la que tenía cogida del brazo mientras reía.

—Es realmente muy hermosa —dijo—. Tiene gracia. —Suspiró.

Pasó las otras fotos y Pasquale se dio cuenta de que se detenía en una en la que salía de pie, con semblante triste, entre dos hombres. Uno de ellos era Richard Burton.

Dee Moray miró hacia la puerta abierta de su habitación. Se secó los ojos llorosos otra vez.

—Supongo que nos quedaremos aquí esta noche —dijo—. Richard está terriblemente cansado. Tiene que volver mañana a Francia para otro día de rodaje y luego vendrá conmigo a Suiza y... veremos juntos a ese doctor y... supongo que... lo solucionaremos.

—Sí —dijo Pasquale. Las palabras «lo solucionaremos» flotaban en el aire—. Me alegro de que no estés enferma.

—Gracias, Pasquale, yo también. —Los ojos volvieron a llenársele de lágrimas—. Volveré algún día para verte, ¿de acuerdo?

—Sí —dijo él, sin creer ni por un momento que volvería a verla algún día.

—Podemos hacer una excursión al búnker y ver las pinturas.

Pasquale se limitó a sonreír. Estaba concentrado buscando las palabras.

—La primera noche, dijiste algo: que no sabemos en qué momento empieza nuestra historia, ¿verdad?

Dee asintió.

—Mi amigo Alvis Bender, el hombre que escribió el libro que leíste, me dijo algo así una vez. Dijo que nuestra vida es una historia, pero que cada historia va en una dirección diferente,

¿sí? —Tendió una mano hacia la izquierda—. Tú. —Tendió la otra hacia la derecha—. Yo.

Aquellas palabras no lograban expresar lo que quería decir, pero ella asintió como si lo hubiera entendido.

—Pero a veces —prosiguió—, somos como personas en un coche o en un tren, que van en la misma dirección. La misma historia. —Juntó las palmas—. Y yo creo que es... hermoso, ¿sí?

—¡Oh, sí! —dijo ella, y juntó las palmas para demostrárselo—. Gracias, Pasquale. —Le puso una mano en el pecho y ambos la miraron.

Ella la apartó y Pasquale se volvió dispuesto a irse, reuniendo los restos de orgullo que todavía le quedaban en el cuerpo para echárselos a la espalda como el escudo del centurión en que casi se había convertido aquella mañana.

—Pasquale —lo llamó ella cuando había avanzado unos pocos pasos.

Se volvió. Dee se acercó por el pasillo y lo besó de nuevo, y aunque esta vez fue en los labios, no fue como el beso que le había dado en el patio del hotel Adequate View. Aquel beso había sido el principio de algo; en aquel momento sintió que su historia estaba empezando. Este era un final, la despedida de un personaje secundario: él.

Ella se secó los ojos.

—Toma. —Le puso en la mano una de las fotos Polaroid: la de la mujer de pelo oscuro y ella—. Un recuerdo.

—No, es tuya.

—No la quiero. Tengo las otras.

—Algún día la querrás.

—Haremos una cosa. Si, cuando sea vieja, necesito convencer a la gente de que trabajé en el cine, vendré a buscarla. ¿De acuerdo?

Le apretó la foto en la mano, se dio la vuelta, entró en su habitación y cerró la puerta despacio y silenciosamente, como una madre escabulléndose del dormitorio de su hijo dormido.

Pasquale se quedó mirando la puerta. Había deseado más que nada en el mundo a los glamurosos norteamericanos y, como un sueño, ella había llegado a su hotel. Ahora que había vuelto a la realidad, se preguntaba si no habría sido mejor no haber vislumbrado lo que se oculta detrás de la puerta.

Pasquale se volvió y se alejó a toda prisa por el pasillo. Bajó las escaleras, pasó por delante del conserje de noche y salió al exterior para reunirse con Tommaso, que estaba apoyado en una pared, fumando. Se había bajado la visera de la gorra, que le tapaba los ojos. Pasquale le enseñó la foto de Dee y la otra mujer.

Tommaso la miró y encogió un hombro.

—Bah —dijo, y los dos echaron a andar hacia el puerto.

12

El décimo rechazo

Recientemente
Los Ángeles, California

Antes del amanecer, antes de los jardineros guatemaltecos, antes de los tiburones y los Mercedes-Benz y el aburguesamiento de la mente americana... Claire nota una mano en la cadera.

—No, Daryl —murmura.

—¿Quién?

Abre los ojos y ve un escritorio de madera clara, un televisor de pantalla plana y el tipo de cuadros que suele haber en los hoteles. Porque está en una habitación de hotel.

Está tumbada de lado y la mano en la cadera viene de detrás. Se mira y ve que va vestida. Por lo menos no ha habido sexo. Se vuelve y mira a Shane Wheeler a los ojos, grandes e ingenuos. Nunca se había despertado en una habitación de hotel, al lado de un hombre al que acaba de conocer, así que no está segura de lo que se dice en estos casos.

—Hola —saluda.

—Daryl. ¿Es tu novio?

—Lo era hace diez horas.

—¿El del club de *striptease*?

Buena memoria.

—Sí. —En algún momento de la noche que habían pasado bebiendo, le había explicado que Daryl se pasaba el día mirando porno *online* y yendo a clubs de *striptease* sin remordimiento

— 209 —

alguno, y que cuando le sugería que aquello era faltarle a ella al respeto se reía. (Recuerda haberla descrito como una relación «sin esperanza».) Ahora, acostada junto a Shane, siente una clase distinta de desesperación. ¿Qué demonios le pasa? ¿Por qué volvió a la habitación con este tipo? ¿Qué puede hacer con las manos con las que hace poco le ha estado acariciando el pelo y otras diversas partes del cuerpo a Shane?

Coge la BlackBerry y consulta la pantalla: las siete de la mañana, 16 °C, nueve correos electrónicos, dos llamadas perdidas y un escueto mensaje de texto de Daryl: «¿Qué pasa?»

Echa un vistazo a Shane por encima del hombro. Tiene el pelo más rebelde incluso que anoche, con las patillas más de Elvis que de moderno. No lleva camisa y ve que lleva en el antebrazo izquierdo ese maldito tatuaje, ACTÚA, por el que se culpa en parte de lo sucedido anoche. Solo en las películas un momento así requiere un *flashback*: cómo Michael le había hecho reservar habitaciones en el Waldorf para Shane y Pasquale, cómo había acompañado al italiano al hotel seguida por Shane en su coche de alquiler, cómo Pasquale había dicho que estaba cansado y se había retirado a su habitación, cómo se había disculpado con Shane por haberse reído después de la presentación, cómo él se había encogido de hombros quitándole importancia pero del modo en que lo hace alguien verdaderamente molesto. Cómo ella le había dicho: «No. Lo siento de verdad.» Cómo le había explicado que no había sido por él sino por lo frustrada que estaba con aquel trabajo. Cómo él le había dicho que la comprendía y que tenía ganas de celebrarlo, por lo que habían ido al bar y ella lo había invitado a una copa y le había recordado amablemente que el hecho de tener un productor interesado era solo el primer paso. Cómo él había pagado la siguiente ronda («acabo de ganar diez de los grandes; puedo permitirme dos cócteles») y ella la que vino después, y cómo, entre trago y trago, se habían contado la vida. Primero lo insulso, lo superficial que se le cuenta a un desconocido (familia, estudios, carrera), luego la verdad: el sufrimiento de Shane por el fracaso de su matrimonio y que hubieran rechazado su libro de relatos breves; la decisión aparentemente errónea de Claire de salir de la concha académica y su angustia por volver o no a ella; lo doloroso que había sido para Shane darse cuenta de que era un ternero lechal; el fracaso de Claire intentando hacer una gran película; luego las risas hasta partirse («mi novio es un espléndido zombi al que le gustan los clubs de *striptease*» y «de hecho vivo en el sótano de mis padres») y más copas, y las cosas que les gustaban a los dos fueron reveladoras: «¡Me gusta Wilco!» «¡A mí también!» «¡Mi pizza preferida es la thai!» «¡La mía también!» Después de eso Shane se había arremangado la camisa vaquera y Claire había visto aquel tatuaje tan borroso de una sola palabra, ACTÚA, y se había inclinado hacia él y lo había besado, y él le había puesto la mano en la mejilla mientras lo hacía. Tan sencillo como eso: su mano en la mejilla, algo que Daryl jamás había hecho, y al cabo de diez minutos estaban en la habitación, buscando más combustible en el minibar y comportándose como adolescentes. Ella con risitas por las cosquillas de sus patillas y él recreándose en halagar sus pechos. Un dulce debate de dos horas de besos y caricias y risas acerca de si pasar o no a mayores. Él: «Me inclino por el sí.» Ella: «Entonces tengo el voto decisivo.» Hasta que se habían quedado dormidos.

Ahora, a la mañana siguiente, Claire se incorpora en la cama.

—Esto ha sido muy poco profesional por mi parte.

—Depende de qué profesión tengas.

Ella se ríe.

—Si pagaste por eso me parece que te han estafado.

Él vuelve a ponerle la mano en la cadera.

—Todavía estamos a tiempo.

Claire suelta una carcajada, le aparta la mano y se la pone en el colchón. Sin embargo, no puede decir que no se sienta tentada. Los besos y las caricias han sido bastante agradables; supone que el sexo valdrá la pena. Con Daryl, el sexo fue lo primero que hubo entre ellos, el gancho, el fundamento de toda la relación. Ya hace varios meses, sin embargo, que siente que no hay intimidad y que están en dos fases sexuales distintas: los primeros dos minutos son como el examen de un ginecólogo autista; los diez siguientes, la visita de un técnico desatascador de tuberías. Por lo menos, supone, Shane estaría... presente. Confusa, en conflicto consigo misma, se levanta para pensar o para ganar tiempo.

—¿Qué haces?

Claire se lleva el teléfono a la oreja.

—Ver si sigo teniendo novio.

—Creía que ibas a romper con él.

—No lo tengo decidido.

—Lo decido yo por ti.

—Te lo agradezco, pero seré yo quien se ocupe de eso.

—¿Y si el porno-zombi te pregunta dónde has estado toda la noche?

—Supongo que se lo diré.

—¿Y romperá contigo?

Claire detecta un atisbo de esperanza en su pregunta.

—No lo sé —le responde. Aparta la silla del escritorio, se sienta y se pone a repasar los correos electrónicos y las llamadas del teléfono para ver a qué hora la llamó Daryl por última vez.

Shane se sienta también, cuelga los pies por el lado de la cama y recoge la camisa del suelo.

Ella alza la vista y no puede evitar sonreír por su atractivo de flacucho. Es una versión de más edad de los chicos de los que siempre se prendaba en el instituto: casi guapo pero no del todo. Físicamente es todo lo contrario que Daryl (el Daryl de barbilla cuadrada con ese pecho de quinientos *push-ups* diarios). Shane es anguloso, con las clavículas marcadas y un ligero michelín en la tripa.

—¿Cuándo te quitaste la camisa exactamente? —le pregunta.

—No estoy seguro. Esperaba empezar una moda, supongo.

Claire vuelve a concentrarse en la BlackBerry. Abre el «¿qué pasa?» de Daryl e intenta pensar cómo responderle. Teclea con los pulgares. No le llega nada.

—¿Qué viste en ese tipo? —le pregunta Shane—. De entrada, me refiero.

Ella alza la vista. ¿Qué vio? Es demasiado cursi para que se lo diga, pero vio todos los tópicos de mierda. Estrellas. Destellos de luz. Hijos. Un futuro. Vio todo eso la primera noche, mientras entraban a trompicones en su piso, tirándose de la ropa y mordisqueándose los labios mutuamente y buscando, insistiendo, tocándose. Luego él la levantó y todos sus titubeos de colegiala se volvieron tan insignificantes como toparse con alguien en una escalera. Se sintió exactamente como si no hubiera estado del todo viva hasta el instante en que Daryl la tocó. No fue solo sexo. Estaba dentro de ella. No había pensado en la frase hasta esa noche, cuando en pleno polvo miró hacia arriba y se vio reflejada, hasta el último detalle, en los ojos de Daryl.

Claire rechaza aquel recuerdo. ¿Cómo puede decir todo eso, sobre todo aquí?

—Abdominales —se limita a decir—. Vi abdominales. —Y es extraño, pero se siente peor por menospreciar a Daryl tratándolo de saco de músculos que por estar en esta habitación de hotel con un hombre al que acaba de conocer.

Shane indica con un gesto de cabeza el teléfono que sostiene.

—Entonces... ¿qué vas a decirle?

—No tengo ni idea.

—Dile que nos hemos enamorado; eso es todo.

—¿Sí? —Lo mira—. ¿Lo hemos hecho?

Él sonríe mientras se abrocha la camisa vaquera.

—Tal vez. Puede que nos hayamos enamorado. ¿Cómo vamos a saberlo si no pasamos el día juntos?

—¿No eres muy impulsivo?

—Es la clave de mi poco convencional atractivo.

Maldita sea. Claire piensa que puede que así sea. Recuerda que Shane le dijo que se casó con la dura camarera que no se mordía la lengua después de salir con ella unos cuantos meses. No le sorprende. ¿Quién habla de enamorarse a las catorce horas de conocer a alguien? Es un hombre optimista, innegablemente. Por un momento, se pregunta si ha tenido ella alguna vez esa cualidad.

—¿Puedo hacerte una pregunta? —le dice—. ¿Por qué la Donner Party?

—¡Oh, no! —exclama él—. Quieres volver a reírte.

—Ya te dije que lo sentía. Es que Michael lleva tres años rechazando todas las ideas que le propongo porque las encuentra demasiado tétricas, demasiado caras, demasiado de época o no lo bastante comerciales. Pero llegas tú con (no te ofendas) la película de época más tétrica, menos comercial y más cara que he visto en mi vida, y le encanta. Era tan... improbable. Me gustaría saber de dónde sacaste la idea.

Shane se encoge de hombros y recoge un calcetín del suelo.

—Tengo tres hermanas mayores que yo. Todos mis recuerdos de la infancia son de ellas. Las adoraba. Yo era su juguete, como un muñeco al que vestían. A los seis años más o menos, la mayor, Olivia, desarrolló un desorden de la alimentación. Aquello destrozó la familia.

»Era espantoso. Olivia tenía trece años e iba al baño a vomitar. Se gastaba el dinero del almuerzo en pastillas adelgazantes y escondía la comida debajo de la ropa. Al principio mis padres le gritaban, pero eso no sirvió de nada. Le daba igual. Era como si quisiera consumirse. Se le marcaban los huesos de los brazos. Se le cayó el pelo.

»Mis padres lo intentaron todo. Terapeutas y psicólogos, tratamiento hospitalario. Mi ex cree que fue entonces cuando empezaron a sobreprotegerme tanto. No lo sé. Lo que recuerdo es que estaba en la cama una noche y oí llorar a mi madre y a mi padre intentando consolarla. Mamá decía una y otra vez: "Mi niña se está matando de hambre."

Shane sigue con el calcetín en la mano, sin ponérselo. Se limita a mirarlo fijamente.

—¿Qué pasó? —le pregunta Claire con dulzura.

—¿Qué? —Alza la mirada—. ¡Ah! Ahora está bien. El tratamiento dio resultado o algo, supongo. Olivia simplemente... lo superó. Todavía tiene algunas manías con la comida: es la hermana que nunca trae nada de comer el Día de Acción de Gracias. Se ocupa del centro de mesa. Pone calabacitas y cornucopias. Y no le menciones siquiera las palabras «pastel de chocolate». Pero le va bien. Se casó con un imbécil, pero son bastante felices. Tienen dos hijos. Lo gracioso es que nadie de la familia habla de esa época jamás. Incluso Olivia le quita importancia como si no hubiera sido nada. «Mis años de flacura», los llama.

»Yo no lo he superado nunca. Cuando tenía siete u ocho años, me quedaba en vela toda la noche, rezando para que Dios curara a Olivia. A cambio, yo asistiría a la iglesia, me haría cura... algo. Luego, cuando veía que nada pasaba (ya sabes cómo son los niños), me culpaba, achacando el hecho de que mi hermana no comiera a mi falta de fe. —Se frota la cara interna del brazo—. En el instituto, Olivia ya se había recuperado y yo había acabado con mi fase religiosa, pero desde entonces quedé fascinado por las historias de hambrunas y privaciones. Leía todo lo que encontraba. Hice trabajos sobre el sitio de Leningrado y la gran hambruna irlandesa. Me gustaban sobre todo los casos de canibalismo: el equipo de rugby de Uruguay, Alfred Parcker, los maoríes y, por supuesto, la Donner Party.

Shane ve que sigue teniendo el calcetín en las manos.

—Supongo que me sentía identificado con el pobre William Eddy, que se libró pero no fue capaz de impedir que su familia muriera de hambre en aquel espantoso campamento. —Se pone el calcetín sin prestar atención—. Así que, cuando leí en el libro de Michael Deane que presentar una película es creer en uno mismo, presentarse a uno mismo... fue como una visión: supe exactamente qué historia quería contar.

«¿Una visión? ¿Creer en uno mismo?» Claire mira al suelo, preguntándose si a esa confianza, a ese «simplemente hazlo, tío», es a lo que en realidad respondió Michael ayer. Y lo que la atrajo anoche. ¡Maldita sea! ¿Y si ruedan ¡Donner! únicamente por la pasión de aquel chico? «Pasión»: otra palabra que se le atraganta. Claire vuelve a mirar su BlackBerry y ve que le ha llegado un correo electrónico de Danny Roth, el socio de producción de Michael. El tema del mensaje es ¡Donner! Seguro que Michael le ha hablado a Danny por teléfono de la presentación de Shane. Se pregunta si Danny lo habrá hecho entrar un poco en razón. Abre el mensaje, redactado con ese lenguaje electrónico distorsionado, apresurado, estúpido y abreviado que por lo visto Danny cree que le ahorra un montón de tiempo: «C, Rbt dice reunión de presnt de Donner en la Unvsl el lun. Q tenga buena pinta: contrato. Ve si escrit tiene gui graf o back story, lo q sea q parezca q stmos de calle. Cara de póker. Danny.»

Mira a Shane, que está sentado en el borde de la cama mirándola. Vuelve a mirar el correo de Danny. «Buena pinta...» ¿Cómo puede tener buena pinta sin ser buena? ¿Un guión gráfico para que parezca que están de calle? ¿Cara de póquer?

Entonces se acuerda de la jactancia de Michael: «Voy a presentar una película de ochenta millones de dólares sobre canibalismo en el Oeste.»

—¡Mierda! —exclama.

—¿Otro mensaje de tu novio?

¿En serio van a hacerlo? Se acuerda de Danny y Michael hablando de abogados que buscaran el modo de librar a Deane del contrato con la Universal. ¡Qué pregunta más estúpida! Por supuesto que lo harán. No dejarían de hacerlo por nada del mundo. Van a hacerlo seguro.

Claire se lleva una mano a la sien.

—¿Qué? —Shane se levanta y ella mira sus ojos de corzo y las frondosas patillas que le enmarcan el rostro—. ¿Te encuentras bien?

Claire considera la posibilidad de no decírselo, de dejarlo disfrutar de su fin de semana triunfal. Puede ponerse anteojeras hasta que haya pasado, ayudar a Michael con su nefasta presentación y su actriz desaparecida, y llegado el lunes aceptar el trabajo del museo de culto... y ponerse a almacenar comida de gato.

Pero Shane la está mirando con aquellos ojos como lunas y se da cuenta de que le gusta y de que si va a alejarse tiene que ser ahora.

—Shane, Michael no tiene intención de producir tu película.

—¿Qué? —Ríe débilmente—. ¿Qué estás diciendo?

Claire se sienta a su lado en la cama y se lo explica todo tal como ahora lo ve, empezando por el trato que hizo Michael con el estudio. En lo más bajo de su carrera, el estudio se hizo cargo de parte de las deudas de Michael a cambio de los derechos de algunas de sus antiguas películas.

—En el trato había otras dos cosas —le dice—. Una oficina para Michael en los estudios; echarían un primer vistazo a todas sus ideas y, solo si ellos pasaban, podría presentarlas a otros. Bueno... eso de un primer vistazo era una burla. El estudio estuvo cinco años rechazando todos los guiones que Michael proponía y, cuando llevaba esos guiones o esas propuestas o esos libros a otros... si sabes que la Universal ha rechazado una idea, ¿vas a quererla tú?

»Entonces llegó *Hookbook*. Cuando Michael empezó a desarrollar la idea, supuso que un *reality show* con página web quedaba fuera del ámbito de su contrato, un contrato para películas únicamente, según él. Sin embargo, resultó que estipulaba que el estudio tenía derecho a echar un vistazo a todo material "para cualquier medio". Y ahí estaba Michael, con su tremendo negocio televisivo en potencia... que de hecho pertenecía al estudio.

—No entiendo qué tiene eso que ver con...

Claire le hace un gesto con la mano para que tenga paciencia.

—Los abogados de Michael llevan desde entonces buscando el modo de librarlo del contrato. Hace unas cuantas semanas dieron con uno. El estudio incluyó una cláusula para protegerse en caso de que Michael no tenga un bajón sino que esté completamente acabado. Si propone un determinado número de malas ideas durante un determinado período de tiempo... digamos que el estudio no desarrolla ni diez proyectos en cinco años... entonces las dos partes pueden optar por rescindirlo. Allí donde el contrato estipula «todo material», esa cláusula se refiere únicamente a «películas». Así que, aunque el estudio produjera *Hookbook*, si Michael escoge y desarrolla diez ideas para películas a lo largo de cinco años y el estudio pasa de las diez... ambas partes pueden darlo por rescindido.

Shane lo capta enseguida y frunce el ceño.

—Estás diciéndome que yo soy...

—... el décimo rechazo. Una película del Oeste de ochenta millones de dólares sobre canibalismo. Una película tan tétrica, cara y poco comercial que el estudio jamás la aceptará. Michael se queda con tu idea por cuatro duros y te manda escribir un borrador de guión que no tiene intención de producir. Cuando el estudio pase, será libre para vender sus programas de televisión al mejor postor, por... no sé, decenas de millones.

Shane se la queda mirando fijamente. Claire se siente fatal por habérselo dicho, por haber minado su confianza. Le pone una mano en el brazo.

—Lo siento, Shane.

Suena el teléfono. Daryl. Mierda. Le aprieta el brazo a Shane, se levanta y cruza la habitación. Responde sin mirar antes la pantalla.

—Hola —le dice a Daryl.

Pero no es Daryl.

Es Michael Deane.

—Claire. Bien, estás levantada. ¿Dónde estás? —No espera a que le responda—. ¿Dejaste al italiano y a su traductor en el hotel anoche?

Ella mira a Shane.

—Algo así —dice.

—¿A qué hora podemos quedar allí?

—Enseguida. —Nunca había oído a Michael hablar de aquel modo—. Michael, escucha. Tenemos que hablar de la presentación de Shane...

Él la interrumpe.

—La hemos encontrado.

—¿A quién?

—¡A Dee Moray! Pero no se llama Dee Moray. Debra Moore se llamaba. Ha sido profesora de teatro de instituto y profesora de italiano todos estos años, en Seattle. ¿Te lo puedes creer? —Michael está que da saltos de alegría—. Y su hijo... ¿Has oído hablar de un grupo llamado Reticentes? —Tampoco espera a que le responda esta vez—. Ya, yo tampoco. Bueno, da igual. El detective ha trabajado toda la noche para redactar el informe. Te pondré al corriente de camino al aeropuerto.

—¿Al aeropuerto? Michael, qué está pasando...

—Quiero que leas una cosa en el avión. Te lo explicaré todo. Ahora, ve a buscar al señor Tursi y al traductor y diles que estén listos. El vuelo sale a mediodía.

—Pero Michael...

Le cuelga antes de que pueda preguntarle adónde irán. Termina la llamada y mira a Shane, que sigue sentado en la cama, con la mirada perdida.

—Michael ha encontrado a esa actriz —le dice—. Quiere que vayamos todos en avión a verla.

Él no da muestras de haberla oído. Está mirando fijamente un punto de la pared. No tendría que haberle dicho nada, tendría que haberle permitido seguir viviendo en su burbuja.

—Mira, lo siento, Shane —le dice—. No tienes que ir. Puedo encontrar a otro traductor. Ese asunto...

La interrumpe.

—Estás diciéndome que me paga diez mil dólares para librarse de ese contrato... —Tiene una mirada extraña que a Claire le resulta curiosamente familiar—. Y que en cuanto se haya librado... ¿ganará diez millones?

Ahora sabe de qué le suena esa mirada. Es la mirada que ve a diario, la mirada de alguien que hace cálculos, que se plantea las cosas desde todos los ángulos.

—Entonces puede que mi película valga más de diez mil.

«¡Mierda! Tiene lógica.»

—¿Quién presenta la idea para una película sin futuro por diez de los grandes? ¿Por qué no por cincuenta? O por ochenta. —Shane sonríe taimadamente—. Me apunto.

13

Dee ve una película

Abril de 1978
Seattle, Washington

Ella lo llamaba Steve *Musculitos*, y en aquel momento conducía por la ciudad para ir a recogerla. Tenía una cita. Debra Moore-Bender se había acostumbrado a frenar los avances de sus compañeros profesores, pero por lo visto una joven viuda atractiva era demasiado para que el testarudo Steve se arredrara. Llevaba semanas rondándola hasta que por fin había dado el paso mientras estaban sentados juntos a una mesa, a las puertas del baile del instituto, comprobando tarjetas de identidad de los alumnos bajo un rótulo que ponía: «Amor eterno. Primavera del 78.»

Debra le había dado la excusa habitual: no salía con compañeros de trabajo. Sin embargo, Steve se había reído.

—¿Qué es eso, como lo de abogado-cliente? Porque tú sabes que doy educación física, ¿no? No soy un verdadero profesor, Debra.

Su amiga Mona había estado insistiéndole a Debra para que saliera con Steve desde que la noticia de su divorcio había llegado a la sala de profesores. La dulce Mona, cuya propia vida sentimental consistía en una sucesión de desastres pero que sin embargo sabía lo que le convenía a ella.

Lo que la había convencido, no obstante, había sido que Steve le propuso ir al cine. A ver la película que precisamente quería ver ella.

Y ahora, minutos antes de que la recogiera, Debra estaba en el baño, mirándose en el espejo y cepillándose la melena rubia, que se ondulaba como el agua en la estela de una embarcación (señorita Farrah, la llamaban algunos alumnos, un apodo que fingía que le disgustaba). Se volvió de lado. Su nuevo color de pelo era un error. Se había pasado una década luchando contra la espantosa vanidad de su juventud y esperaba realmente, a sus treinta y ocho años, ser una de esas mujeres que se sienten cómodas con su madurez, solo que todavía no lo había conseguido. Cada cana seguía pareciéndole un gorgojo en un parterre. Se fijó en el cepillo. Cuántos millones de pasadas por su pelo, cuántas limpiezas de cutis y ejercicios de abdominales, todo para oír palabras como «hermosa», «preciosa», «atractiva». En otra época, Debra estaba segura de su aspecto; no le hacía falta que la llamaran señorita Farrah, no necesitaba las miradas lascivas de Steve *Musculitos*, ni siquiera que la torpe y dulce Mona le dijera: «Si yo tuviera tu aspecto, Debra, me pasaría el día masturbándome.» Pero ¿ahora? Dee dejó el cepillo, mirándolo como si fuera un talismán. Recordaba cuando de niña cantaba con un cepillo por micrófono; seguía sintiéndose como una niña, como una nerviosa y ansiosa quinceañera arreglándose para una cita.

Tal vez fuera natural que estuviera nerviosa. Su última relación se había terminado hacía un año: el profesor de guitarra de su hijo Pat (Marv *el Calvo*, lo apodaba Pat). Le gustaba Marv, así que se lanzó. Él era mayor, casi cincuentón, tenía dos hijas de un matrimonio fallido y tenía ganas de «mezclar las familias» (aunque estuvo mucho menos dispuesto desde que volvió con Debra a casa una noche y se encontraron a Pat en la tarea de «mezclarlas» en la cama con Jane, la hija de quince años de Marv).

Durante la bronca de Marv estuvo tentada de defender a Pat. «¿Por qué siempre se culpa al chico en estos casos?» Después de todo, Jane tenía dos años más que él. Pero había sido Pat, que confesó con orgullo sus elaborados planes como el personaje malo de una película de Bond. Todo había sido idea suya. Eran su vodka y su condón. A Debra no le sorprendió que Marv *el Calvo* cortara con ella. Detestaba las rupturas (las insinceras abstracciones tipo «no es aquí donde quiero estar en este momento», como si la otra persona no tuviera nada que ver con ello), pero al menos Marv *el Calvo* le dijo sin tapujos: «Te quiero, Dee, pero no tengo la energía necesaria para afrontar la mierda que hay entre tú y Pat.»

«Tú y Pat.» ¿Era de verdad malo aquello? Tal vez. Tres novios antes, Carl *el del Mono*, el constructor de su casa, le había pedido matrimonio, pero antes de casarse quería que Debra metiera a Pat en una academia militar. Ella le había dicho: «¡Por Dios, Carl, solo tiene nueve años!» Y ahora le había llegado el turno de batear a Steve *Musculitos*. Al menos sus hijas vivían con la madre; quizás esta vez no habría bajas civiles.

Recorrió el pasillo, pasando por delante de la foto de instituto de Pat. ¡Dios! Aquella sonrisa de superioridad... La misma sonrisa con la barbilla hendida y los ojos acuosos de suficiencia en todas las fotos. Lo único que cambiaba en las fotos escolares era el pelo (liso, con permanente, erizado, con cresta); la expresión, el oscuro carisma, era siempre igual.

La puerta del dormitorio de Pat estaba cerrada. Llamó con suavidad, pero seguramente llevaba puestos los auriculares porque no respondió. A sus quince años, era lo bastante mayor para dejarlo solo en casa sin darle un sermón cada vez que salía, pero no podía evitarlo.

Volvió a llamar a la puerta y la abrió. Pat estaba sentado con la guitarra sobre las piernas cruzadas, bajo el póster de Pink Floyd de la luz atravesando un prisma, inclinado hacia el cajón superior de la mesita de noche, como si acabara de esconder algo dentro. Ella entró en la habitación apartando un montón de ropa. Pat se quitó los auriculares.

—Hola, mamá.

—¿Qué has metido en el cajón?

—Nada —respondió el chico, con demasiada rapidez.

—¿Vas a obligarme a mirar dentro, Pat?

—Nadie te está obligando a nada.

En el estante inferior de la mesita vio las páginas sueltas y arrugadas del libro de Alvis, al menos del único capítulo que había escrito. Se lo había dado a Pat hacía un año después de una buena pelea durante la cual él le había dicho que ojalá tuviera un padre con el que convivir. «Este era tu padre», le dijo esa noche, con la esperanza de que en las páginas amarillentas hubiera algo a lo que el chico pudiera agarrarse. «Tu padre.» Casi había llegado a creérselo ella misma. Alvis había insistido en que le dijeran a Pat la verdad cuando se hiciera mayor, cuando pudiera entenderlo, pero los años habían ido pasando y Debra no había sabido cómo hacerlo.

Cruzó los brazos, la viva imagen de la educación parental.

—Entonces ¿qué? ¿Vas a abrir el cajón o lo hago yo?

—En serio, mamá... No es nada. Créeme.

Ella se acercó a la mesita de noche y él suspiró, dejó la guitarra y abrió el cajón. Después de remover un poco el contenido sacó una pequeña pipa de marihuana.

—No estaba fumando. Te lo juro.

Ella olisqueó la pipa. Estaba fría y vacía. Buscó en el cajón: no había marihuana. No era más que un cajón lleno de trastos: un par de relojes de pulsera, varias púas de guitarra, sus cuadernos de música, lápices y bolígrafos.

—Me quedo con la pipa —le dijo.

—Claro. —Asintió como si fuera evidente—. No tendría que haberla guardado ahí.

Cuando estaba en un apuro, siempre se comportaba con una extraña calma y era muy razonable. Había optado por esa modalidad «estamos juntos en esto» que la desarmaba; era como si la estuviera ayudando a tratar con un chico particularmente difícil. A los seis años ya tenía aquella capacidad. En una ocasión ella salió a buscar las cartas del buzón y estuvo hablando con el vecino; cuando volvió, encontró a Pat echando el agua de una cacerola sobre la colcha en llamas. «Uf —le dijo, como si acabara de descubrir el fuego en vez de haberlo provocado—. ¡Gracias a Dios que me he dado cuenta enseguida!»

Esta vez le ofreció los auriculares y cambió de tema:

—Esta canción te va a encantar.

Ella miró la pipa que tenía en la mano.

—A lo mejor debería quedarme en casa.

—Vamos, mamá. Lo siento. A veces juego con ella mientras escribo, pero llevo un mes sin colocarme, lo juro. Venga, vete. Tienes una cita.

Lo miró, intentando detectar si mentía, pero el contacto visual fue tan firme como siempre.

—A lo mejor es que buscas una excusa para no salir —le dijo.

Aquello era también muy propio de él, tergiversar las cosas y dar en el clavo. Era cierto; seguramente buscaba una excusa para no salir.

—Relájate —le insistió él—. Ve a divertirte. Mira lo que te digo: te presto mi ropa de educación física. A Steve le gustan los pantalones cortos, grises y ajustados.

Ella sonrió a su pesar.

—Me parece que iré tal como estoy, gracias.

—Luego te hará duchar, ¿sabes?

—¿Tú crees?

—Sí: pasar lista, estiramientos, hockey y ducha. Así es la cita soñada de Steve *Musculitos*.

—¿En serio?

—Pues sí. Es un fatuo.

—¿Un fatuo? —Aquello también era típico de Pat: demostrar su amplitud de vocabulario para llamar idiota a su pareja.

—Pero no le preguntes si lo es porque te dirá: «Chico, eso espero. La vasectomía me costó un ojo de la cara.»

Ella soltó una carcajada, de nuevo a pesar de sí misma, y deseó, como siempre, no haberse reído. ¿De cuántos líos había salido bien parado en el colegio con aquella estrategia? Las profesoras estaban especialmente indefensas. Sacaba dieces sin abrir un libro, conseguía que otros le hicieran los trabajos, convencía a los directores para que le permitieran saltarse las normas, hacía novillos e inventaba razones increíbles para justificar las faltas. Debra se avergonzaba en las reuniones escolares, cuando el profesor de turno le preguntaba qué le habían diagnosticado o por el viaje de Pat a Sudamérica o por la muerte de su hermana. (¡Ah! Y su pobre padre: asesinado, desaparecido en el Triángulo de las Bermudas, muerto de frío en el Everest.) Todos los años el pobre Alvis moría por alguna causa. Luego, a eso de los catorce, Pat se dio cuenta de que por lo visto no hacía falta que mintiera para lograr lo que quería. Era más efectivo, y más divertido, mirar a la gente a los ojos y decir exactamente lo que quería.

A veces Debra se preguntaba si la presencia de un padre habría atemperado su propia indulgencia con Pat. La maravillaba su precocidad cuando era pequeño y estaba seguramente demasiado solo, sobre todo durante los años peores.

Pat dejó la guitarra y se levantó.

—¡Eh! Estaba bromeando con lo de Steve. Me gusta. —Se le acercó—. Vete. Diviértete. Sé feliz.

Durante aquel último año se había hecho mayor. Cualquiera podía verlo. No se había metido en tantos líos en el instituto, no se había escapado de casa y sacaba mejores notas. Sin embargo, ella seguía turbada por aquellos ojos, no a causa de su forma ni de su color, sino por algo que había en su mirada (lo que la gente llama un destello, una chispa de peligro, un desafío electrizante).

—¿De verdad quieres hacerme feliz? —le dijo—. Entonces espero encontrarte cuando vuelva a casa.

—Trato hecho —repuso él, tendiéndole la mano—. ¿Puede venir Benny a ensayar?

—Claro. —Se la estrechó.

Benny era el guitarrista que Pat había conseguido para su grupo. La vida de Pat giraba alrededor de esa banda: los Garys. Tenía que reconocer (después de un par de actuaciones en el instituto y una batalla de grupos en el Seattle Center) que los Garys no eran malos. De hecho eran bastante buenos, no tan *punk* como ella se temía (cuando los había comparado con la época del *Let It Bleed* de los Stones, Pat había puesto los ojos en blanco). Además, sobre el escenario su hijo había sido una revelación. Cantaba, se pavoneaba, bramaba, hacía chistes; emanaba de él algo que no tendría que haberla sorprendido pero la sorprendió: un encanto natural. Tenía fuerza. Además, desde que se había formado el grupo, Pat había sido la viva imagen de la calma. ¿Qué decir de un chico que sienta cabeza cuando se une a un grupo de rock? Era innegable, desde luego: estaba centrado y comprometido. Su motivación la tenía preocupada (no hacía más que hablar de «hacer algo grande», de «ser famoso»), así que intentó explicarle los peligros de la fama pero sin especificar. Le había soltado discursos insulsos acerca de la pureza del arte y de las trampas del éxito, y temía que hubieran sido una completa pérdida de tiempo, como advertir a una persona hambrienta de los peligros de la obesidad.

—Volveré dentro de tres horas —le dijo Debra. Estaría fuera cinco o seis, pero tenía por costumbre reducir el tiempo a la mitad para que Pat se metiera en la mitad de líos—. Hasta entonces, no... bueno... no...

Mientras buscaba el grado justo de advertencia, el chico sonrió, achicando los ojos.

—¿No hago nada? —le sugirió.

—Eso es. No hagas nada.

Pat le hizo un saludo militar, sonriente, volvió a ponerse los cascos, cogió la guitarra y se dejó caer en la cama.

—¡Eh! —le dijo cuando ella se volvió para marcharse—. No dejes que Steve te convenza para dar saltos de tijera. Le gusta mirar lo que se balancea.

Debra cerró la puerta. Iba por el pasillo cuando miró la pipa que llevaba en la mano. «¿Por qué ha sacado la pipa de su escondite si no tenía con qué llenarla?» Además, cuando le había preguntado qué estaba haciendo, Pat había tenido que rebuscar en el cajón. Si acababa de guardarla, ¿no habría estado la pipa a la vista? Volvió sobre sus pasos y abrió la puerta. Pat volvía a estar sentado en la cama con la guitarra y el cajón abierto. Esta vez, sin embargo, tenía abierto sobre la cama lo que realmente había estado ocultándole: el cuaderno de música en el que componía sus canciones. Estaba inclinado sobre él con un lápiz. Se incorporó de golpe, colorado y furioso.

—¡¿Qué demonios haces, mamá?!

Ella se acercó y cogió el cuaderno de la cama. No estaba segura de lo que esperaba encontrar. Se le ocurrían las cosas que suelen ocurrírseles a los padres. Lo peor de lo peor. «¡Está componiendo canciones sobre el suicidio, sobre el tráfico de drogas!» Lo abrió por una página cualquiera. Contenía la letra de una canción y unas cuantas anotaciones sobre la melodía (Pat tenía unos conocimientos rudimentarios de música), fragmentos dulces y melancólicos como los que cualquier chico de quince años habría escrito. Una canción de amor, *Ardiente Tanya* (un nombre que a duras penas rimaba con el verso siguiente), con algunas tonterías acerca del «sol y la luna» y «el útero de la eternidad».

Él quiso recuperar el cuaderno.

—¡Deja eso!

Ella fue pasando las páginas, buscando qué era tan peligroso que había preferido entregarle la pipa para no admitir que estaba escribiendo una canción.

—¡Deja eso, mamá, joder!

Encontró la última página con anotaciones (la canción que intentaba que no viera) y quedó desarmada cuando vio el título: *La sonrisa del cielo*, el título del libro de Alvis. Leyó el estribillo: «Antes creía / que a buscarme volvería. / ¿Por qué sonríe el cielo / si todo es un camelo?»

¡Oh! Debra se sentía fatal.

—Lo... lo siento, Pat. Creía...

Su hijo recuperó el cuaderno.

Veía tan pocas veces lo que se escondía bajo la apariencia sarcástica de Pat que a veces olvidaba que era un chiquillo: un niño herido, capaz aún de echar de menos a su padre a pesar de no recordarlo.

—¡Oh, Pat! ¿Has preferido que creyera que fumabas hierba a que supiera que escribías una canción?

Él se frotó los ojos.

—Es una canción mala.

—No, Pat. Es muy buena.

—Es una mierda sensiblera. Y sabía que me harías hablar de ella.

Debra se sentó en la cama.

—En tal caso... hablemos de ella.

—¡Oh, Dios! —Centró la mirada en un punto del suelo. Luego parpadeó y se rio como si saliera de un trance.

—No es gran cosa. No es más que una canción.

—Sé que lo estás pasando mal, Pat...

El chico hizo una mueca de dolor.

—No creo que comprendas hasta qué punto no quiero hablar de esto. Por favor. ¿Podemos hablar después? —Como ella no se movía, la empujó cariñosamente con un pie—. Vamos. Tengo más mierda sensiblera que escribir y tú llegarás tarde a la cita. Y si llegas tarde, Steve *Musculitos* te hace dar vueltas a la pista corriendo.

Steve *Musculitos* conducía un Plymouth Duster con los asientos bajos. Tenía pinta de superhéroe: pelo abundante con la raya a un lado, mandíbula cuadrada y un cuerpo atlético que empezaba a ganar peso con la edad. «Los hombres tienen un período de semidesintegración, como el uranio», pensó.

—¿Qué vamos a ver? —le preguntó Steve.

—*El exorcista II.* —Se sintió ridícula diciendo aquello y se encogió de hombros—. He oído hablar de ella a unos chicos en la biblioteca. Tiene buena pinta.

—Por mí, bien. Creía que ibas a querer ver alguna película extranjera, de esas con subtítulos; una que habría tenido que fingir entender.

Debra soltó una carcajada.

—El reparto es bueno. Linda Blair, Louise Fletcher, James Earl Jones. —Consiguió a duras penas decir el único nombre que le importaba—: Richard Burton.

—¿Richard Burton? ¿No está muerto?

—Todavía no.

—Vale. Pero tendrás que darme la mano. Con la primera me cagué de miedo.

Ella miró por la ventanilla.

—Yo no la vi.

Cenaron en un restaurante especializado en pescados y Debra tomó nota de que él le cogía una gamba sin pedirle permiso. La conversación era cómoda y desenfadada. Steve le preguntó por Pat y ella dijo que estaba mejor. Tenía gracia que cualquier conversación sobre Pat tuviera los problemas como punto de partida.

—No deberías preocuparte por él —le dijo Steve, como si le leyera el pensamiento—. Es un jugador de hockey espantoso, pero es un buen chico. Los que tienen talento como él, en cuantos más líos se meten, mejor les va de adultos.

—¿Cómo lo sabes?

—Porque yo jamás me metí en un lío y he acabado siendo profesor de gimnasia.

No, aquello no estaba tan mal.

Se sentaron pronto en el cine, con una caja de Dots, compartiendo un reposabrazos y hablando de sus respectivos pasados. (Ella: viuda desde hacía diez años, madre fallecida, padre casado de nuevo, un hermano y dos hermanas menores. Él: divorciado, dos hijos, dos hermanos, sus padres en Arizona.) También cotillearon un poco. Sobre unos chicos que habían descubierto el almacén de productos de la tienda erótica que guardaba el lúbrico profesor de carpintería encima del torno. (Él: «Supongo que por eso llaman a esa tienda "la carpintería".») Sobre la señora Wylie, que había seducido a Dave Ames. (Ella: «Si Dave Ames no es más que un crío.» Él: «Sí, solo un crío.»)

Después las luces se apagaron y se acomodaron para ver la película. Steve *Musculitos* se inclinó hacia ella.

—Tienes un aspecto distinto en el instituto —le susurró.

—¿Qué aspecto tengo en el instituto?

—Francamente, das un poco de miedo.

Ella se rio.

—¿Un poco de miedo?

—No, un poco no. Mucho miedo. Eres intimidadora.

—¿Intimidadora, yo?

—Bueno, sí... Mírate. ¿Te has mirado en un espejo?

Los tráileres la salvaron del resto de la conversación. Cuando terminaron se inclinó hacia delante, expectante, con la misma agitación que sentía siempre que empezaba una de sus películas.

Esta empezó con fuego y langostas y demonios y, cuando por fin apareció él en pantalla, sintió una mezcla de entusiasmo y tristeza: tenía la cara más gris, más rubicunda, y los ojos, otra versión de los que veía todos los días en casa, eran como bombillas fundidas, sin apenas chispa.

La película derivó de lo estúpido a lo absurdo y a lo incomprensible, y ella se preguntó si tendría más sentido para alguien que hubiera visto la primera parte. (Pat se había colado en un cine para verla y la había declarado «divertidísima».) Salía una especie de máquina de hipnosis hecha de cables frankensteinianos y campanas de succión que, por lo visto, permitía a dos o tres personas tener el mismo sueño. Si él no estaba en pantalla, Dee intentaba concentrarse en el resto de actores y trataba de pillar algo del argumento, de encontrar alguna decisión interesante. A veces, cuando veía sus películas, pensaba en cómo habría interpretado determinada escena a su lado, tal como pedía a sus alumnos que hicieran: para darse cuenta de las decisiones de los actores. Louise Fletcher salía en la película y Debra estaba maravillada con su dominio del oficio. Una carrera interesante, la de Louise Fletcher. Dee podría haber tenido una carrera así.

—Podemos irnos, si quieres —le susurró Steve *Musculitos*.

—¿Qué? No. ¿Por qué?

—Estás riéndote.

—¿En serio? Lo siento.

Se quedó el resto de la película sentada en silencio, con las manos en el regazo, viéndolo luchar con aquellas escenas ridículas, intentando hacer algo con aquella mierda. Un par de veces vio asomar atisbos de su antigua fuerza, notó la ligera vibración de su voz suave derrotando su dicción de borracho.

Caminaron en silencio hasta el coche. (Steve: «Ha sido... interesante.» Debra: «Mmm.») De camino a casa ella miraba por la ventanilla, ensimismada. Recordaba la conversación que había mantenido con Pat hacía unas horas, preguntándose si no se había perdido un primer acto importante. ¿Y si le hubiera dicho simplemente: «¡Ah! Por cierto; voy a ver una película protagonizada por tu verdadero padre.»? ¿En qué circunstancias le sería de utilidad enterarse de aquello a Pat? ¿Qué haría? ¿Ir a jugar a corre que te pillo con Richard Burton?

—Espero que no hayas escogido esa película a propósito —dijo Steve.

—¿Qué? —Se revolvió en el asiento—. ¿Perdón?

—Bueno, es que cuesta pedirle a alguien una segunda cita después de ver una película como esta. Es como pedirle a alguien que haga otro crucero después del *Titanic*.

Ella se rio, pero fue una risa vacía. Fingía ante sí misma que iba a ver todas aquellas películas y a seguir la carrera de Richard solo por Pat, por si tenía sentido contárselo todo a su hijo algún día. Pero nunca sería capaz de decírselo, lo sabía.

Así que, si no era por Pat, ¿por qué seguía yendo a ver las películas? ¿Por qué se sentaba en la sala como una espía, viéndolo autodestruirse, sumida en ensoñaciones sobre sí misma apoyándolo en los papeles, nunca los de Liz, siempre los de Louise Fletcher? Nunca como ella misma, claro. No como Debra Moore, la profesora de teatro y de italiano de instituto, sino como la mujer que había intentado crear hacía tantos años, Dee Moray (como si se hubiera dividido en dos, Debra de vuelta en Seattle y Dee despertándose en aquel hotelito de la costa italiana, consiguiendo que el dulce y tímido Pasquale la llevara a Suiza, donde podrían hacer lo que querían, cambiar un bebé por una carrera, una carrera sobre la que seguía fantaseando: «Después de veintiséis películas e incontables obras de teatro, la veterana actriz por fin consigue una nominación como secundaria...»).

En el asiento del Duster de Steve, Debra suspiró. ¡Dios mío! Era patética: una eterna adolescente cantando con un cepillo.

—¿Estás bien? —le preguntó Steve—. Me parece que estás a un mundo de distancia.

—Lo siento. —Le apretó el brazo izquierdo—. He tenido una conversación extraña con Pat antes de salir de casa. Supongo que sigo alterada.

—¿Quieres hablar de ello?

Estuvo a punto de echarse a reír. ¡Confesárselo todo al profesor de educación física de Pat!

—Gracias, pero no.

Steve siguió conduciendo y Debra se preguntó si un hombre tendría algún efecto todavía sobre el quinceañero Pat o si ya era demasiado tarde para eso.

Se detuvieron delante de su casa y Steve apagó el motor. Ella no se planteaba salir nunca más con él, pero detestaba aquella parte de las citas: se volvían en el asiento del coche intentando torpemente mirarla a los ojos, le daban un beso indeciso y le pedían volverla a ver.

Echó un vistazo a la casa, para asegurarse de que Pat no estuviera observándolos (no quería de ninguna manera que se riera de ella por un beso de despedida), y entonces se dio cuenta de que faltaba algo. Salió del coche como en trance y se acercó a la casa.

—¿Qué pasa?

Miró hacia atrás y vio que Steve se había apeado también.

—¿Qué? —le preguntó.

—Mira, puede que no debiera, pero voy a decírtelo. Me gustas. —Apoyó un brazo en la puerta abierta del coche—. Me has preguntado cómo eres en el instituto y, francamente, eres como has sido desde hace una hora. Te he dicho que intimidabas por tu manera de mirar, y así es. A veces es como si no estuvieras ni siquiera en la misma habitación que los demás. Como si nadie existiera para ti.

—Steve...

Se había terminado.

—Sé que no soy tu tipo. Está bien. Pero creo que serías más feliz si permitieras que alguien se te acercara de vez en cuando.

Debra abrió la boca para explicarle por qué había salido del coche, pero aquello de «serías más feliz» la cabreó. ¿Sería más feliz? Sería más... ¡Dios! Se quedó allí en silencio, descompuesta, furiosa.

—Bueno. Buenas noches. —Steve subió al Duster, cerró la puerta y arrancó.

Ella lo vio doblar la esquina al final de la calle, con un parpadeo de las luces traseras. Luego miró otra vez la casa y el camino donde debería haber estado su coche. Entró y abrió el cajón donde guardaba las llaves (que, por supuesto, no estaban), se asomó a la habitación de Pat (vacía, por supuesto), buscó alguna nota (no encontró ninguna, por supuesto), se sirvió un vaso de vino y se sentó junto a la ventana, a esperar que volviera a casa por su cuenta.

Eran las tres menos cuarto de la madrugada cuando sonó el teléfono. La policía. ¿Era la señora...? ¿Era su hijo...? ¿Era la propietaria de un Audi... número de matrícula...? Respondió que sí, que sí y que sí, hasta que dejaron de hacerle preguntas. Luego colgó y llamó a Mona, que fue a recogerla y la llevó en su coche hasta la comisaría.

Pararon delante y Mona puso una mano sobre la suya. La buena de Mona (cuando era diez años más joven, de espaldas cuadradas, melenita corta y penetrantes ojos verdes había intentado besar a Debra en una ocasión, después de tomar demasiado vino). Uno siempre nota el verdadero afecto; ¿por qué procede siempre de la persona inadecuada?

—Debra... Sé lo que quieres a ese pequeño bastardo, pero no puedes seguir aguantando sus cagadas. ¿Me has oído? Esta vez deja que vaya a la cárcel.

—Estaba mejorando —dijo Debra con un hilo de voz—. Ha escrito esa canción... —No pudo terminar la frase. Le dio las gracias a Mona, salió del coche y entró en la comisaría.

Un oficial de uniforme corpulento con gafas salió con un sujetapapeles. Le dijo que no se preocupara, que su hijo estaba bien pero que el coche había quedado destrozado. Se había estrellado en un contrafuerte, en Fremont. Un choque tremendo, lo sorprendente era que nadie hubiera resultado herido.

—¿Nadie?

—Iba una chica en el coche con él. También está bien. Asustada, pero bien. Sus padres ya vienen hacia aquí.

Claro que había una chica.

—¿Puedo verlo?

El oficial le dijo que enseguida, pero antes tenía que saber que su hijo estaba ebrio, que habían encontrado una botella de vodka y restos de cocaína en un espejo de mano, en el coche, y que estaba acusado de conducción imprudente, de no tener carné, de conducir bajo los efectos del alcohol y las drogas y de posesión.

«¿Cocaína?» No estaba segura de haberlo oído bien, pero asintió a todos los cargos, ¿qué otra cosa podía hacer?

Dada la gravedad de las acusaciones, entraría en juego el fiscal de menores, que tomaría una decisión...

«Un momento. ¿Cocaína?» ¿De dónde había sacado la cocaína? Y ¿a qué se refería Steve *Musculitos* con eso de que ella no dejaba que la gente se le acercara? Le habría encantado permitir a alguien que se le acercara. No. ¿Sabes lo que haría? ¡Liberarse ella! ¿Y Mona? «¿No aguantes sus cagadas?» ¡Dios bendito! ¿Creían que ella había escogido ser así? ¿Creían que podía elegir el modo en que se comportaba Pat? ¡Madre mía! Dejar de soportar las cagadas de Pat, retroceder en el tiempo y vivir otra vida... («Dee Moray se recuesta en una tumbona en la Riviera con su tranquilo y guapo compañero italiano, Pasquale, leyendo un libro de bolsillo hasta que Pasquale la besa y se va a jugar al tenis en su pista asomada a los acantilados...»)

—¿Alguna pregunta?

—Eh... ¿Perdón?

—¿Tiene alguna pregunta que hacerme sobre lo que acabo de decirle?

—No. —Siguió al corpulento policía por el pasillo.

—Puede que no sea el mejor momento —le dijo el hombre, mirándola por encima del hombro mientras caminaban—, pero me he dado cuenta de que no lleva anillo de casada. A lo mejor le apetecería que cenáramos algún día. El sistema legal es muy lioso y ayuda tener a alguien que...

(«El conserje del hotel lleva un teléfono hasta la playa. Dee Moray se quita la pamela y se lleva el auricular al oído. ¡Es Dick! "Hola, cariño —le dice él—. Seguro que estás tan guapa como siempre..."»)

El policía se vuelve y le da una tarjeta con su número de teléfono.

—Comprendo que es un momento difícil, pero si le apetece salir alguna vez...

Ella mira fijamente la tarjeta.

(«Dee Moray suspira: "He visto *El exorcista*, Dick." "¡Oh, Dios mío! ¿Esa mierda? Sabes cómo herir a un colega." "No —le dice ella con dulzura—, no es exactamente del Bardo." Dick se ríe. "Escucha, querida, tengo esa obra que creo que deberíamos hacer juntos..."»)

El policía llega a la puerta. Debra inspira profunda y entrecortadamente, y entra con él.

Pat está sentado en una silla de tijera, en una habitación vacía, con la cabeza en las manos y los dedos hundidos en los rizos de pelo castaño. Se lo aparta y la mira; esos ojos. Nadie entiende hasta qué punto están en esto los dos, Pat y ella. «Estamos perdidos en esto», piensa Dee. El chico tiene una pequeña abrasión en la frente. Por lo demás, tiene buen aspecto. Irresistible... es hijo de su padre.

Él se apoya en el respaldo y cruza los brazos.

—¡Eh! —le dice, sonriendo de ese modo tan suyo, como si dijera: «¿Qué estás haciendo aquí?»—. ¿Cómo te ha ido la cita?

14

Las brujas de Porto Vergogna

Abril de 1962
Porto Vergogna, Italia

Pasquale durmió toda la mañana siguiente. Cuando al fin despertó, el sol ya estaba muy alto, por encima de las montañas de detrás del pueblo. Subió las escaleras hasta el tercer piso y entró en la oscura habitación donde Dee Moray se había alojado. ¿Había ella realmente estado allí? ¿Había él estado en Roma el día anterior, en un coche, con el maníaco de Richard Burton? Se sentía como si el tiempo se hubiera deformado. Recorrió la pequeña habitación de paredes de piedra. Ahora le pertenecía a ella. Podrían alojarse otros huéspedes allí, pero siempre sería la habitación de Dee Moray. Abrió los postigos y la luz penetró en la habitación. Inspiró profundamente, pero solo olió el aroma del mar. Cogió el libro inacabado de Alvis Bender de la mesilla de noche y hojeó las páginas. Cualquier día aparecería Alvis para continuar escribiendo en aquella habitación, que ya no volvería a ser suya.

Pasquale regresó a la suya de abajo y se vistió. En su escritorio vio la foto de Dee Moray y la otra mujer que se reían. La cogió. No reflejaba ni de lejos el delicado aspecto de Dee tal como él lo recordaba: su grácil figura, su largo cuello y los profundos pozos de sus ojos; la elegancia de sus movimientos, tan diferentes a los de otra gente, breves y enérgicos, ahorrando energía. Se acercó la foto a la cara. Le gustaba ver cómo se reía

Dee, con una mano en el brazo de la otra mujer, las dos a punto de partirse de risa. El fotógrafo había capturado un momento auténtico: a las dos mujeres tronchándose de risa por algo que nadie más que ellas sabría nunca.

Pasquale se llevó la foto abajo y la colocó en la esquina del cuadro de unos olivos que había colgado en el diminuto pasillo, entre el hotel y la *trattoria*. Se imaginó enseñando la foto a sus huéspedes americanos y fingiendo indiferencia. «Claro —diría—, las estrellas de cine ocasionalmente se alojan en el Adequate View. Les gusta la tranquilidad y la pista de tenis.»

Miró la foto y pensó otra vez en Richard Burton. ¡Tenía tantas mujeres! ¿Habría estado alguna vez interesado por Dee? Se la llevaría a Suiza para el aborto, y luego ¿qué? Nunca se casaría con ella.

De pronto se vio a sí mismo yendo a Portovenere, llamando a la puerta de la habitación del hotel. «Dee, cásate conmigo. Criaré a tu hijo como si fuera mío.» Era ridículo pensar que ella se casaría con alguien a quien acababa de conocer; que ella se casaría alguna vez con él. Entonces se acordó de Amedea y sintió vergüenza. ¿Quién era él para pensar mal de Richard Burton? «Esto es lo que pasa cuando vives soñando —pensó—. Sueñas esto y aquello, y te pasas la vida durmiendo.»

Necesitaba café. Entró en el pequeño comedor inundado por la luz de la avanzada mañana. Los postigos estaban abiertos, lo que no era habitual a esa hora del día. Su tía Valeria esperaba a última hora de la tarde para abrirlos. Sentada a una de las mesas, se estaba tomando un vaso de vino. Eso también era raro a las once de la mañana. Levantó la vista. Tenía los ojos enrojecidos.

—Pasquale —le dijo—. Esta noche, tu madre... —Miró al suelo.

Pasquale salió corriendo al pasillo y empujó la puerta de la habitación de Antonia. Allí también los postigos y las ventanas estaban abiertos de par en par y el aire del mar y la luz del sol inundaban la habitación. Su madre yacía de espaldas, con el cabello gris sobre la almohada, la boca torcida y ligeramente abierta, como el pico ganchudo de un pájaro. Le habían ahuecado los almohadones y subido la sábana pulcramente hasta sus hombros, como si ya estuviera preparada para el funeral. Tenía la cara cerúlea, como si se la hubieran frotado.

La habitación olía a jabón.

Valeria estaba de pie detrás de él. ¿Habría encontrado a su hermana muerta y limpiado la habitación? No tenía sentido. Pasquale se volvió hacia su tía.

—¿Por qué no me lo dijiste anoche, cuando volví?

—Era el momento, Pasquale —dijo Valeria. Las lágrimas le resbalaban por los surcos del viejo rostro—. Ahora puedes marcharte y casarte con la americana. —Hundió la barbilla, como un corredor exhausto que ha entregado un mensaje fundamental—. Era lo que ella quería —dijo la anciana con voz ronca.

Pasquale miró lo almohadones en los que reposaba la cabeza de su madre y la taza vacía en la mesilla de noche.

—¡Oh, *zia*! —exclamó—. ¿Qué has hecho?

Ella levantó la barbilla y vio en sus ojos todo lo ocurrido: las dos mujeres escuchando desde la ventana su conversación con Dee Moray, sin entender nada; su madre insistiendo, como desde hacía meses, en que había llegado la hora de su muerte, en que Pasquale necesitaba marcharse de Porto Vergogna para encontrar una esposa; su tía Valeria haciendo un último intento desesperado de que la americana enferma se quedara con la historia de brujas de que nadie moría joven allí; su madre pidiéndole a Valeria una y otra vez: «¡Ayúdame, hermana!», implorándole, amenazándola.

—No, tú no...

Antes de que pudiera terminar, Valeria cayó de rodillas y Pasquale se volvió con incredulidad hacia su madre muerta.

—¡Oh, *mamma*! —dijo sencillamente.

Era un sinsentido tan grande... ¡Cuánta ignorancia! ¿Cómo habían podido malinterpretar tan completamente lo que ocurría a su alrededor? Se volvió hacia su sollozante tía, se agachó y le tomó la cara entre las manos. Apenas podía ver su piel oscura y arrugada a través de sus propias lágrimas.

—¿Qué... has hecho?

Entonces Valeria se lo contó todo. La madre de Pasquale le había estado pidiendo que la liberara desde la muerte de Carlo.

Incluso había intentado asfixiarse con una almohada. Valeria la había disuadido, pero Antonia insistió hasta que Valeria le prometió que, cuando no pudiera soportar más el dolor, ella la ayudaría. Esa semana le había recordado su solemne promesa. Valeria se había negado nuevamente, pero Antonia le había dicho que no podía entenderla porque no era madre, que quería morir para no ser más una carga para Pasquale; que él nunca dejaría Porto Vergogna mientras siguiera viva. Así que Valeria había hecho lo que le pidió: hornear lejía en una hogaza de pan. Luego Antonia le había ordenado que se alejara del hotel una hora, para que no tuviera nada que ver con su pecado. Valeria había intentado una vez más disuadirla, pero Antonia había dicho que estaba en paz sabiendo que, si moría ahora, Pasquale podría irse con la hermosa americana...

—Escúchame —le dijo Pasquale—. ¿La americana? Ella ama al otro hombre que estuvo aquí, el actor británico. Yo no le importo. ¡Todo ha sido por nada!

Valeria se puso a sollozar de nuevo contra su pierna. Pasquale contempló las sacudidas de sus hombros hasta que la piedad lo inundó. Sintió piedad y amor por su madre, que habría querido que hiciera lo que hizo a continuación: le palmeó el nervudo cuello a Valeria.

—Lo siento, *zia*.

Miró a su madre, recostada en los cojines ahuecados, que pareció darle su solemne aprobación.

Valeria pasó el día en su habitación, llorando, y Pasquale en el patio, fumando y bebiendo vino. Al anochecer, él y Valeria envolvieron a su madre en una sábana y una manta. Pasquale le dio un último beso cariñoso en la fría frente antes de cubrirle la cara. «¿Qué sabe un hombre realmente de su madre?» Había tenido una vida entera antes de que él naciera, otros dos hijos a los que él nunca conoció. Había sobrevivido a su pérdida en la guerra y a la muerte de su marido. ¿Quién era él para decidir que no estaba preparada, que debía seguir en el mundo un poco más? Se había terminado. A lo mejor incluso había sido bueno que su madre creyera que, a su muerte, él se iría con una hermosa americana.

A la mañana siguiente, Tommaso *el Comunista* lo ayudó a llevar el cuerpo de Antonia a la barca. Pasquale no se había dado cuenta de lo frágil que se había vuelto su madre hasta que tuvo que transportarla con las manos bajo sus huesudos hombros como los de un pajarito. Valeria se asomó a la puerta y le dio un silencioso adiós a su hermana. Los otros pescadores y sus esposas se pusieron en fila en la *piazza* y le dieron sus condolencias a Pasquale: «Ahora está con Carlo» y «la dulce Antonia» y «descanse en paz».

Pasquale les respondió con una leve inclinación de cabeza desde la barca, mientras Tommaso, una vez más, arrancaba el motor y salían de la cala.

—Había llegado su hora —dijo Tommaso mientras navegaban por las oscuras aguas.

Pasquale miró al infinito para evitar tener que hablar más, para evitar ver el cuerpo amortajado de su madre. Agradeció que las salpicaduras de agua salada le escocieran en los ojos.

En La Spezia, Tommaso pidió prestada una carretilla al vigilante del embarcadero. Empujó el cuerpo de la madre de Pasquale por la calle. «Como un saco de grano», pensó Pasquale, avergonzado. Finalmente llegaron a la funeraria, donde hicieron los trámites para enterrarla cerca de su marido y sus hijos tan pronto como fuera posible organizar un funeral.

Luego fue a ver al cura bizco que había oficiado el funeral y el entierro de su padre. Estaba agobiado porque era la época de las confirmaciones, y dijo que no le era posible oficiar un réquiem hasta el viernes, dos días después. ¿Cuánta gente esperaba Pasquale que asistiera? «No mucha», dijo él.

Los pescadores irían si se lo pedía. Se repeinarían su fino cabello, se pondrían el abrigo negro y se quedarían de pie con sus serias esposas mientras el cura entonaba «*Antonia, requiem aeternam dona eis, Domine*». Después, las serias esposas llevarían comida al hotel. Pero a Pasquale todo le parecía tan predecible, tan prosaico y sin sentido... Por supuesto, era exactamente lo que ella habría querido, así que arregló el funeral con el cura, que anotó algo en un libro y lo miró por encima de sus gafas bifocales. ¿Quería también Pasquale que dijera una misa en sufragio de su alma, treinta días después de la muerte, para darle a la finada un empujón final hacia el cielo?

—Bueno —convino.

—*Excellente* —dijo el padre Francisco, y le tendió la mano.

Pasquale hizo ademán de estrechársela, pero el cura lo miró con severidad, o al menos lo hizo uno de sus ojos.

—¡Ah! —Pasquale, buscó en el bolsillo y le pagó.

El dinero desapareció bajo la sotana y el cura le dio rápidamente la bendición.

Pasquale iba hacia el muelle donde estaba amarrada la barca de Tommaso, mareado. Subió al mugriento cascarón de madera. Se sentía fatal por haber transportado a su madre de aquella manera, cuando recordó, sin que viniera aparentemente a cuento, una extraña escena. Tenía probablemente siete años. Se despertó de una siesta desorientado, sin saber qué hora era, y bajó las escaleras. Encontró a su madre llorando y a su padre intentando consolarla. Se quedó fuera de la habitación de sus padres mirando y, por primera vez, los vio como seres independientes de él, que habían existido antes de que él viniera a este mundo. Luego su padre levantó la vista.

—Tu abuela ha muerto —dijo, y él asumió que se refería a la madre de su madre. Solo más tarde se enteró de que era a la de su padre.

Sin embargo, él la estaba consolando a ella. Y su madre lo miró y le dijo:

—Ella es la que más suerte tiene, Pasquale. Ahora está con Dios.

Aquel recuerdo le llenó los ojos de lágrimas, lo hizo pensar de nuevo en la misteriosa naturaleza de las personas a las que queremos. Enterró la cara entre las manos y Tommaso, educadamente, le dio la espalda mientras se alejaban de La Spezia.

Cuando volvió al Adequate View, Valeria había desaparecido. Pasquale miró en su habitación, tan limpia y ordenada como la de su madre: como si nadie la hubiera ocupado nunca. Los pescadores no la habían llevado a ningún sitio; debía de haber salido a pasear por los senderos de detrás del pueblo.

Aquella noche, el hotel le pareció a Pasquale una tumba. Cogió una botella de vino de la bodega de sus padres y se sentó en la vacía *trattoria*. Todos los barcos habían salido a faenar. Pasquale siempre se había sentido atrapado: por la temerosa manera de vivir de sus padres, por el Adequate View, por Porto Vergogna, por todas las cosas que lo retenían. Ahora lo encadenaba solamente el hecho de estar completamente solo.

Pasquale se acabó la botella y cogió otra. Se sentó en su mesa de la *trattoria*, mirando la foto de Dee Moray y la otra mujer. A medida que la noche avanzaba, se fue emborrachando y atontando. Su tía no regresaba, y en algún momento debió de quedarse dormido porque oyó un barco y después la voz de Dios en el vestíbulo de su hotel.

—*Buon giorno!* —dijo Dios—. ¿Carlo? ¿Antonia? ¿Dónde estáis?

Y Pasquale quería llorar. ¿Por qué no estaban con Dios sus padres? ¿Por qué preguntaba por ellos y además en inglés?

Finalmente se dio cuenta de que estaba dormido e hizo un esfuerzo para despertarse del todo cuando Dios volvió a hablar, ahora en italiano.

—*Cosa un ragazzo deve fare per ottenere una bevanda qui intorno?*

Y Pasquale se dio cuenta de que, por supuesto, no era Dios. Alvis Bender estaba en el vestíbulo del hotel, había llegado para sus vacaciones anuales de escritura y preguntaba en su tosco italiano: «¿Qué tiene que hacer un tío para conseguir un trago por aquí?»

Después de la guerra, Alvis Bender estaba perdido. Volvió a Madison para enseñar inglés en Edgewood, una pequeña facultad de artes liberal; pero, taciturno y desarraigado, era propenso a caer en semanas de depresión alcohólica. Ya no sentía la pasión de antaño por la enseñanza, por la literatura. Los franciscanos que dirigían la universidad se cansaron pronto de su afición a la bebida y Alvis volvió a trabajar con su padre. A principios de los años cincuenta, Bender Chevrolet era el concesionario más grande de Wisconsin; el padre de Alvin había abierto nuevas sucursales en Green Bay y en Oshkosh y estaba a punto de abrir un concesionario de Pontiac en las afueras de Chicago. Alvis aprovechó al máximo la prosperidad de sus padres, comportándose en el negocio de los coches como lo había hecho en su pequeña universidad y ganándose el mote de Bender *el Trasnochador* entre las secretarias de los vendedores y los contables. La gente atribuía sus cambios de humor a lo que eufemísticamente llamaban «fatiga de combate», pero cuando su padre le preguntaba si padecía neurosis de guerra, Alvis le respondía: «Me vuelvo loco cada día con la "hora feliz", papá.»

Alvis no creía que tuviera fatiga de combate, apenas había visto combates; lo suyo era más bien fatiga «de vida». Lo achacaba tal vez a un temor existencial de posguerra; pero lo que le consumía era algo más nimio: sencillamente, ya no le encontraba el sentido a nada. Sobre todo no entendía por qué había que trabajar duro o hacer lo correcto. Al fin y al cabo, mira adónde había llevado esto a Richards, mientras que él había sobrevivido para volver a Wisconsin, y... ¿para qué? ¿Para enseñar sintaxis a los idiotas? ¿Para vender Bel Airs a los dentistas?

En sus mejores días, pensaba que podía canalizar ese malestar hacia el libro que estaba escribiendo, solo que no estaba escribiendo ningún libro, de hecho. ¡Oh, sí! Hablaba del libro que estaba escribiendo, pero las páginas nunca se materializaban. Y de lo que más hablaba acerca del libro que no estaba escribiendo era de lo verdaderamente difícil que se le hacía escribir. La primera frase lo atormentaba. Se planteaba su libro de guerra como una obra pacifista. Se centraría en el trabajo penoso de ser soldado y solamente describiría una batalla: el tiroteo en Strettoia de la noventa y dos de infantería, en el cual su compañía había perdido a dos hombres. El resto iría del hastío que conducía hasta esos precisos nueve segundos; nueve segundos en los que el protagonista moriría, a pesar de lo cual el relato proseguiría con otro personaje secundario. Le parecía que esta estructura captaba la aleatoriedad de su propia experiencia. Todos los libros y las películas sobre la Segunda Guerra Mundial eran condenadamente serios y solemnes, episodios de valor propios de Audie Murphy. Su propia e inmadura visión, pensaba, casaba más con los libros sobre la Primera Guerra Mundial, de hecho: con el desapego estoico de Hemingway, las irónicas tragedias de Dos Passos, las tenebrosas sátiras de Céline.

Entonces, un día, mientras intentaba convencer a una mujer a la que acababa de conocer de que se acostara con él, se le ocurrió mencionar que estaba escribiendo un libro.

—¿Sobre qué? —le preguntó ella, intrigada.

—Sobre la guerra —contestó él.

—¿La de Corea? —preguntó ella inocentemente.

Y Alvis se dio cuenta de lo patético que se había vuelto.

Su viejo amigo Richards tenía razón: habían seguido adelante y empezado otra guerra antes de que Alvis hubiera terminado con la última, y el simple hecho de pensar en su amigo muerto lo hizo avergonzarse de haber malgastado los últimos ocho años.

Al día siguiente, Alvis se presentó en el concesionario y le dijo a su padre que necesitaba unas vacaciones. Iba a volver a Italia; por fin iba a escribir su libro sobre la guerra. A su padre no le hizo gracia, pero llegó a un acuerdo con él: podía cogerse tres meses de vacaciones y, cuando volviera, se iba a encargar del nuevo concesionario de Pontiac en Kenosha. Alvis accedió de inmediato.

Y se fue a Italia. De Venecia a Florencia, de Nápoles a Roma. Viajó, bebió, fumó y reflexionó. Llevaba a todas partes en el equipaje su Royal portátil, sin sacarla nunca de la funda. En lugar de eso, se registraba en un hotel e iba directo al bar. Fuera donde fuera, la gente quería pagarle una copa a un soldado americano que había regresado y, fuera donde fuera, Alvis aceptaba la invitación. Se decía a sí mismo que estaba investigando, pero excepto por un improductivo viaje a Strettoia donde tuvo lugar su minúsculo tiroteo, la mayor parte de su investigación consistía en beber e intentar seducir a las italianas.

En Strettoia, se despertó con una resaca terrible y se fue a dar un paseo buscando el claro donde su antigua unidad se había metido en el tiroteo. Allí se encontró con un paisajista haciendo un boceto de un viejo granero. El joven lo estaba dibujando boca abajo, sin embargo. Alvis pensó que al hombre le pasaba algo, que habría sufrido algún tipo de daño cerebral. No obstante, su trabajo tenía algo que atrajo a Alvis, una confusión que le era familiar. «El ojo lo ve todo invertido —le explicó el artista—. Es el cerebro el que automáticamente le da la vuelta. Solo estoy intentando volver a colocarlo tal como lo captamos inicialmente.» Alvis se quedó mirando el dibujo un buen rato. Incluso pensó en comprarlo; pero se dio cuenta de que si lo colgaba tal como era, boca abajo, la gente simplemente le daría la vuelta. Aquel, decidió, era el mismo problema que tenía con el libro que quería escribir. Nunca podría escribir un libro clásico de guerra; lo que tenía que decir de la guerra solo podía ser dicho boca abajo, y probablemente la gente no lo entendería e intentaría darle la vuelta.

Aquella noche, en La Spezia, invitó a una copa a un viejo partisano, un hombre con horribles cicatrices de quemaduras en la cara. El hombre le besó las mejillas, le dio palmadas en la espalda y lo llamó «camarada» y «*amico*». Le contó a Alvis cómo se había hecho las quemaduras: su unidad de partisanos dormía en un pajar de las colinas cuando, sin previo aviso, una patrulla alemana usó un lanzallamas para asarlos. Fue el único que escapó con vida. Alvis estaba tan conmovido por la historia que le pagó varias rondas y se homenajearon mutuamente y lloraron por los amigos perdidos. Finalmente, Alvis le preguntó al hombre si podía usar su historia en el libro que estaba escribiendo. Entonces el italiano rompió a llorar. Era una mentira, confesó: no habían existido la unidad de partisanos, ni el lanzallamas, ni los alemanes. Estaba trabajando en un coche, dos años antes, cuando el motor se incendió de repente.

Conmovido por la confesión del hombre, Alvis Bender, borracho como una cuba, perdonó a su nuevo amigo. Después de todo, él también era un fraude; llevaba diez años hablando de escribir un libro y no había escrito ni una sola palabra. Los dos borrachos mentirosos se abrazaron y lloraron y pasaron toda la noche confesando sus débiles corazones.

Por la mañana, terriblemente resacoso, Alvis Bender se sentó a contemplar el puerto de La Spezia. Solo le quedaban dos semanas de los tres meses que su padre le había dado para «resolver esa mierda». Cogió su maleta y su máquina de escribir portátil, bajó fatigosamente al muelle, y empezó a negociar el precio para un barco que lo llevara a Portovenere; pero el patrón no entendió bien su macarrónico italiano. Dos horas más tarde, el barco llegó a un promontorio rocoso en una cala diminuta. Alvin posó la vista en un pueblo enano, tal vez de una docena de casas en total, aferradas a los acantilados, rodeando un único y triste negocio, una pequeña *pensione* con *trattoria* llamada, como todo en aquella costa, de San Pedro. Había un puñado de pescadores tendiendo redes en pequeños esquifes y el dueño del vacío hotel estaba sentado en su patio leyendo el periódico y fumando en pipa, mientras su guapo hijo de ojos azules soñaba despierto, sentado en una roca cercana.

—¿Dónde estamos? —preguntó Alvis Bender.

—En Porto Vergogna, «el puerto de la vergüenza». ¿No era aquí donde quería ir? —dijo el patrón, y a Alvis Bender no se le ocurrió un sitio mejor para él, así que dijo:

—Sí, por supuesto.

El propietario del hotel, Carlo Tursi, era un dulce y atento hombre que había dejado Florencia y se había mudado a ese diminuto pueblecito después de perder a sus dos hijos mayores en la guerra. Se sentía honrado de que un escritor americano se alojara en su *pensione* y prometía que su hijo, Pasquale, no haría ruido durante el día para que Alvis pudiera escribir. Y así fue como, en la minúscula habitación del ático, con el agradable sonido de las olas contra las rocas de abajo, Alvis Bender por fin sacó su Royal portátil. Puso la máquina de escribir en la mesilla de noche, bajo la ventana con postigos. La miró, metió una hoja de papel en el carro, puso las manos en las teclas y acarició su lisa superficie, el ligero relieve de las letras.

Así pasó una hora.

Bajó a buscar un poco de vino y encontró a Carlo sentado en el patio.

—¿Cómo va la escritura? —le preguntó solemnemente.

—Sinceramente, tengo algunos problemas —admitió Alvis.

—¿Con qué parte?

—Con el principio.

Carlo se lo pensó y dijo:

—A lo mejor debería empezar por el final.

Alvis se acordó del dibujo invertido que había visto cerca de Strettoia. Sí. Claro, el final primero. Se rio.

Creyendo que el americano se estaba riendo de su sugerencia, Carlo se disculpó por ser *stupido*.

No, no, dijo Alvis, era una sugerencia brillante. Había estado hablando y pensando en ese libro tanto tiempo que era como si ya existiera, como si ya lo hubiera escrito, como si simplemente estuviera «ahí fuera», en el aire, y lo único que tuviera que hacer fuera encontrar un lugar para introducir la historia, como un arroyo fluyendo. ¿Por qué no empezar por el final? Se fue corriendo escaleras arriba y escribió estas palabras: «Llegó la primavera y con ella el final de mi guerra.»

Alvis se quedó mirando aquella única frase, tan rara y fragmentada, tan perfecta. Después escribió otra frase y otra más, y no tardó en tener una página. Entonces corrió escaleras abajo y se tomó un vaso de vino con su musa, el serio y gafudo Carlo Tursi. Esos serían su recompensa y su ritmo: escribir una página, tomarse un vaso de vino con Carlo. Al cabo de dos semanas, tenía doce páginas. Lo sorprendió estar contando la historia de una chica que había conocido casi al final de la guerra, una chica que le había hecho un trabajito rápido con las manos. Nunca se había planteado incluir esa historia en su libro, porque no venía a cuento, pero de pronto le pareció que era la única historia importante.

Durante su último día en Porto Vergogna, Alvis guardó en el equipaje sus pocas páginas, su pequeña Royal y se despidió de la familia Tursi, prometiendo que volvería al año siguiente para trabajar, que pasaría dos semanas al año en ese pueblecito hasta que el libro estuviera terminado, aunque le llevara el resto de su vida.

Luego hizo que uno de los pescadores lo llevara a La Spezia, donde cogió un autobús a Licciana, el pueblo de donde era la chica. Miraba por la ventanilla del autobús, buscando el lugar donde la había conocido, el granero y el grupo de árboles, pero nada le parecía igual y no fue capaz de situarse. El pueblo en sí era dos veces mayor que en tiempos de la guerra. Los antiguos edificios de piedra vieja que se caían a pedazos habían sido sustituidos por estructuras de madera y piedra. Alvis fue a una *trattoria* y le preguntó al dueño el apellido de Maria. El hombre conocía a la familia, había ido a la escuela con el hermano de Maria, Marco, que había luchado con los fascistas y había sido torturado por ello. Lo colgaron por los pies en la plaza del pueblo y lo sangraron como a una vaca en el matadero. El hombre no sabía qué había sido de Maria, pero su hermana pequeña, Nina, se había casado con un chico del pueblo y seguía viviendo allí. Alvis le pidió la dirección de Nina. Vivía en una casa de una sola planta, en un claro, al pie de las antiguas murallas de la ciudad, en un barrio que se estaba expandiendo por la colina. Llamó. La puerta se abrió ligeramente y una mujer de pelo negro se asomó a la ventana que había junto a ella y le preguntó qué quería.

Alvis le explicó que había conocido a su hermana en la guerra.

—¿A Ana? —le preguntó la mujer.

—No, a Maria —dijo Alvis.

—¡Ah! —dijo ella, un tanto enigmáticamente. Después lo invitó a entrar en la ordenada sala de estar—. Maria se casó con un médico y vive en Génova.

Alvis le preguntó si tenía su dirección.

El semblante de Nina se endureció.

—No necesita que vuelva otro antiguo novio de la guerra. Por fin es feliz. ¿Por qué quiere causarle problemas?

Alvis insistió en que no quería causarle ninguno.

—Maria lo pasó muy mal en la guerra. Déjela en paz, por favor. —Uno de los hijos de Nina la llamó en aquel momento, y ella fue a la cocina a ver qué quería.

Había un teléfono en la sala de estar y, como mucha gente que hacía poco tiempo que tenía teléfono, la hermana de Maria lo había colocado en un sitio destacado, en una mesa llena de figuras de santos. Debajo del teléfono había una agenda.

Alvis la cogió, la abrió por la «M», y ahí estaba el nombre, «Maria», sin apellido ni número de teléfono, solo una calle y un número de Génova. Alvis memorizó la dirección y cerró la agenda, le dio las gracias a Nina por su tiempo y se fue.

Por la tarde, tomó un tren a Génova.

Resultó que la calle estaba cerca del puerto. Alvis se preguntaba si no la habría memorizado mal; aquel no parecía un barrio para un médico y su mujer.

Los edificios de piedra y ladrillo, construidos en escalera, uno encima de otro, bajaban gradualmente hacia el puerto como una escala musical. Ocupaban las plantas bajas cafés baratos y tabernas de pescadores, encima de los cuales había apartamentos ruinosos y hoteles baratos. El número de la calle de Maria correspondía a una taberna, una pocilga de madera podrida con mesas combadas y una vieja alfombra raída. Se encargaba de la barra un camarero delgado y sonriente que servía a los pescadores inclinados sobre vasos desportillados de color ámbar.

Alvis se disculpó, dijo que debía de haberse equivocado de lugar.

—Busco a una mujer... —empezó a decir.

El camarero flaco no esperó a que le dijera el nombre. Se limitó a señalar las escaleras que tenía detrás y extendió la mano.

—¡Ah!

Comprendiendo por fin exactamente dónde se hallaba, Alvis le pagó. Mientras subía las escaleras, rogaba haber cometido algún error y no encontrarla allí. Al final de la escalera había un pasillo que daba a un recibidor con dos sofás. Sentadas en uno, tres mujeres en camisón hablaban en voz baja. Dos eran jóvenes, niñas en realidad, con camisones cortitos y leyendo revistas. Ninguna le resultaba familiar.

En el otro sofá, con una bata desteñida encima del camisón y acabándose un cigarrillo, estaba Maria.

—Hola —dijo Alvis.

Maria ni siquiera levantó la vista.

—América, ¿sí? ¿Te gusto, América? —le dijo en inglés una de las dos chicas jóvenes.

Alvis la ignoró.

—Maria —dijo en un susurro.

Ella no levantó la vista.

—¿Maria?

Por fin lo miró. Parecía que tuviera no diez sino veinte años más. Se le habían hinchado los brazos y tenía arrugas alrededor de la boca y los ojos.

—¿Quién es Maria? —le preguntó en inglés.

Una de las chicas se rio.

—Deja de tomarle el pelo o dámelo.

Sin dar muestra alguna de haberlo reconocido, Maria le dio los precios, en inglés, para varios tiempos. Encima de ella colgaba un cuadro horroroso de un arcoíris. Alvis luchó contra las ganas de ponerlo al revés.

Acostumbrado a este tipo de lugares, le pagó a Maria la mitad del precio más alto acordado. Ella cogió el dinero y se lo llevó al hombre del bar. Luego la siguió hasta una pequeña habitación en la que no había más que una cama hecha cuyos muelles chirriaban. Empezó a desvestirse.

—¿No te acuerdas de mí? —le preguntó Alvis en italiano.

Ella paró de desvestirse y se sentó en la cama, indiferente, sin ningún signo de reconocimiento en los ojos.

Alvis empezó a contarle despacio, en italiano, que había estado en Italia durante la guerra; que la había encontrado en una carretera desierta y la había acompañado a casa una noche; que la noche que la conoció había llegado a un punto en que le daba igual vivir o morir, pero que después de conocerla había vuelto a importarle. También le dijo que ella le había inspirado escribir un libro después de la guerra, a tomárselo en serio, pero que había vuelto a América («¿*Ricorda... Wisconsin?*») y se había pasado bebiendo la última década. Su mejor amigo, dijo, había muerto en la guerra, dejando una mujer y un hijo. Alvis no tenía a nadie y había vuelto a casa para malgastar todos esos años.

Ella lo escuchó pacientemente y después le preguntó si quería sexo.

Él le dijo que había ido a Licciana a buscarla, y le pareció ver algo en sus ojos cuando nombró el pueblo, vergüenza, quizá; que se había sentido muy humillado por lo que le hizo aquella noche: no por lo que hizo con la mano, sino por la manera de consolarlo después, sosteniendo su cara llorosa contra sus hermosos pechos. Eso era, dijo, la cosa más humana que nadie había hecho jamás por él.

—Siento que hayas acabado así —dijo Alvis.

—¿Así?

Su risa sorprendió a Alvis.

—Yo siempre he sido así.

Recorrió la habitación señalándola con la mano y dijo en un italiano llano:

—Amigo, no te conozco y no conozco ese pueblo del que hablas. Siempre he vivido en Génova. Tuve chicos como tú, a veces. Chicos americanos que estaban en la guerra y tenían relaciones sexuales por primera vez con una chica parecida a mí. Es bonito. —Lo miró pacientemente—. ¿Qué pretendías, rescatar a esa Maria? ¿Llevártela contigo a América?

A Alvis no se le ocurrió nada que decir. No, por supuesto que no se la iba a llevar a América. Entonces, ¿qué iba a hacer? ¿Qué hacía allí?

—Me has hecho feliz, eligiéndome entre las chicas jóvenes —dijo la prostituta, y lo agarró del cinturón—; pero, por favor, deja de llamarme Maria.

Cuando le desabrochó el cinturón con maestría, Alvis le miró la cara. Tenía que ser ella. ¿O no? Ya no estaba tan seguro. Parecía mayor de lo que sería Maria, y la hinchazón que atribuía a la edad, ¿podía ser en realidad otra cosa? ¿Se estaba confesando a una puta cualquiera?

Miró cómo sus gruesas manos le desabrochaban los pantalones. Estaba paralizado, pero consiguió apartarse. Se abrochó los pantalones y el cinturón de nuevo.

—¿Prefieres a una de las otras chicas? —le preguntó la prostituta—. Te la traeré, pero tienes que pagarme a mí.

Alvis sacó la cartera. Las manos le temblaban. Cogió cincuenta veces el precio que ella le había pedido y dejó el dinero sobre la cama.

—Siento no haberme limitado a acompañarte a casa aquella noche —le dijo.

Ella miraba fijamente el dinero. Alvis salió como si lo que le quedaba de vida se le hubiera escurrido en aquella habitación.

En el recibidor, las otras putas leían sus revistas. Ni siquiera levantaron la vista. Abajo, pasó por delante del flaco y sonriente camarero y, en cuanto salió al sol, le dio una sed terrible. Cruzó la calle apresuradamente hacia otro bar, pensando: «Los bares, gracias a Dios, siempre están ahí.» Era un alivio saber que nunca agotaría todos los bares del mundo. Podía venir a Italia una vez al año a trabajar en su libro, y aunque tardara toda la vida en acabarlo y se matara bebiendo, no importaba, porque ya sabía lo que sería: un engendro incompleto, una esquirla de algo con un significado mucho más profundo. Si su encuentro con Maria había sido básicamente inútil (fortuito, fugaz, quizás incluso con la puta equivocada), pues tanto daba.

En la calle, una furgoneta pasó a su lado y lo sacó de su ensimismamiento el tiempo suficiente para mirar atrás por encima del hombro, hacia el burdel que acababa de abandonar. Allí, en la ventana del segundo piso, estaba Maria (al menos eso quería creer), mirándolo tras el cristal, con la bata ligeramente abierta, acariciándose entre los pechos, donde él una vez había hundido su cara y llorado. Lo estuvo mirando un rato y luego se apartó de la ventana y desapareció.

Después de aquella prolífica racha de escritura, Alvis Bender no progresaba en su novela cuando iba a Italia. En lugar de eso, se dedicaba a merodear por Roma, Milán o Venecia una semana o dos, bebiendo y ligando con mujeres, antes de ir a Porto Vergogna a pasar unos días de tranquilidad. Había reescrito el primer capítulo, reordenado cosas, eliminado una o dos palabras e incorporado alguna que otra frase, pero sin añadir nada nuevo a su libro. No obstante, siempre le sentaba bien volver a leer y a retocar cuidadosamente su único capítulo bueno y ver a su viejo amigo Carlo Tursi, a su esposa Antonia y a su hijo de ojos color de mar Pasquale. Pero ahora, con Carlo y Antonia muertos y Pasquale hecho un hombre... Alvis no sabía qué pensar. Había oído hablar de otras parejas que, como ellos, morían el uno poco después del otro, porque el dolor le resultaba insoportable al superviviente. Le costaba hacerse a la idea, sin embargo: un año antes, Carlo y Antonia estaban sanos. ¿Y ahora se habían ido los dos?

—¿Cuándo ocurrió? —le preguntó a Pasquale.

—Mi padre murió la pasada primavera y mi madre hace tres noches. El funeral es mañana.

Alvis estudiaba la cara de Pasquale. Estaba en la universidad las dos últimas primaveras que él había pasado en el pueblo. No podía creer que el pequeño Pasquale fuera aquel... aquel hombre. Incluso en su dolor, mantenía la misma extraña calma que de niño, contemplando el mundo tranquilamente con sus inmutables ojos azules. Estaban sentados en el patio, al fresco de la mañana. Alvis tenía su maleta y su máquina de escribir portátil a los pies.

—Lo siento mucho, Pasquale —dijo—. Puedo buscar un hotel costa arriba, si quieres estar solo.

Pasquale levantó la vista hacia él. Aunque el italiano de Alvis era bastante claro, a Pasquale le costó un momento comprenderlo, como si tuviera que traducir lo que le había dicho.

—No. Quiero que te quedes. —Sirvió dos vasos de vino y le pasó uno a Alvis.

—*Grazie* —dijo este.

Bebieron en silencio. Pasquale miraba fijamente la mesa.

—Es bastante frecuente que los miembros de una pareja mueran así, uno casi inmediatamente después del otro —dijo Alvis, cuyos conocimientos a veces le parecían a Pasquale sospechosamente amplios—. Mueren de... —Intentó encontrar la palabra italiana para decir «pena»—. *Dolore*.

—No. —Pasquale levantó despacio los ojos de la mesa—. Mi tía la mató.

Alvis no estaba seguro de haberlo oído bien.

—¿Tu tía?

—Sí.

—¿Por qué haría una cosa así, Pasquale? —le preguntó Alvis.

Pasquale se frotó la cara.

—Quería que me casara con la actriz americana.

Alvis pensó que Pasquale se había vuelto loco de dolor.

—¿Qué actriz americana?

Pasquale le tendió soñoliento la foto de Dee Moray. Alvis sacó las gafas de leer del bolsillo, miró la foto. Luego levantó la vista.

—¿Tu madre quería que te casaras con Elizabeth Taylor?

—No, con la otra —dijo Pasquale, cambiando al inglés, como si esas cosas solo fueran creíbles en aquel idioma—. Pasó tres días en el hotel. Cometió un error al venir aquí. —Se encogió de hombros.

En los ocho años que Alvis Bender llevaba yendo a Porto Vergogna, solo había visto a otros tres huéspedes en el hotel, y desde luego no eran americanos ni hermosas actrices ni amigos de Elizabeth Taylor.

—Es guapa. Pasquale, ¿dónde está tu tía Valeria?

—No lo sé. Se escapó a las colinas. —Llenó de nuevo los vasos. Miró al antiguo amigo de su familia, con sus marcadas facciones y su fino bigote, abanicándose con el sombrero—. Alvis —le dijo—, ¿te importa que no hablemos?

—Claro, Pasquale.

Se tomaron el vino en silencio. Las olas rompían contra los acantilados de abajo y en el aire flotaba una neblina salada mientras los dos hombres miraban fijamente el mar.

—Ella leyó tu libro —le dijo Pasquale al cabo de un rato.

Alvis ladeó la cabeza, preguntándose si había oído bien.

—¿Qué has dicho?

—Que Dee, la americana —la señaló en la foto—, leyó tu libro. Dijo que era triste pero muy bueno. Le gustó mucho.

—¿De verdad? —preguntó Alvis en inglés—. Bueno. —De nuevo no se oía otra cosa que el mar contra las rocas—. Supongo que no dijo... nada más, ¿verdad? —preguntó al cabo de un rato, de nuevo en italiano.

Pasquale dijo que no estaba seguro de a qué se refería.

—De mi capítulo —le aclaró Alvis—. ¿Dijo algo más la actriz?

Pasquale le aseguró que, si lo había dicho, no se acordaba.

Alvis apuró el vino y dijo que se iba arriba, a su habitación. Pasquale le preguntó si no le importaba ocupar la del segundo piso. La actriz se había alojado en la del tercero y no había tenido tiempo de limpiarla. Se sentía ridículo mintiendo, pero, sencillamente, no estaba preparado para que otro entrara en aquella habitación, ni siquiera Alvis.

—Claro que no. —El americano subió a deshacer el equipaje, todavía sonriendo al pensar en una hermosa mujer leyendo su libro.

Así que Pasquale estaba sentado a la mesa, solo, cuando oyó el estrépito de un motor de barco grande y levantó la vista justo a tiempo para ver una lancha motora que no reconoció entrando en la calita de Porto Vergogna. El patrón había entrado demasiado rápidamente en la cala y el barco se encabritó indignado y cayó sobre sus propias salpicaduras. Había tres hombres en la embarcación. Cuando se acercaron al muelle los vio con claridad: un tipo con una gorra negra llevaba el barco y, detrás de él, iban la serpiente de Michael Deane y el borracho de Richard Burton.

Pasquale no se movió. El de la gorra negra amarró la lancha y los otros dos saltaron al muelle y empezaron a subir por el estrecho sendero hacia el hotel.

Burton parecía sobrio e iba impecablemente vestido, con una chaqueta de lana con los puños de la camisa asomando y sin corbata.

—Ahí está mi viejo amigo —le gritó a Pasquale mientras subía hacia el pueblo—. No creo que Dee haya vuelto aquí, ¿verdad, colega?

Michael Deane, unos pasos por detrás de Burton, evaluaba el lugar.

Pasquale miró hacia atrás, intentando ver la triste agrupación de casas que era el pueblo de su padre como lo veía un americano. Las casitas de ladrillo estucado debían parecerles tan débiles como él se sentía, como si, después de trescientos años, fueran a desprenderse del acantilado y caer al mar.

—No —dijo. Permaneció sentado mientras los dos hombres llegaban hasta el patio. Pasquale le lanzó una mirada asesina a Michael Deane, que retrocedió medio paso.

—Entonces... ¿no la has visto? —le preguntó Deane.

—No —repitió Pasquale.

—¿Ves? Te lo dije —le dijo Michael a Richard—. Ahora, vámonos a Roma. Ella volverá allí, o a lo mejor se va a Suiza, después de todo.

Richard Burton se pasó la mano por el pelo, se volvió y señaló la botella de vino que había sobre la mesa del patio.

—¿Te importa, colega?

Detrás de él, Michael Deane puso mala cara, pero Richard Burton agarró la botella, la agitó y le mostró a Deane que estaba vacía.

—¡Qué mala suerte! —dijo, y se frotó la boca como si estuviera muriéndose de sed.

—Dentro hay más vino —le dijo Pasquale—. En la cocina.

—Eres un tipo decente, Pat. —Burton le palmeó el hombro y pasó por delante de él para entrar en el hotel.

Cuando se hubo ido, Michael Deane se aclaró la garganta.

—Dick pensaba que podría haber vuelto aquí.

—¿La habéis perdido? —preguntó Pasquale.

—Supongo que se puede decir así. —Michael Deane frunció el ceño, considerando si decir algo más o no—. Se suponía que tenía que ir a Suiza, pero parece ser que no subió al tren. —Se frotó la sien—. Si vuelve aquí, ¿te pondrás en contacto conmigo?

Pasquale no dijo nada.

—Mira —dijo Deane—, todo esto es muy complicado. Tú solo ves a una chica sola y lo admito: ha sido muy duro para ella. Pero hay otras personas involucradas, otras responsabilidades y cosas que deben tenerse en cuenta. Matrimonios, carreras... No es tan sencillo.

Pasquale se sintió empequeñecer recordando que él le había dicho lo mismo a Dee Moray respecto a su relación con Amedea: «No es tan sencillo.»

Michael Deane se aclaró nuevamente la garganta.

—No he venido a dar explicaciones. Solo he venido para pedirte que le des un mensaje si la ves. Dile que sé que está enfadada, pero que también sé lo que quiere exactamente. Díselo: «Michael Deane sabe lo que quieres.» Y yo soy el hombre que puede ayudarla a conseguirlo. —Sacó de la chaqueta otro sobre y se lo tendió a Pasquale.

»Hay una expresión italiana a la que me he aficionado durante estas últimas semanas: *con molta discrezione*, «con mucha discreción».

Pasquale rechazó el dinero como si fuera una avispa.

Michael Deane dejó el sobre encima de la mesa.

—Basta que le digas que se ponga en contacto conmigo si vuelve por aquí, *capisce?*

Richard Burton reapareció en el umbral.

—¿Dónde has dicho que está el vino, capitán?

Pasquale le dijo dónde lo guardaba y Richard volvió adentro.

Michael Deane sonrió.

—A veces los buenos son... difíciles.

—¿Y él es de los buenos? —le preguntó Pasquale sin levantar la vista.

—El mejor que he visto.

Como si le hubieran dado el pie, Richard Burton salió con una botella de vino sin etiqueta.

—Bien, pues. —Y le ordenó a Michael, aprovechando para hacer una rima—: Págale al hombre el vino, Deane-o.

Deane puso sobre la mesa el doble de lo que valía la botella.

Atraído por las voces, Alvis Bender salió del hotel, pero se paró en seco en el umbral, perplejo, viendo a Richard Burton brindar con la botella de vino tinto.

—*Cin, cin, amico* —le dijo, como si Alvis fuera otro italiano.

Bebió un largo trago y se volvió hacia Michael Deane.

—Bien, Deane... tenemos mundos que conquistar —declamó. Luego, dirigiéndose a Pasquale, añadió una estrambótica metáfora—: Director, tienes una orquesta magnífica; no cambies nada. —Dicho lo cual, emprendió el camino de vuelta hacia la lancha.

Michael Deane se sacó del bolsillo superior de la chaqueta una tarjeta de visita y un bolígrafo.

—Esto es para usted, señor Tursi. —Firmó con ampulosidad el dorso de la tarjeta y la dejó en la mesa, delante de Pasquale, como si estuviera haciendo un truco de magia—. Tal vez algún día yo también pueda hacer algo por ti *con molta discrezione*

—repitió. Luego asintió solemnemente con la cabeza y le dio la espalda para seguir a Richard Burton escaleras abajo.

Pasquale cogió la tarjeta de visita, le dio la vuelta y leyó: «Michael Deane, Publicidad, 20th Century Fox.»

Alvis Bender seguía petrificado en el umbral de la puerta del hotel, mirando con la boca abierta cómo los dos hombres bajaban al muelle.

—Pasquale —dijo finalmente—. ¿Ese era Richard Burton?

—Sí —suspiró el muchacho.

Y ese habría sido el final de todo el asunto con los del cine si la tía Valeria no hubiera escogido ese preciso instante para reaparecer. Salió tambaleándose de detrás de la capilla abandonada, como un fantasma, loca de dolor y culpa y tras haber pasado la noche al raso, con los ojos extraviados, el pelo gris encrespado como el alambre, la ropa sucia y la cara ansiosa y demacrada surcada de lágrimas.

—*Diavolo!*

Pasó de largo el hotel, a Alvis Bender y a su sobrino, y bajó hacia los dos hombres que iban hacia el agua. Los gatos callejeros ponían pies en polvorosa a su paso. Richard Burton le llevaba demasiada ventaja, pero bajó renqueando hasta Michael Deane.

—*Omicida! Assassino cruento!* —le gritó. «¡Homicida! ¡Sanguinario asesino!»

Ya junto al barco con su botella, Richard Burton se volvió.

—¡Te he dicho que pagaras por el vino, Deane!

Michael Deane se paró y se dio la vuelta, dispuesto a hacer un discurso con su encanto habitual, pero la vieja bruja continuaba acercándose. Con un dedo nudoso, lo señaló y le lanzó una espantosa maldición cuyo eco devolvieron los acantilados.

—*Io ti maledico a morire lentamente, tormentato dalla tua anima miserabile!* —«Te condeno a tener una muerte lenta, atormentado por tu alma miserable.»

—¡Maldita sea, Deane! —gritó Richard Burton—. ¿Quieres subir al barco?

15

El descartado primer capítulo de las memorias de Michael Deane

2006
Los Ángeles, California

ACCIÓN.

¿Por dónde empezar? Dice el hombre que por el nacimiento. Vale. Nací siendo el cuarto de los seis hijos que tuvo la mujer de un perspicaz abogado en la ciudad de Los Ángeles en el año 1939. Pero no nací realmente hasta la primavera de 1962. Entonces descubrí para qué estaba hecho. Hasta entonces la vida había sido lo que es para la gente corriente. Cenas en familia y clases de natación. Tenis. Veranos con los primos en Florida. Magreos con chicas fáciles detrás del instituto. Ir al cine.

¿Era el más brillante? No. ¿El más guapo? Tampoco. Era lo que ellos llamaban un Problema con «P» mayúscula. Los chicos ambiciosos normalmente se la cargan. Las chicas les dan un tortazo. Me escupían de los institutos como a una ostra en mal estado.

Para mi padre yo era El Traidor. A su apellido y a los planes que había hecho para mí. Estudiar en el extranjero. La facultad de derecho. Una pasantía en SU bufete. Que siguiera SUS pasos. Que viviera SU vida en lugar de la MÍA. Estuve dos años en el Pomona. Estudié a las tías. Lo dejé en 1960 para dedicarme al cine. Una mala complexión me chafó el plan. De modo que decidí aprender el negocio desde dentro. Empezar por lo más bajo: un trabajo de publicidad para la 20th Century Fox.

Trabajábamos en la vieja cochera de la Fox al lado de los camioneros sucios de grasa. Hablábamos todo el día por teléfono con periodistas y columnistas de chismorreos. Intentábamos que los periódicos publicaran artículos buenos y que no publicaran los malos. Por la noche iba a estrenos y fiestas y actuaciones benéficas. ¿Me gustaba? ¿A quién no? Llevaba del brazo a una dama diferente cada noche. El sol y la desnudez y el sexo. La vida era electrizante.

Mi jefe era un gordo del Medio Oeste llamado Dooley. No me quitaba ojo porque yo era el nuevo. Porque se sentía amenazado por mí. Una mañana que Dooley no estaba en la oficina recibimos una llamada frenética. Había un avispado en la puerta del estudio con unas fotos interesantes de un actor de películas del Oeste en una fiesta. Una de nuestras estrellas más conocidas. Menos conocido era que el amigo era también un maricón de primera. Salía en las fotos montándoselo con otro colega. La actuación más animada que el actor había tenido.

Dooley iba a volver al día siguiente. Pero aquello no podía esperar. Lo primero que hice fue acudir a un columnista de chismorreos que me debía un favor. Sembré el rumor de que el actor de películas del Oeste se había prometido con una joven actriz. Una chica de bar en alza. ¿Cómo sabía que ella estaría de acuerdo? Yo mismo me la había tirado unas cuantas veces. Que su nombre se asociara con una gran estrella era su modo más rápido de estar en el candelero. Claro que estuvo de acuerdo. En esta ciudad todos nadan a contracorriente. De modo que corrí hasta la puerta y contraté al fotógrafo para que hiciera fotos publicitarias para el estudio. Quemé los negativos del polvo del vaquero yo mismo. Recibí la llamada a mediodía. A las cinco ya había resuelto el problema. Al día siguiente, sin embargo, Dooley estaba furioso. ¿Por qué? Porque había llamado Skouras, y el director del estudio quería verme a MÍ, no a él. Dooley estuvo preparándome una hora. No mires a Skouras a los ojos. No digas ordinarieces. Hagas lo que hagas, NUNCA lo contradigas.

Vale. Estuve esperando una hora para entrar en la oficina de Skouras. Cuando finalmente entré lo encontré apoyado en una esquina del escritorio. Llevaba un traje de director de funeraria. Era un hombre grueso con gafas negras y el pelo engominado. Me indicó una silla. Me ofreció una Coca-Cola. «Gracias.» El gordo griego bastardo abrió el botellín. Sirvió un tercio del contenido en un vaso y me lo ofreció. Se guardó el resto de la Coca-Cola como si yo no me la hubiera ganado aún. Se quedó apoyado en la esquina del escritorio. Yo me tomaba el refresco y él me miraba y me hacía preguntas. ¿De dónde era? ¿Qué aspiraciones tenía? ¿Cuál era mi película favorita? No mencionó ni una sola vez a la estrella de las películas del Oeste. Y ¿qué quería de Deane aquel gran jefe de los estudios?

«Dime. Michael. ¿Qué sabes de *Cleopatra*?» Una pregunta estúpida. Hasta el último mono conocía en la ciudad todos los detalles de aquella película. Sobre todo que se estaba comiendo viva a la Fox. Que la idea había estado rondando veinte años antes de que Walter Wanger la desarrollara en 1958. Que luego Wanger había pillado a su mujer montándoselo con su agente y le había pegado un tiro en las pelotas. De modo que Rouben Mamoulian se había hecho cargo de *Cleo*. Un presupuesto de dos millones con Joan Collins. Que pegaba tanto en la peli como Don Knotts. Así que el estudio la despidió y fue tras Liz Taylor. La estrella de las estrellas. Pero ella se había ganado mala fama por haberle robado a Debbie Reynolds su Eddie Fisher. No tenía treinta años todavía y ya iba por su cuarto matrimonio. Se encontraba en una etapa delicada de su carrera y ¿qué hizo? Exigir un millón de pavos y el diez por ciento de los beneficios de *Cleopatra*. Nadie había hecho medio millón con una película ¿y aquella señora quería uno? El estudio estaba desesperado y Skouras dijo que sí. Mamoulian se llevó a cuarenta personas a Inglaterra para empezar la producción de *Cleo* en 1960. Fue un infierno desde el principio. Mal tiempo. Mala suerte. Construían escenarios. Los desmontaban. Volvían a construirlos. Mamoulian no podía rodar ni un solo fotograma. Liz se puso enferma. Un resfriado se convirtió en un flemón que se convirtió en una infección cerebral que derivó en una infección por estafilococos que acabó en neumonía. Tuvieron que hacerle una traqueotomía y a punto estuvo de morir en la mesa de operaciones. Los miembros del reparto y el equipo se limitaban a beber y a jugar a las cartas. Al cabo de seis meses de producción y siete millones de dólares Mamoulian tenía menos de dos metros de película servible. Un año y medio y el hombre ni siquiera había rodado su propia altura en película. Skouras no tuvo más remedio que echar a Mamoulian. Contrató a Joe Mankiewicz. Mankie lo trasladó todo a Italia y echó a todo el reparto menos a Liz. Contrató a Dick Burton para el papel de Marco Antonio. Contrató a cincuenta guionistas para que arreglaran el guión. Pronto tenía ya quinientas páginas. Nueve horas de relato. El estudio perdía setenta de los grandes al día mientras un millar de extras cobraba sin hacer nada. No paraba de llover. La gente iba por ahí con cámaras y Liz bebía y Mankie empezó a hablar de hacer tres películas con aquel guión. El estudio estaba tan hundido para entonces que no había vuelta atrás. No después de dos años de producción y veinte millones tirados por el desagüe y sabía Dios cuántos más hasta que el pobre gordo de Skouras terminara de rodar aquella maldita película esperando contra toda esperanza que cuando se proyectara en los cines fuera la mejor película... El más grandioso espectáculo cinematográfico de todos los tiempos.

«¿Que qué sabía de *Cleopatra*?» Miré a Skouras. Él seguía apoyado en su escritorio con el resto de Coca-Cola en la botella. «Supongo que algo sé.» Respuesta acertada. Skouras me sirvió un poco más de cola. Luego cogió un sobre de papel Manila del escritorio y me lo entregó. Nunca olvidaré la foto que saqué de ese sobre. Era una obra de arte. Dos personas fundidas en un abrazo. No dos personas cualquiera: Dick Burton y Liz Taylor. No era una foto publicitaria de Marco Antonio y Cleopatra. Liz y Dick se estaban morreando en el patio del Gran Hotel de Roma. Un beso de tornillo en toda regla.

Aquello era un desastre. Ambos estaban casados. El estudio seguía intentando contrarrestar la mala publicidad de la intromisión de Liz en el matrimonio de Debbie y Eddie. ¿Y Liz ya se estaba dando el lote con el actor de teatro más importante de su generación? Y un mujeriego empedernido. ¿Qué sería de los hijos de Eddie Fisher y de los de Burton; de los pobres golfillos galeses con los ojos manchados de carbón llorando la pérdida de su papá? La publicidad acabaría con la película. Acabaría con el estudio. El presupuesto de la película era una guillotina que amenazaba la cabeza del gordo griego Skouras.

Aquello la haría caer.

Me quedé mirando fijamente la foto.

Skouras se esforzaba por sonreír sin perder la calma pero parpadeaba como un metrónomo. «¿Qué opinas?»

¿Que qué pensaba? No tan rápido. Había otra cosa que yo sabía. Aunque todavía no sabía realmente qué era. ¿Entiendes? Del mismo modo que uno sabe de sexo antes de saber realmente de sexo. Yo tenía un don. Pero no sabía cómo usarlo. A veces veía el interior de las personas. Directamente. Como los rayos X. No era un detector de mentiras humano sino un detector de deseos. Aquello también me daba problemas. Una chica me decía que no. ¿Por qué? Porque tenía novio. Pero yo

VEÍA que sí. Al cabo de diez minutos el novio aparecía y se encontraba a su novia con Deane entre las piernas. ¿Entiendes?

Lo mismo me pasó con Skouras. Me decía una cosa pero yo veía algo distinto. ¿Y ahora qué? Tienes toda tu carrera ante los ojos y sigues con la advertencia de Dooley en la cabeza. No lo mires a los ojos. No digas obscenidades. No lo contradigas.

Skouras insiste: «Bien. ¿Qué opinas?»

Inspiro profundamente. «Bueno... Me parece que usted no es el único al que están jodiendo con esta película.»

Skouras me mira fijamente. Se aparta de la esquina de la mesa. La rodea y se sienta. A partir de ese momento me habla como a un hombre. Se acabaron las Coca-Colas racionadas. El viejo se sincera. ¿Liz? Era intratable. Temperamental. Cabezota. Contestataria. Pero Burton era un profesional. Aquella no era la primera que caía en sus redes. Nuestra única posibilidad era razonar con él. Cuando estuviera sobrio.

Buena suerte con eso. Tu primer encargo es ir a Roma y convencer a un SOBRIO Dick Burton de que si no deja a Liz Taylor van a echarlo de la película. Bien. Tomé un avión al día siguiente.

En cuanto llegué a Roma vi que no sería tarea fácil. Aquello no era una aventura de rodaje. Estaban enamorados. Incluso el viejo seductor de actrices Burton estaba enamorado hasta las trancas de aquella tía. Por primera vez en la vida, no se tira a las extras ni a las peluqueras. En el Gran Hotel se lo planteo. Le doy el mensaje de Skouras. Con seriedad. Dick se ríe. ¿Yo voy a echarlo de la película? No es probable.

Llevo treinta y seis horas con el encargo más importante de mi vida y ya han descubierto que voy de farol. Ni siquiera una bomba atómica podría separar a Dick de Liz.

No era de extrañar. Aquel fue el romance más sonado de la historia de Hollywood. No una simple aventura entre actores: amor. ¿Todas esas parejas monísimas de ahora con sus apellidos compuestos? Pálidas imitaciones. Niñatos.

Dick y Liz eran dioses. Puro talento y carisma. Juntos eran tremendos. Como los dioses. Un espanto. Una pesadilla terrible. Borrachos y narcisistas y crueles con todo el mundo. Si la película hubiera tenido el dramatismo de aquellos tortolitos... Interpretaban una escena completamente insulsa y en cuanto las cámaras dejaban de rodar Burton podía hacerle un comentario irónico y ella sisearle algo en respuesta y salir en tromba hacia el hotel y él persiguiéndola y el personal del hotel decía que oían un escándalo de vidrios rotos y gritos y de gemidos haciendo el amor y uno no distinguía una pelea de un polvo entre aquellos dos. Arrojaban decantadores vacíos por el balcón del hotel. Todos los días se estampaban con algún coche.

Un choque en cadena de diez vehículos.

Entonces se me ocurrió.

Lo llamo el momento de mi nacimiento.

Los santos lo llaman una epifanía.

Los millonarios, una idea brillante.

Los artistas, su musa.

Fue el momento en el que entendí lo que me diferenciaba de los demás. Una cosa que siempre había sido capaz de ver sin entenderla del todo. Adivinaba la verdadera naturaleza de la gente. Sus motivaciones. Los deseos que albergaban en lo más profundo. Lo veía todo en un destello y lo reconocía de inmediato.

Queremos lo que queremos.

Dick quería a Liz. Liz quería a Dick. A nosotros nos gustan los choques de automóviles. Decimos que no pero nos encantan. Ver es amar. Mil personas pasan conduciendo por delante de la estatua de David. Doscientas la miran. Mil personas pasan conduciendo por el lugar de un accidente de coche. Mil personas lo miran. Supongo que ahora es ya un tópico. Algo evidente para los audímetros de pacotilla, con sus minutos de oro y sus índices y su número de visitas a la página web. Pero fue un momento de transformación para mí. Para la ciudad.

Para el mundo.

Llamé a Skouras a Los Ángeles.

—Esto no tiene arreglo.

El viejo tardó en responder.

—¿Me estás diciendo que tengo que mandar a otro?

—No. —Era como si hablara con un niño de cinco años—. Lo que digo es que esto no tiene arreglo y que usted no debe siquiera intentar arreglarlo.

Resopló. No era un hombre acostumbrado a que le dieran malas noticias.

—¿De qué coño estás hablando?

—¿Cuánto ha invertido en esta película?

—El coste real de una película no es...

—Cuánto.

—Quince.

—Veinte más bien. Se habrá gastado veinticinco o treinta antes de que acabe el rodaje. Y eso siendo prudente. ¿Y cuánto va a gastarse en publicidad para recuperar esos treinta millones?

Skouras no supo darme una cifra.

—Cuñas publicitarias y carteles y anuncios en todas las revistas del mundo. ¿Ocho? Digamos que diez. Ya son cuarenta millones. Ninguna película ha llegado jamás a los cuarenta. Seamos sinceros. La película es mala. He tenido ladillas más placenteras que esa película. Decir que es una mierda es quedarse corto. —¿Estaba machacando a Skouras? Puedes apostar a que sí. Pero para salvarlo—. Pero ¿y si yo pudiera conseguirle veinte millones de publicidad gratuita?

—¡Esa no es la clase de publicidad que nos hace falta!

—Tal vez sí.

Le expliqué lo que estaba pasando. Las borracheras. Las peleas. El sexo. Que cuando las cámaras rodaban era soporífero pero que cuando dejaban de hacerlo... No podías dejar de mirarlos. ¿Marco Antonio y la jodida Cleopatra? ¿Quién daría una mierda por aquellos viejos huesos descompuestos? Pero Liz y Dick... ELLOS eran nuestra película. Le dije a Skouras que mientras siguieran peleándose así la película tendría una oportunidad de éxito.

¿Acabar con aquel fuego? ¡Ni hablar! Lo que teníamos que hacer era atizarlo. Ahora es fácil verlo. En este mundo de caídas y redenciones y nuevas caídas. De reapariciones sucesivas. De cintas caseras de sexo cuidadosamente publicitadas. Pero en aquella época nadie pensaba así. ¡No de las estrellas de cine! Eran dioses griegos. Seres perfectos. Si alguno caía era para siempre. ¿Rosco Arbuckle?* Muerto. ¿Ava Gardner? Acabada.

Yo sugería quemar la ciudad entera para salvar una sola casa. Si empujábamos bien, la gente iría a ver la película no a pesar del escándalo sino a consecuencia de él. Después de aquello no habría vuelta atrás. Los dioses habrían muerto para siempre.

---

* Actor de cine mudo que en 1921 fue arrestado y juzgado por el asesinato de una joven actriz llamada Virginia Rappe. (N. de la T.)

Oía la respiración de Skouras por el auricular.

—Hazlo. —Y colgó.

Esa misma tarde soborné al chófer de Liz. Cuando salió con Burton al patio de la villa que habían alquilado para ocultarse, los fotógrafos a los que yo había avisado empezaron a sacarles fotos desde tres ángulos distintos. Al día siguiente contraté a mi propio fotógrafo para acechar a la pareja. Gané decenas de miles vendiendo las fotos y usé el dinero para sobornar a más chóferes y maquilladoras de los que obtener información. Tenía una pequeña industria propia. Liz y Dick estaban furiosos. Me rogaron que me enterara de quién estaba filtrando información y fingí encontrar a quien lo hacía. Despedía a chóferes y a extras y a proveedores de catering. Dick y Liz no tardaron en confiar en mí para programar sus escapadas. Pero los fotógrafos siempre daban con ellos.

¿Funcionó? Mejor que ningún otro escándalo sobre una película. Liz y Dick salieron en todos los periódicos del mundo. La esposa de Dick se enteró. El marido de Liz también. La historia tuvo aún más repercusión. Le dije a Skouras que tuviera paciencia. Que capeara el temporal. Luego el pobre Eddie Fisher voló a Roma para intentar recuperar a su mujer y me encontré con otro problema. Para que la cosa funcionara, Liz y Dick tenían que seguir juntos cuando terminara el montaje de la película. Cuando se estrenara en Sunset necesitaba que Dick se tirara a Liz en el comedor del Chateau Marmont y que Eddie Fisher se alejara con el rabo entre las piernas. Pero el hijo de puta quería luchar por su condenado matrimonio.

El otro problema de que el marido de Liz estuviera en Roma era Burton. Estaba taciturno. Se emborrachaba. Volvió con la otra mujer a la que había estado viendo de tapadillo desde el primer día que llegó a Italia. Era alta y rubia. Una chica de aspecto poco común. La cámara la adoraba. Por aquel entonces todas las actrices eran un cupé o un sedán. Fulanas o puras. Pero ella no era ni una cosa ni la otra. Era algo distinto. No tenía experiencia en el cine. Procedía del mundo del teatro. Mankie la escogió inexplicablemente para ser la dama de honor de Cleopatra a partir de una única fotografía de casting. Le pareció que Liz parecería más egipcia al lado de una esclava rubia. Poco se figuraba que una de las damas de Liz estaba en realidad embarazada de Dick. ¡Dios! No podía creérmelo cuando la vi. ¿Quién pone a una mujer alta y rubia en un decorado del antiguo Egipto?

La llamaré D.

La tal D. era lo que ahora llamamos un espíritu libre. Una de esas despreocupadas hippies de ojos enormes de las que tanto disfruté en los años sesenta y setenta.

A esta en particular no me la tiré jamás. No por falta de ganas. Pero con Eddie Fisher merodeando por Roma, Dick volvió corriendo con la que había dejado. Con D. No creía que creara ningún un problema. Con una chica así te limitas a ser simpático. A darle un papel de virgen. A ofrecerle un contrato con el estudio. Y si no te sigue el juego, la despides. ¿Qué cuesta eso? Así que hice que Mankiewicz empezara a llamarla a las cinco de la mañana para que fuera al plató. Para que se alejara de Burton. Luego se puso enferma.

Teníamos un médico estadounidense en el equipo. Un tal Crane. Su trabajo consistía únicamente en recetarle medicamentos a Liz. Examinó a D. Al día siguiente me dijo en un aparte: «Tenemos un problema. La chica está embarazada. Todavía no lo sabe. Algún matasanos le dijo que no podía tener hijos. Bueno, pues sí que puede.»

Yo ya había arreglado abortos antes. Trabajaba en publicidad. Prácticamente formaba parte del trabajo. Pero aquello era Italia. La católica Italia de 1962. En esa época habría sido más fácil conseguir una roca lunar.

Mierda. Yo filtrando a la prensa que las dos estrellas más grandes de la mejor película del mundo tenían un lío y ¿tenía que vérmelas con aquello? Un desastre. Si *Cleopatra* se estrenaba y todos hablaban del tórrido romance de nuestras estrellas teníamos una posibilidad de éxito. Si hablaban de Burton tirándose a una extra y de la reconciliación de Liz con su marido estaríamos acabados.

Pergeñé la tercera parte del plan. Uno: librarme una temporada de Burton. Sabía que Darryl Zanuck estaba en Francia rodando *El día más largo* y quería que Burton apareciera brevemente en su película bélica para darle más empaque. Sabía que Burton tenía voluntad de hacerlo. Pero Skouras odiaba a Zanuck. Skouras había sustituido al viejo en la Fox y algunos en el estudio querían reemplazarlo a él por el joven y elegante hijo de Darryl. Dickie. Así que puenteé a Skouras. Llamé a Zanuck y le cedí a Burton durante diez días. Luego llamé al médico y le dije que le hiciera más pruebas a D.

—¿Qué clase de pruebas? —me preguntó.

—¡Tú eres el jodido médico! Lo que sea que la mantenga alejada una temporada.

Temía que se rajara. El juramento hipocrático y toda la pesca. Pero aquel Crane estuvo más que dispuesto. Al día siguiente se presentó sonriendo de oreja a oreja.

—Le he dicho que tiene cáncer de estómago.

—¿QUÉ?

Crane me explicó que los síntomas iniciales de un embarazo son parecidos a los de un cáncer de estómago. Calambres y náuseas y amenorrea.

Yo quería librarme de la pobre chica. Pero no quería matarla.

El médico dijo que no me preocupara. Le había dicho que tenía tratamiento. Que un médico suizo utilizaba un nuevo método para su cura. Me guiñó un ojo. Por supuesto el médico de Suiza se haría cargo de ella y le aplicaría el tratamiento definitivo. Cuando se despertara, su «cáncer» habría desaparecido. Ella nunca se enteraría. La mandaríamos de vuelta a Estados Unidos para recuperarse. Yo le mandaría unas cuantas fotos de su trabajo. Todos ganábamos. Problema resuelto. Película salvada.

Pero esa D. era impredecible. Su madre había muerto de cáncer y se tomó el falso diagnóstico peor que mal. Y yo infravaloré lo que sentía Dick por ella.

En el otro frente Eddie Fisher se había rendido y había vuelto a casa. Llamé a Dick a Francia para contarle la buena noticia. Liz podía estar con él de nuevo. Pero él no podía verla inmediatamente. La otra tenía cáncer. Se estaba muriendo. Y Dick quería estar a su lado.

—Estará bien. En Suiza hay un médico que...

Dick me interrumpió.

D. no quería someterse a ningún tratamiento. Quería pasar lo que le quedaba de vida con él. Y el tipo era lo bastante narcisista como para considerarlo una buena idea. Dejaría dos días el rodaje de *El día más largo* para reunirse con D. en la costa de Italia. Puesto que los había ayudado tanto a él y a Liz quería que yo lo organizara todo.

¿Qué podía hacer? Burton quería encontrarse con ella en aquel remoto pueblecito costero: Portovenere. A medio camino entre Roma y donde él estaba rodando *El día más largo*. Desplegué un mapa y vi enseguida una mota diminuta con un nombre parecido: Porto Vergogna. Le pedí a la agente de viajes que le echara un vistazo. Ella dijo que el pueblo eran cuatro casas. Un pueblecito de pescadores al borde de los acantilados. Sin teléfono ni carretera. No se podía ir allí siquiera en tren ni en coche. Solo en barca. Le pregunté si había hotel. La agente me dijo que uno pequeñito. Así que reservé una habitación en Portovenere para Dick y mandé a D. a Porto Vergogna y le dije que esperara a Burton en el hotelito. Solo tenía que retenerla allí unos días hasta que Dick volviera a Francia y yo pudiera mandarla a Suiza.

Al principio funcionó. Estaba aislada en aquel pueblo sin contacto con el mundo. Burton se presentó en Portovenere y me encontró a mí esperándolo. Le dije que D. había decidido ir a Suiza para someterse al tratamiento. No tenía que preocuparse por ella. Los doctores suizos eran los mejores. Luego lo llevé en coche a Roma para que estuviera con Liz.

Pero antes de conseguir reunirlos surge otro problema. Un muchacho del hotel donde D. se hospeda se presenta en Roma y viene directo hacia mí y me da un puñetazo. Llevaba en la ciudad tres semanas y me había acostumbrado a que esos italianos quisieran sacarme dinero. Le di algo de dinero y lo despaché. Pero él me la jugó. Encontró a Burton y se lo contó todo: que D. no estaba muriéndose; que estaba embarazada. Luego llevó a Burton a verla. Genial. Dick instalado en un hotel de Portovenere con su embarazada y mi película en la cuerda floja.

¿Se rindió Deane? No por mucho tiempo. Llamé a Zanuck y Burton tuvo que volver a Francia para un día de rodaje de falsas segundas tomas de *El día más largo*. Y fui a Portovenere para hablar con la tal D.

Nunca he visto a nadie tan furioso. Quería matarme y entendía por qué. La entendía. Me disculpé. Le expliqué que no tenía ni idea de que el médico le diría que padecía un cáncer. Le dije que todo aquello se nos había ido de las manos. Le conté que su carrera era cosa hecha. Se lo garantizaba. Lo único que tenía que hacer era ir a Suiza y podría trabajar en cualquier película de la Fox que quisiera.

Pero aquella chica era dura de roer. No quería dinero ni un papel. Yo no podía creérmelo. Nunca he conocido un actor joven que no quiera trabajo o dinero. O ambas cosas.

Entonces comprendí la gran responsabilidad que encierra mi don para adivinar los deseos. Una cosa es saber lo que la gente quiere realmente. Otra muy distinta es CREAR el deseo en ella. CONSTRUIR ese deseo.

Suspiré fingidamente.

—Mira. Esto se ha descontrolado. Lo único que él quiere es que abortes y no lo cuentes. Así que dime cómo podemos hacerlo.

Se encogió de dolor.

—¿A qué te refieres con eso de «lo único que él quiere»?

Ni siquiera pestañeé.

—Se siente realmente mal. Evidentemente. No puede ni siquiera pedírtelo personalmente. Por eso se ha marchado hoy. Le parece espantoso cómo ha salido todo.

Ella parecía más trastornada que cuando creía que tenía cáncer.

—Espera un momento. No querrás decir que... —Cerró los ojos despacio.

Nunca se le había pasado por la cabeza que Dick pudiera haber sabido siempre lo que yo estaba haciendo. Y, francamente, tampoco a mí hasta aquel momento. Pero en cierto modo era cierto.

Actué como si diera por supuesto que ella sabía que lo hacía por el bien de Dick. Improvisé. Burton volvería de Francia. Tenía solo un día. Tenía que parecer que lo estaba defendiendo. Le dije que él estaba muy preocupado por ella. Que lo que le ofrecía no cambiaba eso. Le dije que no lo culpara. Lo que sentía por ella era sincero. Pero él y Liz estaban sometidos a una presión tremenda por culpa de aquella película...

Me interrumpió. Estaba atando cabos. Había sido el médico de Liz quien le había diagnosticado el cáncer. Se tapó la boca.

—¿Liz también está enterada de esto?

Suspiré y quise cogerle la mano. Ella la apartó como si la mía fuera una serpiente.

Le dije que no estaban rodando segundas tomas en Francia. Dick había dejado un pasaje para Suiza a su nombre en la estación de tren de La Spezia.

Parecía a punto de vomitar. Le entregué mi tarjeta de visita del estudio. Le dije que cuando regresara a Estados Unidos analizaríamos la lista de nuevas películas de la Fox. Podría elegir el papel que quisiera.

A la mañana siguiente la acompañé en coche a la estación. Se apeó con sus maletas. Los brazos le colgaban flácidos a los costados. Se quedó de pie mirando fijamente la estación y las verdes colinas que había detrás. Luego echó a andar. La vi entrar y desaparecer.

Ya no estuve nunca seguro de nada.

Iría a Suiza. Al cabo de dos meses se presentaría en mi despacho. Quizá seis. Un año a lo sumo. Vendría a recoger lo sembrado. Todo el mundo lo hacía. Pero no. Nunca fue a Suiza. Nunca vino a verme.

Esa mañana Burton volvió de Francia para ver a D. y me encontró a mí esperándolo en su lugar. Dick se puso como loco. Fuimos a la estación de tren de La Spezia. Allí nos dijeron que se había limitado a entrar y a dejar el equipaje. Luego se había ido caminando hacia las colinas. Dick y yo volvimos en coche a Portovenere, pero no estaba allí. Dick me hizo conseguir una barca para ir hasta el pueblecito de pescadores donde yo la había escondido. Tampoco estaba allí. Había desaparecido. Estábamos a punto de irnos del pueblecito cuando sucedió una cosa extraña. Una vieja bruja bajó de las colinas. Juraba y gritaba. Nuestro patrón nos tradujo lo que decía: «¡Asesino!» y «Te maldigo a morir lentamente».

Miré a Burton. Aquella vieja bruja realmente lo alcanzó con su maldición. Años después pensé en la maldición de aquella bruja al ver al pobre Dick Burton que se mataba bebiendo. Aquel día estaba visiblemente asustado. Era el momento ideal para darle un sermón.

—Vamos. ¿Qué vas a hacer? ¿Tener un hijo con ella? ¿Casarte con esa chica?

—Que te jodan. —Lo noté en su voz. Sabía que yo tenía razón.

—Esta película te necesita. Liz te necesita.

Él miraba fijamente el mar.

Por supuesto que yo tenía razón. Liz era la única. Estaban enamorados. Yo lo sabía. Él lo sabía. Y yo lo hice posible.

Había hecho exactamente lo que él quería que hiciera. Aunque todavía no lo supiera. Eso es lo que la gente como yo hacía por la gente como él.

Desde entonces esa sería mi función en este mundo. Adivinar los deseos y hacer las cosas que otros querían que se hicieran. Las cosas que ni siquiera sabían todavía que querían. Las cosas que nunca harían por sí mismos. Las cosas que nunca admitirían haber hecho.

Dick miraba al frente en la embarcación. ¿Seguimos siendo amigos? Claro. ¿Fuimos a la boda del otro? Puedes apostar a que lo hicimos. ¿Deane inclinó la cabeza en el funeral del gran actor? Por supuesto que lo hice.

Ninguno de los dos volvió a hablar jamás de lo sucedido en Italia aquella primavera. Ni de la chica. Ni del pueblo.

Ni de la maldición de la bruja.

Punto final.

En Roma, Dick y Liz reanudaron su relación. Se casaron. Hicieron películas. Ganaron premios. Ya conocéis la historia. Fue una de las grandes historias de amor del mundo. Una historia de amor que yo forjé.

¿Y la película? Se estrenó. Tal y como yo pensaba vivimos de la publicidad de aquellos dos. La gente cree que *Cleopatra* fue un fiasco. No. Con esa película ni ganamos ni perdimos. Ni ganamos ni perdimos por lo que yo hice. Sin mí, el estudio habría perdido veinte millones. Cualquier idiota puede rodar una película de éxito, pero hacen falta pelotas para desactivar una bomba. Ese fue el primer encargo de Deane. Su primera película. ¿Y qué hizo? Nada menos que impedir que un estudio se fuera a pique. Nada menos que acabar con el sistema del estudio para construir uno nuevo.

Y cuando Dickie Zanuck se hizo cargo de la Fox aquel verano podéis apostar a que fui recompensado por ello. Se acabó la cochera para mí. Se acabó la publicidad. Pero mi verdadera recompensa no fue el trabajo de producción que me dio mi amigo Zanuck. Mi verdadera recompensa no fueron la fama ni el dinero. Tampoco las mujeres ni la coca ni tener la mesa que quisiera en cualquier restaurante de la ciudad.

Mi recompensa fue una visión que definiría mi trayectoria profesional: queremos lo que queremos.

Así nací por segunda vez. Así llegué al mundo y lo cambié para siempre. Así inventé a los famosos en la costa italiana en 1962.

[Nota del editor]

¡Menuda historia, Michael! Por desgracia, aunque quisiéramos usar este capítulo, el departamento legal tiene problemas con él, que nuestros abogados te harán llegar en una carta aparte.

En el aspecto editorial, creo, hay otra cosa que deberías saber. En este capítulo no quedas demasiado bien. Admitir que rompiste dos matrimonios, te inventaste la enfermedad de una joven y la compraste para que abortara (todo eso en el primer capítulo), puede que no sea la mejor manera de presentarte a tus lectores. Además, aunque los abogados nos permitieran usar esta anécdota, está tremendamente incompleta. Deja demasiadas incógnitas. ¿Qué le pasó a la joven actriz? ¿Abortó? ¿Tuvo al hijo de Burton? ¿Siguió actuando? ¿Es famosa? (Eso sería ge-

nial.) ¿Trataste de compensarla alguna vez? ¿La buscaste? ¿Le diste algún papel protagonista? ¿Aprendiste por lo menos la lección o te arrepentiste?

¿Ves a lo que me refiero? Mira. Es tu vida y no intento dictarte las palabras, pero a esta historia le hace falta un final: alguna idea de lo que le pasó a la joven, algo que indique que al menos trataste de hacer lo correcto.

16

Después de la caída

Septiembre de 1967
Seattle, Washington

> ESCENARIO A OSCURAS. *Se oye el sonido de las olas*
> *y aparece Maggie, con un chal arrugado, una botella*
> *en la mano y desgreñada. Se tambalea hasta el final del muelle*
> *y se queda ahí de pie, con el sonido del mar de fondo.*
> *Se acerca a la orilla y hace ademán de tirarse cuando Quentin*
> *sale corriendo de su casa y la sujeta. Ella lentamente se da la*
> *vuelta y se abrazan. Se oye una suave música de jazz*
> *proveniente del interior de la casa.*

MAGGIE: Has sido amado, Quentin; ningún hombre lo ha sido más que tú.
QUENTIN: *(Apartándose de ella.)* Mi avión no pudo salir en todo el día...
MAGGIE: *(Borracha, pero lúcida.)* Estaba a punto de suicidarme. ¿O tampoco te crees eso?

—Un momento, un momento.
En el escenario, Debra Bender dejó caer los hombros cuando el director se levantó de la primera fila, guión en mano, con unas gafas de montura negra en la punta de la nariz y un lápiz detrás de la oreja.
—Dee, cariño. ¿Qué ocurre?
Ella bajó la vista a la primera fila.
—¿Qué pasa ahora, Ron?

—Pensaba que estábamos de acuerdo en que iríamos más allá, que lo exageraríamos.

Ella miró fugazmente a Aaron, el actor que estaba con ella en el escenario, que suspiró y se aclaró la garganta.

—A mí me gusta como lo hace, Ron. —Le hizo un gesto con las manos a Debra, como diciendo: «No puedo hacer nada más.»

Ron lo ignoró, se acercó a grandes zancadas al escenario y subió los escalones. Pasó resueltamente entre los actores y posó la mano en la pequeña espalda de Debra, como si fuera a sacarla a bailar.

—Dee, solo faltan diez días para el estreno. No quiero que tu actuación pase desapercibida por ser demasiado sutil.

—Ya. No creo que el problema sea la sutileza, Ron. —Se apartó ligeramente de su mano—. Si Maggie empieza como una lunática, no hay forma de que la escena funcione.

—Intenta suicidarse, Dee. Eso es lo que es, una lunática.

—De acuerdo, pero es que...

—Es una borracha, una pastillera, una mujer que contrata gigolós...

—Vale, lo sé, pero...

La mano de Ron bajaba lentamente por su espalda. El hombre era por lo menos constante.

—Es un *flashback* en el que vemos que Quentin hizo todo lo que pudo para impedir que se suicidara.

—Ya... —Debra le lanzó otra mirada a su compañero por encima del hombro de Ron. Aaron hizo como si se masturbara.

Ron se acercó más, inundándola con su olor a loción para el afeitado.

—Maggie le ha sorbido la vida a Quentin, Dee. Lo está matando también...

A la espalda de Ron, Aaron simuló follarse a una pareja imaginaria.

—Ajá —dijo Debra—. ¿Podríamos hablar en privado un momento, Ron?

La mano de Ron bajó un poco más.

—Creo que es una gran idea.

Bajaron del escenario y se alejaron por el pasillo. Debra se sentó en una butaca del teatro con respaldo de madera. En lugar de sentarse a su lado, Ron se situó en el espacio que quedaba entre sus rodillas y el asiento delantero, de forma que sus piernas estaban en contacto. ¡Dios! ¿Sudaba Aqua Velva aquel hombre?

—¿Qué te pasa, corazón?

¿Qué le pasaba? Estuvo a punto de soltar una carcajada. ¿Por dónde empezar? Tal vez tuviera algo que ver con estar ensayando una obra sobre Arthur Miller y Marilyn Monroe dirigida por un hombre casado con el que se había acostado estúpidamente hacía seis años y con el que se había tropezado en una fiesta benéfica del teatro Seattle Repertory. O, tal vez, pensaba ahora, ese había sido precisamente su primer error: asistir a una fiesta sobre la que antes debería haberse informado mejor.

En sus primeros años en Seattle, a su vuelta, había evitado a la gente del viejo teatro. No quería verse obligada a explicar lo de su hijo ni cómo había acabado su «carrera en el cine». Pero había visto un anuncio del acto benéfico, y tuvo que reconocer lo mucho que echaba de menos todo aquello. Asistió y sintió una cálida familiaridad, como cuando recorres los pasillos de tu antiguo instituto. Y entonces había visto a Ron, con un tenedor de *fondue* en la mano, como un diablillo. Él había prosperado en el mundo teatral de la ciudad desde su marcha, y Debra se alegró sinceramente de verlo. Pero él la miró y luego al hombre mayor que la acompañaba, a quien ella le presentó: «Ron, este es mi marido, Alvis...» Y Ron se puso pálido de pronto y se marchó enseguida de la fiesta.

—Parece que te estás tomando esta obra como... algo personal —dijo Debra.

—Claro que es personal —repuso Ron, muy serio. Se quitó las gafas y mordió la patilla—. Todas las obras son personales, Dee. Todo el arte es personal. Si no, ¿qué sentido tiene? Esto es lo más personal que he hecho nunca.

Ron había llamado dos semanas después de la fiesta benéfica y se había disculpado por su precipitada marcha. Le dijo que, sencillamente, no estaba preparado para verla. Le preguntó qué estaba haciendo en ese momento. Ella dijo que era ama de casa. Su marido era el dueño de un concesionario de Chevrolet en Seattle y ella estaba en casa criando a su hijo pequeño. Ron le preguntó si echaba de menos actuar, y ella murmuró alguna estupidez acerca de que estaba bien tomarse un tiempo de descanso, pero por dentro pensaba: «Lo echo de menos como echo de menos el amor. Estoy incompleta si no actúo.»

Varias semanas más tarde, Ron llamó para decirle que el Rep estaba preparando una obra de Arthur Miller y que él la dirigiría. ¿Le interesaba interpretar uno de los papeles protagonistas? Ella se quedó sin aliento, se sintió mareada como si volviera a tener veinte años; pero lo cierto era que seguramente habría dicho que no de no ser por la película que acababa de ver: la última de Dick y Liz, *La fierecilla domada*. Era su quinta película juntos. Debra no había sido capaz de ir a ver las anteriores, pero hacía un año que ambos, Burton y Taylor, habían sido nominados al Óscar por *¿Quién teme a Virginia Woolf?* y empezaba a preguntarse si no se habría equivocado al pensar que Dick había echado a perder su talento. Cuando vio un anuncio de *La fierecilla domada* en una revista («¡La pareja del cine más celebrada... en una película hecha a su medida!»), llamó a una canguro, dijo que tenía cita con el médico, y fue a una sesión matinal sin decírselo a Alvis. Por mucho que odiara admitirlo, la película era maravillosa. Dick estaba magnífico: ingenioso y sincero en su papel del borracho Petruccio, en la escena de la boda, como si hubiera nacido para aquel papel, lo que de hecho era cierto. Todo junto (Shakespeare, Liz, Dick, Italia) cayó sobre ella como una muerte prematura y se lamentó de la pérdida de su juventud, de sus sueños. En la sala de cine, ese día lloró. «Lo abandonaste todo», dijo una voz. «No —pensó—. Me lo arrebataron.» Se quedó sentada hasta que terminaron de pasar los créditos y encendieron las luces, y aún siguió allí un rato más, sola.

Dos semanas después, Ron llamó para ofrecerle el papel. Debra colgó el teléfono y se echó a llorar otra vez. Pat dejó su juego de construcción y le preguntó: «¿Qué te pasa, mamá?»

Y aquella noche, cuando Alvis volvió del trabajo, tomando un martini antes de cenar, Debra le habló de la llamada telefónica. Estaba emocionado por ella; sabía lo mucho que echaba de menos actuar. Ella actuaba de abogado del diablo. ¿Y qué pasaba con Pat? Alvis se encogió de hombros: contratarían a una niñera. Pero tal vez no era un buen momento. Alvis se reía. Había otra cosa, le explicó Debra: el director era un hombre llamado Ron Frye y, antes de irse a Hollywood y después a Italia, había tenido un corto y estúpido lío con él. No había habido pasión; se había dejado llevar por el aburrimiento o tal vez por la atracción que él sentía por ella. Además, Ron estaba casado por entonces. Ah, dijo Alvis. Pero no hay nada entre nosotros, le aseguró ella. Su yo juvenil creía que, si ignoraba las reglas y convenciones tales como el matrimonio, estas no la afectarían. Ya no estaba de acuerdo con su yo juvenil.

Fuerte y seguro, Alvis no le dio importancia a su historia con Ron y le dijo que se presentara para el papel. Y ella lo hizo y lo consiguió. Pero cuando empezaron los ensayos, Debra se dio cuenta de que Ron se sentía identificado con el protagonista de Miller, Quentin. De hecho, se veía a sí mismo como Arthur Miller, el genio abordado por una superficial, joven y malvada actriz. Una superficial, joven y malvada actriz que, por supuesto, era ella.

En el teatro, Dee giró las piernas hasta que no estuvieron en contacto con las de Ron.

—Mira, Ron, acerca de lo que pasó entre nosotros...

—¿Qué pasó? —la interrumpió él—. Haces que parezca que fue un accidente de coche. —Le puso una mano sobre el muslo.

Algunos recuerdos permanecen inalterados; puedes cerrar los ojos y regresar a ellos. Son los recuerdos en primera persona, los recuerdos propios. Pero también hay recuerdos en segunda persona, los distantes recuerdos sobre los demás, y estos son más complicados: te ves a ti misma con incredulidad, como al final de la fiesta de la obra *Mucho ruido y pocas nueces* en el viejo teatro, en 1961, cuando sedujiste a Ron. Como en una película: estás en la pantalla haciendo esas cosas horribles y casi no puedes creerlo; es esa otra Debra, tan halagada por las atenciones de Ron, el actor que fuma en pipa y ha estudiado en Nueva

York y actuado en Broadway. Lo arrinconas en el fin de fiesta, divagas sobre tu estúpida ambición («quiero hacer de todo: cine y teatro»), coqueteas, te pones agresiva, luego vergonzosa, estableciendo tus fronteras impecablemente («solo una noche»), poniendo a prueba el alcance de tu poder.

Ahora, sin embargo, en el teatro vacío, le enseñó la mano.

—Ron, ahora estoy casada.

—Así que, si yo estoy casado, no pasa nada, pero tus relaciones son... ¿qué? ¿Sagradas?

—No. Es solo que ahora somos... más viejos. Deberíamos comportarnos con más inteligencia, ¿de acuerdo?

Él se mordió el labio y miró fijamente un punto situado al fondo del teatro.

—Dee, no quiero ser desagradable, pero ¿un borracho de cuarenta y pico? ¿Un vendedor de coches usados? ¿Ese es realmente el amor de tu vida?

Se le encogió el corazón. Alvis había ido a recogerla dos veces después de los ensayos y ambas se había parado antes a tomar un par de copas. Se mantuvo firme.

—Si me has llamado para esta obra porque crees que tenemos un rollo sin terminar, Ron, lo único que puedo decirte es que no. No lo tenemos. Se acabó. Nos acostamos ¿cuántas? ¿Dos veces? Tienes que olvidarlo si quieres que hagamos esta obra juntos.

—¿Olvidarlo? ¿De qué crees que va esta obra, Dee?

—Debra. Ahora soy Debra, no Dee. Y la obra no trata sobre nosotros, Ron, sino sobre Arthur Miller y Marilyn Monroe.

Él se quitó las gafas, se las volvió a poner y se pasó la mano por el pelo. Lanzó un profundo suspiro lleno de significado. Los tics de los actores, comportándose a cada momento no solo como si hubiera sido escrito para ellos, sino como si fuera la escena crucial de la obra de su vida.

—¿Se te ha ocurrido alguna vez que a lo mejor es por eso por lo que nunca has logrado ser actriz? Porque para las grandes, Dee... Debra, ¡sí que trata de ellas!

Y lo gracioso era que tenía razón. Ella lo sabía. Había visto a las grandes de cerca y vivían como Antonio y Cleopatra, como

Catalina y Petruchio, como si el escenario desapareciera cuando lo abandonaban, como si el mundo se parara cuando cerraban los ojos.

—Ni siquiera ves cómo eres —le dijo Ron—. Utilizas a las personas. Juegas con sus vidas y las ninguneas.

Las palabras la aguijonearon con familiaridad y no pudo responder. Ron le dio la espalda y volvió enfurecido al escenario, dejando a Debra en la butaca de madera.

—¡Es todo por hoy! —gritó.

Debra llamó a casa. La canguro, la hija de la vecina, Emma, dijo que Pat había vuelto a romper el interruptor del televisor. Podía oírlo golpear cacerolas en la cocina.

—Pat, estoy hablando por teléfono con tu madre.

La potencia de los golpes aumentó.

—¿Dónde está su padre? —preguntó Debra.

Emma dijo que Alvis había llamado desde Bender Chevrolet y le había preguntado si se podía quedar con el niño hasta las diez, que había reservado una mesa para cenar después del trabajo y que, si Debra llamaba, le dijera que se verían en el Trader Vic.

Dee consultó la hora. Eran casi las siete.

—¿A qué hora ha llamado, Emma?

—Sobre las cuatro.

¿Hacía tres horas? Tenía tiempo de haberse tomado por lo menos seis cócteles, cuatro si no había ido directamente al bar. Incluso para Alvis, era bastante ventaja.

—Gracias, Emma. Volveremos pronto a casa.

—Uf, señora Bender. La última vez volvieron ustedes a casa después de medianoche y yo tenía clase al día siguiente.

—Lo sé, Emma. Lo siento. Te prometo que esta vez llegaremos a casa más temprano. —Colgó, se puso el abrigo y salió al frío aire de Seattle.

Caía una fina lluvia. El coche de Ron aún estaba en el aparcamiento y ella se apresuró hacia su Corvair. Cuando giró la llave del contacto, nada. Lo intentó de nuevo sin resultado.

Durante los dos primeros años de su matrimonio, Alvis le regalaba un Chevy nuevo cada seis meses. Aquel año, sin embargo, ella le había dicho que no era necesario; que se quedaría con el Corvair. Y ahora tenía una avería posiblemente del motor de arranque: claro. Pensó en llamar al Trader Vic, pero estaba solamente a diez o doce manzanas, casi a un tiro de piedra por la Quinta. Podía tomar el monorraíl. Cuando salió del coche, sin embargo, decidió ir andando. Alvis se enfadaría. Si una cosa detestaba de Seattle era su asqueroso centro, que tendría que cruzar en parte. No obstante, le pareció que un paseo le aclararía las ideas después de aquella desagradable conversación con Ron.

Caminó enérgicamente, protegiéndose con el paraguas del insistente calabobos. Mientras caminaba, pensaba en todo lo que debería haberle dicho a Ron. («Sí. Alvis es el amor de mi vida.») Volvió a oír mentalmente las hirientes palabras que él le había dirigido: «Utilizas a las personas... las ninguneas.» Ella había usado palabras parecidas durante su primera cita con Alvis para describir el negocio del cine. Había vuelto a Seattle pensando que le parecería una ciudad diferente, vibrante de promesas. Antes le había parecido demasiado pequeña, pero tal vez ella había encogido con todo lo que le había pasado en Italia, y regresaba vencida a una ciudad que disfrutaba del resplandor de la Feria Mundial;* incluso sus viejos amigos disfrutaban de un nuevo teatro en el recinto ferial. Dee se mantuvo alejada tanto de la feria como del teatro y se abstuvo de ver *Cleopatra* cuando la estrenaron. Leyó las malas críticas y se deleitó (un poco avergonzada) con ellas; se fue a vivir con su hermana Darlene, «a lamerse las heridas», como decía esta acertadamente. Dee tenía asumido que iba a dar al bebé en adopción, pero Darlene la convenció de quedarse con él. Dee le dijo a su familia que el padre del niño era un hotelero italiano, y fue esta mentira la que le dio la idea de llamarlo Pasquale. Cuando Pat cumplió tres meses, Debra volvió a trabajar en el Men's Grill del Frederick & Nelson. Estaba sirviendo a

* La Feria Mundial de Seattle de 1962. *(N. de la T.)*

un cliente un ginger-ale cuando levantó la vista y vio una cara familiar: un hombre alto, delgado y apuesto, ligeramente encorvado y con alguna que otra pincelada gris en las sienes. Le costó un minuto reconocerlo. Era Alvis Bender, el amigo de Pasquale.

—Dee Moray —dijo él.

—Se ha afeitado el bigote —dijo ella. Y después añadió—: Ahora soy Debra, Debra Moore.

—Lo siento, Debra —dijo Alvis, y se sentó en la barra.

Le contó que su padre quería comprar un concesionario en Seattle y lo había enviado a estudiar el terreno.

Le resultaba extraño encontrarse con Alvis en Seattle. Italia le parecía una especie de sueño bruscamente interrumpido; ver a alguien de esa época era como un *déjà-vu*, como tropezarse por la calle con un personaje de ficción. Pero era encantador y era fácil hablar con él y un alivio para ella estar con alguien que conocía toda la historia. Se daba cuenta de que mentirle a todo el mundo sobre lo ocurrido había sido como estar conteniendo el aliento durante un año.

Cenaron, tomaron copas. Alvis era divertido y ella enseguida se encontró cómoda con él. Los concesionarios de su padre eran prósperos y eso era agradable también: estar con un hombre que sin duda podía cuidar de sí mismo. Él la besó en la mejilla a la puerta de su apartamento.

Al día siguiente, Alvis volvió a la cafetería y le dijo que tenía que admitir que no se habían encontrado por casualidad. Dee le había hablado de sí misma durante los últimos días que pasó en Italia; habían ido juntos en barca hasta La Spezia y la había acompañado en tren al aeropuerto de Roma, cuando parecía que su intención era regresar a Seattle. ¿A hacer qué?, le había preguntado Alvis. Ella se había encogido de hombros y había dicho que antes trabajaba en unos grandes almacenes de la ciudad y que a lo mejor volvería a hacerlo. Así que, cuando su padre le mencionó que estaba buscando un concesionario de Chevy en Seattle, aprovechó la ocasión para buscarla.

Visitó otros grandes almacenes, el Bon Marché y el Rhodes of Seattle, antes de que alguien del mostrador de perfumería de

Frederick & Nelson le dijera que trabajaba allí una chica alta y rubia llamada Debra que había sido actriz.

—Entonces, ¿has venido hasta Seattle... solo para buscarme?

—Queremos encontrar un concesionario aquí; pero sí, tenía la esperanza de verte. —Recorrió la cafetería con la mirada—. ¿Recuerdas que en Italia dijiste que te había gustado mi libro y yo comenté que tenía problemas para terminarlo? ¿Te acuerdas de lo que me respondiste? «Quizás está terminado. A lo mejor eso es todo.»

—Oh, no quería decir...

—No, no —la interrumpió—. Está bien. De todos modos no había escrito nada nuevo en cinco años. Solo reescribía el mismo capítulo. Al decirme aquello, sin embargo, fue como si me dieras permiso para admitir que eso era todo lo que tenía que decir, ese único capítulo, y para continuar con mi vida. —Sonrió—. No he vuelto a Italia este año. Creo que he terminado con todo eso. Estoy preparado para hacer otras cosas.

La forma que tuvo de decir «preparado para hacer otras cosas» le resultó tremendamente familiar; ella se había dicho lo mismo.

—¿Qué harás ahora?

—Bueno, de eso quería hablarte. Lo que de verdad me gustaría hacer, más que ninguna otra cosa es... escuchar algo de jazz.

Ella sonrió.

—¿Jazz?

—Sí. —El portero del hotel había mencionado un club de Cherry Street, al pie de la colina.

—El Penthouse —apuntó ella.

Él se dio unos golpecitos en la nariz, bromeando.

—Ese mismo.

Ella se rio.

—¿Me está usted pidiendo que salgamos, señor Bender?

Él le brindó una astuta media sonrisa.

—Eso depende, señorita Moore, de su respuesta.

Debra lo miró con atención, evaluándolo (pose de interrogación, rasgos finos, elegante pelo castaño grisáceo), y pensó: «Claro, por qué no.»

Ahí lo tienes, Ron: ahí está el amor de su vida.

Ahora, a una manzana del Trader Vic, vio el Biscayne de Alvis aparcado con una rueda parcialmente sobre el bordillo. ¿Había estado bebiendo en el trabajo? Miró dentro del coche, pero excepto por un cigarrillo apenas consumido en el cenicero, no había pruebas de que hubiera sido uno de sus días de juerga.

Entró en el restaurante y la asaltó una bocanada de aire cálido. Colgados del techo había cañas de bambú, tótems y una canoa. Miró a su alrededor en la sala abarrotada, buscándolo, pero las mesas estaban llenas de parejas charlando y no lo veía por ninguna parte. Al cabo de un momento, el gerente, Harry Wong, se le acercó con un mai tai.

—Creo que necesita acortar ventaja. —Señaló una mesa del fondo, y allí estaba Alvis, en un gran sillón de mimbre cuyo respaldo le rodeaba la cabeza como una aureola renacentista.

Estaba haciendo lo que mejor se le daba: beber y hablar, dando un discurso a un pobre camarero que hacía lo posible por escabullirse. Alvis, con una de sus manazas sobre el brazo del pobre chico, lo tenía pillado.

Debra aceptó la bebida que le ofrecía Harry Wong.

—Gracias por mantenerlo en pie para mí, Harry.

Se llevó la copa a los labios y el curasao con ron le golpeó la garganta. Se tomó la mitad del contenido, cosa que la sorprendió. Miró fijamente la bebida y los ojos se le llenaron de lágrimas.

Un día, en su época de instituto, alguien le dejó una nota en la taquilla: «Eres una puta.» Estuvo todo el día de mal humor hasta que llegó a casa por la noche y vio a su madre; en ese momento, inexplicablemente, rompió a llorar. En este momento se sentía igual. La visión de Alvis (aunque fuera del borracho doctor Alvis, su discursero álter ego) fue suficiente para hundirla. Se enjugó con cuidado los ojos, se llevó la copa a los labios y apuró el contenido antes de devolvérsela al gerente.

—Harry, ¿puede traernos agua y algo de comer para el señor Bender?

Harry asintió.

Ella avanzó entre la gente que charlaba, atrayendo las miradas a su paso, y alcanzó a oír el discurso de su marido —«Bobby puede vencer a LBJ»—* justo en su apogeo.

—... y yo defiendo que el único logro significativo de la Administración Kennedy, la integración, en realidad le corresponde a Bobby y... ¡Mira qué mujer!

Alvis estaba radiante de alegría, con aquellos ojos que parecían fundirse en las comisuras. Le soltó el brazo al camarero, que, liberado, se escabulló dándole las gracias con un movimiento de cabeza a Debra por su oportuna llegada. Alvis le apartó la silla, con su caballerosidad habitual.

—Cada vez que te veo, me quedo sin aliento.

Ella se sentó.

—Me temo que había olvidado que íbamos a salir esta noche.

—Siempre salimos los viernes.

—Hoy es jueves, Alvis.

—Tienes demasiado apego a la rutina.

Harry sirvió a cada uno un gran vaso de agua y un plato de rollitos de primavera. Alvis tomó un sorbo.

—Es el peor martini que he probado nunca.

—Órdenes de la señora, Alvis.

Debra le quitó el cigarrillo de la mano y se lo sustituyó por un rollito de primavera que Alvis simuló fumarse.

—Flojo —dijo.

Debra fumó una larga calada de su cigarrillo.

—¿Y cómo *vaj* la *ojbra*, *querijda*? —le preguntó con voz nasal, comiéndose el rollito de primavera.

—Ron me tiene loca.

—¡Ah, el director retozón! ¿Tengo que limpiarte el culo de huellas? —bromeó, fingiéndose celoso.

Pero aquella broma ocultaba una cierta inseguridad.

Ella se alegraba tanto de su punzada de celos como de que bromeara con ella. Eso era lo que tendría que haberle dicho a Ron: que su marido era un hombre que había superado esos mezquinos juegos.

* Lyndon Baines Johnson, apodado LBJ, fue el trigésimo sexto presidente de Estados Unidos. *(N. de la T.)*

Le contó a Alvis que Ron la interrumpía constantemente, instándola a interpretar a Maggie como una caricatura estúpida y susurrante, como una imitación de Marilyn.

—Nunca debí aceptar este papel. —Apagó resueltamente el cigarrillo en el cenicero, doblando la colilla.

—¡Ah, vamos! —Él encendió otro—. Tenías que hacerlo, Debra. ¿Quién sabe cuántas oportunidades tendrás de hacer una cosa así en tu vida?

Por supuesto, no hablaba solo de ella, sino también de sí mismo, Alvis, el escritor fracasado, que malgastaba su vida vendiendo Chevys, condenado para siempre a ser el tío más inteligente del aparcamiento.

—Me ha dicho cosas horribles. —No le contó a Alvis que Ron había intentado acariciarla (sabía defenderse sola) ni que lo había llamado a él viejo borracho; pero le contó las otras cosas espantosas que había dicho: «Utilizas a las personas. Juegas con su vida y las ninguneas.» Nada más acabar de pronunciar estas palabras, Debra rompió a llorar.

—Nena, nena. —Alvis acercó su silla y la rodeó con el brazo—. Me preocuparé si empiezas a actuar como si valiera la pena llorar por ese gilipollas.

—No estoy llorando por él. —Debra se enjugó las lágrimas—. Pero ¿y si tiene razón?

—¡Dios mío, Dee! —Alvis le hizo una seña a Wong—. Harry, ¿ves a esta triste monada sentada a mi mesa?

Harry Wong sonrió y dijo que la veía.

—¿Te sientes utilizado por ella?

—Estoy a su disposición —repuso Harry.

—Esa es la razón por la que siempre hay que pedir una segunda opinión —dijo Alvis—. Ahora, doctor Wong, ¿hay algo que pueda usted recetar para este tipo de delirios? Y que sean dobles, por favor. —Cuando Harry se hubo ido, se volvió hacia ella—. Escúchame, señora Bender: el Director de Teatro Gilipollas no puede decirte quién eres. ¿Lo entiendes?

Ella lo miró a los ojos, tranquilos y castaños, y asintió.

—No tenemos nada más que la historia que contamos. Todo lo que hacemos, todas las decisiones que tomamos, nuestra fuerza, nuestra debilidad, nuestra motivación, nuestra trayectoria vital y nuestro carácter, lo que creemos... nada de eso es real: todo forma parte de la historia que contamos. Pero, y ese es el quid de la cuestión... ¡Es nuestra maldita historia!

Con su ebria agitación consiguió que Debra se ruborizara. Sabía que era un discurso inspirado por el ron, pero, como muchos de los sermones de borracho de Alvis, tenía cierto sentido.

—Tus padres no te cuentan tu historia, ni tus hermanas. Cuando sea lo bastante mayor, ni siquiera Pat te contará tu historia. Yo soy tu marido y nunca lo haré. Así que no me importa lo enamorado que esté ese director, no te la puede contar. ¡Ni el jodido Richard Burton puede contarte tu historia!

Debra miró a su alrededor inquieta, un poco desconcertada. Nunca mencionaban aquel nombre, ni siquiera cuando hablaban de si debían contarle a Pat la verdad.

—¡Nadie puede decirte lo que significa tu vida! ¿Me entiendes?

Ella lo besó apasionadamente, agradecida, pero también intentando que se callara, y, cuando se apartó de él, había otro mai tai en la mesa para cada uno. ¿El amor de su vida? ¿Y si Alvis tenía razón y aquella era su historia? La de Debra. Claro. Por qué no.

Se quedó fuera del coche, tiritando, mirando la Aguja Espacial de Seattle, mientras Alvis se metía en el Corvair.

—A ver cuál es el problema.

Por supuesto, el coche arrancó a la primera. La miró y se encogió de hombros.

—No sé qué decirte. ¿Estás segura de que giraste la llave del todo?

Ella se puso un dedo en el labio e imitó la voz de Marilyn.

—Vaya, señor Mecánico, nadie me dijo que tenía que girar la llave.

—Por qué no te vienes al asiento trasero conmigo, señora, y te enseñaré otra característica de este elegante coche.

Ella se inclinó a besarlo. Alvis buscó la botonadura delantera de su vestido, le desabrochó un botón y le bajó una mano por el vientre hasta la cadera. Con el pulgar le tiraba del elástico de los pantis. Debra se apartó y le cogió la mano.

—Eres un mecánico muy rápido.

Él salió del coche y le dio un beso prolongado, con una mano en su nuca y la otra en su cintura.

—Vamos. ¿Diez minutos en el asiento de atrás? Todos los chicos lo hacen.

—¿Y la canguro?

—¿Por qué no? Yo me apunto —bromeó él—. ¿Crees que podemos pedirle que se nos una?

Ella sabía que iba a hacer ese chiste, pero, a pesar de todo, le entró la risa. Casi siempre sabía lo que Alvis iba a decir, pero se reía.

—Va a cobrarnos cuatro dólares la hora por eso —le advirtió.

Sosteniéndola aún, Alvis suspiró profundamente.

—Cariño, cuando estás de guasa eres lo más sexy que hay. —Cerró los ojos, inclinó atrás la cabeza y sonrió todo lo que le permitía su delgada cara—. A veces me gustaría que no estuviéramos casados para podértelo pedir de nuevo.

—Pídemelo cuando quieras.

—¿Y arriesgarme a que me digas que no? —La besó y luego se apartó e hizo un movimiento circular con el brazo.

»Su carruaje.

Ella hizo una reverencia y se subió al frío Corvair. Alvis cerró la puerta y se quedó mirando el coche mientras su mujer activaba los limpiaparabrisas. Un poco de agua sucia cayó por el borde del parabrisas y estuvo a punto de mojarlo. Retrocedió de un salto y ella sonrió viéndolo alejarse hacia su coche.

Se sentía mejor, pero aún estaba desconcertada por el hecho de que Ron la hubiera hecho enfadar de esa manera. ¿Sería solamente porque era un capullo cachondo o había algo familiar e hiriente en lo que le había dicho?: «¿El amor de tu vida?» Tal vez no. Pero no tenía por qué serlo, ¿verdad? ¿No podía superar la fantasía de chiquilla? ¿No podía el amor ser más moderado, más tranquilo, menos abrasador? Culpabilidad: eso le había hecho sentir Ron. «Utilizas a la gente.» Quizá porque le había sugerido que, en un cierto momento de su vida, se había aprovechado de sus encantos para obtener el amor de un hombre mayor a cambio de cierta seguridad y un nuevo Corvair, enamorada de su propio reflejo en los ojos locos de amor de su pareja. Tal vez era igual que Maggie. Se echó a llorar de nuevo.

Siguió el Biscayne, hipnotizada por el resplandor de los faros traseros. Denny Street estaba prácticamente desierta. Detestaba el coche de Alvis; era un sedán de viejo. Podía coger cualquier Chevy del concesionario y había elegido un Biscayne. Cuando llegaron al siguiente semáforo en rojo, se colocó a su lado y bajó la ventanilla. Alvis se inclinó por encima el asiento del acompañante y también bajó la suya.

—Desde luego, necesitas un coche nuevo —dijo ella—. ¿Por qué no coges otro Corvette?

—No puedo. —Se encogió de hombros—. Ahora tengo un niño.

—¿A los niños no les gustan los Corvettes?

—A los niños les encantan los Corvettes. —Hizo un gesto con la mano indicando la parte trasera, como un mago o una chica en una exposición—. Pero no tienen asiento trasero.

—Lo podemos llevar en el techo.

—¿Vamos a poner a cinco críos en el techo?

—¿Vamos a tener cinco?

—¿Se me olvidó decírtelo?

Ella se rio y sintió la necesidad de... ¿qué? ¿De disculparse? ¿De decirle por milésima vez, quizá para autoconvencerse, que lo amaba?

Alvis se llevó un cigarrillo a los labios y lo encendió con el mechero del coche. Su cara se iluminó con el resplandor amarillo.

—Se acabó el meterse con mi coche —dijo. Guiñó uno de sus nublados ojos castaños, pisó el gas y frenó al mismo tiempo.

El potente motor rugió, las llantas rechinaron y escupieron humo amarillo. Lo sincronizó perfectamente, de manera que, justo cuando el semáforo cambió a verde, soltó el freno de golpe y el coche saltó hacia delante.

En la memoria de Debra Bender, ese ruido siempre precedería lo que sucedió a continuación. El Biscayne salió disparado hacia el cruce al mismo tiempo que una vieja furgoneta negra con los faros apagados (al volante de la cual iba otro borracho) trataba de aprovechar un semáforo en ámbar. Chocó con él por la izquierda. Se empotró contra la puerta del coche de Alvis y dejó el Biscayne hecho una «T». El estrépito de hierro y cristales rotos fue interminable. Debra gritaba con igual estridencia y su llanto angustioso continuó mucho después de que los coches accidentados se detuvieran contra el bordillo.

17

La batalla de Porto Vergogna

Abril de 1962
Porto Vergogna, Italia

Pasquale miraba cómo Richard Burton y Michael Deane se apresuraban hacia su lancha alquilada mientras su tía Valeria los perseguía gritando y señalándolos con su dedo huesudo.

—¡Asesinos! ¡Criminales!

Estaba inquieto. El mundo se había quebrado en tantos fragmentos que apenas podía concebir con cuál quedarse: sus padres se habían ido los dos; Amedea y su hijo estaban en Florencia; su tía les estaba gritando a los del cine. Los pedazos rotos de su vida estaban en el suelo, ante sí, como un espejo en el que siempre se hubiera reflejado y que ahora dejara ver la vida que había detrás.

Valeria se había metido en el agua, maldiciendo y llorando. Sus viejos labios grisáceos babeaban cuando Pasquale la alcanzó. La lancha se había alejado del muelle. Pasquale agarró a su tía por los delgados y huesudos hombros.

—No, *zia*. Déjalos ir. Ya está bien.

Michael Deane los miraba desde la embarcación, pero Richard Burton, con la vista al frente, seguía con la botella en la mano mientras se acercaban al rompeolas. Detrás de ellos, las esposas de los pescadores guardaban silencio. ¿Sabían lo que Valeria había hecho? La anciana se arrojó a los brazos de Pasquale, llorando. Se quedaron juntos en la orilla, viendo la lancha rodear el cabo, con la proa orgullosamente levantada. El motor rugió y la embarcación se alejó a toda velocidad.

Pasquale ayudó a Valeria a volver al hotel y la dejó en su habitación, donde se acostó llorando y murmurando.

—He hecho una cosa terrible.

—No —le dijo Pasquale. Y a pesar de que Valeria había hecho realmente una cosa terrible, de que había cometido el peor pecado imaginable, Pasquale sabía lo que su madre habría querido que le dijera—: Fuiste buena al ayudarla.

Valeria lo miró a los ojos, asintió y apartó la mirada. Pasquale intentó sentir la presencia de su madre; pero el hotel se había vaciado de ella, se había vaciado de todo. Dejó a su tía en su habitación. En la *trattoria* encontró a Alvis sentado a una mesa de hierro forjado, mirando por la ventana y con una botella de vino abierta delante. Levantó la vista.

—¿Está bien tu tía?

—Sí —le respondió, aunque estaba pensando en lo que Michael Deane había dicho («no es tan sencillo») y en Dee Moray, que había desaparecido de la estación de tren de La Spezia aquella mañana.

Días antes, cuando estaban de excursión, Pasquale le había señalado las vías hacia Portovenere y La Spezia desde los acantilados. Se la imaginó alejándose de La Spezia y levantando la vista hacia las colinas.

—Voy a dar un paseo, Alvis.

Alvis asintió y siguió bebiendo.

Pasquale salió por la puerta principal. Giró, pasó por delante de la casa de Lugo y vio a la mujer del Héroe, Bettina, mirándolo desde la puerta. Sin decirle nada, subió por el sendero que salía del pueblo. Se desprendían piedrecitas mientras subía. Avanzaba con rapidez por el viejo sendero de mulas, por encima de la cuerda que marcaba su estúpida pista de tenis, que volaba sobre las rocas de más abajo.

Pasquale pasó el bosquecillo de olivos y el de naranjos en su ascenso por los riscos detrás de Porto Vergogna. Finalmente, llegó al saliente del acantilado, bajó a la siguiente hendidura y continuó caminando hasta el viejo búnker. Vio enseguida que había acertado. Ella había hecho una excursión desde La Spezia. Habían movido las ramas y las piedras para destapar la entrada que él había cubierto el día que estuvieron allí.

Con el viento azotándolo, Pasquale saltó hasta el techo de hormigón y se metió en el búnker.

Fuera había más luz que la última vez y, como era más tarde, entraba más por las tres aspilleras; aun así, le costó un momento adaptarse a la penumbra del interior. Entonces la vio. Estaba sentada en un rincón, apoyada contra la pared, acurrucada. Se había cubierto los hombros y las piernas con la chaqueta. Parecía muy frágil en la penumbra del búnker, muy diferente de la criatura etérea que había llegado a su pueblo solo unos días antes.

—¿Cómo sabías que estaría aquí? —preguntó ella.

—No lo sabía. Solo esperaba que así fuera.

Se sentó junto a ella, contra la pared opuesta a las pinturas. Al cabo de un momento, Dee se apoyó en su hombro. Pasquale la rodeó con el brazo y la atrajo hacia sí; ella apoyó la cabeza en su pecho.

Cuando habían estado allí la otra vez, de mañana, la luz indirecta del sol se filtraba por las aberturas de las metralletas hasta el suelo. Ahora, a la luz del final de la tarde, con el sol más alto, incidía directamente sobre las pinturas que tenían delante. Tres estrechos rectángulos de sol iluminaban los descoloridos retratos.

—Pensaba ir andando hasta tu hotel. Solo esperaba a que la luz llegara a las pinturas.

—Es bonito.

—Al principio, me pareció la cosa más triste del mundo que nadie viera nunca estas pinturas. Pero luego pensé: «¿Por qué no intentas llevarte esa pared y exponerla en alguna galería? Porque serían solamente cinco pinturas descoloridas en una galería.» Entonces me di cuenta de que a lo mejor solo son tan extraordinarias porque están aquí.

—Sí. Tienes razón.

Se quedaron sentados en silencio mientras oscurecía y la luz de las aspilleras iba subiendo lentamente por la pared de las pinturas. Pasquale tenía los ojos pesados y pensó que quedarse dormido junto a alguien por la tarde era la cosa más íntima posible.

En la pared del búnker, uno de los rectángulos de luz bañó la cara del segundo retrato de la joven; parecía como si hubiera vuelto ligeramente la cabeza para observar a la otra adorable rubia, la real, acurrucada junto al joven italiano. Pasquale ya se había dado cuenta antes de que, al atardecer, el movimiento de la luz del sol tenía el poder de cambiar las pinturas dándoles vida.

—¿Crees de verdad que el pintor volvió a verla? —Dee suspiró.

Pasquale se había preguntado lo mismo: si el artista habría vuelto a Alemania con la chica de los retratos. Sabía por las historias de los pescadores que la mayoría de los soldados alemanes habían sido abandonados allí y que los americanos los habían capturado o matado al barrer el campo. Se preguntaba si la chica habría sabido nunca que alguien la había amado tanto como para pintar su retrato dos veces en la fría pared de cemento de un búnker.

—Sí —dijo—. Lo creo.

—¿Y se casaron?

Era como si Pasquale lo pudiera ver todo ahí delante.

—Sí.

—¿Tuvieron hijos?

—*Un bambino*. —«Un niño.» Se sorprendió a sí mismo diciendo esto y sintió un dolor en el pecho parecido al que sentía en el estómago después de un atracón; era demasiado.

—Me dijiste la otra noche que habrías venido desde Roma de rodillas para verme —dijo Dee, apretándole el brazo—. Es la cosa más bonita que me han dicho.

—Sí. —«No es tan sencillo...»

Ella se apoyó de nuevo en su hombro. La luz de las aspilleras seguía subiendo por la pared y ya casi se salía de las pinturas. Solo quedaba un pequeño rectángulo de sol en la esquina superior del último retrato de la chica. Casi había terminado por aquel día el espectáculo de la galería. Dee miró a Pasquale.

—¿Crees realmente que el pintor volvió a verla?

—¡Oh, sí! —repuso, con la voz ronca por la emoción.

—¿No lo dices solo para que me sienta mejor?

Y, como estaba a punto de explotar y le faltaba fluidez para decir en inglés todo lo que pensaba —que a su modo de ver, cuanto más vives más te arrepientes y más sufres y que esta vida es un espléndido desastre—, Pasquale dijo simplemente:

—Sí.

Anochecía cuando llegaron al pueblo y Pasquale le presentó Dee Moray a Alvis Bender, que estaba leyendo en el patio del hotel Adequate View y se puso en pie de un salto, con lo que el libro se le cayó en la silla. Dee y Alvis se dieron la mano torpemente. El normalmente locuaz Bender se había quedado mudo, tal vez por su belleza o tal vez por los extraños acontecimientos del día.

—Encantada de conocerlo —dijo ella—. Le ruego que me disculpe. Voy a echar una cabezada. He hecho una larga caminata y estoy exhausta.

—Por supuesto —dijo Alvis, que solo entonces se acordó de quitarse el sombrero, que sujetó sobre el pecho.

Y entonces Dee cayó en la cuenta.

—¡Ah, es usted el señor Bender! —exclamó, volviéndose—. El escritor.

Él miró al suelo, abrumado por la magnitud de la palabra.

—¡Oh, no! No soy un verdadero escritor.

—Sí que lo es. Su libro me gustó mucho.

—Gracias —dijo Alvis Bender, y se ruborizó como nunca había visto Pasquale ni creído posible que el alto y sofisticado americano pudiera ruborizarse—. Quiero decir... que no está terminado; evidentemente, queda mucho por contar.

—Por supuesto.

Alvis miró a Pasquale y después de nuevo a la bella actriz. Se rio.

—Aunque, a decir verdad, eso es todo lo que he sido capaz de escribir.

Ella sonrió cálidamente.

—Bueno, a lo mejor eso es todo. Me parece magnífico.

—Dicho lo cual se excusó de nuevo y entró en el hotel.

Pasquale y Alvis Bender se quedaron de pie, en el patio, mirando fijamente la puerta cerrada.

—¡Dios mío! ¿Es la novia de Burton? —preguntó Alvis—. No es como yo esperaba.

—No —fue lo único que pudo decir Pasquale.

Valeria volvía a cocinar en la pequeña cocina. Pasquale se quedó allí mientras terminaba de preparar otra olla de sopa. Cuando estuvo lista, Pasquale le llevó un cuenco a Dee a su habitación. Todavía dormía. La miró y se aseguró de que seguía respirando. Dejó la sopa en su mesilla de noche y volvió a la *trattoria*, donde Alvis Bender estaba tomando un poco de la sopa de Valeria y mirando por la ventana.

—Este lugar ha enloquecido, Pasquale. El mundo entero lo ha invadido.

Pasquale estaba demasiado cansado para hablar. Pasó por delante de Alvis y fue hasta la puerta. Se quedó mirando el mar verdoso. Abajo, en la orilla, los pescadores terminaban el trabajo del día, fumando y riendo mientras tendían las redes y limpiaban los barcos.

Pasquale abrió la puerta por completo, salió al patio y se puso a fumar. Los pescadores subieron la colina de uno en uno, cada cual con lo que le había quedado de su captura. Algunos saludaban con la mano y otros con una inclinación de cabeza. Tommaso *el Viejo* se acercó con unos peces pequeños y le dijo a Pasquale que le había guardado unos cuantos boquerones en lugar de vendérselos a los restaurantes para turistas. ¿Creía que Valeria los querría? Sí, dijo Pasquale. Tommaso entró y salió a los pocos minutos sin el pescado.

Alvis Bender tenía razón: alguien había abierto el grifo y el mundo se estaba colando dentro. Pasquale había querido que aquel pueblo dormido despertara, pero ahora... Quizá por eso no se sorprendió excesivamente cuando, unos minutos más tarde, oyó el sonido de otro motor y la barca de diez metros de Gualfredo entró en la cala. Esta vez al timón no iba Orenzio sino Gualfredo, con el bruto de Pelle a su lado.

Pasquale pensó que debía morderse la lengua. Era una humillación final, lo último que sería capaz soportar. En medio de su dolor y su confusión, Gualfredo de repente le pareció un simple incordio, un grano en el culo. Abrió la mosquitera, entró y cogió el viejo bastón de su madre del perchero. Alvis Bender levantó la vista de su vaso de vino.

—¿Qué pasa, Pasquale?

Pero Pasquale no contestó. Bajó decidido por la *strada* escalonada hacia los dos hombres que estaban saltando de la barca. A su paso los guijarros saltaban, las nubes se elevaban en el cielo violeta por encima de sus cabezas y la última luz del sol se reflejaba en la orilla, con el rumor de las olas contra las rocas de fondo.

Los hombres ya subían por el sendero. Gualfredo sonreía.

—La americana pasó tres noches aquí mientras se suponía que estaba en mi hotel. Me debes esas noches, Pasquale.

Pasquale estaba todavía a cuarenta metros de distancia, con el ya débil sol de frente. No les veía la cara, solo distinguía sus siluetas a contraluz. No dijo nada y siguió caminando, con la mente agitada por imágenes de Richard Burton y Michael Deane, de su tía envenenando a su madre, de Amedea y su bebé, de su fallida pista de tenis, de su sumisión durante la otra visita de Gualfredo, de la verdad que había descubierto sobre sí mismo: su debilidad como hombre.

—El británico se fue sin pagar la factura del bar —dijo Gualfredo, que estaba ahora a veinte metros—. También tendrás que pagarme eso.

—No —repuso Pasquale simplemente.

—¿No? —se extrañó Gualfredo

Pasquale oyó a Alvis Bender salir al patio.

—¿Va todo bien ahí abajo, Pasquale?

Gualfredo levantó la vista hacia el hotel.

—¿Y tienes otro huésped americano? ¿Qué está pasando aquí, Tursi? Voy a tener que doblar la tasa.

Pasquale los alcanzó justo en el punto donde terminaba el camino de la *piazza*, allí donde la suciedad de la costa se mezclaba con los primeros guijarros de la *strada*. Gualfredo iba a abrir la boca para decir algo, pero no pudo. Pasquale blandió el garrote y le dio al bruto de Pelle en el cuello de toro. Este, quizá por su docilidad de la última vez, no se lo esperaba, y cayó de lado en la suciedad como un árbol talado. Pasquale levantó el garrote para golpear de nuevo, pero se había roto contra el cuello del gigante. Tiró el trozo que todavía tenía en la mano y fue por Gualfredo con los puños.

Pero Gualfredo era un luchador experto. Esquivó los golpes de Pasquale y le propinó dos compactos puñetazos, uno en la mejilla, que le quemó, y otro en la oreja que, con un sonido sordo, lo hizo caer hacia atrás hecho un ovillo sobre Pelle.

Comprendiendo que su furiosa adrenalina como única arma era un recurso limitado, Pasquale saltó hacia atrás ante el armario que era Gualfredo, hasta que se enzarzaron a puñetazos, golpeando él también con los puños la cabeza de Gualfredo como si fuera un melón y dándole con las muñecas, los puños y los codos, con todo.

Entonces una manaza de Pelle aterrizó en su pelo y la otra en su espalda y fue apartado a la fuerza. Por primera vez, Pasquale pensó que no debía ir por aquel camino, que probablemente necesitaba algo más que adrenalina y un palo roto para acabar con aquella situación. En ese momento incluso la adrenalina lo abandonó y gimió débilmente, como un chiquillo harto de llorar.

Como una excavadora salida de la nada, Pelle le dio un puñetazo en el estómago que lo levantó y lo lanzó contra el suelo. Se desplomó sin una molécula de aire que respirar. El gigante Pelle permaneció de pie junto a él con el ceño fruncido, enmarcado por las manchitas que veía mientras boqueaba y esperaba que la excavadora acabara con él. Pasquale se incorporó y arañó la suciedad que tenía debajo, preguntándose por qué no podía oler el aire del mar, pero sabiendo que no percibiría su aroma mientras no hubiera aire. Pelle hizo un mínimo movimiento hacia él y entonces una sombra cruzó el sol y Pasquale levantó la vista y vio a Alvis Bender volar desde la pared de roca hasta la enorme espalda de Pelle, que vaciló un momento (parecía un estudiante con una guitarra al hombro) antes de agarrar al alto americano que tenía detrás y quitárselo de encima como un trapo mojado para lanzarlo a la orilla rocosa.

Pasquale intentó ponerse de pie, pero aún no había recuperado el aliento. Pelle dio un paso hacia él y ocurrieron tres cosas fantásticas al mismo tiempo: oyó un fuerte estampido delante de él y un estallido detrás, y del enorme pie izquierdo de gigante salió un chorro rojo mientras Pelle gritaba y se agarraba el pie.

Respirando con dificultad, Pasquale miró hacia atrás por encima del hombro izquierdo. El viejo Lugo bajaba por el sendero hacia ellos, todavía sucio de limpiar pescado, empujando para meter otro cartucho en el cargador. Del sucio cañón de la escopeta, que debía de haber arrancado del huerto de su mujer, colgaba una rama verde. Apuntaba a Gualfredo.

—Te habría disparado a ti, Gualfredo, picha floja, pero ya no tengo la puntería de antes —dijo Lugo—. Aunque un ciego podría acertar en tu barriga.

—El viejo me ha disparado en el pie, Gualfredo —puntualizó muy formal el gigante Pelle.

En los minutos siguientes hubo gemidos y arrastrar de pies y Pasquale recuperó el aliento. Como niños limpiando un desastre, los hombres parecieron volver al orden. La clase de orden que se impone cuando una persona de un grupo apunta con un arma a los otros. Alvis Bender se incorporó hasta sentarse, con un ojo muy hinchado. A Pasquale todavía le silbaba el oído, y Gualfredo se frotaba la dolorida cabeza; pero Pelle se había llevado la peor parte con la bala incrustada en el pie.

Lugo miró la herida de este último, un tanto decepcionado.

—Te he disparado al pie para detenerte —le dijo—. No quería darte.

—Era un disparo difícil —repuso el gigante con cierta admiración.

El sol apenas asomaba ya del horizonte y Valeria había bajado del hotel con una linterna. Le dijo a Pasquale que la chica americana no se había despertado, que debía de estar agotada. Luego, mientras Lugo seguía con el rifle, Valeria le limpió la herida a Pelle y le vendó el pie con tiras de una funda de almohada y un hilo de pescar. El hombretón hacía gestos de dolor cuando ella apretaba la venda.

Alvis Bender parecía especialmente interesado en el pie herido de Pelle. No paraba de hacerle preguntas. ¿Le dolía? ¿Creía que podría caminar? ¿Qué había sentido?

—Vi muchas heridas en la guerra —dijo Valeria, con una extraña ternura por el gigante que había ido a zurrar a su sobrino—. Esta es una herida limpia. —Enfocó con la linterna el cabezón de Pelle, grande como un barril de cerveza, y le secó el sudor—. Te curarás.

—Gracias —dijo Pelle.

Pasquale fue a comprobar cómo estaba Dee Moray. Como había dicho su tía, seguía durmiendo, ajena incluso al disparo que había acabado con la pequeña escaramuza.

Cuando volvió, Gualfredo estaba apoyado en la pared de la *piazza*.

—Has cometido un gran error, Tursi. Lo entiendes, ¿verdad? —le susurró sin perder de vista el rifle de Lugo—. Un gran error.

Pasquale no dijo nada.

—Como comprenderás, volveré, y los que dispararán mis armas no serán viejos pescadores.

Pasquale no pudo hacer nada más que dirigirle al bastardo de Gualfredo su más fría mirada hasta que este, finalmente, apartó la vista.

Unos minutos más tarde, Gualfredo y el renqueante Pelle empezaron a bajar hacia su barca. Lugo los acompañaba como si fueran viejos amigos, llevando en sus brazos el rifle como un largo y flaco bebé. En el agua, el viejo Lugo se volvió hacia Gualfredo, le dijo unas frases, señaló hacia el pueblo, hizo gestos con el rifle y volvió a subir por el sendero hasta la *piazza*, donde Pasquale y Alvis Bender estaban sentados recuperándose. La barca zarpó y Gualfredo y Pelle desaparecieron en la oscuridad.

En la terraza del hotel, Pasquale le sirvió al viejo un vaso de vino.

Lugo *el Héroe de Guerra* se lo tomó de un solo trago y miró a Alvis Bender, cuya contribución a la lucha había sido tan mínima.

—*Liberatore* —dijo con cierto retintín, «libertador».

Alvis Bender simplemente asintió. Pasquale nunca lo había pensado, pero la guerra había determinado a una generación entera de hombres, a su padre también, aunque raramente hubieran hablado de ella. Él siempre había considerado la guerra algo grande; sin embargo, había oído a Alvis referirse a «su guerra», como si cada hombre hubiera combatido en una diferente: un millón de guerras diferentes para un millón de hombres distintos.

—¿Qué le has dicho a Gualfredo? —le preguntó a Lugo.

El viejo miró atrás por encima del hombro, hacia la costa.

—Le he dicho que sé que tiene reputación de hombre duro, pero que la próxima vez que venga a Porto Vergogna le dispararé a las piernas y, mientras se esté retorciendo en la playa, le bajaré los pantalones, le meteré el palo de mi huerto por el agujero de su gordo culo y apretaré el gatillo. Le he dicho que el último segundo de su miserable vida lo pasaría sintiendo cómo su propia mierda le salía por la coronilla.

Ni a Pasquale ni a Alvis Bender se les ocurrió nada que decir. Se quedaron viendo cómo Lugo apuraba otro vino, dejaba el vaso en la mesa y se volvía a su casa con su mujer, que cogió con cuidado la escopeta. Ambos entraron en su casita.

18

El líder del grupo

Recientemente
Sandpoint, Idaho

A las once y catorce minutos de la mañana, la condenada al fracaso Deane Party despega del aeropuerto internacional de Los Ángeles en la primera etapa de su épico viaje. Ocupan toda una fila de primera clase del vuelo de Virgin directo a Seattle. En el asiento 2A, Michael Deane mira fijamente por la ventanilla y fantasea acerca de que la actriz tiene el mismo aspecto que hace cincuenta años (y él también); la imagina perdonándolo enseguida («agua pasada no mueve molinos, querido»). En el asiento 2B, Claire Silver alza de vez en cuando los ojos del censurado primer capítulo de las memorias de Deane, asombrada: «¿El hijo de Richard Burton?» La historia es verdaderamente tan inquietante que debería sellar inmediatamente su decisión de aceptar el trabajo del museo de culto, pero su repulsión da paso a la obligación y luego a la curiosidad y acaba pasando las páginas mecanografiadas cada vez más rápido, ajena al hecho de que Shane Wheeler está intentando entablar sin demasiada sutileza una conversación de negocios desde el asiento 2C del otro lado del pasillo.

—No sé; a lo mejor debería comparar precios para *¡Donner!*
—Ve que Claire sigue enfrascada en los papeles que Michael le ha dado y empieza a preocuparse.

¿Y si es otro guión incluso más extravagante que su presentación? Inmediatamente abandona sus tímidas tácticas de negociación. Se vuelve hacia el viejo Pasquale Tursi, que ocupa el asiento 2D, e inicia una educada conversación.

—*È sposato?* —«¿Está casado?»

—*Sì, ma mia moglie è morta.* —«Sí, pero mi mujer murió.»

—*Ah. Mi dispiace. Figli?* —«Lo lamento. ¿Hijos?»

—*Sì, tre figli e sei nipoti.* —«Tres hijos y seis nietos.»

Hablar de su familia hace que Pasquale se avergüence del absurdo sentimentalismo que se permite a su avanzada edad: se comporta como un chico enamorado persiguiendo a una mujer a la que solo hace tres días que conoce. ¡Qué disparate!

Pero, ¿acaso no son todas las búsquedas disparatadas? El Dorado y la fuente de la eterna juventud y el intento de encontrar vida inteligente en el cosmos. Sabemos lo que hay ahí fuera. Es lo que no hay lo que verdaderamente nos empuja. Puede que la tecnología haya reducido los viajes épicos a un par de trayectos en coche y varias etapas en avión (cuatro estados y más de diecinueve mil kilómetros recorridos en una tarde), pero las verdaderas búsquedas no se miden en tiempo ni en espacio, sino en esperanza. Hay solo dos buenos resultados para una búsqueda así: la esperanza del sabio afortunado (que zarpa hacia Asia y se topa con América) y la esperanza de los espantapájaros y los hombres de hojalata (del que se da cuenta de que desde el principio ha tenido lo que buscaba).

En Ciudad Esmeralda,* la infausta Deane Party cambia de planes. Shane, siempre tan espontáneo, menciona que el territorio que han recorrido en apenas dos horas le habría costado meses de viaje a William Eddy.

—Y ni siquiera nos hemos comido a nadie —dice Michael, que añade, más agorero de lo que pretende—: todavía.

Para la etapa final toman un avión de línea regional, un tubo de dentífrico lleno de estudiantes de primer curso de carrera y empleados que vuelven a casa. Gracias a Dios es un vuelo corto: diez minutos rodando por la pista, diez minutos tomando altura por encima de unas montañas aserradas, diez más sobrevo-

---

* La capital de Oz, donde se desarrolla el argumento de *El mago de Oz*. (*N. de la T.*)

lando un desierto estriado, otros diez un mosaico de tierras de cultivo, luego se abre una cortina de nubes e inician el descenso hacia una pequeña ciudad rodeada de pinos.

A tres mil pies, el piloto les da prematura y soñolientamente la bienvenida a Spokane, Washington. Temperatura, 12 °C. El tren de aterrizaje se posa en la pista y Claire ve que seis de sus ocho llamadas telefónicas y mensajes de texto son de Daryl, que lleva ya treinta y seis horas sin hablar con su novia y por fin sospecha que algo no va bien. El primer mensaje es: «*Tas* loca.» El segundo: «Es por las *strippers*.» Claire deja el teléfono sin leer el resto.

Salen los últimos del *finger* a un aeropuerto pulcro y luminoso que parece más bien una sencilla estación de autobuses. Pasan por delante de anuncios luminosos de casinos indios, fotos de riachuelos y antiguos edificios de ladrillo y letreros de bienvenida a algo llamado Inland Northwest.* Son un grupo raro: el viejo Pasquale con traje oscuro, sombrero y bastón, como salido de una película en blanco y negro; Michael Deane, que parece un original experimento de viaje en el tiempo, un abuelo con cara de niño que arrastra los pies; Shane, preocupado por haberse pasado, atusándose el pelo y murmurando sin venir a cuento que también tiene otras ideas. Solo Claire ha soportado bien el viaje, y eso le recuerda a Shane la vana esperanza de William Eddy: eran aquellas mujeres, también, las que soportaban el viaje conservando intacta parte de su entereza.

En el exterior, el cielo de la tarde es blanquecino y el aire chispeante. No hay rastro de la ciudad que acaban de sobrevolar, solo árboles y rocas de basalto alrededor de las cocheras del aeropuerto. El hombre de Michael, Emmett, ha mandado a un investigador privado a esperarlos: un cincuentón delgado que se está quedando calvo, apoyado en un sucio Ford Expedition.

Lleva un grueso abrigo encima de la americana y sostiene un cartel que no inspira demasiada confianza: MICHAEL DUNN, pone.

---

* La región se extiende desde el norte de Idaho al noroeste de Oregón y el noroeste de Montana, e incluye buena parte del estado de Washington. (*N. de la T.*)

Se acercan y Claire le pregunta:

—¿Michael Deane?

—Por lo de la vieja actriz, ¿no? —El investigador apenas mira el extraño rostro de Michael, como si le hubieran advertido de que no lo mirara fijamente.

Se presenta. Es Alan, policía retirado e investigador privado. Les abre las puertas y carga en el coche las bolsas de viaje.

Claire se sienta detrás, entre Michael y Pasquale. Shane ocupa el asiento delantero, al lado del investigador.

En el todoterreno, Alan les entrega un expediente.

—Me dijeron que esto era un asunto de capital importancia. Modestia aparte, es un trabajo bastante bueno para haberlo hecho en veinticuatro horas.

El expediente llega al asiento trasero y Claire se lo queda. Pasa rápidamente las páginas. Hay un certificado de nacimiento y la noticia de un periódico de Cle Elum, Washington.

—Dijo usted que tenía unos veinte años en 1962 —le dice el investigador a Michael, mirándolo por el retrovisor—, pero su verdadera fecha de nacimiento es de finales de 1939. No ha sido ninguna sorpresa. Hay dos clases de persona que siempre mienten acerca de su edad: las actrices y los lanzadores de béisbol latinoamericanos.

Claire pasa a la siguiente página del expediente. Michael lee inclinado hacia ella desde un lado y Pasquale hace lo mismo desde el otro. Es la fotocopia de dos páginas del anuario de 1956 del instituto de Cle Elum. Es fácil reconocerla: la llamativa rubia con los rasgos marcados de una actriz nata. A su lado, las dos páginas de fotos de los alumnos de último curso son un festival de rímel y tupés, de ojos pequeños y brillantes, orejas de soplillo, cortes rapados, acné y moños crepados. Incluso en blanco y negro, Debra Moore destacaba bastante; tenía los ojos demasiado grandes y una mirada demasiado profunda para el pequeño instituto de aquella pequeña ciudad. El pie de foto rezaba: «DEBRA *DEE* MOORE: 3 años animadora de los Warriors: 3 años *Fair Princess* del condado de Kittitas; 3 años de comedia musical; 2 años obtuvo una distinción en la presentación de talentos.» Todos los alumnos habían escogido además una cita famosa (de Lincoln, Whitman, Nightingale, Jesús), pero la cita de Debra Moore era de Émile Zola: «Estoy aquí para correr riesgos.»

—Ahora vive en Sandpoint —iba diciendo el investigador—. A una hora y media de aquí. Un paseo agradable. Dirige un pequeño teatro. Esta noche hay función. Les he conseguido cuatro entradas de venta anticipada y cuatro habitaciones de hotel. Los acompañaré de vuelta mañana por la tarde.

El todoterreno sale a una carretera urbana y desciende por una colina empinada hacia el centro de Spokane. Edificios bajos de ladrillo y cristal, vallas publicitarias y aparcamientos al aire libre, todo ello partido en dos por el paso elevado de la carretera.

Leen mientras avanzan. Casi todo el expediente consiste en carteles y listas de reparto: en *El sueño de una noche de verano*, a cargo del Departamento de Arte Dramático de la Universidad de Washington, en 1959, Helena era Dee Anne Moore. Sale en todas las fotos, como si los demás se hubieran quedado congelados en 1950 y ella, de repente, se hubiera convertido en una mujer moderna y animada.

—Era guapa —comenta Claire.

—Sí —dice Michael Deane por encima de su hombro derecho.

—*Sì* —dice Pasquale por encima del izquierdo.

Recortes de críticas teatrales del *Seattle Times* y el *Post-Intelligencer* elogian brevemente a Debra Moore por varios papeles interpretados en 1960 y 1961. Con un marcador amarillo, el investigador ha rodeado las palabras «talentosa principiante» y «Dee Moore causa sensación».

A continuación, dos artículos de 1967 fotocopiados del *Seattle Times*: el primero acerca de la única víctima de un accidente de coche; el segundo, la esquela del conductor del vehículo accidentado, Alvis James Bender.

Antes de que Claire deduzca la relación de este con Dee Moray, Pasquale coge la hoja, se inclina hacia el asiento delantero y se la pone en las manos a Shane Wheeler.

—¿Qué es esto?

Shane lee la breve esquela del obituario. Bender, un veterano de la Segunda Guerra Mundial, era el propietario de un concesionario de Chevrolet en Seattle, ciudad a la que se había trasladado en 1963, cuatro años antes de su fallecimiento. Dejaba a sus padres en Madison, Wisconsin; un hermano y una hermana; varios sobrinos y sobrinas, y a su esposa, Debra Bender, y su hijo, Pat Bender, en Seattle.

—Estaban casados —le dice Shane a Pasquale—. *Sposati.* Era el marido de Dee Moray, *il marito. Morto, incidente di macchina.*

Claire alza la vista. Pasquale se ha puesto pálido.

—*Quando?* —pregunta.

—*Nel sessantasette.*

—*Tutto questo è pazzesco* —murmura Pasquale. «Todo esto es una locura.»

No dice nada más. Se arrellana en el asiento y se lleva despacio una mano a la boca. Parece haber perdido el interés por el expediente y mira por la ventanilla la extensión del centro comercial, como ha estado mirando antes casi todo el camino por la ventanilla del avión.

Claire mira a Shane, a Pasquale y otra vez a Shane.

—¿Esperaba que no se hubiera casado nunca? En cincuenta años... Eso es pedir demasiado.

Pasquale no dice nada.

—¿Has pensado alguna vez en un programa de televisión en el que reunir a la gente con antiguos amores de instituto? —le pregunta Shane a Michael Deane, que le hace caso omiso.

Las siguientes páginas del expediente consisten en un anuncio de graduación de 1970 de la Universidad de Seattle (un grado en magisterio e italiano), las esquelas de los padres de Debra Moore, documentos testamentarios, impresos de pago de impuestos de una casa adquirida en 1987. Un anuario mucho más reciente con una foto de 1967 en blanco y negro del profesorado del instituto de Garfield la identifica como la «señora Moore-Bender; teatro, italiano». Está más atractiva en cada foto en la que aparece. Los rasgos faciales se le afilan, o a lo mejor lo parece en comparación con los demás profesores, todos ellos hombres de ojos aburridos con corbata ancha y patillas descuidadas y mujeres bastas con cortes de pelo similares y gafas de culo de botella. En la foto del club de teatro posa en el centro de un expresivo grupo de histriónicos alumnos desgreñados: como un tulipán en un campo de malas hierbas.

La siguiente página del expediente es una fotocopia de un artículo de prensa del *Sandpoint Daily Bee*, de allá por 1999, que cuenta que «Debra Moore, una respetada profesora de arte dramático y directora del teatro de la comunidad de Seattle, se hará cargo de la dirección artística del Grupo Artístico Teatral del norte de Idaho» y que «tiene la esperanza de complementar la habitual programación de comedias y musicales con algunas obras originales».

El expediente incluye a continuación unas cuantas páginas acerca de su hijo, Pasquale *Pat* Bender, clasificadas en dos categorías: antecedentes por tráfico de drogas y delitos varios (la mayoría por posesión y conducción bajo los efectos de estupefacientes) y artículos de revistas y periódicos sobre los grupos musicales que ha liderado. Claire cuenta por lo menos cinco: los Garys, Filigree Handpipe, Go with Dog, los Oncelers y los Reticentes; este último el más exitoso, con un contrato con la discográfica de Seattle Sup Pop, con la que sacaron tres álbumes en los años noventa. Casi todos los artículos son de pequeños periódicos alternativos, críticas de conciertos y álbumes, columnas sobre una fiesta de presentación de un CD o la cancelación de una actuación. Sin embargo, también hay una breve crítica de *Spin* sobre un CD llamado *Maná*, una grabación a la que la revista otorgaba dos estrellas: «... cuando el fuerte dominio de Pat Bender se traslada al estudio, el sonido de este trío de Seattle es rico y entretenido. Sin embargo, con demasiada frecuencia, él parece indiferente, como si se presentara a la sesión de grabación agotado, o (lo que es peor para este líder de culto) sobrio».

Las últimas páginas del expediente son programaciones de *Willamette Week* y *The Mercury*, de espectáculos en solitario de Pat Bender en varios clubs del área de Portland durante 2007 y 2008, así como un breve recorte del *Scotsman*, un periódico escocés, con una crítica mordaz de algo llamado *Pat Bender: ¡No puedo evitarlo!*

Y eso era todo. Leen las hojas del expediente, se las intercambian y, cuando al final alzan la vista, ven que han llegado a las afueras en expansión de la ciudad. Hay grupos de casas de reciente construcción entre rocas de basalto y bosques. Una vida reducida de este modo a unas cuantas hojas de papel resulta poco emocionante y, hasta cierto punto, una profanación. El investigador interpreta una melodía que solo él escucha dando golpecitos con los dedos en el volante.

—Casi hemos llegado a la frontera del estado.

El épico viaje de la Deane Party está a punto de finalizar. Solo falta cruzar una frontera: cuatro viajeros muy distintos en un vehículo, movidos por el mismo interés en el combustible gaseoso de una vida pasada. Pueden recorrer ciento siete kilómetros en una hora, cincuenta años en un día, y esa velocidad resulta antinatural, indecorosa, así que cada uno mira por su ventanilla la borrosa extensión de tiempo. En los dos minutos que tardan en recorrer tres kilómetros permanecen callados.

—¿Y qué tal un programa de anoréxicas? —dice por fin Shane Wheeler.

Michael Deane ignora al traductor y se inclina hacia el asiento delantero.

—¿Puede contarnos algo de esa obra que vamos a ver? —le pregunta al conductor.

EL LÍDER DEL GRUPO
Cuarta parte del ciclo de Seattle
Una obra en tres actos de Lydia Parker

DRAMATIS PERSONAE:

PAT, un músico que se está haciendo mayor.

LYDIA, autora teatral y novia de Pat.

MARLA, joven camarera.

LYLE, padrastro de Lydia.

JOE, promotor musical británico.

UMI, una chica del club.

LONDINENSE, un hombre de negocios de paso.

REPARTO:

PAT: Pat Bender
LYDIA: Bryn Pace
LYLE: Kevin Guest
MARLA/UMI: Shannon Curtis
JOE/LONDINENSE: Benny Giddons

*La acción tiene lugar entre 2005 y 2008, en Seattle, Londres
y Sandpoint (Idaho)*

ACTO I
Escena I

*Una cama en un apartamento atestado. Dos cuerpos
enredados en las sábanas: Pat, de 43 años, y Marla, de 22. La
iluminación es tenue; el público ve las siluetas pero no distingue
las caras.*

MARLA: Uf.

PAT: Mmm. Ha sido estupendo. Gracias.

MARLA: Ah. Sí, claro.

PAT: Mira... No quiero ser borde, pero ¿podríamos vestirnos y marcharnos de aquí?

MARLA: ¡Oh! Entonces... ¿eso es todo?

PAT: ¿A qué te refieres?

MARLA: A nada. Es que...

PAT *(riéndose)*: ¿Qué?

MARLA: Nada.

PAT: Dímelo.

MARLA: Es que... muchas chicas en el bar hablan de acostarse contigo. Empezaba a creer que yo tenía algún defecto por no haberlo hecho aún con el gran Pat Bender. Cuando viniste solo anoche, pensé: «Bueno, esta es mi ocasión.» Supongo que esperaba que fuera... No sé. Diferente.

PAT: ¿Diferente de qué?

MARLA: No lo sé.

PAT: Porque así es como lo hago siempre.

MARLA: No, si ha estado bien.

PAT: ¿Bien? Esa valoración puede mejorar bastante.

MARLA: Supongo que me tragué esas cosas de chicas. Suponía que sabías hacer cosas.

PAT: ¿Qué clase de cosas?

MARLA: No sé. Técnicas.

PAT: ¿Técnicas? Como cuáles. ¿Levitación? ¿Hipnosis?

MARLA: No. Es que con tanto como se comenta, suponía que tendría... no sé... cuatro o cinco.

PAT: ¿Cuatro o cinco, qué?

MARLA *(tímidamente)*: Ya lo sabes.

PAT: ¡Ah, vaya! ¿Cuántos has tenido?

MARLA: De momento, ninguno.

PAT: Bien. Voy a decirte una cosa: te debo uno. Pero, ahora, ¿podríamos vestirnos antes de...

Se cierra una puerta fuera del escenario. Toda la escena se ha desarrollado en la práctica oscuridad, con una única fuente de iluminación proveniente de una puerta abierta. Ahora, todavía silueteado, Pat cubre la cabeza de Marla con las sábanas.

PAT: ¡Oh, mierda!

Entra Lydia, de 30 años, con el pelo corto, pantalones militares y una gorra estilo Lenin. Se queda en la puerta, con el rostro iluminado por la luz de la habitación contigua.

PAT: Creía que estabas en el ensayo.

LYDIA: He salido temprano. Tenemos que hablar, Pat.

Entra, se acerca a la mesita de noche para encender la luz.

PAT: ¡Uf! ¿Puedes dejar la luz apagada?

LYDIA: ¿Vuelves a tener migraña?

PAT: De las gordas.

LYDIA: Vale. Bien. Solo quería disculparme por haberme marchado en tromba del restaurante anoche. Tenías razón. Algunas veces sigo intentando que cambies.

PAT: Lydia...

LYDIA: No, déjame terminar, Pat. Esto es importante.

Lydia se acerca a la ventana y mira hacia el exterior, con la cara iluminada por una farola de la calle.

LYDIA: He perdido tanto tiempo intentando «arreglarte» que no siempre te he reconocido el mérito de haber conseguido tanto. Aquí estás, después de casi dos años limpio, y sigo tan escamada que lo único que veo a veces son problemas. Aunque no los haya.

PAT: Lydia...

LYDIA *(volviéndose hacia él)*: Por favor, Pat. Limítate a escucharme. He estado pensando. Deberíamos mudarnos, alejarnos de Seattle, irnos a Idaho. Vivir cerca de tu madre. Sé que dije que no podíamos escapar de nuestros problemas, pero a lo mejor ahora tiene sentido empezar de cero. Alejarnos de nuestro pasado... de toda esa mierda con tus grupos, mi madre y mi padrastro.

PAT: Lydia...

LYDIA: Sé lo que vas a decirme.

PAT: No estoy seguro...

LYDIA: Vas a decirme: ¿qué tal Nueva York? Sé que allí la cagamos, pero entonces éramos más jóvenes, Pat. Tú todavía consumías. ¿Qué posibilidad teníamos? Ese día que volví al piso y vi que habías empeñado todo cuanto teníamos fue casi un alivio. De hecho había estado esperando que tocáramos fondo. Y habíamos tocado fondo.

Lydia se vuelve otra vez hacia la ventana.

LYDIA: Después de aquello le dije a tu madre que, si hubieras podido controlar tus adicciones, te habrías hecho famoso. Me respondió algo que nunca olvidaré: «Pero, cariño... ¡Esa es su adicción!»

PAT: ¡Dios, Lydia...!

LYDIA: Esta noche he salido más pronto del ensayo porque tu madre ha llamado desde Idaho, Pat. No sé cómo decirte esto, así que sencillamente te lo diré. El cáncer se le ha reproducido.

Lydia se acerca a la cama y se sienta al lado de Pat.

LYDIA: Dicen que no es operable. Le quedan meses, o años de vida, pero no pueden impedir que avance. Volverá a someterse a quimioterapia, pero la radioterapia ya no sirve, así que no pueden hacer más. Sin embargo, no parecía deprimida. Quería que te lo dijera yo. No soporta decírtelo ella. Tiene miedo de que vuelvas a consumir. Le he dicho que ahora tienes más fuerza de voluntad...

PAT: *(susurrando)*: Lydia, por favor...

LYDIA: Así que mudémonos, Pat. ¿Qué me dices? Por favor. Me refiero a que damos por supuesto que esos ciclos son interminables: peleamos, rompemos, hacemos las paces, nuestras vidas giran y giran en círculo, pero ¿y si esto no es un círculo? ¿Y si es un desagüe por el que caemos? ¿Y si miramos atrás y nos damos cuenta de que nunca hemos intentado siquiera salir de él?

En la cama, Lydia mete la mano entre las sábanas, buscando la mano de Pat, pero encuentra algo y la aparta, se levanta de un salto y enciende la luz, que ilumina crudamente a Pat y a otro bulto. Aparta las mantas. Solo ahora vemos a los actores plenamente iluminados. Marla se cubre con la sábana hasta la barbilla y saluda tímidamente. Lydia retrocede hacia la puerta de la habitación. Pat se limita a mirarla fijamente.

LYDIA: Oh.

Pat sale de la cama despacio para recoger la ropa pero no lo hace. Se queda de pie, desnudo, como si se viera por primera vez. Se mira, sorprendido de haberse convertido en un gordo cuarentón. Por fin se vuelve hacia Lydia, que sigue en la puerta. El silencio se eterniza.

PAT: Así que... supongo que un trío está fuera de discusión.

TELÓN

En el semivacío teatro se oye un suspiro general, seguido de risitas incómodas. Se apaga la iluminación del escenario y Claire se da cuenta de que ha estado conteniendo el aliento durante toda la primera escena. Ahora respira, y todo el público hace lo mismo. Se produce una repentina relajación de la tensión de ver a ese capullo desnudo en el escenario: con el pene sutil e ingeniosamente cubierto por una sábana que cae por encima del pie de la cama.

En la oscuridad que disimula el cambio de decorado, las siluetas fantasmagóricas permanecen en los ojos de Claire. Se da cuenta de que la escena tiene una puesta en escena inteligente: la han representado casi entera en la penumbra, obligando a los espectadores a hacer un esfuerzo por distinguir a los actores, de modo que, cuando se han encendido las luces, la cara torturada de Lydia y el cuerpo blanco y fofo de Pat se les han clavado en las retinas como rayos X: la pobre chica mirando fijamente a su novio desnudo, con otra mujer en su cama; la traición y el dolor iluminados crudamente.

Esto no es lo que Claire esperaba (¿de un teatro de la comunidad, en Idaho?) cuando han llegado a Sandpoint, un pueblo de esquiadores del Viejo Oeste a orillas de un inmenso lago de montaña. Sin darles tiempo para inscribirse en el hotel, el investigador los ha llevado directamente al Teatro Panida, con su encantador letrero en vertical descendente en una pintoresca fachada del pequeño centro de la población y la clásica taquilla a las puertas de un teatro *art déco* (demasiado grande para esta pequeña obra tan particular, pero en cualquier caso una sala impresionante, cuidadosamente restaurada para devolverle su aspecto de cine de los años veinte). La parte posterior del patio de butacas estaba vacía a su llegada, pero en los asientos delanteros había un buen número de modernos de pueblo vestidos de negro, de aficionados a llevar sandalias de cuero con suela de corcho un poco mayores y de rubias vestidas con ropa de esquí; incluso algunas parejas de viejos con dinero que (Claire juraría sin temor a equivocarse) debían de ser los patrocinadores de la compañía teatral. Instalada en su butaca con el respaldo de madera, Claire ha echado un vistazo a la portada del programa fotocopiado.

«Ahí vamos —ha pensado—: una hora de teatro de aficionados.»

Luego, sin embargo, la obra ha empezado y se ha quedado boquiabierta. Shane también.

—Uau —susurra él.

Claire mira de reojo a Pasquale Tursi. Parece pasmado, aunque cuesta ver por la cara que pone si siente admiración por la obra o simplemente no entiende qué hacía un hombre desnudo sobre el escenario. Luego mira hacia su derecha, a Michael. Tiene una expresión afectada en la cara de cera y una mano sobre el pecho.

—¡Dios mío, Claire! ¿Has visto eso? ¿Le has visto?

Sí. Es innegable. Pat Bender es una fuerza que se desata en el escenario. No está segura de si se debe a que sabe quién es su padre o a que se está interpretando a sí mismo, pero por un breve e ilusorio instante, se pregunta si no es el mejor actor que ha visto jamás.

Entonces las luces vuelven a iluminar el escenario.

Es una obra sencilla. A partir de la primera escena, la obra continúa con la separación de Pat y Lydia. Cada uno sigue su propio camino. Pat se pasa tres años bebiendo, intentando sosegar a sus demonios, con un monólogo de humor musical sobre los grupos en los que tocaba y el hecho de haber perdido a Lydia: un espectáculo que al final lo lleva hasta Londres y Escocia de la mano de un joven y entusiasta productor musical irlandés. La gira tiene para Pat un tufo de desesperación, de último intento de hacerse famoso, y lo echa todo a perder cuando traiciona a Joe acostándose con Umi, la chica a la que ama su joven amigo. Joe se larga con el dinero de Pat, que acaba varado en Londres.

Paralelamente, la madre de Lydia fallece repentinamente y ella se ve atrapada cuidando de su senil padrastro, Lyle, con quien nunca se ha llevado bien. Lyle aporta un toque de comicidad que quita hierro al asunto. Olvida cada dos por tres que su mujer ha muerto y le pregunta a Lydia, que tiene treinta y cinco años, por qué no está en el colegio. La joven quiere ingresarlo en una residencia, pero Lyle lucha para quedarse con ella, y no es capaz de hacerlo. En un giro narrativo que funciona mejor de lo que Claire espera, Lydia llena los lapsus y señala el paso del tiempo hablando por teléfono con Debra, la madre de Pat, que vive en Idaho. Debra no aparece en ningún momento en escena, pero es una presencia invisible e inaudible al otro extremo de la línea telefónica.

«Esta noche Lyle ha mojado la cama», dice Lydia, y hace una pausa escuchando la respuesta de la invisible Debra (o Dee, como a veces la llama). «Sí, Dee, es natural... pero ¡era mi cama! He mirado y estaba junto a mi cama, soltando un chorro de orina y gritando: "¿Dónde están las toallas de manos?"» Al final, Lyle se quema con el horno mientras Lydia está en el trabajo, así que no le queda más remedio que llevarlo a una residencia. Lyle grita cuando se lo dice. «Estarás bien —insiste ella—. Te lo prometo.» «No estoy preocupado por mí —dice Lyle—. Es que... Se lo prometí a tu madre. No sé quién va a ocuparse de ti ahora.» Al darse cuenta de que Lyle cree que es él quien cuida de ella y no al revés, Lydia comprende que se siente más viva cuando cuida de alguien y se va a Idaho a cuidar de la madre enferma de Pat. Luego, una noche, mientras duerme en el salón de Debra, suena el teléfono. Las luces se desplazan hacia el otro lado del escenario, donde se ve a Pat de pie en una cabina roja, llamando a su madre para pedirle ayuda. Al principio, Lydia se emociona de tener noticias suyas, pero lo único que parece preocupar a Pat es haberse quedado sin un céntimo. Necesita ayuda para volver de Londres. Ni siquiera pregunta por su madre.

Lydia lo escucha sin decir nada al otro extremo de la línea. «Un momento. ¿Qué hora es ahí?», pregunta él. «Las tres de la madrugada», responde ella. Entonces Pat baja la cabeza, exactamente como ha hecho en la primera escena. «¿Quién es, cariño?», pregunta una voz desde fuera del escenario: son las primeras palabras que la madre de Pat ha dicho en toda la obra. En su cabina londinense, Pat susurra: «Hazlo, Lydia.» Ella inspira profundamente y dice: «Nadie», y cuelga. Las luces iluminan otra vez la cabina. Pat se ve abocado a ser un vagabundo en Londres: andrajoso, se sienta borracho en una esquina, con las piernas cruzadas, tocando la guitarra. Actúa en la calle, mendigando para reunir el suficiente dinero para volver a casa. Un londinense pasa y le ofrece a Pat un billete de veinte euros si le toca una canción de amor. Pat se pone a tocar *Lydia*, pero no termina la canción. No puede.

En Idaho, con la nieve cayendo tras el cristal del chalé para indicar el paso del tiempo, Lydia recibe otra llamada telefónica. Su padrastro ha muerto en la residencia. Da las gracias a su interlocutor y va a prepararle un té a la madre de Pat. Pero no puede. Se mira las manos. Está completamente sola en el escenario, en el mundo. Entonces llaman a la puerta. Abre. Es Pat Bender, enmarcado por la misma puerta en la que estaba Lydia al principio de la obra. Ella se queda mirando al novio a quien lleva tanto tiempo sin ver, a ese Odiseo que ha estado recorriendo el mundo para lograr volver a casa. Es la primera vez que están sobre el escenario juntos desde el espantoso momento en que él se ha quedado desnudo y ella le ha dado la espalda en el primer acto. Otro largo silencio entre ambos, a similitud del primero, se prolonga tanto que el público no puede soportarlo más. (¡Que alguien diga algo!) Por fin Pat Bender se estremece ligeramente y susurra: «¿Llego demasiado tarde?» De algún modo consigue parecer incluso más desnudo que en el primer acto.

Lydia niega con la cabeza: su madre todavía vive. Pat hunde los hombros, de alivio, de agotamiento, con humildad, y le tiende las manos en un gesto de rendición. Desde fuera del escenario llega la voz de Dee: «¿Quién es, cariño?» Lydia echa un vistazo por encima del hombro y el momento se hace eterno. «Nadie», responde Pat, con la voz rota y hueca. Entonces Lydia le tiende la mano y, en el instante en que se tocan, las luces del escenario se apagan. La función ha terminado.

Claire jadea, soltando lo que parecen noventa minutos de aire retenido. Los cuatro viajeros sienten lo mismo, una especie de conclusión, y en los aplausos, sienten también el descubrimiento del explorador: el accidental y catártico descubrimiento de uno mismo. En medio de esta liberación, Michael se inclina hacia ella y vuelve a susurrarle:

—¿Has visto eso?

Al otro lado de Claire, Pasquale Tursi se ha llevado la mano al corazón, como si estuviera sufriendo un infarto.

—*Bravo* —dice. Y añade—: *È troppo tardi?*

Claire solo puede suponer lo que ha dicho, porque su antiguo intérprete, con la cabeza entre las manos, parece inabordable.

—Que me jodan —dice Shane—. Me parece que he desaprovechado toda mi vida.

Claire también se siente deshecha interiormente por lo que acaba de ver.

Antes le había dicho a Shane que su relación con Daryl no tenía remedio. Ahora se da cuenta de que durante toda la función ha estado pensando en Daryl, en el imposible Daryl, en el caso perdido de novio al que no se veía con ánimos de dejar. «A lo mejor todo amor es así.» A lo mejor la regla de Michael Deane tiene más sentido de lo que él cree: queremos lo que queremos; amamos a quien amamos.

Claire saca el móvil y lo enciende. Lee el último mensaje de Daryl: «Dime si estás bien x fvor.»

Teclea su respuesta: «Estoy bien.»

A su lado, Michael Deane le agarra el brazo.

—Me lo quedo —le dice.

Claire deja de mirar el teléfono, creyendo por un momento que Michael se refiere a Daryl. Luego lo comprende. Se pregunta si su trato con el destino sigue en pie. ¿Es *El líder del grupo* la gran película que le permitirá seguir en el negocio?

—¿Quieres comprar la obra? —le pregunta.

—Lo quiero todo. La obra, sus canciones... todo. —Se levanta y echa un vistazo al teatro—. Quiero comprar todo el jodido lote.

Nada más sacar su tarjeta (¿Hollywood? ¿No es una broma?), Claire consigue que un portero con perilla y muchos *piercings* llamado Keith los invite entusiasmado a la fiesta de después de la función. Siguiendo sus indicaciones, caminan una manzana desde el teatro hasta una fachada de ladrillo que da a las amplias escaleras de un edificio intencionadamente inacabado, con las tuberías a la vista y las paredes parcialmente sin enlucir. Le recuerda a Claire la subida a muchas fiestas mientras estuvo en la facultad. Sin embargo, la escala es desproporcionada: la anchura de los pasillos y la altura de los techos; el extravagante desperdicio de espacio de las viejas poblaciones del Oeste.

Pasquale se detiene en la puerta.

—*È qui, lei?* —«¿Ella está aquí?»

—Puede ser —le dice Shane, levantando los ojos del móvil—. *C'è una festa, per gli attori.* —«Es una fiesta para los actores.» Vuelve a concentrarse en el teléfono y le manda un mensaje a Saundra: «¿Podemos hablar, por favor? Ahora me doy cuenta de lo imbécil que he sido.»

Pasquale mira el edificio en el que puede que Dee esté, se quita el sombrero, se alisa el pelo y empieza a subir. Desde el rellano, Claire ayuda al jadeante Michael Deane a subir los últimos escalones.

Hay tres puertas que dan a tres apartamentos del primer piso y van todos hacia la parte posterior del edificio, hacia la única que está abierta, sujeta por una jarra de vino.

El apartamento es grande y bonito, del mismo modo rudimentario que el resto del edificio. Tardan un momento en habituarse a la luz de las velas. Es un gran *loft* de dos pisos de altura, con el techo altísimo. El espacio es en sí mismo una obra de arte o un montón de cachivaches: lleno de antiguas taquillas de instituto, palos de hockey y cajas de periódicos alrededor de una escalera de caracol hecha de vigas de madera que parece flotar en el aire. Tras mirar con más atención, ven que los escalones están suspendidos de cables.

—El piso está amueblado enteramente con arte encontrado* —dice Keith, el portero del teatro, que llega justo después que ellos.

Es un tipo con el pelo fino encrespado y *piercings* de aspecto doloroso en los labios, el cuello, la parte superior de las orejas y la nariz, así como aretes de pirata en ambos lóbulos. Ha actuado

---

* En inglés *found art*. Arte realizado usando objetos que no se consideran artísticos debido a que tienen una función, modificados pero sin ocultar su función original. Su creador fue Marcel Duchamp. *(N. de la T.)*

en otras obras de la compañía, les dice, pero, además, es poeta, pintor y artista visual.

«¿Qué demonios es eso? —piensa Claire—. ¿Bailarín? ¿Crea esculturas de arena?»

—¿Videoartista? —Michael está intrigado—. ¿Tienes por aquí la cámara?

—Siempre llevo encima la cámara —dice Keith, sacando una pequeña cámara digital del bolsillo—. Mi vida es mi documental.

Pasquale repasa a todos los de la fiesta, sin ver rastro de Dee. Se inclina hacia Shane para pedirle ayuda, pero su intérprete está mirando fijamente el mensaje de texto con el que le ha respondido Saundra: «¿Hasta ahora no te has dado cuenta de que eres imbécil? Déjame en paz.»

Keith ve a Pasquale y a Michael mirando a su alrededor; malinterpreta su curiosidad y se lanza a darles explicaciones. El diseñador del apartamento, les dice, es un veterano de Vietnam que salió el mes pasado en la revista *Dwell*.

—Su idea es que todo diseño tiene una madurez innata unida a su naturaleza joven, que con demasiada frecuencia descartamos las formas más interesantes en el preciso momento en que están empezando a adquirir su segunda naturaleza, mucho más interesante. Dos viejos palos de hockey, ¿a quién le importan? Pero ¿unos palos de hockey convertidos en silla? Son algo.

—Todo eso es maravilloso —le dice Michael muy serio, mirando la habitación en la que se encuentra.

Los actores y el equipo del teatro todavía no han llegado a la fiesta; de momento solo hay quince o veinte modernos de gafas negras y aficionados a las sandalias del público. Hablan en voz baja, ríen con moderación y se dedican por turnos a evaluar a los extraños viajeros de la Deane Party. Aquel grupito le resulta familiar a Claire: menos importantes, un poco menos refinados, pero prácticamente iguales que los invitados a cualquier fiesta de después de un estreno. Vino y aperitivos en una mesa de metal (la puerta de un antiguo montacargas); una pequeña retroexcavadora llena de hielo y cerveza.

Claire siente alivio cuando va al baño. Es un verdadero baño, no un viejo motor de barco.

Por fin llegan los de la compañía teatral, actores y demás. La noticia de la presencia del gran Michael Deane se propaga entre los asistentes y los ambiciosos se presentan, mencionando de pasada su participación en las películas de segunda rodadas en Spokane; su aparición junto a Cuba Gooding Jr., Antonio Banderas, la hermana de John Travolta. Claire conoce a actores y músicos y pintores y artistas gráficos; profesores de ballet y escritores y escultores, y más ceramistas de los que una población de aquel tamaño puede albergar. Incluso los profesores y los abogados son actores o tocan en algún grupo o esculpen bloques de hielo.

Michael está fascinado por todo aquello.

Claire está asombrada de su energía y de su sincera curiosidad. Ya va por la tercera copa de vino, más de lo que le ha visto nunca beber.

Una atractiva mujer entrada en años con un vestido sin mangas, con unas arrugas de tomar el sol que son lo contrario de la piel suave de Michael, se le acerca hasta tocarle la frente.

—¡Dios! —exclama—. Me encanta su cara. —Como si fuera una obra de arte que él hubiera creado.

—Gracias —dice Michael, porque eso es precisamente: su propia obra de arte.

La mujer se presenta. Se llama Fantom, con «F». Dice que esculpe figuritas de jabón, que vende o intercambia en ferias artesanales.

—Me encantan —dice Michael—. ¿Aquí son todos artistas?

—Ya lo sé —dice Fantom, rebuscando en el bolso—. Nos hacemos viejos, ¿eh?

Mientras Michael contempla la pequeña obra de arte de jabón, en el resto de la Deane Party cunde la ansiedad. Pasquale no aparta los ojos de la puerta, mientras que su intérprete, enfermo de amor, pendiente todavía de la negativa de Saundra por MSM, apura un vaso de whisky canadiense. Claire le hace preguntas a Keith sobre la obra.

—Intensa, ¿eh? —dice Keith—. Debra suele programar obras para niños, musicales, comedias... Lo que sea que aparte a los esquiadores un par de horas de la montaña. Una vez al año, sin embargo, ella y Lydia hacen algo tan original como esto. A veces el consejo se le echa encima, sobre todo los cristianos, pero esto es una compensación para ella. Haz felices a los turistas y, una vez al año, puedes sacar algo como lo de hoy.

A esa hora todos los actores y el equipo habían llegado a la fiesta, menos Pat y Lydia. Claire está hablando con Shannon, la actriz que ha interpretado a la compañera de cama de Pat del primer acto.

—Tengo entendido que eres de... —Shannon traga saliva. Apenas logra pronunciar la palabra—. De Hollywood. —Parpadea dos veces—. ¿Cómo es?

Tras haberse echado al coleto dos copas de vino, Claire acusa el esfuerzo de las últimas cuarenta y ocho horas. Sonríe y deja de pensar en la pregunta. Sí, ¿cómo es? Desde luego, no como ella soñaba. Aunque puede que esté bien. Queremos lo que queremos. En casa, se esforzaba frenéticamente por determinar lo que no era... cuando quizá le estaba perdiendo la pista a lo que era en realidad. Dedica un instante a mirar a su alrededor, a ese apartamento decorado con basura en una isla demencial de artistas de las montañas: Michael está repartiendo alegremente tarjetas a fabricantes de jabones y actores, diciéndoles que «puede que tenga algo» para ellos; Pasquale mira nervioso hacia la puerta, esperando a una mujer a la que lleva sin ver cincuenta años; Shane, que se está emborrachando, se ha arremangado para explicarle el motivo de su tatuaje a un impresionado Keith.

Claire se da cuenta entonces de que ni Pat Bender ni su madre ni su novia han acudido a la fiesta.

—¿Qué? ¡Oh, sí! —Keith confirma sus sospechas—. Nunca vienen a las fiestas. Para Pat sería nefasto tener al alcance toda esta bebida y esta hierba.

—¿Dónde están? —pregunta Michael.

—Seguramente en su chalé —dice Keith—. Pasándolo bien con Dee.

Michael Deane agarra a Keith del brazo.

—¿Puedes acompañarnos hasta ahí?

Claire interviene.

—A lo mejor deberíamos esperar a mañana por la mañana, Michael.

—No —dice el jefe de la esperanzada y bebida Deane Party. Echa un vistazo a Pasquale y toma una decisión trascendental—. Han pasado casi cincuenta años. No esperaremos más.

19

El funeral

Abril de 1962
Porto Vergogna, Italia

Pasquale se despertó en la oscuridad. Se sentó y cogió su reloj. Eran las cuatro y media. Oyó las voces apagadas de los pescadores y el sonido de las barcas deslizándose hacia la orilla. Se levantó, se vistió rápidamente y bajó apresuradamente en la oscuridad, antes del alba, hacia la orilla donde Tommaso *el Comunista* estaba colocando el motor en su barco.

—¿Qué haces aquí? —le preguntó Tommaso.

Pasquale le preguntó si más tarde podría llevarlo a La Spezia, al funeral de su madre.

Tommaso se llevó la mano al pecho.

—Por supuesto —dijo. Iba a pescar unas horas y luego volvería para acompañar a Pasquale, antes del almuerzo. ¿Le parecía bien?

—Sí, perfecto —dijo Pasquale—, gracias.

Su viejo amigo se puso la gorra, embarcó y tiró del estárter. El motor se aclaró la garganta. Pasquale miró cómo Tommaso se unía a los otros pescadores que se balanceaban dentro de sus cascarones al compás de las olas. Volvió al hotel y se metió en la cama, pero no pudo dormir. Estuvo acostado de espaldas y pensando en Dee Moray, que estaba en la cama justo encima de él.

En verano a veces sus padres lo llevaban a la playa de Chiavari. Una vez que estaba jugando en la arena había visto a una hermosa mujer tomando el sol sobre una toalla. Su piel brillaba. Pasquale no pudo dejar de mirarla. Cuando ella dobló la toalla y se fue, le dijo adiós con la mano, pero el pequeño Pasquale estaba demasiado fascinado para devolverle el saludo. Entonces vio que se le caía algo de la bolsa. Corrió y lo recogió de la arena. Era un anillo con una piedra roja. Pasquale lo sostuvo en la mano un momento mientras la mujer se alejaba; vio que su madre lo estaba mirando, esperando a ver qué hacía.

—*Signora!* —llamó a la mujer y la alcanzó en la playa.

La mujer se paró, cogió el anillo, le dio las gracias, le revolvió el pelo y le dio cincuenta liras.

—Supongo que habrías hecho lo mismo si yo no te hubiera estado mirando —le dijo su madre cuando volvió. Pasquale no entendió a qué se refería—. A veces —le explicó ella—, lo que queremos hacer y lo que debemos hacer no es lo mismo. —Le puso una mano en el hombro—. Cuanto menor sea la distancia entre lo que deseas y lo correcto, Pasquo, más feliz serás.

Él no podía decirle a su madre por qué no había devuelto el anillo inmediatamente. Era porque creía que si le daba un anillo a una chica, tendría que casarse con ella y dejar a sus padres. Y aunque el sermón de su madre iba dirigido a su cabeza de siete años, Pasquale comprendía ahora lo que había querido decirle. ¡Cuánto más fácil sería la vida si nuestras intenciones y nuestros deseos coincidieran siempre!

Cuando por fin asomó el sol por los acantilados, Pasquale se lavó en la jofaina de su habitación y se puso su viejo y tieso traje. Abajo encontró a la tía Valeria despierta, en la cocina, sentada en su silla favorita. Miró de refilón el traje.

—No puedo ir al funeral —suspiró la mujer—. No puedo enfrentarme al cura.

Pasquale dijo que lo entendía y salió a fumar al patio. Con los pescadores faenando, el pueblo parecía desierto; solo los gatos callejeros daban vueltas por la *piazza*. La luz era neblinosa; el sol aún no había evaporado la niebla matutina y las olas acariciaban perezosamente las rocas de la superficie.

Oyó pasos en la escalera. Tanto tiempo deseando un huésped americano y ahora tenía dos. Los pasos sonaron pesados en el patio y Alvis Bender se reunió con él, encendió la pipa, dobló el cuello hacia un lado y hacia el otro y se frotó el golpe que tenía encima del ojo.

—Mis días de lucha han terminado, Pasquale.

—¿Está herido? —preguntó Pasquale.

—En mi amor propio. —Alvis aspiró el humo de la pipa—. Tiene gracia. —Lo soltó—. Venía aquí porque era un lugar tranquilo y creía que podría mantenerme al margen del mundo el tiempo suficiente para escribir. Se acabó, ¿eh, Pasquale?

Pasquale observó la cara de su amigo. Tenía una cualidad característica. Era una cara franca, de americano, como la de Dee, como la de Michael Deane. Se creía capaz de distinguir a un americano en cualquier parte por esa franqueza, esa tenaz creencia en «las posibilidades», una cualidad de la que, a su modo de ver, incluso los italianos más jóvenes carecían. Quizá fuera por la diferencia de edad entre ambos continentes. En América, con su expansiva juventud, construían autocines y restaurantes para vaqueros; los italianos vivían siempre contrayéndose, en edificios con siglos de antigüedad, en los restos de un imperio.

Eso le recordó la opinión de Alvis Bender acerca de que las historias eran como las naciones: Italia, un magnífico poema épico; Gran Bretaña, una novela densa; América, una intrépida película en tecnicolor. Recordó también a Dee Moray diciendo que había pasado años «esperando a que empezara su película», y que casi había desperdiciado la vida esperándolo.

Alvis volvió a encender la pipa.

—*Lei è molto bella* —dijo. «Es muy hermosa.»

Pasquale se volvió hacia Alvis. Se refería a Dee Moray, por supuesto, pero en ese momento Pasquale estaba pensando en Amedea.

—*Sì* —repuso. Y luego añadió en inglés—: Alvis, hoy es el funeral de mi madre.

Eran muy graciosos aquellos hombres, tan encariñados que a veces tenían conversaciones enteras hablando el uno en el idioma del otro.

—*Sì, Pasquale. Dispiace. Devo venire?*

—No, gracias. Iré solo.

—*Posso fare qualcosa?*

Sí, había algo que podía hacer. Vio que Tommaso *el Comunista* volvía a entrar en la cala y le dijo a Alvis, en italiano para estar seguro de que lo decía correctamente:

—Si esta noche no vuelvo, necesito que hagas algo por mí.

—Por supuesto —dijo Alvis.

—¿Puedes cuidar de Dee Moray y asegurarte de que vuelve a América sana y salva?

—¿Por qué? ¿Vas a algún sitio, Pasquale?

Pasquale se metió la mano en el bolsillo y le entregó el dinero que le había dado Michael Deane.

—Y dale esto.

—Claro. Pero ¿adónde vas?

—Gracias. —Pasquale prefirió de nuevo no contestar a esa pregunta, por temor a que, si verbalizaba lo que pretendía, perdería el valor para hacerlo.

La barca de Tommaso estaba junto al muelle. Pasquale le palmeó el brazo a su amigo americano, miró el pueblecito y, sin decir una palabra más, entró en el hotel. En la cocina, Valeria preparaba el desayuno. Su tía nunca preparaba desayuno, a pesar de que Carlo había insistido durante años en que un hotel que pretendiera alojar a franceses y americanos debía ofrecer desayuno. («Es una comida de hombres perezosos —decía ella siempre—. ¿Qué holgazán espera comer antes de haber hecho nada?») Pero esa mañana estaba preparando un brioche francés y café *espresso*.

—¿Va a bajar la americana a desayunar? —le preguntó a Pasquale.

Ahí estaba. Había llegado el momento que esperaba. Pasquale tomó aliento y subió las escaleras para ver si Dee Moray tenía hambre. Vio por la luz que salía por debajo de la puerta que los postigos estaban abiertos. Inspiró profundamente para calmarse y llamó suavemente a la puerta.

—Adelante. —Estaba sentada en la cama, recogiéndose la melena en una cola de caballo—. No puedo creer lo mucho que he dormido —dijo—. No te das cuenta de lo cansada que estás hasta que duermes doce horas seguidas. —Le sonrió.

Pasquale dudó si podría alguna vez salvar la distancia entre sus intenciones y sus deseos.

—Estás muy guapo, Pasquale —dijo ella, y miró su propia ropa, la misma que se había puesto para ir a la estación: pantalones negros ajustados, una blusa y un jersey de lana. Se rio—. Supongo que todas mis cosas siguen en la estación de La Spezia.

Pasquale se miró la punta de los pies, intentando que sus ojos no se cruzaran.

—¿Va todo bien, Pasquale?

—Sí —dijo él, y la miró a los ojos.

Cuando no estaba en la habitación con ella, tenía claro lo que era correcto, pero en cuanto veía aquellos ojos...

—¿Bajas a desayunar? Hay brioche y *caffè*.

—Sí. Enseguida bajo.

Pasquale no fue capaz de decir lo que faltaba por decir. Asintió ligeramente y le dio la espalda para irse.

—Gracias, Pasquale —dijo ella.

Al oír su nombre, se volvió. Mirarla a los ojos era como estar junto a una puerta ligeramente entreabierta. ¿Cómo era posible no empujar para abrirla y ver lo que había dentro?

Dee le sonrió.

—¿Te acuerdas de la primera noche que pasé aquí, cuando estuvimos de acuerdo en que nos lo podíamos decir todo? Que no nos reprimiríamos.

—Sí —consiguió decir Pasquale.

Ella rio, incómoda.

—Bien, es extraño. Me he despertado esta mañana y me he dado cuenta de que no sé qué hacer, si ir a Suiza o volver a Estados Unidos. Sinceramente, no tengo ni idea. Sin embargo, me he sentido bien. ¿Sabes por qué?

Pasquale agarró el pomo de la puerta y negó con la cabeza.

—Me he alegrado de haber venido a verte.

—Sí —dijo él—, yo también. —Y la puerta se abrió un poquito, y lo que entrevió tras ella lo atormentó. Quería decir algo más, decir todo lo que pensaba; pero no pudo. No por un problema del idioma; dudaba de que las palabras existieran, en ninguna lengua.

—Bien. Enseguida bajo —dijo Dee. Luego, justo en el momento en que él le daba la espalda, añadió en voz baja, con las palabras tocando apenas sus hermosos labios, vertiéndose como el agua—. A lo mejor entonces podremos hablar de lo que pasará a continuación.

A continuación. Sí.

Pasquale no estaba seguro de cómo se las arregló para salir de la habitación, pero lo hizo. Cerró la puerta y se quedó con la mano apoyada en ella, respirando agitadamente. Finalmente se apartó, bajó las escaleras y fue a su habitación. Cogió el abrigo, el sombrero y la maleta que tenía hecha sobre la cama. Salió de su habitación y bajó las escaleras, a cuyo pie lo estaba esperando su tía Valeria.

—¿Le pedirás al cura que diga una oración por mí, Pasquo?

Él dijo que lo haría. Besó a su tía en la mejilla y salió.

Alvis Bender estaba de pie en el patio, fumando en pipa. Pasquale le palmeó el brazo a su amigo americano y tomó el sendero hacia el muelle, donde Tommaso *el Comunista* lo esperaba. Tommaso tiró el cigarrillo y lo aplastó contra la roca.

—Estás muy guapo, Pasquale. Tu madre estaría orgullosa.

Pasquale subió a la barca sucia de tripas de pescado y se sentó en la proa, con las rodillas juntas, como un colegial en su pupitre. Era incapaz de apartar la vista de la fachada del hotel. Dee Moray acababa de salir al porche y estaba de pie junto a Alvis Bender. Se protegía los ojos del sol con la mano y lo miraba con curiosidad.

De nuevo Pasquale sintió la separación entre los impulsos de su cuerpo y los de su mente, y en ese momento sinceramente no sabía cuál obedecer. ¿Quedarse en la barca? ¿Subir corriendo por el sendero hasta el hotel y abrazarla? ¿Cómo reaccionaría ella si lo hacía? No había nada explícito entre ambos, nada más que aquella puerta ligeramente entreabierta. Y, sin embargo, ¿podía haber algo más sensual?

En aquel preciso momento Pasquale Tursi quedó dividido en dos. Su vida se había convertido en dos vidas: la que iba a tener, y la vida por la que siempre suspiraría.

—Por favor —le dijo con la voz ronca a Tommaso—, vámonos.

El viejo pescador tiró del estárter, pero el motor no arrancó, y Dee Moray gritó desde el patio del hotel:

—¡Pasquale! ¿Adónde vas?

—Por favor... —le susurró Pasquale a su amigo, con las piernas temblando.

Por fin el motor arrancó. Tommaso se sentó a popa, cogió el timón y se alejaron del muelle. En el patio, Dee Moray le pidió a Alvis Bender una explicación, y Alvis seguramente le dijo que su madre había muerto, porque ella se cubrió la boca con la mano.

Pasquale se obligó a mirar hacia otra parte. Era como separar un imán del hierro, pero lo hizo: se giró y cerró los ojos, aunque seguía teniendo la imagen de Dee, de pie en el porche, en la retina. Estuvo temblando por el esfuerzo de no mirar atrás hasta que hubieron rodeado el rompeolas y salido a mar abierto. Entonces exhaló y dejó caer la cabeza sobre el pecho.

—Eres un joven extraño —le dijo Tommaso *el Comunista*.

En La Spezia, Pasquale le dio las gracias a Tommaso y lo observó alejarse del puerto con su pequeña barca de pesca, de vuelta al estrecho situado entre Portovenere e Isla Palmaria.

Fue hasta la capillita del cementerio, donde el cura esperaba con su fino cabello repeinado para la ocasión. Dos ancianas y un monaguillo de aspecto salvaje lo ayudarían a oficiar el funeral. La capilla estaba oscura, decrépita y vacía a la luz de las velas. El oficio parecía no tener nada que ver con su madre, y Pasquale se sorprendió cuando oyó su nombre entre el monótono latín del cura: «*Antonia, requiem aeternam dona eis, Domine.*»

«Bien —pensó—, se ha ido», y ante esa certeza se derrumbó. El cura aceptó decir una plegaria por la tía de Pasquale y una misa por el alma de Antonia al cabo de unas semanas. Pasquale le pagó de nuevo. Cuando el párroco levantó la mano para bendecirlo, Pasquale ya se había vuelto para irse.

Agotado, se acercó hasta la estación para preguntar por el equipaje de Dee Moray. Seguía allí. Le pagó al agente y le dijo que ella iría a por sus maletas al día siguiente. Contrató un taxi acuático para que recogiera a Dee Moray y Alvis Bender y se compró un billete de tren para Florencia. En cuanto se acomodó en su asiento, se quedó dormido. Se despertó bruscamente cuando el tren entraba en la estación de Florencia. Tomó una habitación a tres manzanas de la *piazza* Massimo d'Azeglio, se dio un baño y volvió a ponerse el traje. A la última luz de aquel interminable día, Pasquale permaneció de pie, fumando a la sombra de los árboles, enfrente del jardincito, hasta que vio a la familia de Amedea regresar de su paseo vespertino, como codornices.

Cuando la hermosa Amedea sacó a Bruno del cochecito, Pasquale se acordó nuevamente de su madre aquel día en la playa, de lo que temía la mujer: que cuando ella ya no estuviera Pasquale fuera incapaz de salvar la distancia entre lo que deseaba y lo correcto. Habría querido poder tranquilizar a su madre: un hombre desea muchas cosas en la vida, pero cuando una de ellas es, además, lo correcto, sería un loco si no la eligiera.

Pasquale esperó hasta que los Montelupo hubieron entrado en casa, aplastó el cigarrillo en la grava y cruzó la *piazza* hacia la enorme puerta negra.

Llamó al timbre. Se oyeron pasos al otro lado y abrió el padre de Amedea, con su cabezota calva inclinada hacia atrás y los fieros ojos fijos en Pasquale, inspeccionándolo como si supervisara un plato inaceptable en un café. Detrás de su padre estaba la hermana de Amedea, Donata, que al verlo se tapó la boca con la mano y subió gritando la escalera.

—¡Amedea!

Bruno miró a su hija y, luego, severamente, de nuevo a Pasquale, que se quitó el sombrero con cautela.

—¿Sí? —preguntó Bruno Montelupo—. ¿Qué desea?

Detrás de su padre, en la escalera, apareció la adorable Amedea, negando ligeramente con la cabeza, intentando todavía disuadirlo, aunque a Pasquale le pareció ver, por debajo de la mano con la que se cubría la boca, una sonrisa.

—Señor —dijo—, soy Pasquale Tursi, de Porto Vergogna. Estoy aquí para pedir la mano de su hija Amedea. —Se aclaró la garganta—. He venido por mi hijo.

20

El resplandor infinito

Recientemente
Sandpoint, Idaho

Debra se despierta en la oscuridad, en la parte posterior de su chalé, desde donde le gusta contemplar las estrellas. Esta noche el aire es frío y el cielo está despejado, con alfilerazos de intensa luz. Insistentes, las estrellas no titilan: arden.

La terraza delantera da a un lago glacial rodeado de montañas. Esa es la panorámica que deja a más visitantes con la boca abierta. Pero, de noche, cuando las luces de los muelles, las embarcaciones y los otros chalés compiten por llamar la atención, a ella no le gusta tanto. Prefiere estar detrás, a la sombra de la casa, en un claro redondo entre los pinos y los abetos, sola bajo el cielo. Desde allí puede ver hasta una distancia de ochenta billones de kilómetros, de mil millones de años.

Nunca había sido una observadora del firmamento hasta que se casó con Alvis. A él le gustaba ir en coche hasta la cordillera de las Cascadas para encontrar lugares despejados, alejados de la contaminación lumínica. Le parecía una lástima que la gente no comprendiera el infinito: lo consideraba no solo una falta de imaginación sino de visión.

Oye el crujido de la grava. Seguramente es lo que la ha despertado: el Jeep de Pat bajando por el camino. Vuelven del teatro. ¿Cuánto tiempo lleva dormida? Toca la taza de té. Está fría. Un rato. Ella está caliente. Solo se le ha enfriado un pie que se le ha salido de la manta. Pat ha colocado dos calefactores en forma de chimenea, uno a cada lado de su tumbona favorita, para que pueda dormir allí fuera. Al principio protestó por el gasto de electricidad; podía esperar hasta el verano. Sin embargo, Pat le prometió que si le permitía darse aquel gusto apagaría la luz siempre que saliera de una habitación. «Durante el resto de mi vida», dijo. Y, tiene que reconocerlo, es un placer dormir fuera. Es lo que más le gusta: despertarse en el frío del exterior, acurrucada en la pequeña incubadora que su hijo le ha fabricado. Apaga los calefactores y comprueba el espantoso pañal con el que tiene que dormir. Está seco, gracias a Dios. Se arrebuja en la chaqueta de punto y va hacia la casa, todavía un poco dormida. Dentro, oye cerrarse la puerta del garaje. El chalé está en un promontorio, sesenta metros por encima de la bahía del profundo lago de montaña. La casa es vertical. Ella misma la diseñó y la construyó con el dinero de la venta de su vivienda de Seattle: tres pisos diáfanos y un garaje para dos coches. Pat y Lydia viven en el primer piso; el segundo es comunitario, una sala de estar con cocina y comedor en un único espacio; el piso de arriba es el de Dee, con un dormitorio, un baño con jacuzzi y su salita. Cuando la construyó, por supuesto, no tenía ni idea de que pasaría tantísimo tiempo en ella mientras se trataba por el cáncer, ni tampoco sus momentos finales, cuando ya no hubo más tratamientos que probar y decidió dejar que la enfermedad siguiera su curso. De haberlo sabido, habría construido un rancho sin tantas escaleras.

—¿Mamá? ¡Ya hemos llegado! —grita Pat hacia la escalera, como siempre que vuelve.

Ella finge no saber por qué lo hace. «Sigo viva», tiene ganas de decirle, pero eso sería demasiado cruel. A ella no la amarga, pero le hace gracia el modo en que la gente trata a los moribundos, como si fueran extraterrestres. Baja la escalera.

—¿Cómo ha ido esta noche? ¿Qué tal el público?

—Escaso pero contento —grita Lydia hacia el piso de arriba—. El final ha salido mejor.

—¿Tenéis hambre? —les pregunta Debra.

Pat siempre tiene hambre después de una función y está especialmente famélico cuando interpretan esta obra en particular. En cuanto Lydia terminó de escribirla, se la enseñó a Debra, que se quedó destrozada. Era lo mejor que había escrito jamás, el perfecto colofón para la serie de obras autobiográficas que había empezado hacía años con una acerca del divorcio de sus padres. Debra estaba convencida de que no podía terminar la serie sin escribir acerca de Pat. El verdadero problema de *El líder del grupo* era que solo había una persona que pudiera hacer de Pat, en su opinión: el propio Pat. Tanto ella como Lydia temían que reincidiera si se veía obligado a revivir aquella época, pero Debra le dijo a Lydia que debía permitirle leer la obra. Pat se llevó el manuscrito abajo y volvió a subir al cabo de tres horas, le dio un beso a Lydia e insistió en que la representaran y en interpretarse a sí mismo. Sería peor, pensaba, ver a otro haciendo el papel que hacerlo él y pasar por lo mismo otra vez.

Ya lleva más de un año actuando con la compañía teatral; le proporciona un canal saludable para actuar, no del modo narcisista que solía con sus grupos musicales, sino con un espíritu más comprometido, disciplinado y colaborativo. Además tiene madera de actor, claro.

Debra bate huevos cuando Pat rodea la columna de la cocina y le da un beso en la mejilla. Sigue siendo capaz de llenar una habitación.

—Ted e Isola te mandan saludos.

—¿Sí? —Echa los huevos en la sartén—. ¿Cómo están?

—Completamente locos, chiflados por la obra.

Ella corta lonchas de queso para la tortilla y Pat se las va comiendo.

—Espero que se lo hayas dicho. Porque empiezo a estar terriblemente cansada de que extiendan cada dos por tres un cheque para apoyar el teatro.

—Quieren que representemos *Thoroughly Modern Millie*. Ted quiere participar. Ha dicho que yo estaré estupendo en ese musical. ¿Te lo imaginas? Ted y yo juntos en una obra.

—Sí, no estoy segura de que seas capaz de actuar con Ted.

—Eso es porque he tenido una mala maestra —dice él. Luego añade—: ¿Cómo te encuentras?

—Estoy bien.

—¿Te has tomado un Dilaudid?

—No. —Aborrece la medicación contra el dolor. No quiere perderse nada—. Me encuentro bien.

Pat le toca la frente.

—Estás caliente.

—Estoy bien. Tú vienes de fuera.

—Y tú.

—Estaba en ese horno que me has construido. Seguramente me he cocido.

Él coge la tabla de cortar.

—Déjame terminar a mí. Sé preparar una tortilla.

—¿Desde cuándo?

—Tengo a Lydia para hacerla. Se le da bien el trabajo de mujeres.

Debra deja de picar cebolla y finge apuñalarlo con el cuchillo.

—La puñalada más vil —dice Pat.*

El modo que tiene de sorprenderla con las cosas que recuerda es como un pequeño regalo.

—Solía enseñar esa obra —dice. Cita sin esfuerzo su frase favorita: «Los cobardes mueren muchas veces antes de su verdadera muerte; los valientes prueban la muerte una sola vez.»

Pat se sienta en la encimera.

—«Eso duele más que el puñal.»

Lydia llega del piso de abajo en ese momento, con una toalla enrollada en la cabeza para secarse el pelo después de la ducha. Vuelve a contarle a Debra que Ted e Isola han ido a ver la obra y que han preguntado por ella. Debra sabe demasiado bien cómo expresan su preocupación: «¿Cómo está?» «Sigue viva.» ¡Oh! Las cosas que diría si pudiera: pero el morirse es un campo minado de cortesía y buenos modales. Los aficionados a la homeopatía le ofrecen remedios cada dos por tres. Algunos le dan libros: de autoayuda, sobre el duelo, folletos sobre bien morir.

* Cita de *Julio César*, de Shakespeare. Marco Antonio se refiere a lo mucho que César amaba a Bruto, por lo que la de este fue «la puñalada más vil» de su asesinato. (*N. de la T.*)

Querría decirles: «No me sirve ya ni la autoayuda ni nada.» Y: «¿No son los libros acerca del duelo para los supervivientes?» Y: «Gracias por el folleto sobre bien morir, pero ya he pasado esa fase.» Le preguntarán a Pat: «¿Cómo está?» Le preguntarán a ella: «¿Cómo estás?» Sin embargo, no quieren oír que está siempre cansada, que no retiene la orina, que está esperando a que todo su organismo deje de funcionar. Quieren oír que está en paz, que la suya ha sido una vida estupenda, que está feliz de que su hijo haya vuelto. Así que eso les dice. Y la verdad es que casi siempre está realmente en paz, que ha tenido una vida estupenda y que está contenta del regreso de su hijo. Sabe en qué cajón está el número del hospital para enfermos terminales, y el de la compañía aseguradora y el del proveedor del gotero de morfina.

Algunos días despierta lentamente de su siesta y piensa que estaría bien seguir sencillamente durmiendo: que no le daría ningún miedo. Pat y Lydia tienen una relación tan sólida como pudiera desear y la junta está de acuerdo en que Lydia se haga cargo de la dirección del teatro. El chalé está pagado y hay dinero suficiente en el banco para los impuestos y otros gastos, así que Pat puede pasarse el resto de la vida entreteniéndose fuera a primera hora de la mañana con lo que le gusta: cuidar el jardín, pintar y rascar, podar los árboles, ocuparse del sendero de entrada y los muros de contención; lo que sea para tener las manos ocupadas.

Ahora, cuando ve lo satisfechos que están Pat y Lydia, se siente como un salmón agotado: su trabajo está hecho. Otras veces, sin embargo, honestamente, la idea de estar en paz la cabrea. ¿En paz? ¿Quién si no un insensato puede estar en paz siempre? ¿Qué persona que haya disfrutado de la vida puede pensar que ya tiene suficiente? ¿Quién puede vivir aunque sea un día y no sentir el dulce dolor del arrepentimiento?

A veces, durante sus ciclos de quimioterapia, había deseado tanto que el dolor y el malestar desaparecieran que se sentía cómoda con la idea de su propia muerte. Esa era una de las razones por las que había decidido, después de la quimioterapia y la radioterapia y las intervenciones quirúrgicas; después de una doble mastectomía; después de que los doctores hubieran probado con ella todo el arsenal tradicional y nuclear contra su menguante organismo, y después de que siguieran encontrando trazas de cáncer en los huesos pélvicos, dejar sencillamente que la enfermedad siguiera su curso. Que la poseyera. Según los médicos podía hacerse algo aún, dependiendo de si era un cáncer primario o secundario; pero les había dicho que ya daba igual. Pat había vuelto a casa, y prefería seis meses de paz a otros tres años de agujas y náuseas. Y está teniendo suerte: han pasado casi dos años y ha estado bien casi siempre, aunque sigue dejándola atónita verse en el espejo: «¿Quién es esta alta, flaca y plana anciana con el pelo blanco de puercoespín?»

Debra se arrebuja en el jersey y calienta el té. Se apoya en el fregadero y sonríe viendo a su hijo comerse la segunda ración de huevos y a Lydia inclinándose para robarle un champiñón con queso del plato. Pat alza los ojos hacia su madre, para comprobar si se ha dado cuenta de un expolio tan evidente.

—¿No vas a apuñalarla?

En ese preciso instante la grava del camino anuncia la llegada de un coche. Pat también lo oye. Mira la hora y se encoge de hombros.

—Ni idea —dice. Se acerca a la ventana y, con la mano ahuecada contra el cristal, escudriña el exterior y ve el débil resplandor de los faros—. Es Keith *el Potro Salvaje*. —Se aparta de la ventana—. La fiesta. Seguramente está pedo. Voy a ayudarlo.

—Baja la escalera a saltos, como un chiquillo.

—¿Cómo ha estado esta noche? —pregunta Debra discretamente cuando se ha ido.

Lydia pica del plato de Pat los champiñones y la cebolla que ha dejado.

—Fantástico. No puedes dejar de mirarlo. ¡Dios! Me alegraré cuando dejemos de representar esta obra. Algunas noches, cuando termina, se queda sentado con la mirada fija, con la mirada... perdida. Durante casi una hora está sencillamente ausente. Tengo la sensación de estar conteniendo el aliento desde que terminé esa maldita obra.

—Llevas mucho más tiempo conteniéndolo —le dice Debra. Ambas sonríen—. Es una obra preciosa, Lydia. Deberías disfrutarla.

Lydia se bebe el zumo de naranja de Pat.

—No sé.

Debra le coge la mano desde el otro lado de la mesa.

—Tú tenías que escribirla y él tiene que interpretar ese papel, y yo estoy agradecida de poderlo ver.

Lydia agacha la cabeza y frunce el ceño, luchando contra las lágrimas.

—¡Maldita sea, Dee! ¿Por qué haces esto?

Entonces oyen voces dos pisos más abajo, en la escalera. Son Pat, Keith y alguien más. Luego el ruido de pasos subiendo, de cinco o quizá seis pares de pies. Pat llega el primero, encogiéndose de hombros.

—Creo que había unos viejos amigos tuyos viendo la obra esta noche, mamá. Keith los ha traído. Espero que no te importe...

Detrás de Pat llega Keith. No parece borracho. Lleva la pequeña videocámara que usa para inmortalizar algunos momentos... ¡Dios! Debra no está segura de lo que graba exactamente.

—Hola, Dee. Perdona que te molestemos tan tarde, pero esta gente ha insistido en verte...

—No importa, Keith —le responde.

Van llegando los demás, de uno en uno: una atractiva joven pelirroja con bucles; un joven delgado de pelo mocho que sí que tiene pinta de estar borracho. Debra no conoce a ninguno de los dos. Luego una criatura extraña: un viejo ligeramente encorvado, trajeado, tan esquelético como ella, que le resulta vagamente conocido. Tiene la cara antinaturalmente lisa, como una de esas simulaciones de envejecimiento facial por ordenador pero a la inversa: una cara de niño pegada al cuello de un anciano... Por último, un caballero mayor con un traje gris oscuro que atrae su atención en cuanto se aparta de los demás, hacia el mostrador que separa la cocina del salón. Se quita el sombrero y la mira con unos ojos azules tan claros que son casi transparentes, unos ojos que la contemplan con una mezcla de calidez y piedad, unos ojos que transportan a Dee Moray cincuenta años hacia el pasado, hacia otra vida...

—Hola, Dee —dice el anciano.

A Debra se le escurre la taza de té de los dedos.

—¿Pasquale?

Ha habido veces, por supuesto, hace años, en que pensaba poder volver a verlo. Aquel último día en Italia, mientras lo veía alejarse del hotel en el barco, no imaginaba que no volvería a verlo nunca. No es que tuvieran un acuerdo explícito, pero sí algo implícito, el zumbido de la atracción y la expectación.

Cuando Alvis le dijo que la madre de Pasquale había fallecido, que iba al funeral y tal vez no volviera, se quedó anonadada. ¿Por qué no se lo había dicho? Luego llegó un barco con su equipaje y Alvis le explicó que Pasquale le había pedido que se asegurara de que regresara sana y salva a Estados Unidos. Pensó que Pasquale necesitaba pasar algún tiempo solo, así que ella volvió a casa para tener el bebé. Le mandó una postal, pensando que tal vez... pero no le había contestado. A partir de entonces había pensado en Pasquale de vez en cuando, con menos frecuencia a medida que pasaban los años; ella y Alvis se plantearon ir de vacaciones a Italia y visitar Porto Vergogna, pero no llegaron a hacerlo. Tras la muerte de Alvis y de obtener su título de maestra y de italiano, había querido llevar allí a Pat. Incluso se había puesto en contacto con un agente de viajes, que no solo le dijo que el hotel Adequate View no aparecía en las listas, sino que ni siquiera encontraba ese pueblo llamado Porto Vergogna. ¿No se refería tal vez a Portovenere?

Entonces Debra llegó a preguntarse si todo aquello (Pasquale, los pescadores, las pinturas del búnker, el pueblecito del acantilado) no habría sido algún truco mental, otra de sus fantasías, la escena de alguna película que había visto.

Pero no. Aquí está Pasquale Tursi. Más viejo, claro, con el pelo moreno ya gris, arrugas profundas en la cara y las mejillas caídas, pero con esos ojos, esos mismos ojos. Es él.

Se acerca hasta quedar a solo un paso de ella. Solo los separa el mostrador de la cocina.

Debra nota un ramalazo de autoconciencia y le invade la vanidad que tenía a los veintidós años: Dios mío, qué esperpento debe de parecerle. Permanecen unos instantes allí de pie: un viejo cojo y una vieja enferma, a medio metro de distancia, separados por el mostrador de granito, cincuenta años y dos existencias. Ninguno de los dos dice nada. Ninguno de los dos respira. Por fin, Dee Moray rompe el silencio, sonriéndole a su viejo amigo.

—*Perché ci hai messo così tanto tempo?* —«¿Por qué has tardado tanto?»

Aquella sonrisa sigue siendo demasiado ancha para su hermosa cara, pero lo que realmente impacta a Pasquale es que ha aprendido italiano. Le devuelve la sonrisa.

—*Mi dispiace. Avevo qualcosa di importante da fare.* —«Lo siento. Tenía una cosa importante que hacer.»

De las seis personas desplegadas a su alrededor en la habitación, solo una entiende lo que acaban de decirse: Shane Wheeler, quien, incluso después de haberse tomado cuatro vasos de whisky de una tacada, sigue unido por el lazo que los intérpretes suelen establecer con sus clientes. ¡Menudo día lleva! Se ha despertado con Claire, se ha enterado de que la presentación de su película no tiene futuro, ha tratado sin éxito de negociar unas mejores condiciones durante el largo viaje; luego la catarsis de la obra teatral, identificándose con la vida arruinada de Pat Bender, haciendo un gesto de acercamiento hacia su ex y siendo rechazado por ella; después de todo eso y los whiskies, el emotivo reencuentro de Pasquale con Dee es más de lo que puede soportar.

Suspira profundamente: el aire silba ligeramente y devuelve a los demás a la realidad de la habitación...

Todos miran atentamente a Pasquale y a Dee. Michael Deane agarra a Claire del brazo; ella se tapa la boca con la otra mano; Lydia mira a Pat (ni siquiera ahora puede evitar estar preocupada). Pat mira a su madre y luego al amable anciano. «¿Lo ha llamado Pasquale?», piensa, y mira a Keith, de pie en el último escalón, filmando con aquella dichosa cámara que nunca suelta, enfocando la escena, registrando inexplicablemente aquel momento.

—¿Qué haces? —le dice—. Aparta esa cámara.

Keith se encoge de hombros y hace un gesto con la cabeza hacia Michael Deane, que le ha pagado para que lo filme.

Debra también recupera la conciencia de que hay otras personas en la sala. Mira a su alrededor. Todos están expectantes. Por fin ve al otro viejo, al de la pícara cara de plástico. ¡Dios! También lo conoce...

—Michael Deane.

Él sonríe enseñando la blanca dentadura.

—Hola, Dee.

Todavía ahora teme pronunciar su nombre y oírle decir el suyo; Deane lo percibe, porque aparta la mirada. Debra ha leído cosas de él a lo largo de los años, claro. Conoce su larga trayectoria de éxito. Durante un tiempo dejó incluso de leer los créditos por temor simplemente a ver su nombre: Una producción de Michael Deane.

—¿Mamá? —Pat avanza un paso hacia ella—. ¿Estás bien?

—Estoy bien —le responde, pero se queda mirando fijamente a Michael y todos siguen sus ojos.

Michael Deane nota que todos lo están mirando y lo sabe: la habitación es ahora suya. Y «la Habitación lo es todo. Cuando estás en la Habitación, no existe nada más fuera. Quienes escuchan tu presentación son tan incapaces de marcharse de la Habitación como de evitar...».

Michael empieza. Se vuelve en primer lugar hacia Lydia, todo encanto, sonriendo.

—Y usted debe de ser la autora de esa obra maestra que acabo de ver. —Le tiende la mano—. En serio. Ha sido una obra maravillosa. Conmovedora.

—Gracias. —Lydia le estrecha la mano.

Deane se vuelve ahora hacia Debra: «Dirígete siempre primero a la persona más dura de roer de la Habitación.»

—Como le he dicho abajo a tu hijo, Dee, su interpretación es notable. De casta le viene al galgo, como suele decirse.

Pat se encoge ante el halago, mira al suelo y se rasca la cabeza, incómodo, como un niño que acabara de romper una lámpara con una pelota.

«De casta le viene al galgo.» Debra se estremece por su descripción, porque se siente amenazada («¿Qué quiere exactamente?») por el modo en que Michael Deane se ha convertido en el centro de atención, mirando a su hijo con su arrogancia de siempre, con aquella avidez y esa media sonrisa en su implacable cara operada.

Pasquale percibe su incomodidad.

—*Mi dispiace* —se disculpa, y tiende una mano por encima del mostrador que los separa—. *Era l'unico modo.* —«Era la única manera de encontrarla.»

Debra se da cuenta de que está en tensión, como una osa protegiendo a su osezno. Se concentra en Michael y le habla con tanta serenidad como puede, intentando que no le tiemble la voz, aunque no lo consigue del todo.

—¿Para qué has venido, Michael?

Deane le responde como respondería a una pregunta sin mala fe acerca de sus intenciones, a una invitación para que abra su maleta de vendedor puerta a puerta.

—Después de molestarte a estas horas, iré al grano. Gracias, Dee. —Ha convertido la acusación de Dee en una invitación y se vuelve hacia Lydia y Pat—. No sé si tu madre te ha hablado alguna vez de mí, pero soy productor cinematográfico. —Sonríe con fingida modestia—. De cierta reputación, supongo.

Claire le pone una mano en el brazo.

—Michael... —«Ahora no, no arruines la buena obra que estás haciendo intentando producir esto.»

Pero ya no hay quien detenga a Michael. Se sirve del gesto de Claire para atraerla hacia sí y darle unas palmaditas en la mano, como si ella no hubiera hecho otra cosa que recordarle que hay que tener modales.

—Claro. Perdóname. Esta es Claire Silver, mi jefa ejecutiva de producción.

¿Jefa ejecutiva? No puede decirlo en serio. Sin embargo, se queda sin habla el tiempo suficiente para ver que todos la están mirando, sobre todo Lydia, sentada en el borde del mostrador. Así que a Claire no le queda más remedio que hacerse eco de las palabras de Michael.

—Verdaderamente es una obra magnífica.

—Gracias —vuelve a decir Lydia, agradecida, ruborizándose.

—Sí —dice Michael—, magnífica. —La Habitación es toda suya. Aquel chalé rústico es como cualquier sala de reuniones en la que haya hecho una presentación—. Por eso Claire y yo nos preguntábamos si... estarías interesada en vender los derechos para una película...

Lydia suelta una risita nerviosa, casi frívola. Le lanza una ojeada a Pat y luego mira a Deane.

—¿Quiere comprar mi obra?

—La obra y puede que toda la serie, tal vez todo... —Deja la frase en suspenso un momento—. Me gustaría hacerte una oferta por el conjunto. —Se esfuerza para parecer desenfadado—. Toda vuestra historia. —Se vuelve sutilmente hacia Pat para incluirlo—. La de ambos. —Evita los ojos de Dee—. Me gustaría comprar los derechos... —Baja el tono, como si lo que va a decir a continuación fuera una ocurrencia tardía—. De vuestra vida.

Queremos lo que queremos.

—¿Los derechos de nuestra vida? —pregunta Pat. Está contento por su novia, pero aquel viejo no le inspira confianza—. ¿Eso qué significa?

Claire lo sabe. Libro, película, *reality show*, todo lo que puedan vender acerca del desastre de hijo de Richard Burton. Dee también lo sabe. Se tapa la boca.

—Espera... —dice, y se le doblan las rodillas. Tiene que agarrarse al mostrador para no caerse.

—¿Mamá? —Pat corre hacia ella y llega al mismo tiempo que Pasquale. La sujetan a la vez, uno por cada brazo, evitando que se desplome.

»¡Dadle un poco de espacio! —grita Pat.

Pasquale no entiende eso de darle espacio y mira por encima del mostrador a su intérprete. Sin embargo, Shane está un poco bebido y un poco desesperado, y prefiere traducirle la oferta que le ha hecho Michael Deane a Lydia.

—Ten cuidado —le dice en voz baja, inclinándose hacia delante—. A veces solo finge que le gusta tu mierda.

Todavía conmocionada por su reciente ascenso, Claire coge a su jefe del brazo y se lo lleva hacia el salón.

—¿Qué estás haciendo, Michael? —le susurra entre dientes.

Él mira más allá, hacia Dee y su hijo.

—Hago lo que he venido a hacer.

—Creía que habías venido a reparar algunos agravios.

—¿Reparar? —Mira a Claire sin entenderla—. ¿Reparar, qué?

—¡Dios mío, Michael! Les jodiste la vida a estas personas. ¿A qué has venido si no es a disculparte?

—¿Disculparme? —Deane sigue sin entenderla demasiado bien—. He venido aquí por la historia, Claire. Por mi historia.

Detrás del mostrador, Dee ha recuperado el equilibrio. Mira hacia el salón, hacia donde están Michael Deane y su ayudante; parecen estar discutiendo sobre algo. Pat la está sosteniendo todavía y ella le aparta la mano.

—Ya estoy bien —le dice.

Pasquale la sujeta de la otra mano. Ella le sonríe de nuevo. Solo hay tres personas en el mundo que conocen el secreto que ha mantenido durante cuarenta y ocho años, un secreto que la ha marcado desde que dejó Italia, esa cosa que ha ido creciendo año tras año hasta ahora y que llena la habitación: una habitación en la que están las otras dos únicas personas que lo saben. Tenía muchas razones para guardar el secreto: Dick y Liz, la opinión de su propia familia, el temor a un escándalo de la prensa rosa y, sobre todo (ahora ya puede admitirlo), su propio orgullo, su deseo de no permitir que un cabronazo como Michael Deane ganara. Sin embargo, todas esas razones han ido desapareciendo con los años y la única por la que ha seguido sin revelar su secreto ha sido... Pat. Pensaba que sería demasiado para él. ¿Qué hijo de una estrella cinematográfica ha tenido una oportunidad? Sobre todo uno con los apetitos de Pat. Cuando consumía era demasiado vulnerable y, cuando estaba limpio, su salvación parecía demasiado frágil. Lo estaba protegiendo, y ahora sabe de quién: de este hombre al que lleva odiando casi cincuenta años, que se ha presentado en su casa y lo amenaza todo intentando comprar su vida. Sin embargo, sabe que no estará siempre para proteger a Pat, y se siente culpable por haberle ocultado algo tan importante, y teme que ahora la odie por haberlo hecho.

Dee mira a Lydia. Esto también la afecta a ella. Luego mira a Pasquale y, por último, a su hijo, que la está mirando fijamente, tan preocupado que se da cuenta de que ya no tiene elección.

—Pat... Debería... Tienes que... Hay una cosa que... —Y entonces, cuando está a punto de decírselo, siente la primera bocanada de libertad, de esperanza, nota que el peso de aquel secreto empieza a aligerarse—. Es sobre tu padre...

Pat mira a Pasquale, pero Dee niega con la cabeza.

—No —dice. Mira a Michael Deane, que está en el salón, y desea, una vez más, rebelarse aunque sea un poquito. No va a permitir que el viejo buitre vea esto—. ¿Podemos ir arriba?

—Claro.

Debra mira a Lydia.

—Tú también deberías venir.

Así que la maldita Deane Party no llega a ver la conclusión de su viaje; solo ven a Lydia, Dee y Pat yendo hacia la escalera de la cocina. Michael Deane le hace un gesto con la cabeza a Keith, que se dispone a seguirlos con la cámara. Los avances en tecnología y miniaturización son asombrosos: este aparatito, del tamaño de una cajetilla de tabaco, puede hacer más que las cámaras de treinta y seis kilos ante las que Dee Moray actuaba en el pasado. En la pantallita de la videocámara, Lydia ayuda a Debra a caminar hacia la escalera. Al principio, Pat las sigue, pero luego se para y se vuelve, porque nota que los otros lo están mirando, como si esperaran que hiciera alguna locura. Entonces, de golpe, lo invade una sensación conocida, como la que tiene sobre el escenario. Se enciende y se encara con Keith.

—Te he dicho que apartes esa maldita cámara —le dice, y se la arrebata. La pantalla recoge las últimas imágenes digitales que jamás grabará: las líneas de la palma de la mano de Pat, que cruza a grandes zancadas la habitación, pasando junto al viejo y repulsivo productor y a la chica pelirroja y al tipo borracho. Abre la cristalera, sale al porche y lanza el aparato tan lejos como puede (con un gruñido, dándole impulso con el cuerpo). Pat espera y espera, hasta que oye un chapoteo distante, en el lago. Vuelve a entrar y cruza satisfecho la habitación.

—Eres mi puto héroe —le comenta el melenudo cuando pasa por su lado.

Pat se encoge de hombros en una ligera disculpa ante Keith y luego sube la escalera para enterarse de que toda su vida ha sido una mentira bienintencionada.

21

Benditas ruinas

> Se diría que no hay nada más evidente, tangible
> y palpable que el momento presente. Sin embargo,
> nos elude por completo. Toda la tristeza de la vida
> radica en este hecho.
>
> MILAN KUNDERA

«Esto es una historia de amor», dice Michael Deane. Pero ¿qué no lo es? ¿No ama el detective el misterio, o la persecución, o a la entrometida periodista retenida contra su voluntad en un almacén vacío de la costa? Seguramente un asesino en serie ama a sus víctimas, y el espía, sus artilugios o su patria o a la exótica contraespía. El amor del camionero que conduce sobre el hielo está dividido entre el hielo y su camión, y los chefs que compiten se vuelven locos por las vieiras, y los tipos de las tiendas de empeño adoran sus cachivaches tanto como las amas de casa viven pendientes del reflejo de su frente tratada con bótox en el espejo dorado del vestíbulo y los roqueros no quieren otra cosa que pellizcarle el culo a la chica tatuada de *Hookbook* y, puesto que eso es la realidad, están todos ellos enamorados, locamente enamorados, del micrófono adosado a la hebilla de su espalda, y el productor sugiere otro ángulo más, otro chupito de gelatina más. Y el robot ama a su creador, el extraterrestre adora su platillo, Superman a Lois, Lex y Lana, Luke ama a Leia (hasta que se entera de que es su hermana), y el exorcista al diablo, tanto que salta con él por la ventana en un abrazo conmovedor, y Leo ama a Kate y los dos aman el barco que se hunde y el tiburón... ¡Dios!, al tiburón le encanta comer, que es lo que adora también el mafioso, comer y el dinero y Paulie y la *omertà*... al igual que el vaquero adora su caballo y a la chica del corsé del bar del piano, y a veces ama a otro vaquero, como el vampiro ama la noche y los cuellos y el zombi... ¿Qué decir del zombi, ese loco sentimental? ¿Alguien ha estado jamás tan enfermo de amor como un zombi, esa pálida metáfora del amor, ansioso y dando tumbos como un animal, con los brazos por delante, su existencia un soneto sobre lo mucho que quiere esos cerebros? Eso también es una historia de amor.

En la habitación, los inversores alemanes esperan a que Michael Deane se explique, pero él se limita a quedarse sentado con los índices unidos delante de los labios. Una historia de amor. Hablará cuando esté dispuesto. Esta es su habitación, al fin y al cabo; solo le preocupa no poder ir a su propio funeral, porque saldrá de la maldita habitación con un trato para un programa piloto de la cadena y un *reality show*. Después de la presentación de *¡Donner!* (por treinta de los grandes se la vendió el chaval), Michael rescindió su contrato con el estudio. Ahora vuelve a producir por su cuenta (ya tiene seis programas todavía sin escribir en varias fases de producción), sobreviviendo la mar de bien a su abandono de los estudios, gracias, y ganando más dinero de lo que habría creído posible. Ahora el dinero lo busca a él. Se siente de nuevo como si tuviera treinta años. Así que los inversores alemanes esperan y esperan hasta que por fin Deane aparta los índices de su preternaturalmente lisa boca y toma la palabra.

—Se trata de un *reality show* llamado *MILF rica, MILF pobre*. Como digo, es, por encima de todo, una historia de amor...

Claro que lo es. Y en Génova, Italia, una vieja prostituta espera a que la puerta se cierre y coge el dinero que el americano ha dejado sobre las sábanas grises, como temiendo que desaparezca. Mira a su alrededor, contiene el aliento y oye alejarse sus pisadas por el pasillo. Entonces se recuesta contra el cabezal de hierro forjado de la cama y lo cuenta: cincuenta veces la cantidad que le pagan normalmente por un francés. No puede creer la suerte que acaba de tener. Dobla los billetes y se los mete bajo la liga para que Enzo no le pida su parte, se acerca a la ventana y mira hacia abajo. Allí está, en la acera, con pinta de perdido: Wisconsin. Quería escribir un libro. En un destello, los dos momentos que han compartido son perfectos y lo ama más que a ningún hombre que haya conocido, por lo cual tal vez ha fingido no conocerlo: para no estropearlo, para salvarlo del bochorno de haber llorado. Pero no... ha sido por algo más, algo para lo que no tiene nombre, y cuando él levanta la mirada hacia la ventana desde la calle, eso hace que Maria se toque allí donde él apoyó la cabeza esa noche. Luego se aparta de la ventana...

En California, William Eddy está en el porche de su casita de listones, deleitándose en el humo de la pipa y el peso del desayuno en el vientre. Es una comida decadente y culpable. A William Eddy le gustan todas las comidas, pero le encanta el desayuno. Durante un año ronda por Yerba Buena y tiene un montón de trabajo, pero luego comete el error de contar su historia a los periodistas y a los autores de libros baratos: todos los cuales adornan tanto los hechos como el lenguaje, como buitres hurgando entre los huesos de su vida para armar escándalo. Cuando algunos lo acusan de exagerar para aparentar ser mejor de lo que es, Eddy dice que a la mierda con ellos y se marcha al sur, a Gilroy. «Aparentar ser mejor.» ¡Dios del cielo! ¿Quién puede parecer mejor después de una cosa así? Con la fiebre del oro, a un constructor de carretas no le falta trabajo, y a William le va bien una temporada. Vuelve a casarse y tiene tres hijos. Sin embargo, no tarda en ir de nuevo a la deriva, solo. Deja a su segunda familia y se marcha de Petaluma; a veces se siente como una camisa arrancada por el viento del tendedero. Su segunda mujer dice que algo le pasa, «algo que me temo que es a la vez enfermizo e inalcanzable»; su tercera esposa, una maestra de San Luis, está descubriendo lo mismo. De vez en cuando oye cosas acerca de lo que ha sido de los demás, de los Donner y los Reed supervivientes, los niños a los que rescató. Su viejo amigo y rival Foster regenta un *saloon* en alguna parte. Se pregunta si también ellos están desarraigados. Tal vez solo Keseburg lo entendería: Keseburg, quien, según ha oído, aceptó su infamia y ha abierto un restaurante en la ciudad de Sacramento.

Esa mañana, Eddy se siente un poco débil, con fiebre. Morirá al cabo de unos días, a los cuarenta y tres años, solo trece después de su odisea cruzando las montañas. En el porche, William tose y las tablas del porche crujen bajo él mientras mira hacia el este, como hace todas las mañanas. Suspira por el sol en el horizonte y por su familia, todavía ahí arriba, en el frío...

Toda la noche el pintor camina hacia el norte por colinas oscuras, hacia la frontera con Suiza. Evita las carreteras principales, peinando los escombros de otro pueblo italiano, buscando los restos de su antigua unidad o algunos americanos a los que rendirse. No hay nadie. Piensa quitarse el uniforme, pero teme que le disparen por desertor. Al amanecer, con el tableteo de una distante ametralladora a su espalda, se refugia en lo que queda de una vieja imprenta incendiada, apoya el petate y el rifle en la pared más entera y se acurruca debajo de una mesa de abocetar con unos sacos de cereal como almohada. Antes de quedarse frito, el pintor lleva a cabo su ritual nocturno, imaginando el hombre de Stuttgart al que ama, su antiguo profesor de piano. «Vuelve a casa sano y salvo», le ruega el pianista, y el pintor le asegura que así será. Nada más que eso, una amistad tan casta como pueda haber entre dos hombres, pero la simple posibilidad lo ha mantenido con vida (el imaginado momento del regreso), así que el pintor piensa en el profesor de piano todas las noches antes de dormirse, como hace ahora, en el resplandor que precede al amanecer, y duerme pacíficamente hasta que un par de partisanos se le acercan y le golpean el cráneo con una pala. Después del primer golpe, se acabó: el pintor no volverá a casa, a Alemania, con su profesor de piano ni con su hermana, que de todos modos murió hace una semana en el incendio de la fábrica de munición donde trabajaba; su mimada hermana, cuya fotografía se llevó a la guerra y a la que retrató dos veces en el muro de cemento de un búnker de la costa italiana. Uno de los partisanos se ríe mientras el pintor alemán se tambalea y balbucea como un muerto viviente, pero el más digno de los dos interviene para terminar con él...

Joe y Umi se mudan a West Cork y se casan; no tienen hijos y, al cabo de cuatro años, se divorcian, culpándose el uno al otro por sus tristes y envejecidas existencias. Tras unos cuantos años separados, vuelven a verse en un concierto y son más comprensivos; comparten una copa de vino, se ríen de la perspectiva de la que carecían y acaban acostándose juntos. La reconciliación dura unos cuantos meses antes de que cada cual tome su camino, feliz al menos de tener el perdón del otro. Lo mismo pasa con Dick y Liz: un turbulento matrimonio de diez años y una película juntos verdaderamente espléndida, *¿Quién teme a Virgina Woolf?* (por la que, irónicamente le dan a ella el Óscar). Luego el divorcio y una breve reconciliación (más desastrosa que la de Joe y Umi) antes de seguir cada cual por su camino: el de Liz, de matrimonios, y el de Dick, de cócteles; hasta que, a los cincuenta y ocho años, a él no consiguen despertarlo en su hotel y muere ese mismo día de una hemorragia cerebral, con una frase de *La tempestad* que alguien ha dejado de manera anónima en su cama: «Nuestros goces han terminado...»

Orenzio se emborracha un invierno y se ahoga, y Valeria pasa felizmente los últimos años de su vida con Tommaso *el Viudo*, y el bruto de Pelle se recupera de la herida de bala en el pie, pero, perdida su afición por el negocio de las armas, trabaja en la carnicería de su hermano y se casa con una muda, y Gualfredo se contagia de sífilis y se queda ciego, y el hijo de Richards, el amigo de Alvis, es herido en Vietnam, vuelve a casa para trabajar como abogado defensor de veteranos y acaba siendo elegido senador por el estado de Iowa, y el joven Bruno Tursi termina con excelentes notas la carrera de historia del arte y restauración, trabaja para una empresa privada en Roma catalogando artefactos y encuentra una medicación perfecta para controlar su leve depresión, y Steve *Musculitos* vuelve a casarse (con la dulce y mona madre de una de las compañeras del equipo de *softball* de su hija)... y así sucesivamente, en un millar de direcciones, ocurriendo todo al mismo tiempo en una gran tormenta del presente, del ahora...

... todas esas vidas estupendamente malgastadas...

... y en los estudios de la Universal, en California, Claire Silver amenaza con marcharse a menos que Michael Deane deje en paz a Debra *Dee* Moore y a su hijo, y acepta producir solo un proyecto de su viaje a Sandpoint: una película basada únicamente en la obra teatral de Lydia Parker *El líder del grupo*, la emotiva historia de un músico drogadicto que se pierde en el lado salvaje y al final regresa con su sufrida madre y su novia. El presupuesto es de solo cuatro millones y, cuando todos los inversores y todos los estudios de Hollywood rechazan el proyecto, lo financia enteramente el propio Michael Deane, aunque eso no se lo dice a Claire. Dirige la película un joven creador de cómics serbio que hace cine de autor. También escribe el guión, basándose libremente en la obra de Lydia, o al menos en la parte de la obra que ha leído. El director crea a un músico más joven y, en líneas generales, más agradable. Además, en lugar de tener problemas con su madre, en su versión, el músico los tiene con su padre, de modo que el joven director puede explorar lo que él mismo siente por su propio reprobador y distante progenitor. En lugar de tener una novia dramaturga en el noroeste que se ocupa de su padrastro, la novia de la película es una profesora de arte que trabaja con niños negros pobres de Detroit, de modo que puede poner mejor música en la banda sonora y aprovecharse al mismo tiempo del gran descuento fiscal de las producciones cinematográficas hechas en Michigan. En el guión definitivo, el personaje de Pat (que en la película se llama Slade), no roba a su madre ni engaña repetidamente a su novia. Solo se perjudica a sí mismo con su adicción, que no es a la cocaína sino al alcohol. (Tanto Michael como el director creen que así es más cercano y simpático.) Estos cambios se producen de manera paulatina, uno tras otro, como cuando se añade agua caliente al baño, y Claire se autoconvence siempre de que lo importante de la historia, su esencia, se mantiene. Al final está orgullosa de la película y de su primera aparición en los créditos como coproductora. Su padre dice: «Me ha hecho llorar.» Pero la persona más conmovida por *El líder del grupo* es Daryl, que sigue en período de prueba de su relación cuando Claire lo lleva a un preestreno. Al final de la película (después de que Penny, la novia de Slade, se haya enfrentado a los pandilleros que amenazan la escuela en la que da clases), Slade manda a Penny un mensaje de texto desde Londres: «Hazme saber simplemente si estás bien.» Daryl jadea y se inclina hacia Claire para decirle: «Yo te mandé un mensaje así.» Claire asiente: ella se la sugirió al director. La película termina con el redescubrimiento de Slade por parte de un ejecutivo de una empresa discográfica que está de vacaciones en el Reino Unido y que lo lleva al éxito... pero según sus propios términos. Mientras Slade guarda la guitarra después de una actuación, oye una voz de mujer que le dice: «Estoy bien.» Se vuelve y ve a Penny, que por fin ha respondido a su mensaje de texto. En el cine, Daryl se echa a llorar, porque la película es evidentemente una cruda carta de amor de su novia acerca de su adicción al porno, por la que él ha accedido a someterse a tratamiento. De hecho, el tratamiento de Daryl es un éxito completo. Ya no se despierta todos los días a medianoche para navegar por las páginas de pornografía de internet ni se escapa para ir a clubs de *striptease*, así que ha recuperado la energía y la pasión por la vida... que canaliza hacia su relación con Claire y hacia la tienda que ha abierto en Brentwood con otro antiguo diseñador de decorados, en la que fabrican muebles a medida para la gente de la industria cinematográfica. *El líder del grupo* se proyecta en varios festivales, gana el premio del público en Toronto y obtiene unas estupendas críticas. Con los ingresos de taquilla en el extranjero incluso termina por dar unos beneficios decentes a Michael: «A veces es como si cagara dinero», declara a un entrevistador del *New Yorker*. Claire sabe que la película dista mucho de ser perfecta, pero con el éxito que tiene, Michael le permite comprar otros dos guiones que desarrollar y ella, feliz de no tener ya que plantearse la vacía perfección de un museo de arte, abraza el dulce caos de la vida real. Tras el revuelo inicial, *El líder del grupo* no es nominada para los premios de la Academia, pero consigue tres nominaciones a los premios Independent Spirit. Michael no puede asistir a la ceremonia de entrega (está en México, recuperándose de su divorcio y para someterse a un controvertido tratamiento con hormona humana del crecimiento), pero Claire está encantada de ir en representación de los productores de la película y Daryl la acompaña con un esmoquin color berenjena que le ha comprado ella en una tienda de segunda mano. Está magnífico, por supuesto. Desgraciadamente, *El líder del grupo* no gana tampoco ningún premio Independent Spirit, pero Claire termina flotando por el logro (y por las dos botellas de Dom Pérignon del 88 que un generoso Michael ha reservado para su mesa), así que termina haciendo el amor con Daryl en la limusina y luego convence al conductor para que pase por un KFC para comprar una ración de pollo crujiente, mientras Daryl busca nervioso en el bolsillo de sus pantalones morados el anillo de compromiso...

Shane Wheeler invierte el dinero de *¡Donner!* para alquilar un pisito en una zona de Los Ángeles llamada Silver Lake. Michael Deane le consigue un trabajo en un *reality show* que ha vendido al Biography Channel (basado en una sugerencia del propio Shane) llamado *Hambrientas*, de una casa llena de bulímicas y anoréxicas. Sin embargo, el programa es demasiado triste incluso para Shane y no digamos para los espectadores, así que consigue trabajo como guionista para otro programa llamado *Battle Royale*, en el que se recrean famosas batallas por ordenador, de modo que ver los hechos históricos es como jugar a *Call of Duty*, con una ágil narración de William Shatnerall y guión de Shane y otros dos escritores redactado en lengua coloquial («Limitados por su propio código de honor, los espartanos estuvieron a punto de ser completamente pisoteados...»). Sigue trabajando en *¡Donner!* en sus ratos libres, hasta que un proyecto rival de la Donner Party consigue llegar a la pantalla antes que el suyo (con un William Eddy convertido en un cobarde embustero), momento en que por fin renuncia a los caníbales. También hace una nueva intentona con Claire, pero ella es bastante feliz con su novio, y en cuanto Shane lo conoce la entiende: el tipo es mucho más guapo que él. Le paga a Saundra el coche y agrega un poco más para compensarla, pero ella sigue distante. Sin embargo, una noche, después del trabajo, sale con una ayudante de producción llamada Wylie. Tiene veintidós años y encuentra a Shane brillante. Al final, ella se gana su corazón tatuándose ACTÚA en el antebrazo...

En Sandpoint, Idaho, Pat Bender se despierta a las cuatro, prepara la primera cafetera de tres y dedica las horas que preceden al amanecer a los quehaceres del chalé. Le gusta ponerse a trabajar sin haberse despertado todavía del todo; le da impulso al día, lo empuja hacia delante. Si tiene algo que hacer se siente bien, así que arranca hierba o corta leña o raspa la pintura, lija y pinta el porche delantero o el porche trasero, o los edificios anexos, o vuelve a empezar todo el proceso en el porche delantero: rascar, lijar, pintar. Hace diez años, lo habría considerado la tortura de Sísifo, pero ahora no ve la hora de ponerse sus botas de trabajo, prepararse un café y salir de casa antes de que amanezca. Cuando más le gusta el mundo es cuando lo disfruta él solo, en la oscuridad y el silencio previos al amanecer. Más tarde, va hasta el pueblo con Lydia para trabajar en los decorados para las obras de teatro infantil veraniegas. Dee le ha pasado a Lydia la recaudación de fondos para el teatro de la comunidad: reunir tantos niños monos como sea posible y esperar a que sus ricos padres practicantes de esquí y los «sandalias» del lago compren todas las entradas para pagar con las ganancias a los dotados por el arte. Capitalismo aparte, las obras son lo que cualquiera calificaría de «adorables», y a Pat le gustan en el fondo más que las demasiado serias para adultos. Él suele interpretar un gran papel al año, normalmente algo que Lydia escoge para él. Con Keith van a hacer *True West*. Nunca había visto a Lydia tan contenta como desde que él le dijo a ese loco productor zombi que no estaba interesado en vender los «derechos de su vida» y (con tanta educación como pudo) que «los dejara en paz», y el tipo siguió a su bola y compró los derechos de la obra teatral de Lydia. Cuando estrenaron *El líder del grupo*, Pat no tenía interés en ver la película, pero cuando le dijeron que habían cambiado la historia de manera drástica y que apenas tenía que ver con su propia vida, se sintió profundamente agradecido. Prefiere ser un desconocido que ser un fracasado. Con parte del dinero de los derechos, Lydia quiere hacer un viaje (y puede que lo hagan, pero Pat no se imagina marchándose nunca del norte de Idaho). Tiene su café y su rutina de trabajo en el chalé, y con la antena de televisión por satélite que Lydia le regaló por su cumpleaños, novecientos canales y Netflix, que usa para repasar cronológicamente las películas de su padre (va por *Los co-*

mediantes, de 1967). Logra un perverso entusiasmo detectando rasgos propios en su padre, aunque no está ansioso por ver su inevitable declive. A Lydia también le gusta ver esas películas. Y los días en que Lydia, el lago, su café, su trabajo de carpintería y la filmografía de Richard Burton no le bastan, en las noches que ansía el ruido de antes y tener una chica sobre el regazo y una raya en la mesa, cuando recuerda la manera que tenía de sonreírle el camarero en el café de enfrente del teatro, o piensa en la tarjeta de Michael Deane que está en el cajón de la cocina, en llamar y preguntar: «¿En qué consiste eso exactamente?»; en esos días, cuando se imagina llegando un poquito más lejos (es decir: a diario), Pat Bender se concentra en los pasos. Recuerda la fe que tiene su madre en él, y lo que le dijo la noche que le contó lo de su padre («No permitas que eso cambie nada»), la noche que la perdonó y le dio las gracias (y Pat trabaja: rasca, lija, pinta; rasca, lija y pinta; rasca-lija-pinta como si su vida dependiera de ello, como depende de hecho). Por la mañana se despierta en la oscuridad, decidido de nuevo, con las ideas claras; lo único que echa realmente de menos es...

Dee Moray está sentada con las piernas cruzadas en el banco posterior de un taxi acuático. El sol le calienta los antebrazos mientras la embarcación navega paralela a la costa de Liguria en la Riviera de Levante. Lleva un vestido color crema y, cuando el viento sopla en ráfagas, se sujeta el sombrero. Pasquale Tursi, a su lado, con su habitual traje a pesar del calor (después de todo tienen mesa reservada para cenar más tarde), está lleno de nostálgico anhelo. Tiene una de sus melancólicas y fantásticas ideas: que su mente lo arrastra no a un viejo recuerdo del momento de hace cincuenta años en que vio por primera vez a esta mujer sino al momento en sí. Después de todo, ¿no es el mismo mar, el mismo sol? ¿No son los mismos acantilados, no son ellos los mismos? Y si un momento existe únicamente porque uno lo percibe, entonces tal vez la avalancha de sensaciones que siente ahora es del MOMENTO y no de su sombra. Puede que todos los momentos sean simultáneos y ellos dos tendrán siempre veintidós años y toda una vida por delante. Dee ve a Pasquale perdido en su ensoñación y le toca un brazo.

—*Cosa c'è?*—le pregunta, y aunque los años que lleva enseñando italiano les permiten entenderse bastante bien, lo que él siente está, una vez más, fuera del alcance del lenguaje, así que no dice nada. Se limita a sonreírle, se levanta y va hacia la proa de la embarcación. Le señala la cala al patrón, que parece dudoso pero a pesar de todo se enfrenta a las olas y dobla el cabo rocoso hasta una ensenada abandonada, cuyo único embarcadero lleva tiempo desaparecido. Solo quedan algunos restos de los cimientos, como montículos de huesos en la hierba, del improbable pueblo que ocupara una grieta de esos acantilados. Pasquale le explica que cerró el Adequate View y se mudó a Florencia, que el último pescador falleció en 1973, que el viejo pueblo fue abandonado y pasó a formar parte del parque nacional de las Cinque Terre, que las familias recibieron una pequeña compensación por sus pequeñas parcelas de tierra. Después de la cena en Portovenere, en una terraza con vistas al mar, Pasquale le cuenta también otras cosas: los acontecimientos que tuvieron lugar después de dejarla a ella aquel día en su hotel, el ritmo satisfecho de su vida desde entonces. No, no la emoción desconocida de la vida que imaginaba con ella; en lugar de eso, Pasquale ha llevado lo que le parece que ha sido la vida que le correspondía. Se casó con la encantadora Amedea, que fue una maravillosa esposa, adorable y bromista, la mejor amiga que podría haber deseado. Criaron al pequeño Bruno y, poco después, a las hermanas de Amedea, Francesca y Anna. Pasquale encontró un buen trabajo con su suegro en una firma de abogados, administrando y reformando los edificios de apartamentos del viejo Bruno, y acabó siendo el patriarca del clan Montelupo y de sus negocios, repartiendo trabajos, herencias y consejo a sus hijos y a un ejército de sobrinas y sobrinos. No imaginaba que un hombre pudiera haberse sentido tan necesitado, tan lleno. La suya ha sido una vida sin escasez de buenos momentos, una vida que iba tomando impulso como una roca rodando colina abajo, fácil, natural y cómoda, pero, sin embargo, no del todo controlada; todo pasa muy rápido, te despiertas siendo joven y a la hora del almuerzo eres un hombre de mediana edad y, a la de la cena, ya ves acercarse la muerte. «¿Has sido feliz?», le pregunta Dee. «¡Oh, sí! —responde él sin dudar un instante. Luego se lo piensa y añade—: No siempre, por supuesto, pero creo que más que la mayoría.» Amaba de verdad a su mujer, y, si alguna vez soñaba con otra vida y otra mujer (casi siempre ella), nunca dudó de haber tomado la decisión acertada. Lo que más lamenta es que no viajaran juntos cuando los hijos se fueron de casa, antes de que Amedea enfermara, antes de que su comportamiento se volviera errático: irascibilidad y desorientación que habían conducido a un diagnóstico de Alzheimer. Incluso después de eso habían tenido varios años buenos, pero la última década se había perdido, se les había escurrido como arena bajo los pies.

Al principio Amedea se olvidaba de hacer la compra o de cerrar la puerta con llave; después no encontraba el coche y luego empezó a olvidar los números y los nombres y para qué servían cosas de uso corriente. Él entraba en casa y se la encontraba con el teléfono en la mano, sin idea de a quién iba a llamar o, luego, de para qué servía siquiera el aparato. La tuvo encerrada en casa una temporada, hasta que, sencillamente, los dos dejaron de salir a la calle. Y lo peor era cómo se sentía al no verse ya reflejado en sus ojos, perdido en la neblina de la identidad (¿dejaría de existir cuando su mujer ya no lo reconociera?). El último año había sido insoportable. Cuidar de alguien que no tiene ni idea de quién eres es un infierno (el peso de la responsabilidad, de bañarla y alimentarla y... todo), un peso que crece a medida que su capacidad cognitiva disminuye, hasta que se convierte en prácticamente una... cosa de la que ocuparse, una carga que él debía soportar durante la última parte cuesta arriba de su convivencia. Cuando por fin sus hijos le propusieron llevarla a una residencia cercana, Pasquale lloró de culpabilidad y tristeza, pero también de alivio, y de culpabilidad por ese alivio y de pena por su culpabilidad, y cuando la enfermera preguntó qué medidas querían tomar para mantener con vida a su mujer, Pasquale no pudo decir palabra. Así que fue Bruno, el estupendo Bruno, el que cogió la mano de su padre y le dijo a la enfermera: «Estamos preparados para dejarla marchar ahora mismo.» Y eso hizo, se fue, y Pasquale la visitaba a diario y hablaba con su rostro inexpresivo, hasta que un día la enfermera llamó a casa mientras él se preparaba para ir a visitarla y le dijo que su mujer había muerto. Eso lo dejó más desconsolado de lo que imaginaba que se quedaría. La ausencia de Amedea era como una broma cruel, como si, después de muerta, tuviera permiso para volver; en lugar de eso, sin embargo, solo sentía el vacío que había dejado en su interior. Pasado un año, Pasquale comprendió por fin el dolor de su madre tras la muerte de Carlo: llevaba tanto tiempo existiendo con el aprecio de su esposa y su familia que ahora sentía que no era nada. Fue el valiente Bruno quien detectó que su padre libraba las mismas batallas con la depresión que él, así que le insistió en que recordara el último momento en que se sintió completo al margen de su relación con su querida Amedea, su último momento de felicidad o de deseo individual. Pasquale respondió entonces sin dudarlo un instante: «Dee Moray.» Y Bruno le preguntó: «¿Quién?», porque el hijo nunca había oído la historia, claro. Pasquale se lo contó todo y, una vez más, fue Bruno quien insistió en que su padre viajara a Hollywood para enterarse de qué le pasó a la mujer de la vieja fotografía y darle las gracias.

«¿Para darme las gracias?», pregunta Debra Bender, y Pasquale escoge con cuidado las palabras para responderle, sopesándolas antes, con la esperanza de que ella lo comprenda. «Yo vivía soñando cuando te conocí. Y, cuando conocí al hombre al que amabas, vi en él mi propia debilidad. ¡Qué irónico! ¿Cómo podía ser yo merecedor de tu amor si había abandonado a mi propio hijo? Por eso volví. Y ha sido la mejor cosa que he hecho nunca.»

Ella lo comprende: empezó a dar clases como una especie de autosacrificio, cambiando sus propios deseos y ambiciones por las ambiciones de sus alumnos. «Pero luego te das cuenta de que de hecho eso te hace más feliz y que disminuye la soledad», y por eso durante los últimos años, dirigiendo el teatro de Idaho, se había sentido tan llena. Y por eso le encantaba la obra de Lydia: porque transmitía la idea de que el verdadero sacrificio no requiere esfuerzo.

Se quedan hablando tres horas más después de la cena, hasta que ella se siente débil y vuelven al hotel. Duermen en habitaciones separadas. Ninguno de los dos está seguro todavía de si esto no es nada o de si es posible siquiera a estas alturas de la vida. Por la mañana toman café y hablan de Alvis. (Pasquale: «Tenía razón al decir que los turistas arruinarían el lugar.» Dee: «Era como esa isla en la que viví una temporada.») En el muelle de Portovenere deciden ir de excursión, pero antes planean las tres semanas de vacaciones que le quedan a Dee: primero irán al sur, a Roma, luego a Nápoles y a Calabria, después otra vez al norte, a Venecia y el lago Como, mientras ella tenga fuerzas, antes de volver por último a Florencia. Allí Pasquale le enseña su gran casa y le presenta a sus hijos y sus nietos y sus sobrinos y sobrinas. A Dee le da envidia al principio, pero cuando siguen entrando por la puerta, la invade la alegría (¡son tantos!) y nota un cálido rubor de responsabilidad por todo ello, si es que debe dar crédito a Pasquale, así que coge a un bebé y se seca las lágrimas mientras observa a Pasquale sacar una moneda de la oreja de su nieto («Él es el hermoso ahora») y tal vez pase otro día, o quizá dos, antes de que sienta el mareo y otro antes de que esté demasiado débil para levantarse y otro antes de que el Dilaudid no pueda mitigar el agudo dolor de estómago, y entonces...

Terminan de desayunar en Portovenere, vuelven al hotel y se ponen las botas de montaña. Dee le asegura a Pasquale que puede hacerlo y toman un taxi al final de la calle, abarrotada a esas horas de coches y viandantes y bicicletas para turistas. En un cambio de sentido, la ayuda a apearse, paga al taxista, y toman un sendero que recorre un viñedo camino del parque, subiendo por las colinas estriadas que sirven de telón de fondo a los acantilados. No tienen ni idea de si las pinturas se habrán borrado o si las habrán tapado con pintadas o si el búnker existe todavía o, ya puestos, si existió alguna vez, pero son jóvenes y el sendero está desierto y es fácil. Y aunque no encuentren lo que buscan, ¿no basta con estar al aire libre, caminando juntos bajo el sol?

Agradecimientos

Mi más profundo agradecimiento a: Natasha de Bernardi, Monica Mereghetti y Olga Gardner Galvin por su ayuda con mi *brutto italiano*; a Sam Ligon, Jim Lynch, Mary Windishar, Anne Walter y Dan Butterworth por leer el libro en varias etapas; a Anne y a Dan por las excursiones por las Cinque Terre; a Jonathan Burnham, Michael Morrison, y a todos los de HarperCollins, y, sobre todo, a mi editor, Cal Morgan, y a mi agente, Warren Frazier, por su generoso trabajo, su apoyo y sus consejos.

Indice